LOUISA YOUNG

Ein ganzes Jahr und ein Tag

GOLDMANN

Buch

Roísín aus London und Rasmus von den Äußeren Hebriden teilen dasselbe Schicksal: Beide sind viel zu jung verwitwet und todunglücklich. Roísíns Partner Nico ist an plötzlichem Herzversagen gestorben, Rasmus' Frau Jay nach langer Krankheit. Was weder Roísín noch Nico ahnen: Die Geister der beiden sind nach wie vor bei ihnen.

Besagte Geister, Nico und Jay, müssen sich allerdings erst einmal an ihre neue Daseinsform gewöhnen. Als sie sich in London zufällig über den Weg laufen, sind beide froh, auf einen Gleichgesinnten zu treffen. Doch dann hat Jay eine Idee, die Nico rundheraus ablehnt: Würden Roísín und Rasmus nicht hervorragend zusammenpassen? Immerhin haben sie einen ganz ähnlichen Schicksalsschlag erlebt …

Autorin

Louisa Young wurde in London geboren, wo sie auch heute lebt. Sie hat in Cambridge Geschichte studiert und mehrere Romane geschrieben, die in 36 Sprachen übersetzt wurden.

LOUISA YOUNG

Ein ganzes Jahr und ein Tag

Roman

Aus dem Englischen
von Andrea Brandl

GOLDMANN

Die englische Originalausgabe erschien 2022 unter dem Titel »Twelve Months and a Day« bei HarperCollins Publishers Ltd, London.

FSC www.fsc.org
MIX
Papier | Fördert gute Waldnutzung
FSC® C014496

Penguin Random House Verlagsgruppe FSC® N001967

1. Auflage
Deutsche Erstveröffentlichung Dezember 2023

Umschlaggestaltung: UNO Werbeagentur, München
Umschlagmotive: Arcangel/David Paire; FinePic®, München
Redaktion: Dr. Ulrike Brandt-Schwarze
LS · Herstellung: ik
Satz: Mediengestaltung Vornehm GmbH, München
Druck und Bindung: GGP Media GmbH, Pößneck
Printed in Germany
ISBN: 978-3-442-49332-6

www.goldmann-verlag.de

Für Michel Faber, voller Liebe und Dank.
Alt wie Greise, wenn wir schlafen.

»Es ist lächerlich zu glauben,
dass die Toten irgendetwas vermissen.«

Marilynne Robinson, *Gilead*

1

Februar, London

Roísín Kennedy – dreiunddreißig, klug und aufmerksam mit einer Vorliebe für den Rockabilly-Look (aktuell blau gefärbte Haarspitzen und Ponyfransen), genoss den fahlen Sonnenschein im Gastgarten des Pubs. Sie und ihr Verlobter Nico Triandafilides – sechsunddreißig, glattrasiert, blütenweißes Hemd und selbst an einem gewöhnlichen Samstagmittag ein echter Hingucker – hatten sich die ganze Woche kaum gesehen. Er hatte Nachtschicht gehabt, sie über einer bevorstehenden Deadline im Schneideraum festgesessen. In letzter Zeit war es ein wenig schwierig zwischen ihnen gewesen: Seit drei Monaten diskutierten sie, ob sie ein Kind wollten oder nicht, aber eigentlich wollten weder sie noch er darüber reden. Jeder glaubte, dass der andere das unterschiedlich sah, dabei lagen beide falsch, und sie waren insgeheim sauer aufeinander. Deshalb war der unerwartete heiße Sex am Morgen eines langen Wochenendes mit anschließendem Frühstück außer Haus umso schöner.

Es war der erste sonnige Frühlingstag – noch zu früh für die Krokusse, doch das geheime Startsignal für die Blüte war bereits ausgesandt. Das Licht war eine Spur heller, und selbst die rußgeschwärzten Hauswände und spuckefleckigen grauen Bürgersteige wirkten nicht mehr ganz so trostlos. Die Sonne fühlte sich beinahe warm auf der Haut an, wenn einem die sanfte Brise durchs Haar strich. Die Schwäne im Park hatten ihren Balztanz begonnen und verschlangen die Hälse miteinander, an den Blumenständen gab es Mimosen. Roísín hatte Avocados und andere Leckereien bestellt, Nico ein komplettes englisches Frühstück mit dreifachem Espresso und einer Extraportion Blackpudding.

»Was war das Witzigste, was du diese Woche erlebt hast?«, fragte sie.

Dieses alte Spielchen hob zuverlässig die Stimmung – notfalls auch aus dem Keller – und löste auch jetzt jede Menge Albernheiten aus. Ihre Schwester Nell hatte ihr erklärt, dass das Wort Lederhosen, wenn es englisch »Leiderhosen« ausgesprochen wurde, auf Deutsch »bedauernswerte Hosen« bedeute. Allein das sorgte für Heiterkeit.

»Ich hatte selbst früher mal welche«, gestand Nico, und gemeinsam dachten sie an seinen braunen Tweedanzug, in dem er wie ein verwirrter Schafzüchter ausgesehen hatte.

»Oder ein irischer Intellektueller«, fügte Roísín liebevoll hinzu.

»Irisch!«, prustete Nico, der Bilderbuchgrieche mit den dunkelbraunen Augen, der dicht behaarten Brust, seinem spöttischen Mund und dem kaum verhohlenen Wunsch nach einem üppigen Schnauzbart, wie sein Großvater ihn hatte.

»Dann sind Liederhosen also Pflicht, wenn man deutsche Volksweisen singt?«, folgerte Nico, und von da an ging es steil bergab.

Roísín schlug Lidohosen für den Stadtstrand vor.

»Die wären auch für ein Konzert am Freibad in Crouch End geeignet«, gab er zurück. »Mit Lumahosen zum Wechseln, für eine Runde auf der Luftmatratze. Vielleicht gibt's die ja auch zum Aufblasen.«

»Oder Limohosen«, schlug sie vor, »für eine Erfrischung am Kiosk.«

»So was brauchen wir nicht«, meinte er. »Aber dafür Lagerhosen zum Biertrinken! Nicht zu unterscheiden von den Original-Lederhosen.«

»Oder Lugerhosen. Mit eingenähtem Holster«, sagte sie.

»Oder Meterhosen mit eingebautem Zollstock. Beterhosen für den engagierten Kirchgänger und Leidehosen für richtig schlechte Tage. Oder Hater-Hosen für Twitter-Trolle, Kreidehosen zum Zeichnen oder Straighter-Hosen für Skinny-Fans.«

Inzwischen lachten sie derart hysterisch, dass die anderen Gäste schon herübersahen – all die Leute, die sich nach fünfzehn Jahren nichts mehr zu erzählen hatten, starrten das Paar an, das von einem Lachkrampf in den nächsten verfiel … nicht etwa, weil die Späße sonderlich geistreich gewesen wären, was sie eindeutig nicht waren, sondern weil es einfach Spaß machte. Nico hatte sogar die Ärmel hochgekrempelt und tat so, als säßen sie in Frikes in einer kleinen abgeschiedenen Bucht auf Ithaka, bei einem frühen Frühstück aus bitterem schwarzem Kaffee und Baklava – oh Gott, der Sommer war noch so weit weg! Aber dann veränderte sich der Klang seines Lachens auf einmal, und Roísín schrie auf.

Einundzwanzig Minuten lang wechselten sie und die Kellnerin sich mit der Wiederbelebung ab, bis der Notarzt eintraf. Die Rettungssanitäter konnten nicht wissen, dass er ein Kollege war. Sie wussten nur eines: dass es bereits zu lange gedauert hatte. Roísíns Augen waren noch voller Tränen vom vielen Lachen. Es erschien ihr falsch, dass er ausgerechnet jetzt starb, wo sie mit diesen albernen blau gefärbten Strähnen herumlief. Sie wollte ihn küssen, doch nachdem das Notarztteam erst da war, kam sie nicht mehr an ihn heran. Die Mund-zu-Mund-Beatmung war also unser letzter Kuss, schoss es ihr durch den Kopf.

Schließlich stand sie allein und beinahe verstohlen neben der Bahre in der Notaufnahme, zog sich den Ehering ihres Vaters vom Zeigefinger und schob ihn an den Ringfinger von Nicos linker Hand, ehe sie seinen dämlichen Rock-'n'-Roll-Totenschädelring von seinem Finger an ihren eigenen steckte.

»Ja, ich will«, presste sie erstickt hervor. »Und du willst auch.«

Sie hatten es vorgehabt. Er hatte ihr auch längst einen Heiratsantrag gemacht, gleich am Tag ihres Kennenlernens, im Schlamm des Glastonbury-Festivals, als die Menge wild zu den Fratellis tanzte. Nico war dazwischengegangen, als ihr ein betrunkener Typ bei *Chelsea Dagger* auf die Pelle gerückt war (»Los, mach schon, hau einfach ab«, hatte er zu dem Kerl gesagt), und das anschließende Geplänkel hatte mit einem Antrag geendet. Ein Jahr später hatte er ihr einen Brillantring an den Finger gesteckt. Ohne Schlamm.

Nur waren sie nie dazu gekommen, auch vor den Altar zu treten. Die Vorstellung, tatsächlich zu heiraten, war irgendwie absurd gewesen, dafür hatten sie eine romantische Offenbarung erlebt. *Das hier* war Liebe. Der Alltag, das tägliche Miteinander. Wie sie sich gegenseitig unterstützten. Na ja, hauptsächlich ich ihn, dachte sie oft, aber ist ja auch egal. Der Brillant schmiegte sich perfekt an den Totenkopf, wie ein Blümchen hinter dem Ohr. Damit er nicht herunterrutschte.

*

Roísín stand in ihrem Kunstpelzmantel mit dem Dalmatinermuster, der ihr für den Anlass perfekt passend erschienen war, an Deck der Barkasse. Was soll ich bloß anziehen?, hatte sie vorher überlegt. Etwas, das Tapferkeit ausstrahlte, eine »Nach mir die Sintflut«-Verzweiflung, Entschlossenheit und eine »Ich werde diesen Tag hinter mich bringen, weil es von mir erwartet wird«-Grundhaltung.

Auch ihre Haare waren nicht mehr dieselben: Sie hatte die wasserstoffblonden Strähnen mit den blauen Spitzen und die Ponyfransen absäbeln lassen und einer Wohltätigkeitsorganisation für krebskranke Kinder gestiftet. Stattdessen trug sie einen weichen Flaum in ihrem dunkelbraunen Naturton, der Erinnerungen an Sinéad O'Connor von früher weckte. Sinéad war eine hübsche Frau gewesen, aber das war nicht die Assoziation, die Roísín bei den Trauergästen heraufbeschwören wollte, als die Träger Nicos Sarg auf ihre Schultern hoben und auf das Boot trugen.

Im Nordosten hob sich der rot-weiß gestreifte Leuchtturm von Needles stolz gegen den blauen Himmel ab, im Südwesten erstreckte sich der Horizont bis zum Atlantik. Hinter ihr hatten sich etwa hundert Leute an diesem grauenvollen, ungewöhnlich sonnigen Morgen auf Booten in der Solent-Meerenge eingefunden, die Sätze wie »Ich hatte ja keine Ahnung, dass er sich eine Seebestattung gewünscht hat« von sich gaben. Aber das ist das Gute daran, wenn man jung stirbt: Es sind noch viele Freunde da, die zur Beerdigung kommen.

Sieh nur, Schatz, sie sind alle hier! Und alle auf verdammten Booten!

Wer hätte das gedacht!

Roísín hatte die Arrangements für das Begräbnis seiner Mutter überlassen und kein großes Theater gemacht, als Marina sie angerufen und gefragt hatte, ob sie mit einer Seebestattung einverstanden sei, da es später nun mal kein Grab gäbe, das man besuchen könne, und ob sie die Leute vom Bestattungsunternehmen vorher fragen solle, ob sie Weizensamen ins Wasser werfen dürften oder es einfach tun sollten. Roísín hatte keine Meinung dazu.

Keiner wusste, wo Nicos Testament war.

Viele seiner Verwandten waren gekommen, zündeten Kerzen in Brotlaiben an und weinten. Dreiundzwanzig Verwandte von ihrer Seite. Declan mit seiner wunderschönen Stimme sang das traditionelle schottische Abschiedslied *The Parting Glass*, und Dmitri, der sogar eine noch bessere

Stimme hatte, das griechische Lied *Ich gab dir Rosenwasser, du gabst mir Gift*. Das volle Programm. Nico war tot.

Du elender geliebter Mistkerl, verdammt noch mal!

Natürlich wurde auch aus Kavafis' *Ithaka* rezitiert, das war quasi ein Muss. »*Doch überstürze die Reise nicht, besser, sie dauert viele Jahre …*« Roísín bekam es kaum mit, war nicht einmal imstande, sich darüber aufzuregen, wie unpassend es war. Und Tennyson: »*Sonnenuntergang und Abendstern rufen nach mir! Es soll auf der Sandbank kein Klagen geben, wenn ich hinausfahre aufs Meer.*«

Die freundlichen Männer in Uniform legten die Lilien beiseite und nahmen die Flagge herunter. Nicos Sarg aus schwerem, schlichtem Holz hatte unerwartet viele Löcher. Es ging alles rasend schnell! Die Männer ließen ihn ins Wasser gleiten, das an dieser Stelle dunkelgrün und aufgewühlt war, silbrig schimmernd in der Ferne … dieses verdammte Meer, man kann ihm einfach nicht trauen … und schon sank er. Roísín weinte nicht, weil sie die Trauergäste nicht auch noch dazu animieren wollte, sondern blickte nur auf die blubbernden Blasen, die an die Oberfläche stiegen. Auf Wiedersehen. *Αντίο φίλε μου. Slán.*

Die Anwesenden weinten trotzdem und warfen Blumen ins Wasser. Wie aus dem Nichts tauchten Möwen auf und umschwirrten sie malerisch. Das Boot beschrieb einen Kreis. Einen Moment lang spürte Roísín etwas, als streiche eine Hand über ihren Nacken, doch als sie herumfuhr, war da niemand.

Irgendjemand drückte ihr einen Drink in die Hand. Sie nahm das Glas und schleuderte es über Bord. Zu ihm.

Wieso bist du gestorben? Roísín kannte die Antwort. Sterben, das taten Menschen, die rauchten, tranken, ständig Zoff hatten und sich kaputt schufteten. Und die, wie sich herausgestellt hatte, an einer nicht diagnostizierten Herzerkrankung litten. Es war ihre Schuld. Wegen ihr hatte er so heftig gelacht.

Aber selbst ihr war klar, dass das idiotisch war. Es mag ganz normal sein, dass ich mir die Schuld gebe, dachte sie, aber es ist Schwachsinn. Sie lag im Bett. Auf dem Rücken. Aber keine Position war bequem. Als Reaktion auf die Abwesenheit seines Körpers hatte sich ihr eigener schmerzhaft verknotet und verkrampft. »Wo bist du?«, schluchzte sie. »Wo um alles in der Welt bist du, Nico?«

*

Roísín tat, was alle taten. Zündete Kerzen an, damit sich sein Geist, falls er umherwanderte, orientieren konnte. Sie ging in die Kirche. Was eigentlich untypisch für sie war, aber nichts treibt einen effektiver in die Arme der Religion als der Tod. Jahrzehntelang hatte das Ave Maria keinerlei Anziehungskraft auf sie ausgeübt. *Bitte für uns Sünder, jetzt und in der Stunde unseres …*

Sie stand bei Sainsbury in der Fortis Green Road zwischen den Regalen und starrte auf das San Pellegrino, das sie ihm immer mitgebracht hatte, wenn Nico eine Weile auf Alkohol verzichten wollte. Und auf die Ketchupflaschen, die sie immer nur für ihn gekauft hatte, weil er Ketchup so sehr gemocht hatte. Supermärkte hatten etwas Tröstliches.

Am Ende stand sie mit drei verschiedenen Frischkäsesorten, dafür ohne Spülmittel, wieder auf der Straße.

Sie ging zum Ladies' Pond in Hampstead Heath, um ihre sonntägliche Schwimmrunde zu absolvieren – aber kein Nico im Männerbereich und auch kein gemeinsames Kaffeetrinken danach. Trotzdem zog sie ihre Neoprenhandschuhe und -schwimmsocken und ihre Wollmütze über, tiefschwarz auf ihrer winterhellen Haut, und glitt in das kalte, versöhnliche Wasser. Aber die Badeseen münden in den Fluss, dachte sie, und der Fluss mündet ins Meer … Sie stieß sich von den Stufen ab und tauchte hinein, überlegte, einfach dort unten zu bleiben, unter Wasser, im trüben Sumpf, der nur vom eigentümlichen Schein alttestamentarischen Lichts durchdrungen wurde.

Als sie wieder auftauchte, beäugte sie ein Rotkehlchen mit schief gelegtem Kopf vom Zaun aus.

Sie betrachtete sich im Spiegel der Umkleidekabine – ihr rundes, bleiches Gesicht, ihre runden blauen Augen, ihren kleinen Mund. Alles war so normal, nur dass nichts normal war.

Ihre Freunde waren wunderbar. Ihre Schwester Nell rief sie fünfmal am Tag an. »Du kannst dich nicht ewig von Marzipan und Alkohol ernähren«, sagte sie. »Iss Gemüse. Etwas Gesundes. Als Suppe oder so.« Allein der Gedanke an Gemüsesuppe trieb Roísín die Tränen in die Augen.

»Wie geht es dir?«, fragte Nell. »Was machst du so?«

»Wer bis zum Hals in der Scheiße steckt, sollte lieber den Kopf nicht hängen lassen!«

»Oje«, stöhnte Nell.

»Ich habe nachgelesen, was passiert, wenn jemand kein Testament hinterlassen hat, und rate mal, was da stand: *Stirbt jemand, ohne einen letzten Willen hinterlassen zu haben, können nachfolgende Personen keinerlei Ansprüche auf das Erbe des Verblichenen erheben: unverheiratete Partner.*«

»Es taucht bestimmt noch auf«, meinte Nell.

»Vielleicht«, erwiderte Roísín schwach.

Sie unternahm keinerlei Schritte in diese Richtung. Was erstaunlich einfach war. Zumindest eine Zeit lang. Aber dann wachte sie um vier Uhr früh mit einem Gefühl panischer Angst in der Brust auf.

Von ihren netten Kollegen bei der Arbeit gab es jede Menge Mitleidsbekundungen, die typischen Gesten mit schief gelegtem Kopf wie bei dem Rotkehlchen am See. Auf ihrem Tisch lagen weiße Umschläge, wie man sie sonst zum Geburtstag oder Firmenabschied bekam. Eine Karte, die sie zu Hause aus dem Briefkasten zog, hatte eine malvenfarbene Irisblüte aufgedruckt und war mit Glitzer verziert. Anfangs riss sie die Karten noch auf, um die Nettigkeiten über Nico zu lesen. Sie musste über all die freundlichen Worte lachen, die Leute über ihn fanden, obwohl er zuweilen ein schwieriger Mistkerl gewesen war. *Nico war einzigartig*; *Was für ein toller Charakter*; *Ich kenne niemanden, der so ist, wie er war*. Ist vielleicht auch besser so, gewissermaßen, dachte Roísín.

Es stellte sich heraus, dass viele Menschen um sie herum ebenfalls tragische Verluste erlitten hatten. Menschen, bei denen man es nie gedacht hätte! Der nerdigste der IT-Jungs von unten schenkte ihr ein Bändchen, *Gedichte, die Dir das Leben retten*, und erzählte ihr verschämt von seinem ersten Freund Anwar aus der Schulzeit. Sie hatte keine Ahnung gehabt, dass der Tod alle und jeden zu betreffen schien. Ihre Chefin Ayesha brachte ihr eine Tasse Tee und sagte: »Nimm dir so viel Zeit, wie du brauchst.« Roísín dachte an den Tee, den ihr die Schwester im Krankenhaus hingestellt hatte. Sie ging nach Hause.

»Nell«, sagte Roísín zu ihrer Schwester am Telefon. »Er hat mir ständig Nachrichten geschrieben, den ganzen Tag, über alles, was so lief. Und jetzt nicht mehr. Deshalb denke ich ständig, es ist ihm etwas passiert, was ja so ist, und das weiß ich auch, trotzdem sind meine Gedanken … meine Gedanken … bin ich komplett verblödet oder was?«

»Du bist immer noch völlig von der Rolle«, antwortete ihre Schwester. »Hast du heute schon was gegessen?«

»Marzipan …«, murmelte Roísín. Sie hatte das Gefühl, ihre Familie und Freunde mit ihrer Trauer zu langweilen, und dass sie fanden, sie müsse allmählich darüber hinwegkommen. »Mam will, dass ich eine Weile nach Hause komme.«

»Und willst du das auch?«

»Nein!«, rief Roísín.

»Dann lass es.«

Nicht dass sie ihre Familie nicht lieben würde. Aber wenn sie nach Hause führe, würden mindestens fünf ihrer Brüder und Schwestern vor ihrer Nase herumjammern, wie grauenvoll es sei, ihren Schwager verloren zu haben. Sie wollte ihre Ruhe. Nell würde keine Sekunde zögern, aus Hastings nach London zu kommen, wenn es nötig war. Das war sie bereits. Mehr als einmal.

»Du solltest vielleicht …«, begann Nell.

»Nein, ich will keine Therapie.«

»Es täte dir sicher gut, mit jemandem zu reden«, erwiderte Nell. »Aber ich will dich zu nichts zwingen. Aber es wäre sicherlich hilfreich, mit Leuten zu sprechen, denen dasselbe passiert ist. Hast du schon mal nach Trauerselbsthilfegruppen gesucht?«

»Lass mich in Ruhe, Nell«, sagte Roísín. »Tu mir den Gefallen.«

Es fühlte sich an, als blicke Nico ihr über die Schulter, als sei er direkt im Zimmer nebenan. Und dann die Träume: wie er ein kleines Kind in den Kofferraum eines Wagens legte. Von einem wilden Abenteuer, in dem sie durch zerstörte Städte rannten, sich an Lianen von irgendwelchen Gebäuden schwangen, tanzten und am Ende mit Johnny Cash in einer Taucherbar landeten. Einmal küssten sie sich auf einer schimmernden Wolke, während winzige Fische wie Libellen über ihren Köpfen kreisten. Und kurz bevor sie aufwachte, schrumpfte Nico plötzlich auf Miniaturformat und rannte auf sie zu, seine Schritte im Takt mit ihrem Herzschlag, riss eine Tür in ihrer Brust auf und trat mit einem fröhlichen Winken hinein.

Eines Tages schwänzte Roísín die Arbeit, weil sie hätte schwören können, seine Stimme gehört zu haben: »Komm her, zu mir, ich will dich bei mir haben.« Also war sie in den nächsten Zug gestiegen und hatte bei strömendem Regen mit einem Armvoll Hyazinthen die Fähre zur Isle of Wight genommen, um sie mitten auf dem Kanal ins Wasser zu werfen und dabei an Nico zu denken. *Perlen sind die Augen sein.* Aber sie würden potthässliche Perlen abgeben, weil sie eine grauenvolle Farbe für Perlen hatten, schlimmer als die Dinger, die man an den Ständen auf dem Kunsthandwerkermarkt bekam und die wie kleine Blutblasen oder Pestbeulen aussahen. Sie wollte sich ihn als Toten vorstellen, weil sie die Gedanken an ihn und seine Lebendigkeit nicht aus dem Kopf bekam, was unerträglich war, so … greifbar. Einmal roch es im Bus so, wie er immer gerochen hatte, egal ob sommers oder winters – Wolle, Vetiver und ein Hauch Sonnenöl. Roísín hatte sein T-Shirt im Bett gefunden, wo es eigentlich nichts zu suchen hatte, andererseits hatte sie die Bettwäsche seitdem nicht mehr gewechselt. Ja, natürlich hätte sie das längst tun sollen, aber schließlich hatte er darin geschlafen, deshalb brachte sie es nicht über sich. Eines Abends hatte sie angetrunken allein zu den Klängen aus dem Radio in der winzigen Küche getanzt, in der sie immer gekocht hatten, in ihrer grenzenlosen, arroganten Unwissenheit, was das Schicksal ihnen vor die Füße werfen würde.

Plötzlich war das Gefühl, dass Nico die Arme um sie gelegt hatte, so übermächtig gewesen, dass sie die Umarmung spontan erwidert hatte. *Time after Time*, sang Cindy Lauper, und auf irgendeiner Ebene – auf welcher, war Roísín auch jetzt noch nicht so ganz klar – hielt sie ihn fest und weinte, während er sie hielt, die Arme fest um sie schlang. So fest, dass sie es spüren konnte. Sie tanzte mit ihm, einen langsamen Rock 'n' Roll, die Hände nach seinen unsichtbaren Händen ausgestreckt, hin zu ihm und wieder weg, hin zu ihm und wieder weg. Sie reckte die Arme, drehte sich ohne jede Eile in seine imaginäre Umarmung und ließ sich von ihrer silbrigen Magie umhüllen.

Dann war sie zu Bett gegangen, mit einem Gebet aus ihrer Kindheit auf den Lippen: »Müde bin ich, geh zur Ruh, schließe beide Äuglein zu, Gott, lass die Augen dein über meinem Bette sein ... bete für uns, jetzt und in der Stunde unseres Todes ...« Sie stolperte über einen Schuh – es war sein schwarzer Chelsea-Boot –, stieß sich die Zehe an, und dann war er wieder da, neben ihr. Seine Seite der Matratze gab unter seinem Gewicht nach, sie spürte Nicos Hand auf ihrer Schulter und griff im Halbschlaf danach, eine Geste voller Süße, doch dann wachte sie auf, am ganzen Leib zitternd, sprang aus dem Bett und stürzte ins Badezimmer, um sich weinend zu verstecken. Zu wissen, dass Trauer die seltsamsten Formen annehmen kann, macht sie keinen Deut weniger befremdlich, dachte sie.

Am darauffolgenden Abend sah sie sich stundenlang Elefantenvideos auf YouTube an. In Thailand spielten Leute den Dickhäutern Debussy auf dem Klavier vor, und so nett das ja gemeint sein mochte, irritierte sie der Anblick. Ein Elefant wiegte sich hin und her, allerdings war sie nicht sicher, ob es ein genüssliches Wiegen im Takt der Melodie war oder eher in die Rubrik »Wenn nicht bald einer diesen Klimperheini mit seinem beschissenen Jahrhundertwendegedudel hier wegschafft, verliere ich vor Stress noch den Verstand« gehörte. Sie konnte nicht schlafen. Sie musste ständig an dieses Gefühl bei der Bestattung denken, als hätte jemand ihren Nacken gestreift, und sagte sich, dass sie sich all das nur einbildete. Bitte, liebes Gehirn, könntest du das lassen? Irgendwann hatte sie ein Buch über Halluzinationen und Geister gelesen. Vielleicht war sie ja diejenige, die vor Stress den Verstand verlor. Wenn sie ehrlich war, balancierte ihr Verstand die meiste Zeit ohnehin auf einem Drahtseil.

Elefanten trauern, richtig? Rationalismus ist nur ein weiterer -ismus. Wer starb schon und ließ die Vernunft regieren? Wir sind doch auch bloß Tiere.

2

März, Glasgow

Rasmus, Musiker, geheimnisvoll. Groß, schlaksig, abgerissen und am Ende seiner Kräfte, schlief auf dem Stuhl neben Jays Krankenhausbett, als sie sich entschloss – war es eine bewusste Entscheidung? – zu gehen. In den letzten Tagen hatte er die ganze Zeit mit weit aufgerissenen Augen dagesessen und dem nahenden Ende entgegengeblickt.

Entschloss! Was für ein Entschluss soll das gewesen sein?, fragte er sich. Sie ist achtunddreißig!

War achtunddreißig.

Mit aller verfügbaren Kraft und noch darüber hinaus hatten sie dagegen angekämpft, hatten praktisch ihr gesamtes Geld ausgegeben, sämtliche Gefälligkeiten in Anspruch genommen. Bei jedem Liebesakt hatten sie einander gesagt, dies sei wahrscheinlich das drittletzte Mal. Um das Unvermeidliche zu umgehen. Aber wurde es einfacher, nur weil sie es mit schwerem Schritt näher kommen hörten … zusehen zu müssen, wie der Tod im Zeitlupentempo eine junge Frau in Raten holt, zugleich eine intensive, erstaunliche Nähe zu erleben, heraufbeschworen durch die ständige Bedrohung des nahenden Todes?

Jede Ehe braucht ein gemeinsames Projekt, heißt es immer. Ihres war das Sterben.

Rasmus würde es nie erfahren. Der Moment ließ sich mit nichts vergleichen. Schließlich erlebte man einen Tod wie diesen keine zwei Mal im Leben. Und auch keine Liebe wie diese. Siebzehn gemeinsame Jahre. Seit sie Anfang zwanzig waren. Zwei junge Menschen, die zwischen Verlust und schweren Zeiten zueinandergefunden, im Laufe ihrer Beziehung Opfer füreinander gebracht und einander gerettet hatten. So etwas lässt das Leben kein zweites Mal zu. Dafür fehlt schlicht die Zeit.

Jay musste den Entschluss gefasst haben. Das hoffte er. Denn wenn nicht, hätte er sie im Stich gelassen.

Nach allem, was passiert ist, dachte er, habe ich dich im Stich gelassen.

Aus Erfahrung wusste er, dass Ghanaer Beerdigungen nach allen Regeln der Tradition zelebrierten, und ihm war klar, dass er dazu nicht in der Lage war. Was sollte er tun? Jays Leiche einfrieren und nach Accra fliegen? Eine Feier für fünfzig Leute aus vierzig verschiedenen Ländern koordinieren? Dasselbe, wie sie es bei Jays Mutter getan hatten, mit dreihundert Leuten, die er praktisch nicht kannte und die sich alle bitter beschweren würden, dass er alles falsch machte? Und natürlich würde er etwas falsch machen. Als *Obroni*-Ehemann, *dem Fremden*, war es quasi seine Aufgabe, alles verkehrt zu machen, damit all die Tanten auch etwas hatten, womit sie ihn liebevoll aufziehen konnten. Oder sollte er alle hier auf die schottische Insel einladen, die Tanten in der Jugendherberge, den Vogelbeobachtungstürmen und Schutzhütten einquartieren und ihnen jeden Tag Fish and Chips vorsetzen?

Er stand in der Küche des Hauses, das Jay und er seit sieben Jahren bewohnten, betrachtete den Toaster und wusste nicht, wohin mit sich. Vor Jays Erkrankung hatte sich sein Leben hauptsächlich in seiner eigenen Gedankenwelt, im Studio, in der Musik abgespielt. Jay war die hiesige Hausärztin gewesen und hatte gewusst, was zu tun war. Sie hatte genaue Anweisungen hinterlassen. Natürlich. Aber Rasmus war wie gelähmt, außerstande, das, was sie aufgeschrieben hatte, zu begreifen. Bis ihr Bruder Kwame sagte: »Mach es so, wie du es für richtig hältst. Mum und Dad sind tot, also versuch gar nicht erst, das komplette Ashanti-Progamm durchzuziehen.«

Rasmus, Kwame, dessen Frau Efua und Jay hatten beide Beerdigungen in Ghana gemeinsam hinter sich gebracht, von Anfang bis Ende. Tag für Tag in Gärten, Kondolenzschlangen und Kirchen. Endlose Stuhlreihen. Trommler, Geschenke, Chöre, Büfetts. Jay, die sich in Pavillons in der Affenhitze eine eiskalte Mineralwasserflasche nach der anderen in den Ausschnitt gekippt hatte.

»Die da erträgt das alles nicht«, bemerkte Tante Dolores streng. »Sie hat ihre Heimat verlassen, um wegen des WETTERS nach Schottland zu ziehen!«

Kwame und Jay hatten Rasmus vor der Verpflichtung bewahrt, sich wie ein anständiger Schwiegersohn zu kleiden – und wie ein Vollidiot auszusehen, mit seinen mageren Schultern, die aus dem Gewand ragten. Sie waren sich alle einig, dass er unmöglich die traditionelle Kente-Landestracht aus gewobenem buntem Baumwolltuch tragen könnte, das kunstvoll in einer Technik um den Körper geschlungen wurde, die Rasmus nicht beherrschte. »Also eine Kente-Jacke«, hatte Kwame gemeint, und die Tanten hatten sich breitschlagen lassen. »*Obroni*-Privileg« hatte Jay es genannt und gleich drei Stück bei ihrem Schneider bestellt, alle im korrekten Rot, Schwarz und Weiß für die unterschiedlichen Trauertage.

Blinzelnd dachte Rasmus daran, wie Tante Dolores missbilligend mit der Zunge geschnalzt und gesagt hatte: »Dir ist klar, dass du jetzt endgültig *obroni* bist.« Jay war tief gekränkt gewesen.

Wann immer Rasmus sich später auf den Fotos sah, in einer Reihe mit seinen strahlenden, muskulösen Schwägern, allesamt Ärzte, Musiker und IT-Experten, die aus Ontario, Lagos, Bermuda und London in ihre ghanaische Heimat gekommen waren, wünschte er sich, er wäre selbstsicherer gewesen, statt wie der käsige Sonderling danebenzustehen.

Jay lebte zwar mit ihm auf den Äußeren Hebriden, hatte aber trotzdem noch einen Schneider in Accra. Sie gehörte überall hin. Rasmus – dänischer und argentinischer Abstammung und in zu vielen englischen Kleinstädten aufgewachsen, um sie noch zählen zu können – hatte sein ganzes Leben lang nur zur Musik gehört. Und an Jays Seite.

Sie hatte stets Wert darauf gelegt, dass alles gründlich und anständig erledigt wurde, und genau das hätte er so gern für sie getan, doch letzten Endes musste er zugeben, dass die Trauer in seinem Fall nur in Inkompetenz und Stümperhaftigkeit mündete. Die Trauer um sie raubte ihm jede Lebensenergie. Ihm war bewusst, dass eine kleine Kremierungszeremonie in einem Glasgower Vorort zu klein, erbärmlich und kalt für eine so lebendige Frau war, aber nicht einmal das hatte er aus eigener Kraft hinbekommen, und hätte Kwame nicht das Ruder übernommen … nun ja, er konnte ihrem Bruder nur dankbar sein.

Es kamen mehr Leute, als er gedacht hatte: Freunde, Cousins und Cousinen, Patienten, die Jay auf der Insel behandelt hatte. Kwame hatte in Edinburgh einen Ashanti-Trommler aufgetrieben, und Rasmus hatte eingewilligt, dass die Trauerfeier nach ghanaischer Tradition vollzogen wurde: Die Gäste standen in einer langen Reihe an, um ihm die Hand zu schütteln und ihrem Mitgefühl und ihren Ermunterungen Ausdruck zu verleihen. Tante Dolores hatte Andachtsbildchen mit einem ovalen, unscharfen Foto von Jay bei ihrer Abschlussfeier geschickt, die jemand auf den Sitzplätzen ausgelegt hatte. Den ganzen Tag hatte Rasmus Mühe gehabt, nicht ihr hinreißendes Lächeln anzustarren. Es war ein herrlicher Sonnentag gewesen, Schottland zeigte sich von seiner schönsten Seite mit einem strahlend blauen, scheinbar endlosen Himmel, doch er nahm alles durch einen Schleier des Regenbogenspektrums seiner mühsam zurückgehaltenen Tränen wahr.

Der Veranstaltungsraum des viktorianischen Pubs wirkte feierlich mit den Buntglasfenstern und den Holzvertäfelungen. Die Schotten stimmten Lieder an, zwischen

Starkbierkrügen und Chardonnaygläsern standen Platten mit frittierten Kochbananen. Rasmus hatte eine seiner Kente-Jacken angezogen – aber welche war bloß die richtige für den Anlass? Ohne Jay war er nicht sicher. Schwarz für die Trauer, rot für die vom Weinen geröteten Augen, weiß für die Klarheit des Geistes nach der Beerdigung … Er entschied sich für schwarz und rot.

In der kleinen Maschine, die ihn zurück auf die Insel brachte, fühlte sich sein Herzschlag anders an, irgendwie fremd, denn zum ersten Mal befanden Jay und er sich nicht auf derselben Landmasse. Auf der Fahrt vom Flughafen Stornoway, wo Dougie ihn mit dem Auto abgeholt hatte, brachte er kein Wort heraus. Dann war er daheim, in ihrem Steinhaus am Meer, weinte unter der Dusche bei dem Gedanken an die Trommeln bei der Trauerfeier, während die Katze ihn ansah, als wollte sie sagen: »Was hast du mit ihr gemacht, du elender Mistkerl?«

Jetzt lag er zusammengerollt im Bett, weinte, stöhnte, rief ihren Namen. »Wo bist du?«, flüsterte er. »Jay, wo bist du?«

Einen Moment lang glaubte er, ihre Stimme zu hören, ehe er frustriert mit den Händen auf seinen Kopf einschlug.

*

Das Beerdigungsinstitut schickte ihre Asche in einem röhrenförmigen Karton mit einem aufgedruckten Sonnenuntergang am Meer, als wäre sie eine Flasche Whisky aus dem Duty-free-Shop. Rasmus drehte den Karton in den Händen, immer weiter, als erstrecke sich der Horizont bis in die Endlosigkeit, dann drehte er ihn auf den Kopf, um zu sehen, ob es wie ein Sonnenaufgang aussah. Tat es nicht.

Er ertrug das Ding nicht. Eine Frau sollte nicht in einem verdammen Kartonrohr enden. Sie sollte in gar keinem … nein, sie sollte überhaupt nicht enden. Punkt.

Später fand er im Schlafzimmer die geschnitzte Holzkassette, die sie zusammen auf einem Kunsthandwerkermarkt in Accra gekauft hatten. Vielleicht wäre sie ja ein geeignetes Behältnis für eine tote Frau. Er hatte die Kassette noch nie herausgenommen, weil er Jays Sachen grundsätzlich nicht anfasste. Nun klappte er sie auf. Ohrringe, Haarspangen, Kämme. Er klappte sie wieder zu. Ihr Geruch.

Nein, nicht hier drin.

Du solltest die Asche doch verstreuen, oder?

»Wirf mich einfach auf den Kompost«, hatte Jay gesagt, aber natürlich war das nicht ernst gemeint gewesen, sondern sie hatte damit nur »Mach kein großes Tamtam darum« zum Ausdruck bringen wollen. Aber Beerdigungen sind nun mal für die Lebenden, und die Lebenden wollten Tamtam.

Rasmus ging nach draußen und betrachtete den Komposthaufen, der kaum mehr war als ein kleiner, von Brennnesseln überwucherter Erdhügel. Alle Aufgaben im Haus waren liegen geblieben, nachdem der Dämon ihrer Krankheit erst Einzug gehalten hatte. Er drehte sich zu den *lazy beds,* den Gemüsebeeten um, wo er eigentlich alles Mögliche einsäen und einpflanzen sollte. Und das würde er tun, aber nichts Schönes, sondern nur grauenvolle Dinge. Vielleicht brachte die Erde ja Krieger hervor, wie die Spartaner, die aus den in Ackerfurchen gesäten Drachenzähnen erwuchsen. Oder Tulpen – aber wuchsen Tulpen nicht aus Blutstropfen? Ja, genau. Blutrote Tulpen.

Was würde wohl sprießen? Nichts, rein gar nichts.

Rasmus verließ den von einer Steinmauer umgebenen Garten und ging quer durch das grüne Feld und den schottischen Machairboden hinunter zu dem breiten weißen Strand. Die Flut setzte gerade ein. Das Meer schimmerte wie bleiche, kalte Smaragde, amethystfarbene und blaue Streifen zogen sich über den Horizont, während sich ein schier endloser Himmel über den einander überlappenden Landzungen spannte. Nur Taransay lag zwischen ihm und Hudson Bay, aber es sollte Ebbe herrschen, damit Jays Asche hinaus auf die See und nicht zu ihm zurückgetrieben wurde. Also ging Rasmus wieder nach Hause, um zu warten, bis das Wasser niedrig genug stand. Es erschien ihm so richtig, wie es nur scheinen konnte, sprich, komplett und absolut falsch. Aber Rasmus hatte genug Zeit gehabt, über alles nachzudenken, und wusste, dass sie niemals zurückkommen würde, auch wenn er ihren Namen noch so oft riefe. Und dass das völlig normal war, dass es jeden Tag vorkam, dass es allen so ging.

Als er wieder zu den Felsen zurückkehrte, glitzerte das Meer im Licht der untergehenden Sonne. Das Wasser hatte seinen Höchststand hinter sich, rollte in leichten Wellen an den Strand und zog sich allmählich zurück. Er nahm all seinen Mut zusammen, um den dämlichen Deckel von dieser dämlichen Kartonröhre zu lösen, doch gerade als die Brandung sich zurückzog, schlug der Wind plötzlich um und blies landeinwärts, sodass Jays Asche an Rasmus' Jacke und an seinen Händen klebte, sich förmlich daran festklammerte. Sie will nicht gehen, dachte er.

Also hielt er inne, wünschte, er hätte es gar nicht erst versucht … wieso war er überhaupt auf die Idee gekommen, sie ins Meer zu werfen, auch wenn es noch so schön, die Luft noch so mild und wohlriechend sein und er rein rational den Kreislauf des Lebens und damit auch des Todes noch so gut verstehen konnte – und dann fing es an zu regnen. Er kehrte wieder zurück zum Haus, die Kälte noch in den Knochen, ging in Jogginghose und Kapuzenpullover in sein Studio, setzte sich ans Klavier und versuchte, einen Song über die Richtungen des Windes zu schreiben, aber es funktionierte nicht. Sein Kopf und sein Herz waren zu voll und zu leer zugleich. Jay hatte das Talent besessen, das exakte Wort oder die Songzeile zu finden, die seine Texte perfekt machten. Er hatte die Harmonien ihrer Stimme im Ohr. Und noch etwas anderes – ein altes Volkslied von einer Frau, die auf einen Seemann wartete, der niemals heimkehrte. Manchmal ging ihm ein Song tagelang nicht mehr aus dem Sinn, wie ein Trauernder bei der Totenwache oder ein Geist, der seine Aufgabe noch nicht zufriedenstellend erfüllt hat.

*

Nacht für Nacht lag er angezogen im Bett und fand keinen Schlaf. Weil er geschlafen hatte, als es so weit gewesen war. Er zwang sich zu duschen, zwang sich, mit dem Fahrrad in den Ort zu fahren, um Lebensmittel einzukaufen: fünf vakuumierte Päckchen Haggis zum halben Preis, die zehn Tage hielten. Als er nach Glasgow musste, kaufte er für 42 Pfund bei einem Inder Essen zum Mitnehmen, alles sorgsam verpackt, damit im Flugzeug nichts auslief. Es brachte ihn über dreizehn Tage. Er ignorierte E-Mails und Briefe, ließ die Pflanzen eingehen. Ihr Leben hier, nur er und Jay im Haus, mit nichts als Felsen, Schafen, Treibsand und dem Meer ringsum, war immer ein wenig aberwitzig gewesen. Doch der Entschluss, von hier fortzugehen, käme dem Entschluss gleich, leben zu wollen, und dazu war Rasmus nicht bereit.

An einem nebligen Morgen wurde er auf dem Weg die A859 von einem toten Reh vom Fahrrad gerissen. Aber wie kann das sein?, dachte er selbst dann noch, als er am Straßenrand lag.

Er hatte das Tier schon bemerkt, als es neben ihm hergelaufen war, hatte seine Kraft und Anmut bewundert, kupferbraun, von geradezu poetischer Schönheit im morgendlichen Dunst, als es mit einem Mal einen Schlenker machte und direkt vor ihm auf die Straße rannte. Rasmus bremste abrupt ab und versuchte auszuweichen, was ihm sogar gelang, aber in diesem Moment kam ihnen aus der entgegengesetzten Richtung ein Auto entgegen, und in einem unfassbaren Moment kollidierten Wagen und Reh, es flog in hohem Bogen durch die Luft und riss im Fallen Rasmus von seinem Fahrrad. Alles ging so schnell und war so unwirklich, dass die Situation trotz des sehr realen Schocks und der Schmerzen beinahe absurd wirkte.

Der Wagen hielt. Das Reh war tot. Der Fahrer wollte Rasmus unbedingt nach Leverburgh – oder gar hinauf nach Stornoway bringen –, damit man ihn sich dort ansah.

»Mir ist nichts passiert«, beteuerte Rasmus.

Er war größtenteils auf dem Torfstreifen gelandet, hatte sich den Kopf nicht angeschlagen. Er spreizte seine langen Finger, stand langsam auf und schüttelte die Beine aus, doch es schien nichts gebrochen zu sein. Es ist nicht wie beim letzten Mal, dachte er. Und was sollten die im Krankenhaus schon machen? Er wollte dem bestürzten Fahrer nicht sagen, dass er nie wieder ein Krankenhaus von innen sehen wollte, weder in Stornoway noch in Glasgow, noch in London, noch sonst irgendwo. Und wenn er seitlich umgeworfen worden war, könnte dies womöglich der Ausgleich zu dem anderen Mal sein – als ihn das Universum das letzte Mal von den Füßen gerissen hatte, 2001 in New York.

Aber nein, diesmal war es anders.

Er ließ das Rad am Straßenrand liegen, ging die sieben Meilen zu Fuß zu seinem Haus und verließ es auch nicht mehr. Dafür schrieb er Songs. Mehr oder weniger. Das hielt ihn für ein, zwei Wochen bei der Stange. Sie handelten eher vom Prozess, nicht vom Ergebnis. Mehr verlangte er auch gar nicht.

Rasmus und Jay hatten über sein künftiges Liebesleben gesprochen. Er hatte immer nur den Kopf geschüttelt und grinsend auf seine Knie gestarrt, während sie »Schatz, Schatz« sagte. Einmal hatte sie ihn sogar angeschrien: »Hindere mich gefälligst nicht daran, an die Zukunft zu denken, dir zu helfen.« Es war eher ein Befehl als die Erlaubnis gewesen. Zu gegebener Zeit, wenn er sich bereit dafür fühlte, sollte er losziehen und … an dieser Stelle hatte sie innegehalten. Sosehr sie es sich in der Theorie wünschen mochte, brachte sie es doch nicht über sich, es laut auszusprechen.

Sie hatten darüber geredet, wer diejenige sein könnte. Jay meinte, er solle die Insel verlassen, nach Glasgow ziehen und dort eine Musikerin kennenlernen, eine jüngere Frau. Und er solle dafür sorgen, dass sie wirklich nett und gutherzig sei, da ein einsamer, misanthropischer Einsiedler wie er manchmal erschreckend naiv und gutgläubig sein könne.

»Und soll das auch in meine Kontaktanzeige?«, hatte Rasmus gefragt.

»Kannst du machen«, hatte sie erwidert. »Vielleicht fühlt sich eine bezaubernde Abenteurerin ja davon angezogen …«

Das Profil, das sie von ihm erstellt hatte, lautete so:

Magerer Musiker,
liebevoller Ehemann, auf eigentümliche Art gut aussehend,
kann nicht kochen, nur Pfannkuchen machen,
treu, schlecht angezogen, sauber, klug, solvent, verwitwet,
romantisch,

antisozial,
kann gut küssen,
schreibt Songs über dich,
braucht Ermutigung.

»Was für ein Fang«, hatte er kommentiert.

»Aber hallo!«, hatte Jay erwidert. »Da draußen laufen ganz, ganz schlimme Exemplare herum.«

Ganz schlimme Exemplare. Bei der Erinnerung daran, wie sie das gesagt hatte, musste er lächeln.

»Ich habe noch etwas für dich aufgeschrieben«, hatte sie gesagt. »Na ja, nicht für dich. Sondern etwas für die … du kannst es ihr … wenn du jemanden findest.«

»Hör auf«, hatte er gesagt.

Dann würde sie es zu ihrem Testament legen, hatte sie beharrlich erklärt.

Tag und Nacht verschmolzen miteinander. Es regnete und regnete. Möglicherweise klopfte irgendwann jemand an der Tür, aber es gab niemanden, mit dem er reden wollte. Zumindest gab es nichts zu sagen. Rasmus befand sich in einem Zustand des trübseligen Dauerhalbschlafs. Manchmal setzte er den Wasserkessel auf. Aber nachdem der Kessel etliche Male so lange auf dem Herd gestanden hatte, bis das gesamte Wasser verdampft war, ließ er es. Er wollte keinen Tee. Wahrscheinlich hatte er Hunger, aber es war nicht wichtig.

Er lag auf dem Sofa. Oder auf dem Bett. Oder auf dem anderen Bett. Die Träume … vielleicht käme sie in einem davon vor. Er musste vorbereitet sein.

Es ist alles so viel komplizierter, als du denkst, sagte Jay in einem dieser Träume zu ihm.

Die Katze verlangte kläglich nach Futter.

Seine Jeans hingen an ihm herunter.

Er schleppte sich vom Bett ins Badezimmer und fiel hin. Nicht dass er das Gleichgewicht verloren hätte, denn so etwas wie Gleichgewicht existierte nicht länger. Rasmus kippte einfach um. In seinen viel zu schlabbrigen Jeans lag er auf dem Boden, ausgestreckt wie ein plattgefahrener Frosch auf einer Landstraße. Also schlief er dort einfach weiter.

Wenn das überhaupt Schlafen ist.

Muss es aber, denn … die Träume …

Schatz, sagte Jay und klammerte sich an ihn. Das ist es, woran ich mich erinnere. Deine Hand auf meinem Bett, immer bereit, meine zu nehmen, wenn ich sie nach dir ausgestreckt habe. Dein Kopf an meiner Schulter …

Er dachte daran. Träumte.

Er antwortete nicht. Oder doch?

Es war so still, dass er das Rauschen der Wellen hören konnte. Eine zuschlagende Tür. Regen. Regen. Regen. Stimmen. Ihre Stimme.

Dann, ein Ruck, alles war anders. Hektik, Gesichter, sachliche Geschäftigkeit. Etwas in seinem Mund. Er hustete. Wachte nicht auf. Er wurde gepackt, hochgehoben. Verschwunden war, was auch immer gerade noch da gewesen sein mochte. Und dann war er auf einmal doch im Krankenhaus, hing an einem beschissenen Tropf, als wäre er Jay vor einem Monat.

»Sie müssen etwas essen und trinken, Rasmus«, sagten sie. Also tat er es. Nicht weil sie recht damit hatten. Sondern weil es die einzige Möglichkeit war, hier herauszukommen.

Bei seiner Rückkehr hatte Dougie eingekauft: Überall lagen Lebensmittel in der Küche. Hefeteilchen, Wurstbrötchen, Kartoffeln. Eine Schachtel Tunnocks-Kekse. Wie nett von ihm. Der Putzlappen war feucht. Offenbar hatte Dougie sauber gemacht. Ein Bündel Grünkohl aus dem Garten. Ich muss ihm die Auslagen erstatten, dachte Rasmus. Ich darf jetzt nicht sterben.

Also rasieren. Seine Wangen waren hohl und eingefallen, was ihm das Aussehen eines Heiligen verlieh. Er verzog das Gesicht. Ich sehe älter aus, dachte er.

Meine drei großen Tragödien – meine Mutter, die Band, Jay. Entschieden schüttelte er den Kopf. Meine drei größten Geschenke im Leben: das Leid, das mich stark und mitfühlend gemacht hat; meine Musik; die Liebe meiner wunderbaren Frau.

Dougie war es, der den Krankenwagen gerufen hatte. Rasmus hatte keine Ahnung gehabt. Aber es spielte auch keine Rolle. Er hatte sich in einer Art vom Hunger ausgelösten … ja, was? … Zustand magischen Denkens befunden. In einer Fantasiewelt jenseits meines Verstehens, dachte er. Es steht mir nicht zu, es zu hinterfragen. William Blake hat in Peckham Engel in den Baumwipfeln sitzen sehen. Ich habe meine Frau gespürt, direkt bei mir.

Draußen war die verfluchte Zeit unterdessen weiter vergangen. Der Frühling hielt Einzug. Der Himmel schien sich höher zu spannen, an den Lärchen sprossen winzige hellgrüne Puschel. Pistazien mit rosa Blüten. Wie ein Gedicht, dachte Rasmus. Aber kein Songtext. Er würde keinen Song über Pistazien und rosa Blüten schreiben. Stattdessen zog er einen Song heraus, den er im Krankenhaus zu Ende geschrieben hatte: *Sorrow Follows*, in dem es darum ging, wie man im Krankenhaus neben seinem Herzensmenschen liegt, um Krankheit und Sterbebetten. Diesen Song würde er für Jay in Form bringen. Die Trauer folgt dir überallhin.

Das ist es, woran ich mich erinnere, hätte sie gesagt.

Gleichzeitig empfand er einen seltsamen Anflug von Glück. Die Trauer mag dir überallhin folgen, aber ich werde sie einfach nicht reinlassen.

Nun, da es wärmer war, würde er die Vincent herausholen – es ging nichts über eine Runde auf dem Motorrad an einem kalten, sonnigen Morgen.

Zeit hatte er schließlich mehr als genug.

Man musste die Dinge in Angriff nehmen.

Er schaffte Platz auf dem Küchentisch, legte Messer und Gabel bereit, stellte Salz und Pfeffer daneben. Dann briet er zwei Spiegeleier und aß sie mit Toast und von Tante Dolores' Shito-Soße, die Kwame ihm mitgebracht hatte, als er nach Glasgow zur Beerdigung gekommen war. »Die wirst du brauchen«, hatte er gesagt.

Rasmus aß die Eier auf. Das tue ich für dich, Liebste. Keine ausgelassenen Mahlzeiten mehr. Schließlich goss er sich eine zweite Tasse Tee ein und trug sie zu seinem

Schreibtisch. Sein Blick fiel auf Jays Laptop, der immer noch dastand, inzwischen mit einer Staubschicht. Er klappte ihn auf, aber … nein, nicht heute. Es brachte nichts, ihre Mails zu checken. Bestimmt bloß eine Million Spams. Spendenaufrufe. Ein Paar Leggins, von dem irgendein Algorithmus berechnet hatte, dass sie sie unbedingt haben wollte. Eines Tages, wenn wir längst tot sind, werden die Algorithmen immer noch ihre Spams kreuz und quer durch die Welt schicken, das Universum mit Angeboten für Periodenunterwäsche und Online-Gitarrenkurse vollmüllen, dachte er.

Die Katze strich um seine Beine, als er sich in seinen eigenen Computer einloggte und die E-Mails von der Bank und dem Anwalt las. *Was auch immer Sie für das Beste halten*, antwortete er blindlings. Auch die Verwertungsgesellschaft PRS for Music hatte sich gemeldet: eine Tantiemenausschüttung für Songs, die er vor langer Zeit geschrieben hatte und ihm immer wieder ein hübsches Einkommen bescherten; eine Handvoll Nachrichten russischer Mädchen, die ihn unbedingt glücklich machen wollten. Und eine von George, dem Leadsänger der Band The Capos.

3

Februar, London

Es war eine gewöhnliche Intensivstation, wie Nico sie nur zu gut kannte.

Ein Stuhl hinter einem blauen Vorhang. Aus allerlei Apparaten hängende Kabel, ein leerer Teebecher auf dem Nachttisch. Und ein menschlicher Körper, ausgestöpselt, flach auf dem Rücken liegend. Eine Leiche. Auch dieser Anblick war ihm vertraut.

Seine Leiche.

Aber ich bin doch hier …, dachte er.

Er trat vor.

Er war also tot.

Oh!

War ich nicht gerade noch im Pub?

Wo ist Roísín?

Sie hatten im Garten dieses Pubs beim Frühstück gesessen, und auf einmal waren alle wild durcheinandergelaufen. Und Roísín mittendrin mit weit aufgerissenen Augen. Sie hatte ihn in den Armen gehalten. Und dann?

Bin ich gestorben?

Du meine Güte, ernsthaft jetzt?

Sie war nicht hier.

Er konnte sich nicht erinnern, was vorgefallen war. Meine Güte, das ganze Theater, und dann erinnerst du dich nicht mal dran?

Scheiße!

Nico war ein logisch denkender Mann, gut ausgebildet, routiniert-professionell. Ich erleide gerade einen Schlaganfall, dachte er, eine elektrochemische Reaktion meines Gehirns, ein Nahtoderlebnis …

Aber dieser Typ da ist doch tot. Reagiert nicht, keine Hebe-und Senkbewegung des Brustkastens … noch nicht lange, noch nicht gänzlich erkaltet, aber schon mit diesem eingesunkenen, wächsernen Aussehen …

Nico legte zwei Finger auf sein Handgelenk, um seine Pulsschläge zu ertasten. Sie waren wie frisch gefallener Schnee, kaum zu spüren, er fühlte nichts.

Und auch keinen Atem.

Okay, dann … so sieht es also aus. Ich muss nur wieder in meinen Körper. Das erzählen die Leute immer – eine Runde an der Decke drehen, alle Anwesenden weinend dastehen sehen, dann ruft einen jemand ins helle Licht, aber du sagst: Nein danke, Kumpel, ist noch zu früh, schaust noch mal kurz nach, ob nicht irgendein schlauer Wissenschaftler heimlich etwas oben auf dem Schrank versteckt hat, dann kehrst du zurück in deinen Körper.

Nico ließ sich auf den Stuhl neben seinen sterblichen Überresten sinken und ertappte sich dabei, wie er seinen Leichnam anlächelte. Sich selbst. »Na gut«, murmelte er. Er hatte es selbst schon live erlebt – ein unvermittelter Atemzug, die Erleichterung und das Lachen, nachdem man einen geliebten Menschen bereits verloren geglaubt hatte. Aber wie machte man das? Einfach ... fallen lassen? Wie oft hatte er auf der anderen Seite gestanden, auf die Leute eingeredet, wieder in ihren Körper zurückzukehren, dranzubleiben, nicht aufzugeben, uns nicht zu verlassen ... er hatte seinen Atem in ihren Körper gepustet, es mit Herz-Lungen-Wiederbelebung versucht, mit Profi- und Laien-Defibrillatoren. Das war's.

Er hatte ihre Herzen wieder zum Schlagen gebracht.

Aber für ihn tat es keiner.

Er schien auch nicht hinunterzugleiten und wieder in seinen Körper zu schlüpfen.

Ganz langsam und vorsichtig legte er sich neben sich und konzentrierte sich. Alles Psychologie.

Ziemlich schwierig, seine Gedanken darauf zu richten, wenn man nicht atmen kann.

Vor Jahren hatte Roísín ihm von einem irischen Ritual erzählt – wenn ein Mensch ohne die letzte Ölung stirbt, muss man ihn küssen und so seinen letzten Atemzug auffangen, um ihn später mit einem weiteren Kuss zurückzugeben, wenn der Priester kam, damit er den Verstorbenen von seinen Sünden freisprechen konnte, solange noch Atem in seinem Körper war.

Aber da war kein Atem.

Nichts.

Er fragte sich, ob Roísín ihn im Augenblick seines Todes geküsst hatte. Ob sie nun einen Atemzug für ihn verwahrte.

Erst jetzt bemerkte er den Ehering ihres Vaters, den sie stets getragen hatte, an seinem eigenen Finger.

Doch selbst in diesem Niemandsland des Sterbens war man irgendwann entweder am Leben oder tot, oder? Bestimmt hatte er gemerkt, wie sie ihm den Ring ansteckte?

Dritter Finger der linken Hand. Der für den Trauring.

Roísín! Du hast es getan? Du kleiner Diamant – du hast es ohne mich getan!

Verdammt, ich hoffe nur, ich war noch lebendig genug dafür …

Diesen Moment hätte ich keinesfalls verpassen wollen!

Nach einer Weile legte er sich die Hand auf die Schulter und betrachtete sie – sie hatte etwas seltsam Unkörperliches. Kurz lag sie auf seiner Haut, ehe sie ganz langsam hindurchsank wie Honig durch ruhiges Wasser. Nichts verband sie miteinander, nichts hielt sie zusammen. Sie verschmolzen nicht miteinander. Er legte seine Stirn an seinen Hinterkopf, spürte, wie sie über den Knorpel glitt. Entsetzt über die Leere löste er sich abrupt.

Er war tot … ganz eindeutig.

Was, es ist vorbei?

Er setzte sich auf und starrte fassungslos vor sich hin.

Aber was tue ich dann hier?

Ist doch klar, Kumpel. Du bist ein Geist. Er streckte seinen Arm aus und sah ihn an.

Er wirkte irgendwie durchscheinend.

Aber ich glaube gar nicht an Geister.

Erzähl das mal bei einer wissenschaftlichen Erhebung.

Panik stieg in ihm auf. Dabei habe ich gar nicht das Zeug zu einem Geist! Wieso auch? Und wo? Soll ich etwa jemanden heimsuchen? Hier?

Er sah sich um. Was denn? Die Neonlampe und die Spender mit dem Handdesinfektionsmittel? Geister brauchen Nebel, düsteres Licht, knarzende Holzdielen und verstohlene Blicke. Unerledigte Angelegenheiten, verzweifelte Rachegelüste.

Unerledigte Angelegenheiten! Ja klar. Mein gesamtes Leben natürlich.

Kann mich jemand sehen? Oder nicht? Was wäre schlimmer? Was soll ich jetzt tun? Nico hatte sein Leben so ausgerichtet, dass er jederzeit wusste, was zu tun war: Leben retten. Verdammt, was für eine beschissene Ironie!

In diesem Moment erschien Roísín auf der Station. Sie trug noch dieselbe Streifenhose und den Pulli wie beim Frühstück, kam direkt auf ihn zu, das Gesicht kreidebleich, die Augen riesig unter ihrem blauen Pony. Ich bin nicht allein!, dachte er, stürzte auf sie zu – und blieb abrupt stehen. Konnte sie ihn sehen?

Nein!

Okay. Das wäre also geklärt.

Er legte den Arm um sie, sein Oberschenkel berührte den ihren, und er hielt sie so fest, dass sie gestolpert wären, wenn er echt gewesen wäre.

Sein Arm glitt durch sie hindurch. Er schrie auf.

Roísín ging weiter und setzte sich neben seine Leiche, nahm seine Hand. Nico ging neben ihr auf die Knie, legte seine Geisterhand auf ihre und seine eigene und hielt sie fest, wie ein Pfarrer es bei einer Hochzeit tun würde.

Spüre mich. Spüre mich. Ich bin hier. So spüre mich, Herrgott noch mal, ich *bin doch* hier!

Er konzentrierte sich. Und diesmal glitt seine Hand nicht durch sie hindurch.

Gott sei Dank, dachte er und lächelte, als die Hand genau an der Stelle liegen blieb, wo er sie hingelegt hatte. In diesem Moment zuckte Roísín zusammen, schüttelte sich, wandte plötzlich den Kopf. Er stellte fest, dass er seine Hand zurückgezogen hatte.

Sollte sie ihn tatsächlich spüren können, wäre das … Nico hatte keine Ahnung.

Er sah sie an, wie sie auf dem blauen Stuhl saß, den Kopf nach vorn gebeugt wie eine Madonna im reglosen Licht.

Stunden später, als die Männer kamen, seine Leiche auf eine Rollbahre hoben und den Krankenhausflur hinunterfuhren, folgte er ihr. Einer der Typen gab einen Code in das Metallkästchen neben der Tür ein, dann traten sie hindurch. Die Tür schlug ihm vor der Nase zu. Und durch ihn hindurch. Wie ein heftiger Windstoß.

He!, schrie er.

Keiner nahm Notiz von ihm.

Er warf sich gegen die Tür und schaffte es hindurchzugleiten.

Kann ich sie weiterhin lieben?, fragte er sich. Dürfen Geister das? Er liebte Roísín. Sein Herz in diesem kalten Körper mochte aufgehört haben zu schlagen, aber …

Keine Ahnung, sein Herz liebte sie trotzdem. Was immer ich auch jetzt sein mag, liebt sie. Zumindest so viel wusste er.

Nico ging neben Roísín her, als sie sich auf den Heimweg machte. Er sah zu, wie sie eine Kerze für ihn anzündete. Er sah sie bei Sainsbury die San-Pellegrino-Flaschen anstarren, das Ketchup, ins Leere. Im Supermarkt zu sein schien sie ein wenig zu trösten.

Er saß auf ihrer Bettkante, lag neben ihr auf dem Sofa, den Kopf neben ihrem Knie, sah zu, wenn sie duschte und schlief. Doch er berührte sie nicht noch einmal, kein einziges Mal. Um ihr keine Angst zu machen.

Jeden Abend lag er neben ihr in ihrem gemeinsamen Bett, aber Schlaf schien nicht zu den Dingen zu gehören, die Geister brauchten. In der ersten Nacht starrte er auf die geschlossene Schlafzimmertür, auf die Holzvertäfelung, die er selbst gestrichen hatte, auf sein weißes Handtuch, das immer noch am Haken hing. Hindurchschlüpfen, dachte er und legte die Hand auf die Klinke. Er strich über die Holzplanken. Und folgte ihr, zuerst seine Hand, dann sein Arm, seine Schulter und schließlich sein restlicher Körper. Und dann stand er völlig schockiert auf dem Flur.

Wie kann ich so was hinkriegen, aber durch die Möbel, den Fußboden oder die Erdoberfläche falle ich nicht?

Nico hatte Roísín noch nie zum Friseur begleitet. Sie schien die Friseurin gut zu kennen und begrüßte auch einige andere Mitarbeiter im Salon mit Namen. Es war rührend, sie in diesem Teil ihres Lebens zu sehen, den er sonst nie zu Gesicht bekommen hätte. Unter normalen Umständen hätte er nie einen Fuß in den Laden gesetzt.

Vielleicht ist der Salon ja deshalb leichter für sie zu ertragen, dachte er.

Sie wechselte ständig die Haarfarbe – je nach Jahreszeit und Stimmungslage, rosa, dunkelorange, platinblond, und postete die Fotos dann bei diesem blöden Instagram. Einmal hatte sie ihr Haar zinngrau gefärbt, eine interessante Farbe, die unglaublich gut zu ihrem rosig-magnolienfarbenen Teint und ihren dunkelblauen Augen mit den winzigen Fältchen gepasst hatte. Als Nächstes hatte sie eine Art Farbverlauf gehabt – Ombré nannte sie es, gefolgt von etwas namens Balayage, wie sie ihm mit lustigem französischem Akzent erklärt hatte. Er wusste immer noch nicht, wie diese Technik korrekt ausgesprochen wurde. *Baileyidge* hatte er es genannt, was sie zum Lachen gebracht hatte. »Das Haar wird praktisch angemalt«, hatte sie erläutert. Aber wie sollte man einen Lockenkopf wie ihren anmalen? »Freihandtechnik«, hatte sie erwidert. Freihand! Er hatte sich einen Permanentmarker vorgestellt wie bei diesen Freihandtattoos, die direkt auf die Haut aufgemalt wurden.

»Lass mal sehen«, hatte sie verlangt. »Mach mir so eins.« Er hatte eine Rose gezeichnet, die sich über ihren gesamten Körper rankte, um ihre Taille bis hinauf zu den Schultern, wie eine Umarmung, während sie gekichert hatte, weil ihre Locken kitzelten, wenn sie sich drehte und wendete, um einen Blick auf seine Kreation zu erhaschen.

»Und soll ich es dir gleich noch tätowieren?«, hatte er gefragt, doch sie hatte ihn weggestoßen. »Hau bloß ab. Wage es nicht, mir mit diesen gruseligen Nadeln zu nahe zu kommen.«

Rosaki-mou, dachte er. Meine kleine Rose.

Ihre Trauer erstaunte ihn, die Tiefe ihrer Liebe zu ihm. Nicht dass sie es ihm nie gesagt oder er ihr nicht geglaubt hätte. Aber es mit eigenen Augen zu sehen …

Cara, die Friseurin, hatte Tränen in den Augen, als Roísín ihr erklärte, was sie haben wollte.

Wie viel länger ihre Locken waren, wenn sie nass waren und in die Länge gezogen wurden! Er dachte daran, wie ihr das Haar am Kopf klebte, nach dem Duschen oder wenn sie nach dem Schwimmen aus dem Wasser stieg. Eigentlich hatte er angenommen, die Locken mit den türkisfarbenen Spitzen würden noch feucht zu Boden fallen, aber Cara trocknete sie erst sorgfältig, eine geschlagene halbe Stunde, mit langen Bürstenstrichen unter dem Föhn, ehe sie sie zu einem Zopf oben am Kopf und unten an den Spitzen zusammennahm und ihn mit einem Ratschen abschnitt. Sie und Roísín lächelten einander zu, als der Zopf in einen wattierten Umschlag kam und beiseitegelegt wurde, damit später eine Perücke für Kinder daraus gefertigt werden konnte – für solche, die wegen ihrer Krebsbehandlung eine Glatze hatten. Das ist fast, als würde sie ihre Organe spenden, nur dass sie nicht tot ist. Sie hat mich verloren, und jetzt gibt sie Teile von sich selbst weg.

Dann rief Cara einen der Jungs herüber, weil Längen von unter einem Zentimeter nicht ihr Fachgebiet waren. Allerdings schien zwischen ihnen ein fundamentales Einvernehmen zu herrschen, dass dies der richtige Schritt war. Der Rasierer glitt mühelos über Roísíns nun dunklen Schopf. Raspelkurz. Es sah wunderschön aus, ihre opferbereite Miene. Ihre Trauer verlieh Zuversicht, selbst ihr Kummer war liebenswürdig.

Aber Mum wird es nicht gefallen.

Oh Gott, Mum.

*

Nicos Ansage, er wünsche sich eine Seebestattung, war nicht ernst gemeint gewesen. Nie hätte er gedacht, dass jemand ihn beim Wort nehmen würde. Es war so ähnlich wie mit diesen Weihnachtspullis oder so. Man flachste herum, nur aus Spaß. Er war begeisterter Segler und Schwimmer und stolz auf seine familiären Wurzeln auf Ithaka, doch nun musste er zusehen, wie seine Mutter verzweifelt die Reste der Traditionen, die sie sich aus ihrer einstigen Religion bewahrt hatte, an die sie nicht länger glaubte, mit der Tatsache unter einen Hut zu bringen versuchte, dass er von einem Boot im Ärmelkanal ins Wasser gekippt wurde, weil es nur hier möglich war (es gab noch eine zweite Stelle in Northumberland, allerdings erschien es ihr dort viel zu kalt – Ach, Mom, beides ist definitiv nicht das Ionische Meer, was?).

Jedenfalls bereitete sie jetzt Koliva für die Bestattung zu – sie kochte Einkorn, der dem antiken Weizen am nächsten kam, röstete Kumin, Anis- und Koriandersamen, mischte Honig und dunkelrote Granatapfelkerne, Petersilie, Muskatnuss und Salz. Koliva sei akzeptabel, sagte Mum, weil der Ursprung dieser Speise in der vorchristlichen Zeit liege. Sie repräsentierte Demeter (das Korn), Persephone (den

Granatapfel) und das Totenreich (die Petersilie). Ein Gottesdienst komme nicht infrage, weil die Kirche bloß aus geldgierigen Schakalen bestünde. Gräber waren ebenfalls in Ordnung, weil man sie besuchen konnte, und wie sollte der Pfarrer sonst den Teller mit der Koliva zerbrechen und damit die Seele des Verstorbenen erlösen? Logik? *Ich bitte dich, ich bin eine trauernde Mutter*. Seebestattung: Ja, weil alles so vor sich gehen musste, wie ihr Seefahrersohn mit seiner tiefen Liebe zu ihrer Heimatinsel es haben wollte. Und wenn es das nicht gab, blieb sie so lange am Ball, bis es klappte. Sie selbst würde drei Tage später noch einmal mit einem anderen Boot hinausfahren, um den Teller über dem Bug zu zerschlagen und das Getreide ins Meer rieseln zu lassen.

Nico hatte nie ein größeres Freiheitsgefühl empfunden als beim Segeln. Indem man seine gesamte Konzentration auf den Wind, die Gezeiten, die Strömung und die Segel richtete, blieb kein Raum mehr, an etwas anderes zu denken, hatte er stets gesagt. Das konnte er nun haben, für immer und ewig. Nichts würde ihn mehr stören. Was könnte eine Mutter sich Schöneres für ihren wunderschönen, viel zu früh aus dem Leben gerissenen Sohn wünschen?

Im Bestattungsunternehmen hatte man ihn aufgebahrt, und alle waren gekommen, um ihn zu küssen. Von mir aus, Mom.

Roísín hatte ihr geholfen. Beide hatten dagestanden und ihre Tränen in die Koliva vergossen. *My Big Fat not-so-Greek Funeral.*

Er konnte Roísín auf dem Boot sehen, windumtost und mit durchgedrückten Schultern unter dem klaren blauen Himmel, während die Schöße ihres Dalmatinermantels in der Brise flatterten. Nico wusste genau, weshalb sie ausgerechnet diesen Mantel trug, wusste, wie wütend sie war. Er wusste, dass sie kaum merklich zitterte, als der Mann ihr die weißen Lilien hinhielt, damit sie sie ins Wasser warf. Danke, Liebling, dass du dich so rührend um meine sterblichen Überreste kümmerst, dachte Nico. Er hatte sie noch nie so stark und so schwach zugleich gesehen. Ihr Hals war so nackt. Sie und Mum, wie sie Arm in Arm dastanden und einander Halt gaben.

Als Roísín einen Schritt nach hinten trat, damit die anderen Trauergäste ihre Blumen ins Wasser warfen, konnte Nico sich nicht zurückhalten. Vielleicht merkte sie es ja nicht, es wäre bloß wie eine sanfte Berührung des Windes, welcher Mann, welcher Geist würde nicht … beim eigenen Begräbnis … Er trat zu ihr und legte seine Hand ganz leicht auf ihren Nacken, unmittelbar unter ihrem Haaransatz, genau auf jene Stelle, an der ihr immer kalt gewesen war. Abrupt fuhr sie herum. »Herrgott!«, stieß sie hervor, doch da war nichts. Dann drückte ihr jemand ein Glas Whisky in die Hand. Sie schien sich zu schütteln, aber ihr Blick schweifte kurz dorthin, wo er stand. Erschrocken.

Einen Moment lang konnte er sein Glück kaum fassen. Er hatte sie berührt, und sie hatte es gespürt. Doch dann folgte die Ernüchterung. So etwas darf ich nicht tun.

Sie warf den Whisky über Bord. Ist der für mich?, dachte er. Die Loslösung vom Band mit den Ahnen? Mein letztes Glas zum Abschied? Wollte er es überhaupt? Er fand das Wort nicht, um seine Empfindungen zu beschreiben. Denn irgendwie schon … *aber nein.*

Kann ich essen?, überlegte er.

Du bist tot, Nico.

Weiß ich, aber …

Später, beim Leichenschmaus im Pub, ertappte er sich dabei, wie er den goldbraun frittierten Fisch betrachtete, den sie den Gästen servierten. So knusprig! Und jetzt einen Spritzer Zitrone drüber. Riechen konnte er ihn nicht. Aber das Verlangen danach konnte er trotzdem haben. Wie ein Ladendieb pirschte er sich an, um verstohlen mit dem Finger draufzudrücken. Er wollte nicht, dass jemand einen Herzinfarkt erlitt, weil er beim Leichenschmaus einen Fisch in der Luft schweben sah. Wäre es so? Könnten sie es sehen? Er glaubte nicht. Witzig wäre es allerdings. Er verkniff sich den Drang, es auszuprobieren, aber … na ja, jetzt ist doch der richtige Moment … immerhin ist es ein besonderer Anlass …

Er sah den Fisch an, konzentrierte sich und berührte ihn. Seine Finger glitten hindurch. Er konzentrierte sich noch einmal. Schließlich hatte Roísín seine Berührung auch gespürt. Logisch ist es nicht, was kann es also sonst sein? Etwas Emotionales? Wie sehr will ich es?

Ich will dich sehr, kleiner Fisch, sagte er leise und berührte ihn erneut. Tastete. Drückte. Komm schon. Einen Moment lang spürte er den kleinen Körper, aber dann nicht mehr. Kein Hungergefühl, kein Bedürfnis, ihn zu essen.

Auch gut. Essen ist für die Lebenden.

Und was gibt's für mich?

Er ging wieder hinein. Die Griechen saßen in der Ecke, sangen *S'agapo,* tranken Brandy und aßen Koliva. »›Ich liebe dich, weil du bist, wie du bist. Ich liebe die Welt, weil du in ihr lebst. Deine Fenster sind geschlossen, mach eines auf, damit ich dich sehen kann ...‹«

Seine Mum und Roísín saßen beisammen, wie zwei Königinnen im Schockzustand. Oh Mum.

Sa ... ga ... po ...

Nell sah traurig aus. Roísíns und Nells Mutter Nelly auch.

Er fuhr mit Roísín und Nell im Wagen mit, unsichtbar, halb existierend, zusammengekauert auf dem Rücksitz ihres Fiat 500. Es war keineswegs unbequem, nur als seine Beine durch den Vordersitz glitten, als sie über eine Fahrbahnschwelle rumpelten und er seine Füße auf Nells Schoß liegen sah, packte ihn kurz das Entsetzen, und er riss sie schnell zurück. Vorsichtig probierte er, drückte seine Füße durch die Wagentür, stützte sie dagegen, dasselbe mit den Händen auf dem Sitz.

Nico lehnte sich gegen die Arbeitsplatte, als Wasserkessel brodelten, saß auf dem Sofa, als Telefone klingelten.

Roísín lag im Bett, auf dem Rücken, völlig erschöpft, rief seinen Namen. Er fand heraus, dass er in der Luft über ihr liegen konnte. Plötzlich setzte sie sich auf und landete in seinen nicht existierenden Armen.

Er sah ihre Angst, sie könnte ihre Freunde langweilen. Bemerkte, dass sie es nicht ertrug, wenn Musik lief, es sei denn, sie hatte das Bedürfnis zu tanzen. Oft musste er sich zurückhalten, ihr nicht über die Stirn zu streichen. Du darfst sie nicht anfassen, schärfte er sich ein. Also flüsterte er ihr tröstliche Worte zu, obwohl er selbst keinerlei Trost empfand. Sondern nur das Gefühl des Verlusts – von allem, was er gehabt und was er in seiner Ahnungslosigkeit in der Zukunft zu haben geglaubt hatte. Ich dachte an den Lake District, sagte er, als sie Teewasser aufsetzte. Für den Urlaub. Oder eine Hochzeit. Vielleicht ja doch Kinder – wieso haben wir das nie ernsthaft besprochen? – was denkst du? Oder Venedig? Sie hatten alle Zeit der Welt gehabt, um all das zu tun, was sie vorhatten. *Unerledigte Angelegenheiten.* Und jetzt würde er nie erfahren, was daraus geworden wäre.

»Ja, Schatz?«, rief er vom Sofa. Sie war in der Küche, hatte den ganzen Abend mit ihm geredet, und auch jetzt hörte er sie seinen Namen sagen. Sie sprach mit ihm, ja, aber reagieren tat sie nicht. Und wenn er ihr antwortete – zack. Betonwand. So was konnte man wohl kaum als Unterhaltung bezeichnen.

Und dann lief die verdammte Cyndi Lauper im Radio. Er sprang auf, ging in die Küche. Er wusste, was Roísín am liebsten hörte. Und siehe da, sie stand mitten in der Küche mit dem roten Linoleumboden, der Wasserkessel brodelte, Tränen strömten ihr übers Gesicht, während sie langsam die Hüften wiegte. Er trat vor sie, ganz dicht, und spürte, dass der Schleier zwischen ihnen so hauchzart war, dass auch sie seine Gegenwart wahrgenommen haben musste. Und sei es nur minimal. So wie wenn man beim Qi Gong die Handflächen zueinander führt und dieses kaum merkliche Prickeln wahrnimmt. Hatte sie es ebenfalls gespürt?

Er ertrug es nicht länger. Er streckte die Hand aus, legte sie mit einer bewussten Anstrengung auf ihre, um sicherzugehen, dass sie nicht ungehindert durch ihr Fleisch gleiten würde, schlang den Arm um ihre Taille, wohl wissend, dass er sie damit vermutlich erschrecken würde, aber dieses Risiko ging er ein, weil sie bestimmt wissen würde, dass er es war und sie nur trösten wollte, oder nicht? Er hob den Arm, um Roísín zu drehen. Vielleicht war es Zufall, aber genau in diesem Moment bewegte sie sich, und als sie sich zurückdrehte, fühlte sich das Ganze so sehr wie ein Tanz an, dass es im Grunde keine Rolle spielte. Einen Moment lang ruhte sein Kinn auf ihrem Kopf. Früher hatte er manchmal sein Glas darauf abgestellt, was sie zum Lachen brachte, aber sie war nun mal so klein.

Vielleicht wünschte er es sich auch nur mit aller Macht, dass es wahr wäre. So sehr, dass er seinen albernen Sirtaki zu tanzen begann, mitten in der Küche, nur um diesem Gefühl ein Ende zu machen. Im Zweifelsfall den Deppen spielen. Das war ein Garant, Roísín zum Lachen zu bringen. Aber sie lachte nicht. Natürlich nicht. Sie wusste ja nichts davon.

4

Februar, Glasgow

Jay fasste einen Entschluss.

Sie hatte es schon eine ganze Weile geplant, während sie traurig und still in ihrem Krankenbett gelegen hatte, nahezu sämtlicher Freuden des Lebens beraubt und sich verzweifelt an die letzten Reste klammernd, die ihr noch geblieben waren. Für den finalen Schritt fehlt mir schlicht der Mumm, dachte sie. Ich kriege es nicht hin, weil ich mich nicht überzeugend genug selbst belügen kann. Denn sie wusste, dass niemand wirklich sterben wollte. Einen kurzen Moment vielleicht, wenn alle anderen Alternativen dermaßen … inakzeptabel sind, aber … nein. So etwas tat man nicht einfach so.

Ich schinde Zeit. Was bedeutet, dass ich es auch nicht will. Ich will lieber weiterhin hier herumliegen, ihm das Leben zur Hölle machen und auf ein imaginäres Wunder warten.

Das aber nie kommen wird.

Ich weiß es.

Aber ich bin nur ein Mensch und will nicht sterben.

Es ist so beruhigend, seinen Atemzügen zu lauschen, hatte sie gedacht, als Rasmus an diesem Abend auf dem

Stuhl eingenickt war. So oft in den vergangenen Jahren hatte sie mitbekommen, wenn er sich nachts herumgequält hatte, aus dem Bett gekrochen war, ganz leise, um sie nicht zu wecken. Wenn er sich hin und her gewälzt, sein Kissen von einer Seite auf die andere gedreht, seine Seufzer zu unterdrücken versucht hatte. Und dann ihre eigenen Nächte voller Schwitzen und Fieber, ihre eigene Schlaflosigkeit. Wäre es nicht schön, wenn wir beide ein wenig ruhen könnten, und sei es nur für eine Weile, Seite an Seite, so, wie es sein sollte?, dachte sie.

Sie hatte es also in der Hand. Dieser Gedanke genügte, um ihr auf die andere Seite zu helfen. Vielleicht gab sie auch nur auf … tat einfach nicht länger das, was auch immer sie auf dieser Seite gehalten hatte. Oder aber es war schlicht der richtige Moment. *Sehet zu, wachet und betet, denn ihr wisset nicht, wann es Zeit ist.*

*

Im Grunde spielte es keine Rolle, denn sie bekam es nicht mit. Bis sie aufwachte und feststellte, dass nicht alles an ihr aufgewacht war. Ihr Körper jedenfalls nicht.

Trotzdem war sie hier, gewissermaßen.

Bin ich das wirklich?

Sie lag still und reglos da. Etwas war anders, von Grund auf.

Sie erhob sich.

Das war neu. Es war Wochen her, seit sie das letzte Mal aufgestanden war. Verwirrend!

Sie bewegte die Arme. Keine Kanülen, keine Schläuche, keine Schmerzen. Ein Wunder!

Keine mühsamen Atemzüge. Gar keine Atemzüge! Nichts. Keine krampfartigen Schmerzen im Brustkasten beim Einatmen, keine einsackenden Schultern beim Ausatmen. Kein wilder, unregelmäßiger Herzschlag. Dieser Gedanke hätte sie völlig aus der Fassung bringen sollen – tat er aber nicht. Das war beängstigend – trotzdem hatte sie keine Angst. Sondern empfand beinahe so etwas wie Erleichterung. Sie war tatsächlich tot.

Aber wieso bin ich dann immer noch hier? Sollte ich nicht anderswo sein?

Sie blickte auf ihr Bett.

Natürlich war Jay in der Zeit, als sie ihren Tod unaufhaltsam näher kommen gesehen hatte, nie der Gedanke gekommen, ob auch die Toten selbst so etwas wie Trauer und Verlust empfinden könnten. Stattdessen hatte sie ein großes Nichts erwartet – ein endgültiges, klares Nichts. Was stand denn zur Auswahl? Himmel, Hölle oder die große Leere. Natürlich Letzteres. Die kurze Bewusstheitsphase als Individuum abgeschlossen, Klappe zu und Feierabend. Und wenn sie sich auf etwas freute, dann auf ein wenig Frieden und Ruhe. Sie war davon ausgegangen, dass ihr Tod in Wirklichkeit etwas war, das anderen widerfuhr, genauer gesagt Rasmus. Er würde ihn wirklich empfinden.

Aber siehe da – es war nicht vorbei. Ihr Herz machte einen Satz. Ras!, rief sie, woraufhin er sich im Schlaf regte. Er hing mit ausgestreckten Beinen und krummem Rücken – der später beim Aufstehen mächtig wehtun würde – auf seinem Stuhl, den Kopf nach hinten weggekippt, sodass seine Kehle entblößt war.

Wie verwundbar er aussieht.

Oh Gott, wie funktioniert das hier?

Rasmus? Es ist nicht vorbei!

Eine Woge des Mitleids erfasste sie, als sie an ihrem armen Körper hinabsah. Armer toter Körper. Ganz vorsichtig berührte sie ihre Nasenspitze. Eigentlich ist es gar keine richtige Berührung, sondern eher eine Geste. Vorsichtig setzte sie sich aufs Bett. Die Matratze gab nicht unter ihr nach.

Sie sah ihrem Mann beim Atmen zu. Wir waren uns noch nie so fern. Nicht einmal, bevor wir uns begegnet sind, weil wir uns damals aufeinander zubewegt haben.

Vorsichtig stand sie wieder auf und wandte sich ihm zu, um sich behutsam auf seinen Schoß zu setzen. Kurz hielt sie inne: Was, wenn ich ihn auch nicht berühren kann? Wenn …

Wenn was? Jay schlang ihm die Arme um den Hals und schmiegte ihr Gesicht an seinen Kopf. Es mochte sich nicht wie Haut an Haut anfühlen, aber immerhin besser als nichts. Sie hatte einmal von zwei Flüssen in Lateinamerika gelesen oder eine Dokumentation gesehen: Sie trafen mit schneller, reißender Strömung aufeinander, aber statt sich zu vereinen, wanden sie sich, der eine braun, der andere blau, Seite an Seite dahin, schlängelten sich natürlich hier und da umeinander, ohne dabei jemals zu verschmelzen. Verbunden und trotzdem jeder für sich. Aber so war es auch wieder nicht, denn Rasmus reagierte nicht auf ihre Anwesenheit. Oder doch?

Jay legte ihm die Hand, die aussah wie ein Geschöpf aus dem Meer, jenseitig, irreal, auf die Brust. Sie ließ sie auf dem weichen Baumwollstoff seines Hemdsärmels ruhen, strich ihm mit der anderen übers Haar, über sein müdes Gesicht. Sie fühlte sich, als sei sie eingehüllt von ihrer Liebe und Zuwendung füreinander, gehalten von der Nähe zwischen ihnen.

Würde sie mitansehen müssen, wie er litt?

Ja, das müsste sie.

Selbst wenn sie etwas erwartet haben sollte, dann auf keinen Fall so etwas. Nicht dass sie etwas empfinden würde.

Jay kehrte mit Rasmus auf die Insel zurück, wobei sie immer mehr darüber herausfand, wie ihr neues Leben funktionierte. Der Boden war solide, fest. Bänke, Betten, Stühle, Flugzeugsitze waren fest. Alles war fest, es sei denn, sie wollte es nicht. Rasmus war fest. Jay selbst, ihre ausgestreckte Hand hingegen nicht. Die Wände und Abtrennungen am Flughafen Glasgow waren es auch nicht, wenn sie durch sie hindurch wollte. Entschlusskraft und Wille genügten. Die Sicherheitsschranken reagierten nicht auf sie. Und die Schwerkraft war auch nicht mehr von Bedeutung. Mitten im Getümmel ergriff plötzlich ein verrücktes Glücksgefühl von ihr Besitz. Sie war noch da! Und sie war stärker und freier als seit Jahren! Wie eine Idiotin grinsend, sprang sie hoch, warf die Arme in die Luft, schlug einen Salto. Einen, dann noch einen und noch einen, landete wie fluffige Löwenzahnschirme. Sie stieß sich neuerlich ab, schlug Räder über den schmutzigen Fußboden, landete mit einem Satz auf den Rücklehnen einer Sitzreihe, zack, zack, zack, dann mit einem Sprung hoch und auf Zehenspitzen auf dem Gummihandlauf einer Rolltreppe, wie eine Mini-Plastikballerina in einer Spieluhr balancierend. Und flog zurück in seine Arme, sobald er sich hingesetzt hatte.

Kannst du mich spüren?, fragte sie. Weißt du, dass ich hier bin?

Aber so sicher sie sich in der Umarmung seines schweren Wintermantels fühlen mochte, war ihr doch bewusst, dass die Welt für die Lebenden weiterhin verlässlich und berechenbar sein mochte, für sie hingegen nicht.

Du meine Güte, das Krematorium war heftig, erinnerte sich Jay. Danke, Kwame, dass du gekommen bist. Danke, dass du Ras beruhigt hast, er bräuchte nicht die komplette Ghana-Nummer auf die Beine zu stellen. Danke, dass du die Tanten bei Laune gehalten hast. Und danke für das Zoom-Meeting und dass du Ras nicht gezwungen hast, daran teilzunehmen. Jay war heilfroh, dass Mom und Dad nicht mehr da waren und ihnen all das erspart blieb.

Werde ich sie eigentlich wiedersehen?, fragte sie sich. Das war ein flüchtiger Gedanke. Zu viel.

Sie hatte Ras gesagt, er solle sie einfach auf den Komposthaufen werfen. Jede Frau hatte ihre Schwachpunkte, und ihrer war die Vorstellung, dass ihr Körper tot war. Sie liebte ihren Körper, hatte sich immer liebevoll um ihn gekümmert. Wie viele Kokosnüsse hatten ihr kostbares Öl für ihr üppiges Haar und ihre glatte Haut gespendet? Sie wollte nicht, dass all das einfach entsorgt wurde. Behalt mein Haar, hätte sie ihm am liebsten gesagt. Behalt meine Knochen, vielleicht auch meine Finger – du könntest sie ja trocknen. Behalte mein Herz, leg es in Wein ein. Es gehörte ohnehin immer nur dir. Sie erinnerte sich an ihre Arme, als sie noch jung gewesen war; schlank und dunkelbraun, am Strand von Labadi, mit Salzkristallen aus dem Meer verkrustet. Süßer Mangosaft, der ihr über die Hände bis hinauf zu den Ellbogen lief, als sie die Früchte direkt vom Baum in Großvaters Garten auslutschte. Die riesigen Schmetterlinge, die um die Bäume herumflatterten und sich an den Mangos labten. So glänzend. Derselbe Atlantik wie in Labadi schlägt an die Ufer von Luskentyre. Dieses elende Meer. Verbindet und trennt zugleich.

Mach schon, sagte sie sich. Verabschiede dich von deinen sterblichen Überresten.

Ob sie es wohl könnte?

Es gab nur einen Weg, es herauszufinden.

Jay trat ans Kopfende ihres Sargs, wartete darauf, dass er von der Bahre in den Verbrennungsofen geschoben wurde, und legte ihre durchscheinende Hand auf das polierte Holz. Dann glitt sie hinein. Sie betrachtete ihr Gesicht, küsste die graue, kalte Stirn. Sie dachte daran, was für ein lebhaftes, gelenkiges Kind sie gewesen war, später eine majestätische Frau, eine Königin. Was für ein Jammer, welchen Schmerzen und Einschränkungen ihr Körper am Ende ausgesetzt gewesen war. Und jetzt – in eine Kiste gepackt, bereit für den Versand.

Nur ein Ding. Das wusste sie jetzt. Danke, altes Ding.

Nicht mal richtige Flammen.

Etwas Religiöses hatte sie keinesfalls gewollt – als Naturwissenschaftlerin war ihre Distanz zur Religion fast automatisch immer größer geworden. Schon seit ihrer Kindheit hatte sie sich das Jüngste Gericht nicht länger ausgemalt, und damals war es ein alttestamentarisches Bild gewesen, unterfüttert von Renaissance-Gemälden, auf denen mit Dreizack bewehrte Dämonen hämisch lachten und nackte Seelen aus einer Laune Gottes heraus in einem hellblauen Himmel wild hin und her geschleudert wurden. Vielleicht hatte ihr Dad ja doch recht, und es kamen tatsächlich bloß hundertvierundvierzigtausend Seelen in den Himmel. Jay war bewusst, dass sie nicht zu den hundertvierundvierzigtausend besten Menschen zählte, die je auf der Erde gewandelt waren. Vielleicht kommt man auch nur in den Himmel, wenn man daran glaubt – was sie nicht tat, nicht einmal während der düstersten Phasen ihrer Krankheit. Sie dachte durchaus an Jesus, ihren Freund aus Kindertagen, diesen blauäugigen Jungen, den sie in der Kirche geschenkt bekommen hatte. Also, Jesus, ich habe versucht, die wirklich wichtigen Dinge in Angriff zu nehmen. Ich mag nicht viel dazu beigetragen haben, Fremde und Obdachlose aufzunehmen, aber ich habe definitiv Kranke geheilt, Hungrige gespeist und ganz sicher Verängstigte getröstet.

Aber Religion? Nein.

Sie strich über die gramgebeugten Schultern von Kwame, Dougie, ihrer Tanten, Cousins und Cousinen, die angereist waren, und schmiegte sich dann an Rasmus, um der Zeremonie beizuwohnen. Danach saß er lange Zeit draußen auf dem Mäuerchen. Freitagmittag, der Himmel bedeckt, später gäbe es vielleicht noch Regen. Sie setzte sich zu ihm, legte ihm die Hand aufs Knie. Die anderen waren in den Pub gegangen. Später würde Rasmus sich zu ihnen gesellen. Wo du hingehst, dachte sie, will auch ich hingehen.

Dougie holte Rasmus vom Flughafen Stornoway ab und brachte ihn nach Hause. Die Straße schlängelte sich wie ein schwarzes Asphaltband zwischen grünen und samtig goldenen Hügeln, vorbei an silbern schimmernden Seen und Meereszuflüssen. Jay lag die ganze Fahrt über auf dem Wagendach, flach auf dem Rücken, genoss das Spiel aus Licht und Schatten, den Anblick des Meeres, das immer wieder in Sicht kam, die Adler, die über ihnen kreisten. Diese Straße, die sie so gut kannte.

Als Dougie vor ihrem Haus anhielt, ließ sie die Beine gegen die Windschutzscheibe baumeln und wartete, doch Rasmus machte keine Anstalten, Dougie auf eine Tasse Tee hineinzubitten. Wie lange bin ich schon tot?, überlegte sie. Erst eine Woche. Bestimmt kommt bald die Urne mit meiner Asche, damit sie auf dem Kaminsims stehen kann. Damit wir zusammen abhängen.

Dabei bin ich ja schon hier!

Man merkte dem Cottage an, dass sie nicht mehr da war. Der Staub lag an anderen Stellen, das Holz hatte seinen schimmernden Glanz verloren, die Pflanzen gingen ein, das Kaminholz war fast aufgebraucht. Niemand hatte die Sofakissen aufgeschüttelt. Post lag ungeöffnet auf dem Fußboden. Der Wasserhahn in der Küche tropfte immer noch. Hatte während ihrer Krankheit bereits dasselbe Chaos geherrscht, sie hatte es nur nicht bemerkt? Das Haus selbst wirkte selbst halb tot. Nur die Katze nicht – sie hob den Kopf, sah sie an und rollte sich wieder zusammen.

Jay hockte sich auf den Klodeckel, während Rasmus duschte, stand hinter dem Klavier, als er eine einfache Melodie summte, Akkorde ausprobierte, kritzelte. Sie ertappte ihn, wie ein flüchtiges Lächeln über sein Gesicht huschte und er mit einem leisen Seufzer einen F7-Gitarrengriff einfügte. F7 hieß bei ihm Hermione. In seiner Welt hatten alle Akkorde Namen. G war James – klar und edel. G-Moll hieß Luther. D-Moll war Joachim. A hieß Claire. Bb-Moll war Herb, C Nelson. Ihre wahren Namen nervten ihn. Hermione war der magische Akkord, der jeden Song aufwerten konnte.

Sie sah Rasmus' zerzaustes Haar, das lange nicht mehr in den Genuss ihrer liebevollen Finger gekommen war. Er sah wie Petersilie aus – ein langer, dünner Stängel mit bauschig sprießendem Kraut oben. Und sein bleiches Gesicht erinnerte an eine runzlige Pastinake. So wunderschön. Sie legte ihr Kinn auf seine Schulter. Allmählich gewann die Melodie an Gestalt, als er sie wieder und wieder spielte. Sie war schön – traurig, mit offenem Ende. Leise summte sie eine sanfte, melancholische Harmonie dazu, und Rasmus blickte erschrocken auf.

Jay stand oben auf dem Hügel hinter der Straße, als der Wind in Luskentyre umschlug, unter ihr violette Felsen, die sich bis weit hinaus ins Meer, bis zum Taransay-Sund erstreckten. In der Ferne kreiste ein kleiner Steinadler, die Flügel gebogen wie eine vom Himmel gefallene Wimper. Die mit der Klarheit der Luft einhergehende Kälte konnte sie nicht spüren. Die Schönheit dieser Landschaft, die sie so liebte, trieb ihr die Tränen in die Augen. Sie geriet ins Wanken. Ich will auch jetzt noch nicht sterben. Sie sprang vom Felsen und spürte, wie ihre Füße einen langen Moment in der Luft schwebten, ehe sie wie eine tauchende Schwalbe auf dem glitzernden Wasser landete und einen Rückwärtssalto vollführte, einfach, weil sie es konnte. Alles, was ich in meinen Träumen immer getan habe, kann ich jetzt tun, dachte sie. Ich bin schwerelos, aber trotzdem voller Kraft. Ich kann fliegen. Ein einzigartiges Wunder. Eine neue Realität.

Sie sah Rasmus bei Flut am Strand stehen. Sieh ihn an! Sieh doch! Er ging mit diesem röhrenförmigen Karton mit ihrer Asche unter dem Arm auf die Felsen zu, wobei er sich hier und da abstützen musste, um nicht hinzufallen. Schließlich stand er mit gespreizten Beinen ganz oben, von drei Seiten vom Meer umtost, wie ein Miniaturkoloss von Rhodos. Er hielt sich die Kartonröhre über den Kopf und versuchte mit dem Rücken zum Wind, Jays sterbliche Überreste den Fluten, den Krabben, den Algen zu übereignen. Sie sah zu, wie die graue Asche zurückgeweht wurde, während die Wellen sich kräuselten wie Silberlamé auf dem hellgrünen Wasser, sah zu, wie er vor dem Chaos und der Würdelosigkeit seines Unterfangens resignierte, schwankend ans Ufer hinunterging, um sich die Hände in der Brandung zu waschen, sich Wasser in das unbewegte Gesicht zu spritzen, sah seine salzverkrusteten, nassen Hände.

Später saß Jay neben ihm. Er hatte die Fotos hervorgeholt, sowohl die richtigen als auch die digitalen Geister auf dem Bildschirm. Wieder und wieder betrachtete Rasmus die kurzen Filmausschnitte von ihr, ehe er den Laptopdeckel zuknallte. Da war sie, am Abend ihres Kennenlernens, in diesem dunkelorangen Satinkleid im 60er-Stil, auf der Dachterrasse in Williamsburg. Sie sähe aus, als solle sie eigentlich mit Ray Charles singen, hatte er gesagt. Und recht hatte er! Clips der Tour der Capos, wie sie neben ihm stand und sang, monatelang, Abend für Abend auf Bühnen von Brooklyn bis New Orleans, von Austin bis Monterey. Sie beide, lächelnd, nebeneinander am Mikrofon. Sie beide vor Al Greens Kirche in Memphis, nach einer durchgemachten Nacht, in der sie durch die Bluesclubs auf der Beale Street gezogen waren und nun neben dem steinernen Schild *Full Gospel Tabernacle Church* standen. Von den schönsten Momenten gab es keine Fotos. Beispielsweise von dem, als sie sich in ihn verliebt hatte, im Tourbus, irgendwo zwischen zwei Südstaatenstädten mit poetischen Namen, auch wenn der Süden der USA für sie keineswegs poetisch war. Sie hatte sich ein T-Shirt unter die Schenkel geschoben, weil ihre Haut ständig an den Ledersitzen festklebte, sah ihn an, und er sah sie an. Und das war's! Ihre Blicke waren sich begegnet, und in diesem Moment hatte sie es gewusst. Nur eine winzige Kopfbewegung, eine kaum merkliche Veränderung des Gesichtsausdrucks. Etwas hatte sich verändert. Und wie richtig war ihre Entscheidung gewesen, Rasmus zu wählen, trotz allem, was passiert war und was alle gesagt hatten.

Er, bewusstlos in der Notaufnahme des Krankenhauses in der Dekalb Avenue in Brooklyn, draußen blühten die Kirschblüten, drinnen lag er, ein gefallener Soldat. Sie war nicht dabei gewesen, als es passiert war. Kurz verharrte sie in der Erinnerung, hielt sie fest, ehe sie sie zugunsten einer schöneren verwarf: du und ich hier auf der Insel, kurz nachdem wir hergezogen waren. Auf der Straße hinter Scarista, als wir das erste Mal Wildhimbeeren fanden, ihr durchdringender Geruch im Regen, und wir aßen sie alle auf, schmeckten ihre staubige Süße, während sich der gewaltige Hebriden-Himmel über uns spannte, als wären wir am Ende der Welt. Die Regentropfen platschten, die Amsel sang …

Rasmus lag zusammengerollt in dem schmalen Bett und rief ihren Namen. »Wo bist du?«, flüsterte er. »Wo bist du, Jay?«

Ich bin hier, antwortete Jay ruhig. Sie saß bei ihm, und er hämmerte sich vor Wut gegen die Schläfen.

Vorsichtig ließ sie sich neben ihn sinken, legte ihren Kopf auf seine Brust. Er rückte ein Stück zur Seite, als hätte er ihr Gewicht gespürt. Die ganze Nacht lag sie bei ihm, viele, viele Nächte, ohne selbst zu schlafen. Ich bin hier, wo ich immer war. Und ich habe keine Ahnung, wo ich jetzt bin.

*

Die Tage zogen dahin, draußen war es dunkel, ob Morgen oder Abend, vermochte sie häufig nicht zu sagen. Jay lauschte den vertrauten Geräuschen, wenn der Wind durch den Kamin pfiff, seinem Heulen und Ächzen, seinem Raunen und Murmeln. Rasmus hatte sogar versucht, sie einzufangen – die Musik des Windes. *Ceòl na gaoithe.* Zuerst hatte er Mikrofone im Kamin installiert, dann hatte er unbedingt eine Äolsharfe aufstellen wollen und sogar eigens eine anfertigen lassen, die Tag und Nacht draußen stöhnte und seufzte, wenn der Wind zu seinen engelsgleichen Gesängen anhob – diesen sanft schwebenden Hexenklängen –, obwohl es einen um den Verstand bringen konnte, weil diese Harfen weithin zu hören sind. Dann hängte er bei den Feldern Pfeifen auf, die an einem besonders stürmischen Abend lauthals zu tröten begannen. »Die ganze Insel ist ein einziges großes Instrument«, hatte er sich gefreut, und das stimmte auch – das Meer, die Brandung, die Kieselsteine, die Glockenblumen, alles.

Andere Erinnerungen kamen ihr in den Sinn. An Stürme in Ghana, als Jay noch ein Kind war und es den Anschein hatte, als würde die ganze Welt fortgespült. Riesige Palmen mit schwarz-weiß gestreiften Stämmen und grünen Wedeln, wild peitschend und immer wieder von grellen Blitzen erhellt, ehe sie erneut in Dunkelheit versanken, während der Regen in sprudelnden Bächen die rotstaubigen Straßen entlangschoss. Sie und ihre Mutter im Auto, wo sie am Straßenrand ausharrten, in der Hoffnung, dass es bald aufhören würde. Die gewölbte Wange ihrer Mutter, der Schwung ihrer Wimpern, als sie sie ansah und sagte: »Keine Angst, Schatz, es ist bloß ein Gewitter.« Ihr Anstand, ihre Förmlichkeit. Das englische Internat, auf das sie Jay geschickt hatten, möge Gott es ihnen nachsehen – sie hatten doch nur das Beste für ihre Tochter gewollt, und vielleicht war es das auch gewesen. Korbball, gütiger Himmel, und die nette junge Lehrerin, die ihr einen kurzen Moment des Glücks geschenkt hatte, als sie ihr beigebracht hatte, wie man aus Gänseblümchen Kränze flocht. Sie mit zwölf, als sie nachts im Bett lag und von ghanaischem Essen träumte. Ihre erste Periode, und niemand, dem sie sich anvertrauen konnte. Dieses »Aaah, die kleine Madam ist jetzt eine Lady!«, als sie endlich nach Accra zurückkehrte. Wie sie Ärger bekam, weil sie in Jamestown herumgestromert war, an Ständen ghanaische Maisklöße gekauft und sich mit Fischerjungs angefreundet hatte. Wie sie einmal mit ihnen auf einer hellblauen schmalen Piroge hinausgefahren war. *Auf zum Ziel* hatte auf dem Bug gestanden, ein Ratschlag, der gut zu ihr passte: Beweg dich stets auf dein Ziel zu, so als ob du es noch nicht erreicht hättest. Die Wellen, so hoch und schäumend, die Jungs so flink und geschickt. Dieser süßlich-heiße Geruch nach Räucherfisch … du meine Güte, was war Großmutter wütend gewesen. Ihre Angst und ihre Liebe hatten sich so oft durch Wut manifestiert. Dann, später, in der Schule. Es hatte ihr Freude bereitet, zu lernen, ihren Abschluss zu schaffen, andere stolz zu machen (und einige von ihnen auch zu überraschen, so ehrlich musste man sein). Sie als stolze Prinzessin mit achtzehn, endlich frei und eine herbe Enttäuschung für ihre ganze Familie, als sie abhaute, um in Amerika Sängerin zu werden, und sich dann auch noch in einen *obroni*, einen Fremden, verliebte – noch dazu in einen weißen. Was habt ihr erwartet?, dachte Jay. Schließlich habt ihr mich auf eine Schule voll weißer Mädchen in einem Land voll Weißer geschickt!

Wieso fechte ich im Geiste immer noch diese Kämpfe mit ihnen aus?, fragte sie sich. Egal. Ich habe meine Chance bekommen. Ich hatte ein Stück Himmel auf Erden, hier, mit ihm. Und dann musste ich eben die Hölle akzeptieren. Auf Erden.

Sie ließ sich weiter treiben, träumte: sie und Rasmus in einem Londoner Bus, sehr viel jünger und mit Blättern bekleidet. Im Traum sehnte sie sich nur nach einem – nach körperlicher Nähe. Sie begnügte sich mit der schlichten Freude, mit ihrem Herzensmenschen zusammen zu sein, am selben Ort, zur selben Zeit. So einfach, so unbezahlbar. Gemeinsam in einem Bus zu sitzen.

Wenn Nico ins Dorf radelte, stand Jay wie eine Walküre auf dem Schutzblech hinter ihm. Allmählich gewöhnte sie sich daran, sich wie ein imaginärer Freund zu bewegen, eine Art Parkour-Queen, die mühelos alle Hindernisse überwand.

An dem Tag, als er vom Rad gerissen wurde, sah sie, wie der Geist des toten Rehs aus seinem Körper emporstieg, sich immer weiter emporschlängelte wie bei einer Luftakrobatiknummer. Sie sah das Erstaunen in den dunklen Augen, als sein Kadaver gegen Rasmus knallte, ehe sein Geist in Richtung eines Lärchenwäldchens davonschwebte;

sah Rasmus am Boden liegen, seinen gekrümmten Rücken, die Metallstäbe in seiner Wirbelsäule, die Narbe mit den Stichen, wo sie ihn damals zusammengeflickt hatten. Jay sah sein Skelett, krumm und schief unter dem Schutzmantel seiner Haut, sah, wie er aufstand und dem Fahrer des kleinen roten Wagens die Hand schüttelte. »Gar nichts ist in Ordnung«, schrie sie ihn an und lachte vor Erleichterung, weil er nicht tot war und weil er schon zu Lebzeiten nie auf sie gehört hatte, wenn sie ihn beschwor, auf sich aufzupassen. Weshalb also sollte er es jetzt tun?

Erst später, als sie in ihrem alten Sessel vor dem Kamin ihres Häuschens saß, kam ihr ein anderer Gedanke: Wäre er gestorben, als dieses Reh ihn erwischt hat, könnte er jetzt bei mir sein. Wir könnten gemeinsam tot sein.

Jay heulte auf. Großer Gott, dachte sie, ginge das? Ginge das wirklich?

Und noch später: Wohin ist eigentlich die Seele dieses Rehs hin? Wieso ist meine nicht auch verschwunden?

*

Die Zeit war unzuverlässig. Dehnte sich. Ohne geregelten Schlaf und Mahlzeiten ließ sich kaum der Überblick behalten, wie die Tage vergingen. Es erinnerte sie an die Casinos in Las Vegas, wo es keine Uhren gab und Tag und Nacht zu einer nicht messbaren Ewigkeit verschmolzen. Und an all die endlosen Nächte im Krankenhaus, mit Medikamenten sediert. Sie maß die Zeit daran, wann und wie er schlief. Aber sein Schlaf war immer schon unregelmäßig gewesen, und jetzt war es noch schlimmer. Sie sah zu, wie er eines Tages noch vor dem Morgengrauen aufstand und eine Maschine nach Glasgow nahm, um sich mit dem Anwalt zu treffen. Hier gab es überall Menschen, die um sie herum-, an ihr vorbei- und durch sie hindurchtraten, ein steter Strom. Leute mit Aufgaben und Zielen, die sie nicht länger hatte. Und mit einem Körper.

Inzwischen vermisste sie ihren Körper nicht länger. Keine Schmerzen mehr zu haben war das reinste Wunder. Sie erinnerte sich noch genau an die Qualen beim Atmen, deshalb war es eine Wohltat, das arme Ding los zu sein, es hinter sich gelassen zu haben. Das ist die größte Wohltat meines … nun ja, Lebens. Meines Lebens nach dem Tod?

Sie sah zu, wie Rasmus sich nach seiner Rückkehr mit dem Essen vom Inder bei der Stange hielt, wie seine Hüftknochen immer weiter hervortraten. Du meine Güte, der Katze gibt er zu fressen, sich selbst vergisst er. Sie sah, wie die Nachbarn an die Tür klopften, Dougie und Sandy und – oh! Suki, Rasmus' Ex. Was will die denn hier? Sie lebt doch in Manchester! Das ist viel zu schnell! Und nicht okay. Hau ab, du elendes Miststück! Du bist die Letzte, die er jetzt braucht. Als Rasmus nicht aufmachte, stellten sie ihm Töpfe vor die Tür, aber er holte sie nicht einmal herein. Jay erkannte, dass er sich noch nicht entschieden hatte, ob er leben oder lieber tot sein wollte.

Kaum hatte ihre Krankheit ihre Absichten offengelegt, hatte sie Rasmus einen liebevollen Brief mit klaren Anweisungen geschrieben, wie er das Ganze überstehen sollte, sowohl rein praktisch als auch emotional. Sie hatten sogar noch gemeinsam darüber gelacht. »Essen« hatte sie nicht dazugeschrieben, weil es ihr nicht notwendig erschienen war. Sie hatte nicht gedacht, dass Rasmus auf so körperliche Weise daran zerbrechen würde. Sie hatten all das gemeinsam durchgestanden. Bis zu dem Tag, als es nicht mehr so gewesen war.

Tu's nicht, dachte sie. Das ist nicht der richtige Weg.

Manchmal schien es, als könne er sie hören. Es gab Momente, in denen er den Kopf hob oder wenn sie über etwas lächeln mussten: Als die Katze von der Gartenmauer fiel, ziemlich unelegant auf dem Boden landete und sich verlegen umsah, ehe sie mit einer Miene von dannen marschierte, als wäre nichts geschehen. Aber Jay konnte nicht mit Gewissheit sagen, ob sie ihn auf irgendeine Art erreichte. Es herrschte eine Art Losgelöstheit. Vor Jahren hatte sie sich den Arm gebrochen, und diese Losgelöstheit erinnerte sie nun an dieses seltsam schlenkernde Gefühl, diese entsetzliche Leere, wenn man sich auf die Hand oder den Ellbogen aufstützte, die nicht korrekt mit den restlichen Knochen oder dem Skelett verbunden waren. Als öffne sich das Nichts vor einem.

Dabei sollte ich genau dort sein, im Nichts.

Wäre jemand in Jays Praxis gekommen, der so aussah wie Rasmus gerade, wären ihre ersten Gedanken Unterernährung, Anorexie, soziale Dienste gewesen. Mit Logik hatte es nichts zu tun. Es war die Trauer. Trauer ist Liebe, die ihr Ziel verloren hat, hieß es immer. Und sie stand hier und hatte vor Augen, was sie verloren hatte, so wie er mit dem Verlust von ihr konfrontiert war.

Rasmus hatte die Liste mit ihren Anweisungen noch nicht einmal angesehen. Wie könnte sie ihn daran erinnern? Wie war es möglich, dass sie ihn nach all den Jahren nicht an etwas erinnern konnte?

Jay trat neben ihn. Er schlief, war blass, seine Haut fast gelblich. Wann hatte er zuletzt etwas gegessen? Sie fühlte seine Stirn, tastete seinen Puls. Wann hatte er zuletzt etwas getrunken? Außer ihm kannte sie niemanden, der seine tägliche Trinkmenge in Millilitern maß. »Oh, ich habe heute beim Frühstück zweihundert Milliliter Wasser getrunken«, pflegte er zu sagen, als hätte er sich ihre ärztliche Präzision angeeignet. Als sie sich auf die Bettkante setzte, rückte er ein Stück zur Seite, als wolle er ihr Platz machen. Du wirst zum Arzt gehen, Rasmus, flüsterte sie ihm ins Ohr. Du wirst essen, trinken, dir Hilfe holen. Du wirst deinen Freunden und Nachbarn die Tür aufmachen. Aber nicht Suki. Du kannst sie nicht leiden. Aber das Essen in den Töpfen da draußen ist inzwischen verschimmelt.

Er wachte auf.

Du hast offenbar deine Pläne vergessen …, fuhr sie fort.

Er schluckte trocken. Sie musterte ihn mit dem Blick einer Ärztin.

In der Küche blickte sie auf ihre Hände. Bisher war es ihr nicht gelungen, Gegenstände hochzuheben. Sie hatte es versucht und war gescheitert. Aber der Küchenhahn tropfte immer noch.

Sie hielt ihre zu einem Becher geformten Hände darunter. Es sah fast wie eine flehende Geste aus. Bleib, flüsterte sie. Bitte. Das Wasser tropfte weiter. Nicht einmal durch ihre Finger, sondern durch sie hindurch.

Aus der Küche konnte sie Rasmus' Apathie förmlich spüren.

Bitte!

Plötzlich schien es, als hätte sich ein klein wenig Wasser in ihren Händen gesammelt. Sie blickte auf den Zucker in dem Glasgefäß mit dem Deckel, auf das Salz in dem Plexiglasröhrchen.

Bitte.

In ihrer Hand bildete sich eine winzige Pfütze, die sie wie einen kostbaren Schatz zu ihm trug und in seinen Mund tropfen ließ. Es sickerte ihm aus den Mundwinkeln.

Wach auf!, dachte sie.

Er hat sich so lange nicht mehr um sich gekümmert, sondern immer bloß um mich, deshalb ist alles außer Kontrolle geraten. Und jetzt hat er den Halt verloren. Ich habe mich nicht richtig um ihn gekümmert.

Er sollte nicht allein hier sein.

Ihre Arzttasche – hatte sie nicht immer eine Fütterspritze bei ihren Sachen gehabt? Ihre Tasche hatte stets auf der Tiefkühltruhe neben der Hintertür gestanden.

Aber jetzt nicht mehr. Andererseits hätte sie ohnehin nichts damit anfangen können.

Es bringt nichts, ihn in die Klinik nach Leverburgh zu bringen. Es ist nur eine Stunde bis Stornoway.

Kann ich ihn nicht einfach hochheben und tragen? Jay malte sich aus, wie sie beide durch die Lüfte flogen wie auf einem Chagall-Gemälde. Mit einer Ziege. Die Geige spielt. Welcher Film war das noch mal? Mit Julia Roberts und Hugh Grant …

Aber es ging nicht.

Ein Geräusch kam aus dem Schlafzimmer. Rasmus war aufgestanden und schleppte sich ins Badezimmer. Wo er zusammenbrach.

Ihre Arztinstinkte erwachten. Gefahr von außen: keine. Reaktion: Sie konnte nicht überprüfen, ob er ansprechbar war. Luftröhre: schien frei zu sein. Atmung: flach, aber konstant. Puls. Sie blickte auf sein Handgelenk. Legte das Ohr an seinen Hals, war jedoch nicht sicher. In die stabile Seitenlage konnte sie ihn nicht bringen. Sie konnte ihm nicht helfen.

Er atmete. Er lag mit dem Gesicht nach unten. Okay.

Sie sah sich nach dem Telefon um und konzentrierte sich. Könnte sie den Hörer von der Gabel schieben, sich noch mehr konzentrieren und mit den Fingerspitzen auf die Tasten drücken?

Konnte sie nicht.

Verletzt war er nicht. Sondern nur schwach. Könnte sie doch wenigstens seine Beine anheben, eine Decke über ihn breiten und ihm Zuckerwasser einflößen. Die *Stornoway Gazette* und *Dè tha Dol* würden bestimmt einen Artikel über die Geisterärztin bringen, die von den Toten zurückgekehrt war, um ihren Ehemann zu retten …

Wenn ich ihm selbst nicht helfen kann, muss ich eben Hilfe holen.

Sie hatte nur eine vage Ahnung, wie sie es zu Dougie geschafft hatte. Stämmig und durchtrainiert, stand er im Unterhemd vor seinem XXL-Fernseher und stemmte Gewichte. Der Schweiß glänzte auf seinen Muskeln, sein Gesicht war dunkelrot, als er die Langhantel hochwuchtete.

Sie baute sich vor ihm auf. »Dougie, Dougie, Dougie, ich brauche deine Hilfe. Dougie, Dougie, DOUGIE.«

Er schnaufte und ächzte.

»Herrgott noch mal, Dougie!«

Nichts.

Dougies Katze war da. Jay dachte an ihre eigene Katze. Sie starrte sie an, ging langsam auf sie zu. Das Tier bedachte sie mit einem milden, leicht misstrauischen Blick.

Fauchend machte sie einen Satz auf die Katze zu und setzte sich auf sie.

Prompt sprang die Katze auf und flüchtete erschrocken. Fluchend ließ Dougie die Langhantel fallen. Seine Trainingstrance war durchbrochen.

GEH ZU RASMUS! ER BRAUCHT DICH!, schrie Jay. GEH ZU DEINEM FREUND! Sie wedelte wild mit den Armen. LOS, GEH SCHON. Es schepperte.

Ein Teebecher musste vom Regal gefallen sein. Das war ich …

Los, geh rüber zu Ras, beschwor sie ihn neuerlich. Geh zu Ras. Los, los, los!

Dougie blickte auf die Pfütze aus kaltem Tee, die sich auf dem Teppich ausbreitete, dann sah er aus dem Fenster, über seine Schulter, ehe er seinen Kapuzenpulli und die Wagenschlüssel schnappte.

Rasmus, skandierte Jay. Rasmus.

Sie hatte keine Ahnung, wie sie zurück ins Haus und an Rasmus' Seite gekommen war, doch sie war neben ihm. Er schwebte irgendwo zwischen Koma und Bewusstsein.

»Ich habe heute Morgen von dir geträumt«, sagte er. »Oder war es gestern Abend?«

Du wirst wieder von mir träumen.

»Ich träume immer von dir«, sagte er.

Du wirst ein anderes Mädchen finden, erwiderte sie. Eines, das lebt.

»Lebst du denn nicht?«

Nein, Liebster, antwortete sie. Nein, ich lebe nicht.

»Aber deine Tränen sind ganz nass.« Seine Hand lag auf ihrer Wange.

Ich atme aber nicht.

»Oh«, hauchte er mit einem langen, lebendigen Atemzug.

Es ist alles sehr viel komplizierter, als du denkst. Sie hielt inne. Schatz, sagte sie dann. Das ist es, woran ich mich erinnere. Deine Hand auf meinem Bett, immer bereit, meine zu nehmen, wenn ich sie nach dir ausgestreckt habe. Dein Kopf an meiner Schulter … Liebster, ich habe tatsächlich den Entschluss gefasst zu gehen. Es war so beruhigend, deine Atemzüge im Schlaf zu hören. So oft habe ich in den vergangenen Jahren mitbekommen, wenn du nicht schlafen konntest, sondern aus dem Bett aufgestanden bist, ganz leise, um mich nicht zu wecken. Wie du dich hin und her gewälzt hast, dein Kissen von einer Seite auf die andere gedreht, deine Seufzer zu unterdrücken versucht hast …

Einen Moment lang schwieg er. Es war so still, dass sie das Rauschen der Wellen am Ufer hören konnte. Eine zuschlagende Tür.

Das Tropfen des Wasserhahns in der Küche.

Das Geräusch von Dougies Wagen.

»Es war meine Frau«, sagte er zu den Rettungssanitätern, obwohl alle wussten, dass seine arme Frau, die Ärztin, vor Kurzem gestorben war.

»Sie war hier, stimmt's?«, sagte er zu Dougie. »Oder?«

War er Alkoholiker?, fragten sich die Rettungssanitäter. Oder lag hier eine Psychose vor? Ein Grund mehr, sich schleunigst um ihn zu kümmern. Armer Kerl.

Rasmus lag in seinem Krankenhausbett und schlief. Jay betrachtete ihn. Dann saß er auf dem Stuhl neben dem Bett und aß. Jay, die ihn immer noch beobachtete, freute sich: Ich hatte solche Angst, dass du einfach aufhörst zu essen und immer schwächer wirst, bis du schließlich stirbst, so wie ich. Aber ich will, dass du lebst. Ist das merkwürdig? Sie fand es merkwürdig.

Jay hatte schon immer gern anderen Leuten beim Essen zugesehen – volle Teller, eine warme Mahlzeit, ein »Wie war dein Tag heute?«. Ganz am Anfang ihrer Beziehung, auf der Tournee mit den Capos hatte sie ihm eines Abends bei Freunden etwas gekocht und aus der Küche gerufen: »Kannst du bitte den Tisch decken?« Er war stocksteif geworden. »Nein«, hatte er geantwortet. Auf dem Herd hatte das Abendessen in der Pfanne gebrutzelt, in der Spüle ein Sieb mit den frisch abgegossenen Nudeln gestanden, die Teller im Ofen vorgewärmt, und Jay hatte mit einer Pobacke den Kühlschrank zugeschlagen. Erstaunt hatte sie ihn angesehen.

»Ich kann das nicht«, hatte er gesagt.

Sie war zu beschäftigt gewesen, um das Problem noch an diesem Abend zu diskutieren, doch ihre Verblüffung war geblieben. Das passte so gar nicht zu ihm. Er hatte weniger Klischeevorstellungen von Männer- und Frauenrollen als jeder andere Kerl, den sie je kennengelernt hatte – was einer der Gründe war, weshalb sie ihn so liebte. Später hatte sie Kwame davon erzählt, der nur »Was ist das denn für ein Schwachsinn?« erwidert hatte.

Ein paar Tage danach hatte sie Rasmus darauf angesprochen. »Was um alles in der Welt war das denn?«, hatte sie ihn gefragt. »Jeder konnte sehen, dass ich alle Hände voll zu tun hatte, also was sollte das?«

Rasmus' Antwort, er könne es nicht, war genauso gemeint gewesen: Er wusste schlicht nicht, wie das ging. In seiner Kindheit hatte eine Mahlzeit darin bestanden, dass seine Mutter einem eine Portion Pommes frites aus dem Backofen auf einen Teller warf, den man dann in sein Zimmer trug. Sofern man eines hatte. »Den Tisch decken« war für ihn eine Tätigkeit, die Dienstboten in viktorianischen Fernsehdramen erledigten, und später, als die Plattenfirmen einen zum Essen einluden, die Kellner in schicken Restaurants. Es fiel ihm sogar schwer, sich an einen fertig gedeckten Tisch zu setzen, vor allem, wenn dieser mit Gabeln, Messern und Löffeln unterschiedlicher Größe und Gläsern für verschiedene Getränke gedeckt war – alles bewusst arrangiert, um seine Ignoranz zu demonstrieren, zu zeigen, dass er nicht zu jenem erlesenen Kreis gehörte, der diese Teufeleien im Lauf der Jahrhunderte ersonnen und perfektioniert hatte, nur um Menschen wie ihn bloßzustellen und auszuschließen.

Jay wusste nur zu gut, wie es war, nicht dazuzugehören. Sie fühlte sich überall deplatziert: In Europa war sie schwarz, in Ghana war sie eine, die die Heimat verlassen hatte, um nach London und Amerika zu gehen, und sich wie eine weiße *obroni* benahm. In den USA nahm man sie als Ausländerin wahr, deren Englisch wie aus einem viktorianischen Drama klang. Trotzdem war ihr Ras' Reaktion sehr extrem erschienen.

»Ich meinte nur, dass ich alle Hände voll zu tun hatte und du deshalb Messer und Gabeln auf den Tisch legen könntest. Und vielleicht Salz und Pfeffer und die Shito-Soße und die Getränke«, hatte sie leise gesagt.

»Also, das kriege ich hin«, erwiderte er.

»Ganz normal eben.«

Er schnitt eine Grimasse.

»Nur für dich ist es das nicht.« Erst jetzt dämmerte es ihr.

»Ich weiß inzwischen, dass meine Kindheit ziemlich anders verlaufen ist als die von vielen anderen«, sagte er.

»Tja, dann sollten wir wohl darüber reden«, hatte sie geantwortet, woraufhin er den Kopf abwandte.

Das war vor dem Unfall gewesen. Bevor New York Rasmus in Stücke gerissen und monatelang außer Gefecht gesetzt hatte und die Band ohne ihn weitergezogen war.

Jay vermisste Essen. Hunger empfand sie keinen, nur das Echo eines Verlangens nach Essbarem.

Jay sah Rasmus beim Rasieren zu.

Er sieht okay aus.

Finde ich. Ich meine …

Nein, das stimmt nicht. Manche Leute kommen allein nicht gut klar. Oft sind es diejenigen, die den Anschein erwecken, als ginge es ihnen so weit gut, weil sie sich irgendwie mit den Umständen arrangieren, aber sich zu arrangieren bedeutet noch lange nicht, dass alles in Ordnung ist. Es kann bedeuten, dass sie unter einer hohen, konstanten Stressbelastung stehen. Bei manchen ist der Bezug zur Realität nicht sehr stabil. Ohne über sie urteilen zu wollen – so etwas ist menschlich. Wenn die Seele nicht ganz so … im Gleichgewicht ist. Er war vorher seelisch nicht im Gleichgewicht und jetzt schon gleich gar nicht. Dougie reichte nicht. Und die Leute, die ihm Essen vor die Tür gestellt hatten – Suki! Oh Gott. Er würde doch nicht etwa … Oder?

Jay sog scharf den Atem ein.

Aber er schreibt Songs. Das ist ein Wunder, mit dem keiner rechnen konnte. Wenn er arbeitet, geht es ihm zumindest grundsätzlich nicht ganz schlecht. Seine Arbeit hält ihn am Leben, bis er das Schlimmste hinter sich hat. Hoffte sie.

5

März, London

Mit einer halben Flasche Brandy zum Kochen intus googelte Roísín Selbsthilfegruppen für Verwitwete. Viele alte Leute. Ein *Hot Young Widows Club*, online, und in Minneapolis. Du liebe Zeit, war das etwa so ein Nischenporno-Ding? Nein, nur die cleveren Amerikaner. Sie kannte keine anderen Witwen, und schon gar keine jungen, scharfen. Nicht mal alte. Und Gott möge mir verzeihen, dachte sie, aber wenn man alt ist, muss es sich anders anfühlen.

Eine Weile saß sie nur da und dachte voller Mitgefühl an die alten Menschen.

Jung und verwitwet, überall gab es Gruppen. Auf Facebook. Es gab eine für Witwen mit Kindern. Roísín verspürte ein heißes Brennen in der Brust.

Dann saß sie eine Weile da und dachte voller Mitgefühl an die Witwen mit Kindern. Die Augen seines Liebsten im Gesicht deines Kindes zu sehen! Miterleben zu müssen, wie das eigene Kind ohne Vater aufwächst. Einen Weg finden zu müssen, beides zu sein, Vater und Mutter. Ich kriege es ja noch nicht mal auf die Reihe, eins zu sein, dachte sie.

Und dann saß sie eine Weile da, voller Mitgefühl für die Kinder.

Eigentlich wollte sie nicht hingehen.

Nico ist tot, und ich werde für immer traurig sein. Wieso also losziehen und mit anderen traurigen Leuten reden, die auch nur für immer traurig sind?

Das Treffen fand in einem Raum über einem Pub in Camden statt. *Zwangloses Get-together* nannten sie es, als wäre das Ganze ein lustiger Mädelsabend, den man mit einem Gin Tonic begoss. Dabei wäre ein kleiner Gin Tonic gar nicht so übel. Sie erzählte Nell davon, die fragte: »Willst du, dass ich mitkomme?«

»Nein«, wehrte Roísín ab. »Ich bin die Witwe. Ich muss da allein hin.«

Sie mochte diese großen Räume im ersten Stock über viktorianischen Pubs – die hohen Fenster aus vergilbendem glänzendem Holz, die Stuckverzierungen an der Decke, die stockfleckigen Spiegel. In diesem hier schien seit mindestens 1975 nichts mehr verändert worden zu sein: derselbe braun gemusterte Teppichboden, Aschenbecher mit dem Logo des Watney-Market, das ganze Drum und Dran, aber vielleicht hatte man es auch bewusst so eingerichtet, als stylishes Statement. Wo gab es heute noch Aschenbecher? Durch eine Tür mit Druckstange gelangte man auf die eiserne Feuerleiter für die Raucher. Sie hörte sie draußen, wie sie sich zwischen Dachschindeln und Regenrinnen über Rippenfellentzündung unterhielten.

Sie war nicht die Jüngste hier. Ihr Blick fiel auf eine verlegen wirkende Inderin, einen seltsam mittelalterlich anmutenden Typen mit langen, möglicherweise gefärbten Haaren in Lycra-Radlerkluft mit einer Art Genitalschutz, eine plumpe Blondine mit auffallend geröteten Augen und einer Handtasche, in der sie unablässig kramte. Bei keinem der Anwesenden verspürte sie diese intuitive Anziehungskraft, wie man sie aus der Grundschule kannte – Neben dir will ich gern sitzen. Du sollst meine beste Freundin sein –, sondern lediglich einen starken inneren Drang, sofort nach Hause zu flüchten, wo sie in Ruhe weinen konnte. Wieso bist du hier, mit all diesen fremden Leuten?

Bestimmt kam gleich jemand her und war schrecklich nett zu ihr.

Jemand trat von hinten an sie heran. »Dein Haar ist toll. Möchtest du einen Gin Tonic?«

Ja, wollte sie.

»Alex. Bist du das erste Mal hier?«

»Ja«, antwortete Roísín.

»Cherry wird uns gleich ein bisschen einstimmen«, sagte Alex. »Dann tauschen wir uns ein wenig aus.«

Eine schick frisierte Pilates-Lady in den Vierzigern stand auf. Ich hau jetzt ab, dachte Roísín, allerdings hatte sie mittlerweile einen Drink in der Hand und wollte Alex gegenüber nicht unhöflich sein. Viele hier schienen einander zu kennen.

Es ist noch viel zu früh für mich, dachte sie. Es wird immer zu früh sein. Außerdem will ich sowieso keine neuen Leute um mich haben – sie kannten Nico nicht. Ich gehe, sobald sie aufgehört hat zu quatschen.

»Wir alle wissen, dass Trauer der Preis ist, den wir für

die Liebe bezahlen«, erklärte Cherry, die dem Akzent nach Kanadierin sein musste.

Nicht dass ich dich nicht leiden könnte, dachte Roísín und knibbelte an ihren Fingernägeln. Wie schlimm sie aussahen. Hat die Trauer die Vitamine in meinem Körper aufgefressen? Der Totenkopfring steckte immer noch an ihrem Finger. Beim Anblick der Aschenbecher musste sie an Zigaretten denken. Sie hätte Lust auf eine. Toll – jetzt wieder mit dem Rauchen anfangen! Noch immer standen Leute draußen auf der Feuertreppe. Aber ich kann ja tun, was ich will ... worauf zum Teufel ich Lust habe ...

Aber ich will eigentlich gar nichts.

Ich will nur mit Nico reden.

»Alle wissen das«, fuhr Cherry fort, »seit die Queen es gesagt hat. Wir alle trauern, weil wir geliebt haben. Ohne Liebe gibt es keine Trauer, so einfach ist das. Aber all das hat auch noch eine andere Seite. Eine, die ich keineswegs sofort verstanden habe. *Keine Trauer, keine Liebe.* Ich würde es euch gern genauer erklären ...«

Tust du doch sowieso, dachte Roísín.

»Trauer ist auch der Preis, den wir im Voraus für die zukünftige Liebe bezahlen.« Cherry hielt inne, als wolle sie überprüfen, ob die Anwesenden etwas mit dieser Aussage anfangen konnten. Es sah nicht so aus. »Wenn wir nicht trauern und nach gegebener Zeit loslassen, werden wir nie wieder lieben können. Unsere Währung sind tiefer Schmerz und eine gesunde Trauer, die beide wichtig für uns sind ... um irgendwann loszulassen und wieder lieben zu können.«

Wieder lieben?

Das leise abfällige Schnauben, das Roísín von sich gab, war nicht beabsichtigt gewesen. Natürlich war ihr klar, dass jeder seine Methoden hatte, um mit der Trauer fertigzuwerden. Das hatten ihr alle gesagt, und zweifellos stimmte es auch, dass es irgendwann anders wurde. Ja, ja, schon klar.

Sie fuhr über South Terrace nach Hause, vorbei am Alexandra Palace. Regentropfen glitzerten im Gegenlicht der Scheinwerfer, während die Scheibenwischer im Takt von *If You Leave Me Now* von Chicago quietschten.

Schönen Dank auch, Radiosender, dachte sie. Dabei war es gar nicht die Schuld des Radiosenders, sondern der Song kam von ihrem Handy. Nell und sie hatten ein Spiel namens iPod-Orakel erfunden – man stellte eine wichtige Frage, drückte auf *Shuffle* und wartete ab, was der iPod einem lieferte. Beispielsweise »Soll ich mich mit diesem oder jenem Typen treffen, der mit mir ausgehen will?« und dann kam *Stop! In The Name of Love*. Oder dieser Dusty-Springfield-Song mit *Wear your hair just for him …*

Das verdammte *If You Leave Me Now* war jedenfalls nichts, was Roísín jetzt hören wollte.

Den Blick auf die Dunkelheit vor ihr gerichtet, tippte sie auf das Handy im Halter am Armaturenbrett, und die soften Trompeten und Rumbarasseln verklangen.

»*Just because you're strong don't mean it's easy …*«

Roísín brach in Tränen aus und trat zeitgleich auf die Bremse, das Telefon flog aus der Halterung. Mit einem dumpfen Rumsen knallte der Wagen hinter ihr auf ihre

Stoßstange. Aus einem Impuls heraus riss sie die Fahrertür auf, sprang heraus und ließ sich auf den Bürgersteig sinken, wo sie schluchzend im Regen hockte, während der Wagen dastand, die Tür weit aufgerissen, die Scheibenwischer quietschend und die Capos und George Vechtens Stimme, die so wunderschön und voller Zärtlichkeit aus dem Wageninneren drang. »*Just because you cry don't mean you're weak.*«

Der Fahrer des anderen Wagens, ein junger Typ, kam sichtlich verstört angelaufen. Im ersten Moment hatte er sie angeschnauzt, aber jetzt fragte er: »Alles okay mit dir?«

»Nicht wirklich«, antwortete Roísín. »Es tut mir leid …« Sie kramte ein Taschentuch hervor.

»Willst du ein Glas Wasser?«, fragte er absurderweise.

»Nein danke, mir geht's gut.« Roísín lächelte schwach und massierte sich den Hinterkopf. Ein seltsamer Geruch stieg ihr in die Nase, nach Maiglöckchen und Zigarettenrauch. Er erinnerte sie vage an ihre Mutter. Sie unterdrückte einen Schluckauf und stand auf. »Was ist mit deinem Wagen?«

»Ich bin dir ja hinten reingefahren. Deiner?«

Der Schaden schien an beiden Autos minimal zu sein. Und beide bedauerten den Vorfall. Der junge Mann gab Roísín seine Nummer, für den Fall, dass sie es sich später doch noch überlegte und seine Versicherungsdaten brauchte.

»Also, wenn du okay bist …«, sagte sie.

»Bin ich«, erwiderte er. »Cheerio.« Er lächelte schief und ging zu seinem Wagen.

Roísín setzte sich hinters Steuer, schluckte, atmete durch, gab sich einen Moment lang den körperlichen Ausprägungen des Gefühlschaos in ihrem Innern hin, ehe sie losfuhr, den Hügel hinunter und in das verschwommene Durcheinander aus Lichtern, Regen und Finsternis hinein.

6

April, auf der Insel

George schrieb in seiner Mail, er und die Band hätten das von Jay gehört, und es tue ihnen aufrichtig leid. Sie sei eine prima Frau und prima Sängerin gewesen, aber das brauche er Ras ja nicht zu sagen. Der Krebs sei die schlimmste Geißel der Menschheit, aber auch das brauche er ihm ja nicht zu sagen.

Rasmus schloss die Augen. Jay war nicht an Krebs gestorben.

Es sei vielleicht zu früh für Ras, Pläne zu schmieden, schrieb George, aber er wolle ihm die Idee trotzdem unterbreiten, weil es … nun ja, sie solle für sich selbst sprechen. Also: Sie planten etwas zum zwanzigjährigen Bandjubiläum, und er könne sehr gut verstehen, wenn Ras nichts damit zu tun haben wolle, aber sie hätten ihn schrecklich gern dabei …

Du hast ein schlechtes Gewissen, dachte Rasmus. Endlich. Weil ihr mich abgesägt und den anderen Typen und all die anderen reingeholt habt, weil ihr mich nicht gefragt habt, ob ich zurückkommen will, als es mir besser ging, sondern weil ihr mich und mein Talent einfach in die Wüste geschickt und ein mieses Album nach dem anderen produziert habt, auf der Basis der tollen Songs, die ich für das erste geschrieben hatte.

Es würde eine Tour geben, vor allem aber einen Auftritt in London, kein Stadion-Gig, sondern etwas Kleineres, Intimeres, ganz Besonderes – die Albert Hall.

Wo sie das erste Mal vor mehr Publikum gespielt hatten, statt immer nur in Londoner Clubs oder düsteren mattschwarz gestrichenen Hinterzimmern von Pubs.

Es sollten alle möglichen Stücke aus der Bandgeschichte gespielt werden, darunter von *Strong*, dem Album, auf dem sich auch Songs von ihm befanden.

Bis heute einige eurer größten Hits, wenn ich mich recht entsinne …, dachte er.

Und sie wünschten sich, dass er sie mit ihnen spielte.

An der Stelle hielt er inne.

Aber sollte Rasmus eigene Songs haben, die er performen wolle, oder ein Solo innerhalb …

Oh.

Vielleicht ja mit der Band.

Oh …

Oder auch er ganz allein, als *Support-Slot* zwischendurch, wenn ihm das lieber sei – und natürlich wisse er, George, dass das Timing gerade richtig mies sei, aber vielleicht ja trotzdem passend? Jedenfalls wollten sie es ihm anbieten und hofften, dass Ras sich dazu durchringen könne, und wie wär's, wenn sie beide, nur George und er, sich treffen würden? George käme gerne zu ihm auf die Insel oder nach Glasgow, wenn das einfacher für ihn wäre …

George, der nie irgendwo hinfuhr oder irgendetwas tat,

um es anderen einfacher zu machen? George, der Rasmus kein einziges Mal im Krankenhaus besucht hatte, als er mit gebrochener Wirbelsäule und einer Krankenhausrechnung so hoch wie ein Wolkenkratzer in Manhattan im Bett lag? George, der sich selbst eingeredet und den anderen einzureden versucht hatte, dass Rasmus die Songs, die definitiv aus seiner Feder stammten, eigentlich gar nicht geschrieben hätte? George, den er hätte verklagen sollen und es auch getan hätte, wäre er nicht noch neun Monate nach der Operation mit Opiaten vollgepumpt ans Bett gefesselt gewesen. George, der ihn nicht einmal namentlich erwähnte, als er auf die Bühne trat und den Mercury Prize für das Album *Strong* entgegennahm, für das Rasmus einige Songs geschrieben hatte …

Vergiss es!

Allein beim Gedanken daran taten Rasmus sämtliche Knochen weh. Vom Stress ausgelöste Schmerzen.

Er zog die Schublade auf und nahm die Tabletten heraus. Ich weiß, dass Arbeit zumindest ein Teil der Lösung ist, dachte er. Es ist das Einzige, das zählt. Wir haben darüber gesprochen. Ich werde tun, was sie will. Ehrlich. Aber nicht das …

Dass Jay nicht zurückkommen würde, schob sich hier und da in sein Bewusstsein. Natürlich wusste er es. Na ja, zumindest sein Verstand. Sein Herz weniger. Sein Herz schien noch immer zu glauben, dass der Hauch einer Chance bestand.

Wahrscheinlich würde sie wollen, dass ich die Gelegenheit beim Schopf packe.

Aber auf die Bühne?

Er konnte nicht mehr in der Band spielen, so viel stand fest.

Könnte er überhaupt in die Öffentlichkeit gehen? Auf die Bühne treten, vor all den Zuhörern? Allein bei der Vorstellung überlief ihn ein Zittern.

Nein. George kann mich mal.

Andererseits … Auch seine Fähigkeit, sich um seine kranke Frau zu kümmern, hatte er zunächst schwer angezweifelt. Und doch hatte er es hinbekommen. Er hatte es geschafft. Bis zum Schluss. Er hatte sie nicht hängen lassen.

Rasmus trat zum Klavier, verscheuchte die Katze vom Hocker und ließ die Finger zu den Eröffnungsakkorden eines neuen Songs über die Tasten gleiten. Oder eher für den Anfang einer Bridge. Die Überleitung gefiel ihm. Eine erste Idee für den Text kam ihm in den Sinn: *One goodbye too many, one hello too few, tata, tata, tata, tam-tam-taaam, I love you* … eine Ballade, Old School. Etwas, das Dusty Springfield hätte singen können. Oder Amy Winehouse. Oder Adele.

»Und, wie findest du's, Schatz?«

7

April, auf der Insel

Jay hüpfte hoch. Es gefällt mir, sagte sie. Damit könnte eine Sängerin zeigen, was sie draufhat.

Abends zündete Rasmus den Kamin an. Es war immer kalt in dem kleinen Cottage, selbst wenn tagsüber die Sonne schien. Er war mit der kleinen Katze auf dem Schoß beim Lesen eingeschlafen. Das Buch lag aufgeschlagen auf seiner Brust, sein Kopf war nach hinten gekippt, seine Kehle entblößt. In diesem Moment durchlief ihn ein heftiger Schauder. Verdrossen stand die Katze auf. Rasmus lächelte im Schlaf.

Das Feuer würde bald erlöschen, doch Jay konnte es weder mit dem Blasebalg neu entfachen noch ein Scheit nachlegen – das war unmöglich, außerdem wollte sie ihn nicht durcheinanderbringen. Als Geist konnte man jemanden so leicht in den Irrsinn treiben, ohne Absicht, nur aus purer Unachtsamkeit. Und ein Geist konnte, wie sie unterdessen herausgefunden hatte, immer noch den Putzteufel in sich haben, sich danach sehnen, alles in Schuss zu halten. Der Zustand der Gemüsebeete war ihr ein Gräuel. Ein paarmal hatte sie versucht, zusammengeknüllte Papiertaschentücher zu entsorgen, die überall herumlagen wie

Steppenhexen in einer Westernlandschaft. Aber ihre schlaffen, unbeweglichen Finger konnten es nicht bewerkstelligen, und das war eigentlich auch gut so. Sie sollte nicht diejenige sein, die sich dieser Dinge annahm, sagte ihr die Vernunft. Die Vernunft sagte allerdings auch, dass sie nicht existierte, also … warum sollte sie auf die Vernunft hören? Zudem gehörte es zu Jays Kernkompetenzen, Schwierigkeiten aus dem Weg zu räumen und anderen unter die Arme zu greifen.

Er kann nicht hierbleiben, dachte sie, so allein und isoliert, mit gebrochenem Herzen und in der Vergangenheit feststeckend. Irgendwann kriecht diese klamme Feuchtigkeit in seine Hosenbeine, und er wird Moos ansetzen. Er wird verrotten und anfangen zu stinken. Er muss die Insel verlassen. Und er muss eine Frau für sich finden.

Irgendwann.

Sie schwebte durch den Raum, strich ihm übers Haar.

Sein Laptop war aufgeklappt. Zu Lebzeiten hätte sie niemals einen Blick auf seine Arbeit oder seine E-Mails geworfen, ohne dass er sie dazu aufgefordert hätte. Aber das konnte er ja nicht. Sie wollte nicht spionieren. Nur mal kurz gucken. Da sah sie Georges Namen auf dem Bildschirm. In einer E-Mail.

Scheiß drauf, ich bin ein Geist. Da gelten andere Regeln.

Sie hielt inne.

Und las.

Tja.

Ihr war auf Anhieb klar, dass er es tun musste. Was für eine Gelegenheit! Geradezu ideal! Und dann wusste sie sofort, dass er nicht zusagen wollte. Der Knackpunkt war George, dieser hinterhältige, egozentrische Mistkerl.

Sie dachte über George nach, über die Vergangenheit, die veränderte Situation, die Gelegenheit. Darüber, dass ein Mensch etwas geben oder nehmen musste, um den Prozess des Gebens und Nehmens in Gang zu setzen. Anders ging es nicht. Eine Zeit lang saß sie mit gesenktem Kopf im Dunkel, dann begann sie, im Geiste eine Antwortmail zu formulieren. *Lieber George*, würde Jay schreiben.

Ich bin nicht grundsätzlich dagegen. Erzähl mir Genaueres.

Wäre Rasmus aufgewacht, hätte er ihre Silhouette gesehen, die sich im trüben Schein des Morgengrauens gegen die Fensterscheibe abhob? Sie sah zu ihm hinüber, auf seine langen, auf dem Sofa zusammengefalteten Glieder, wie ein Kamel oder ein Paralleldreieck. Du wunderbarer Mann. Sie trat zu ihm, legte sich ganz behutsam neben ihn, schmiegte ihren Kopf auf seine Brust und hauchte ihm ins Ohr: Sag George zu. Sag ja. Ich will, dass du mitmachst. Sag ja.

Dann kamen die Zweifel. Ich sollte George erst mal auf den Zahn fühlen, bevor ich Rasmus da reindränge.

Ich sollte ihn aufspüren und mich vergewissern.

Rasmus regte sich, seufzte, hievte sich hoch und ging in die Küche, wobei er mit einer abwesenden Handbewegung seinen Laptop zuklappte.

Jay hauchte ihm einen Geisterkuss auf die Wange und machte sich auf den Weg.

Sie nahm die öffentlichen Verkehrsmittel: zuerst zu Fuß zur Haltestelle, Bus nach Leverburgh, zweiter Bus nach Stornoway, Fähre nach Ullapool, Linienbus nach Inverness, Zug nach Edinburgh, wo sie mit baumelnden Beinen auf dem Dach eines Busbahnhofs in der Princes Street saß, um auf den Nachtzug zu warten, und Angehörige ihres eigenen Geschlechts beobachtete – sehr junge Frauen, sehr betrunkene Frauen, sehr müde Frauen. Eine dürre Frau in einem Parka, die sich in einem Hauseingang mit jemandem zankte. Eine Busfahrerin, geduldig, mit weit aufgerissenen Augen. In einer Bar hinter dem Busbahnhof hatte sich eine Gruppe Frauen zusammengefunden. Jay sah zu, wie sie nacheinander eintrafen, nervös, sichtlich neugierig. Eine trug einen Sticker: *Witwentreff – Sprich mich gerne an!* Jay lachte. Was für ein Zufall! Nun ja, natürlich gibt es überall Witwen, nur bekommt man nichts davon mit. Die Jacken der Frauen lagen auf den Sitzbänken, ihre Handtaschen standen auf dem Tisch zwischen den Tapas, der Chardonnay wurde allmählich warm in den Gläsern, die sie in den Händen hielten. Mädels, haltet sie doch um Himmels willen am Stiel fest, so bleibt der Wein länger kühl!, dachte Jay. Die Gefühle brachen aus ihnen heraus, je mehr der Alkohol floss. Voller Freude sah Jay zu, wie ihr Lachen derber und ausgelassener wurde, und blinzelte, als es in Tränen umschlug. Eine sprach über seine Currygewürzmischungen, die immer noch im Küchenschrank stünden, obwohl sie nie Curry kochte. Eine andere erzählte, sie hätte vergeblich versucht, an seinem ersten Todestag auf einen Berg zu steigen, den sie während ihrer

Hochzeitsreise erklommen hatten, und fühle sich nun wie eine Versagerin. Nein, beteuerten die anderen, es wäre sogar ein Erfolg, schon deshalb, weil sie es versucht hatte. Eine dritte sagte, eigentlich dürfe sie gar nicht hier sein, weil sie nicht verheiratet gewesen seien.

Bin ich eigentlich auch Witwe?, überlegte Jay. Mit wem kann ich reden?

Sie beobachtete, wie die Frauen Arm in Arm die Bar verließen und einander beteuerten, wie wunderschön sie aussähen, auch mit verschmierter Wimperntusche. Sie drückte sich mit dem Rücken gegen die Bleiglasfenster. War sie noch menschlich? Wohl kaum.

Keine dieser Frauen würde zu Rasmus passen.

Vor der Tür stand eine, die wie Cleopatra aussah, mit tief gebräuntem Teint und stark geschminkt, die mit verärgerter Miene an einer E-Zigarette zog. Sie trug ein Spaghettitop mit gekreuzten Bändern, dazu einen schwarzen Minirock, der schmaler war als ihre High Heels hoch und sich eng um ihr winziges Hinterteil schmiegte.

Natürlich passt keine von ihnen zu ihm, dachte Jay. Du willst doch gar nicht, dass eine richtig für ihn wäre. Sie wollte Rasmus nicht mit dieser Cleopatra zusammen sehen müssen, wollte nicht, dass seine Lippen über ihr zentimeterdickes Make-up strichen und ihm ihr widerlich süßes Parfum in die Nase stieg, oder eine dieser anderen netten Frauen … dass er in Lüsten schwelgte, wie er sie noch nie zuvor empfunden hatte, sich mit einer Frau vergnügte, die so ganz anders war als sie.

Vielleicht *will* er ja den Verstand verlieren. Vielleicht

will er allein sein. Vielleicht braucht er meinen Schutz gar nicht. Vielleicht geht mich das alles auch gar nichts an.

Nein. Das stimmte nicht.

Am Bahnhof, als sie an Leuten vorbei- und durch sie hindurchglitt, zeigte es sich erst recht. Das ist wie eine Seniorenbahncard der anderen Art, dachte Jay. Jetzt, wo ich tot bin, fahre ich gratis. Trotzdem war es nett, ein eigenes Schlafabteil zu haben, inklusive hübschem Karoteppich auf dem Boden und kleiner Leiter.

Wahrscheinlich würde Rasmus irgendwann die Insel verlassen, und irgendwann täte es ihm gut, wenn er eine andere Frau fände. Sie hatten dieses Szenario durchgespielt, sogar eine Annonce formuliert, natürlich nur im Spaß. Eigentlich war es ein Liebesbrief von ihr an ihn. Damals war sie im Geiste ihre Freundinnen durchgegangen, aktuelle und frühere, für die er sich womöglich erwärmen könnte. Aber er hatte nicht mitgemacht, sondern sich gesträubt. Es sehe nicht ein, inwiefern sie die Gewissheit trösten solle, dass er eines Tages ihren Verlust verwinden und ein Leben als Mann führen könnte, der von einer netten Frau geliebt wurde und nicht allein mit seiner Trauer sein musste. Sie waren sich deswegen sogar fast in die Haare geraten. Zumindest hatte sie ihn angeschrien. Nicht ihr allerbester Moment.

Sie wollte keine, die auf der verzweifelten Suche nach einem neuen Partner war und ihn vielleicht verschreckte. Sie wollte ihn nicht versehentlich einer Stalkerin oder einer Frau vorstellen, die nur scharf auf seinen Ruhm war. Mit dieser Sorte hatten sie bereits Erfahrungen gemacht: Eine hatte offenbar ein Foto von ihm gesehen und ihm Slips und ein weißes T-Shirt geschickt, weil sie fand, dass er aussähe, als besitze er keine anständige Unterwäsche. Bei dem Gedanken daran wurden Jays Lippen ganz schmal. Schon klar! Er hatte die Sachen ausgepackt und siehe da – direkt über dem aufgedruckten Herzen auf dem T-Shirt prangte ein Lippenstiftabdruck.

»Großer Gott«, hatte Rasmus gestöhnt und es fallen lassen, als hätte er sich daran verbrannt.

»Das ist wie in einer dieser Komödien aus dem 19. Jahrhundert, bei der die Braut ein vergiftetes Brautkleid zugeschickt bekommt«, sagte Jay. »Immerhin war es nicht die Unterhose«, erwiderte Rasmus. Mit der Kaminzange hatten sie die Sachen in den Müll befördert und dann über sich selbst gelacht, auch wenn sie sicher waren, dass es die einzig richtige Reaktion war. Also, nein, niemand würde diesen kauzigen Star wollen.

Trotzdem hatte all das Jay nicht davon abgehalten, weiter die Frauen durchzugehen, die sie kannte. Die Lyrikerin mit der komischen Frisur, die außerhalb von Hushinish lebte? Zu neurotisch. Die Bratschistin mit dem Boot? Sie war nett. Die rotwangige Lektorin aus Edinburgh mit dem schrägen Humor und dem Bruder auf Uig? Edinburgh wäre gut. Rasmus braucht Abstand zu meiner Krankheit und allem, was mit meinem Verlust zu tun hat. Abstand von den Erinnerungen, dachte Jay.

Abstand von mir.

Wäre Edinburgh weit genug weg?

Jemand aus dem echten Leben wäre am besten. Jemand aus dem Bekanntenkreis …

Das Herumreisen machte ihr nur allzu deutlich, wie vertrackt die Sache mit der Zeit war. Es gab Phasen, in denen Jay praktisch gar nicht existierte. Sie kam zu sich und wusste nur, dass sich Ort und Zeit verändert hatten, seit sie sich das letzte Mal ihrer selbst bewusst gewesen war. Es war wie schlafen, nur dass sie nicht schlief. Sie wusste nicht, wo sie in diesen Phasen war. Oder ob es dieses Wo überhaupt gab. Die Fahrt nach London schien sich jedenfalls ewig hinzuziehen.

Am Bahnhof King's Cross lächelte Jay, schwang sich auf das Dach eines Busses und segelte sozusagen in die Stadt. Sie mochte diese neu gewonnene körperliche Freiheit. Na gut, sie konnte keine Gegenstände bewegen, ihren Körper dafür umso leichter.

Ich könnte nach Hause gehen, nach Ghana, dachte sie. Ich könnte mit den schwarzen Schmetterlingen über die Wälder in Kakum fliegen, mich heimlich auf die Elefanten setzen …

Nein, noch nicht.

Der Zug war früh angekommen. In Marble Arch sprang sie auf das Monument, blickte die Park Lane entlang, ehe sie von einer Statue zur nächsten bis zum Hyde Park hüpfte, wo sie im Flickflack auf die noch blätterlosen Bäume sprang, mühelos mit Händen und Beinen an Ästen Halt fand. Sie schlenderte herum, auf die Insel aus Vogelkot und Ästen im Serpentine-See, auf der die Kormorane und Gänse ihr Leben genießen konnten, ohne von Menschen gestört zu werden. Wo waren eigentlich die Geister dieser Vögel? In den Untergeschossen der Museen in South

Kensington buhlten pergamentartig dünne Schriftstücke und mottenzerfressene Bären – Bärengeister! – um ihre Aufmerksamkeit.

Einen Plüschbären wird Rasmus nicht wollen, Jay.

Nein, er will mich. Aber mich kann er nun mal nicht haben.

Rad schlagend arbeitete sie sich den Birdcage Walk entlang, hüpfte auf den Balkon der Queen und inspizierte in aller Ruhe die Privatgemächer im Buckingham Palace. Aber wenn nicht hier, wo sonst würde es ganz bestimmt Geister geben, oder?

Jay stand am Bug eines Thames Clipper und fuhr nach Greenwich, machte auf den exklusivsten Rasenflächen Londons Rast, besah sich die Tower Bridge von unten, Big Ben von oben und 10 Downing Street von innen.

Vielleicht machst du dir auch nur etwas vor mit deinen Anflügen von Großzügigkeit, ihn einer anderen Frau in die Arme zu treiben, mit deinem frommen Wunsch, dass er von Herzen geliebt wird, sagte sie sich. Vielleicht gefällst du dir bloß selbst in der Rolle der perfekten, liebenden Ehefrau, so treu und großmütig selbst über das Grab hinaus. Wie hieß dieser Song noch mal? Ach ja, *The Unquiet Grave.*

And if you kiss my cold clay lips
your days they won't be long.

So romantisch. Und aufopfernd.

So roh, so verzweifelt, mittelalterlich …

Aber auch so wunderbar. Eine Textzeile kam ihr in den Sinn, glitzernd wie ein silbriger Fisch im Wasser, mit ihm die Ahnung einer Melodie: *Down by the Thames, sweet*

Mistress Jay, Mistress Jay, sweet Mistress Jay, she only had but one true love and she gave him away …

Sie hatte noch nie gehört, dass ein Geist einen Song geschrieben hätte. Aber so was musste es geben. Wie sehr sie sich wünschte, sie könnte mit Ras Playlists zusammenstellen. Sie würde Folk und Country beisteuern – *Phantom 309* von Red Sovine, *Johnson's Love* von Dwight Yoakam und *The Long Black Veil!* Natürlich – eindeutig ein Geist. Dann das grandiose Album von Nick Cave, *Ghosteen*. Und er würde … sie konnte nicht vorhersehen, was Rasmus vorschlagen würde. Das war das Wunderbare an ihm, eines von vielen wunderbaren Dingen.

Ah, Jay, sei gefälligst ein anständiger Geist und suche jede Frau heim, die sich in seine Nähe wagt. Das macht bestimmt Spaß. Die Vorstellung, wie Suki die Haare abstehen …

Mitten auf der Straße blieb sie stehen und stampfte mit dem Fuß auf.

Jetzt ist aber Schluss! Ich bin hier, weil ich mir ein Ziel gesetzt habe. Im Leben kann man seine Ziele wählen. Ich habe die Musik gewählt, dann die Medizin. Ich habe Rasmus gewählt, und ich habe ein paar Dinge nicht gewählt, die ich unter anderen Umständen gewählt hätte. Aber jetzt bin ich hier und kann wieder eine Wahl treffen. Wer bekommt diese Möglichkeit schon?

Unsere Geschichte hat nicht so geendet, wie sie sollte.

Als die Sonne aufging, machte sie sich auf den Weg nach Soho, ihrem eigentlichen Ziel: die Plattenfirma der Capos. In der Lobby lehnte sie sich auf einem orangen Plastiksofa zurück und blickte auf die riesige Leinwand, auf der die aktuellen Bands projiziert waren, während sie auf Carola wartete. Der Sound war ausgeschaltet. Die Aufnahmen liefen in Endlosschleife. Unter den meist männlichen Stars waren auch ein paar Frauen: ein sehr junges Mädchen mit einem sehr auffälligen Schmollmund und dunklen buschigen Augenbrauen, die wie zwei Hälften eines dichten Schnauzbarts aussahen, den Blick nach oben gerichtet wie bei einem Selfie. Eine athletische, auf Superheldin getrimmte, vergleichsweise hellhäutige Schwarze, die so krass mit Airbrush und Photoshop bearbeitet war, dass sie fast wie eine Computeranimation aussah. Ein mondgesichtiges Goth-Girl mit Schlafzimmerblick, noch käsiger geschminkt, als sie ohnehin schon war, die mit charismatisch-mürrischem Missmut auf die Akustikgitarre in ihrer Hand blickte. Genau wie bei all den Online-Profilen, dachte Jay. So viel Fassade, dass keiner eine Ahnung hat, was für ein Mensch sich dahinter verbirgt. Wer diese Leute überhaupt sind.

Der Rezeptionist war bildschön – blond gefärbte Haare, graue Augen, edles Profil, hübsche Muskeln unter seinem T-Shirt, während er mit großer Hilfsbereitschaft und Freundlichkeit jemanden am Telefon zu beschwichtigen versuchte. Jay glaubte nicht, dass Rasmus bisexuelle Neigungen hatte, die er jetzt unbedingt ausloten wollte. Wahrscheinlich hatte er überhaupt keine Ambitionen, irgendetwas auszuloten. Er war ein Mensch, der lieber hundert Mal mit ein- und derselben Person zusammen war als einmal mit hundert verschiedenen. Tiefgang war sein Ding, nicht die Breite, und wenn man sich die Welt so ansah, konnte man nur schwer glauben, dass es solche Männer überhaupt gab.

Aber jetzt wartete sie erst einmal auf Carola. Es gab Menschen, die stets den Überblick über das Wie, Wo und Was behielten – normalerweise eine Frau, aber niemals ein Musiker –, und in dieser Firma war es immer schon Carola. Und da war sie auch schon. Sie trat mit dem Handy in der Hand durch die Drehtür. Ein bisschen älter, natürlich, mit riesigen Ohrringen aus gestanztem Metall. Kein allzu glücklicher Griff. Dasselbe Lächeln, viel Eyeliner. Die gute alte Carola.

Jay folgte ihr zu ihrem Schreibtisch und verspürte einen kurzen Moment den verzweifelten Wunsch, mit ihr einen Kaffee trinken zu gehen, zu plaudern, einfach normal zu sein. Sie hatte Carola immer gemocht.

Aber all das gehört in die Welt der Lebenden. Sie hatte andere Dinge zu tun. In Erfahrung bringen, wo die Capos sind. George finden. Jay beugte sich vor, lauschte, sah sich in dem großzügigen Büro um.

Carola stöpselte ihre Kopfhörer ein und machte sich für ihr Zoom-Meeting bereit. Jay konnte nichts hören, doch ihr Blick glitt zum Bildschirm. Ihre Gesprächspartnerin war eine Frau namens *Ayesha@ConstantEyeFilms*, die Carola sehr zum Lachen zu bringen schien. Jay nutzte Carolas Unaufmerksamkeit aus, um einen Blick auf ihren aufgeschlagen daliegenden Terminkalender zu werfen. *Capos im Studio. TrackShed.* Jay kannte den Laden. Mile End. Hervorragend.

Sie sah wieder auf den Bildschirm. E-Mails, Kontakte. Ah – *Constant Eye.*

Oh. Sie wollten die Auftritte der Capos also filmen.

Jay blickte auf die Adresse, dann wieder auf die lustige Frau. Schwarzes Haar, markante Nase, redselig. Keine, der man etwas vormachen konnte. Hm.

George aufzustöbern war nicht weiter schwierig. Da war er, in der Nische im TrackShed, ganz in Schwarz gekleidet, Bierbauchansatz, Pferdeschwanz, leicht schütter werdendes Haar am Hinterkopf. Aber sehr schöne Jacke. Modell schwangerer Bleistift, dachte sie. Rockstar-mittleren-Alters-Stil. Er sah gesund aus. George stand mit einem Producer und ein paar anderen Leuten beisammen und blickte bedeutungsschwer durch die Glasscheibe auf einen Gitarristen, der eine bildschöne zwölfsaitige Gretsch Country Gentleman im Arm hielt (wunderbar, dachte Jay), offensichtlich hingerissen von etwas, das George gerade sagte. Jay lächelte. Wie oft war sie selbst hin und weg von George gewesen.

Sie lehnte sich an die Wand, lauschte und wartete. Der Gitarrist war gut, wenn auch nicht so gut wie Rasmus. Leute kamen und gingen. George und der Producer redeten leise, lächelten, runzelten die Stirn. Frauen waren nicht anwesend. *Plus ça change.* Aber George war höflich, nicht betrunken oder bekifft, die Atmosphäre konstruktiv. Fröhlich. Bislang war keiner der Typen schniefend aus der Herrentoilette gekommen und hatte sich die Kokain-Nase abgewischt. So weit, so gut.

Der Producer hatte verkündet, dass sie eine Pause machen würden. Der Gitarrist verzog sich mit einer Packung Zigaretten nach draußen, George nahm sein Handy aus der Tasche und checkte seine E-Mails. Interessiert sah Jay ihm zu.

George strahlte. »Leute!«, rief er begeistert. »Ras ist dabei! Er sagt, er macht es!«

Was?

Hatte Rasmus sie gehört? Hatte er seine Entscheidung so schnell getroffen? Dank ihres Einflusses oder einer eigenen Eingebung folgend?

Großer Irrtum! Dir einzubilden, dass du irgendetwas kontrollieren könntest.

George tippte bereits eine Antwort. Sie spähte ihm über die Schulter.

Wahnsinn, ja! Alles klar, Mann! Wir kriegen das hin!

Ihr erster Impuls war: Geh sofort nach Hause! Aber dann kam ein weiterer Gedanke: Vorher musst du dir diese Frau noch ansehen.

*

Die lustige Frau aus dem Zoom-Meeting schien nicht da zu sein, als Jay die Büros von Constant Eye betrat. Der Raum – ein kleines Büro mit stilvollen Möbeln aus den 1950ern oder 60ern – schien leer zu sein. Aber jemand war da. Jay hörte ein Schluchzen, das aus der Damentoilette kam.

Es war unerträglich. Warte, bis sie von *selbst heraus-*

kommt, dachte sie und lehnte sich mitfühlend gegen die Kabinentür. Gott, die Arme, dachte sie besorgt. Sie konnte noch nicht einmal sagen: *Kommen Sie doch raus. Wie kann ich Ihnen helfen?*

Jay glitt in die Kabine und landete praktisch auf dem Schoß einer jungen Frau, die in Tränen aufgelöst auf dem heruntergeklappten Klodeckel saß und jetzt ein Hicksen von sich gab.

Jay entschuldigte sich, als ihr bewusst wurde, dass sie das nicht zu tun brauchte. Sie sah die Frau an.

Sie hatte kurz rasiertes, flaumiges Haar, eine hohe Stirn, trug eine weiße Bluse. Intelligente, rot geweinte Augen. Um ihre Knöchel bauschten sich Toilettenpapierfetzen. Sie sah Jay einen Moment lang so direkt an, dass sie dachte: Sie kann mich sehen.

Aber so war es nicht.

»Hallo?«, fragte die Frau, als hätte sie ein Geräusch gehört. Irischer Akzent.

Jay konnte kaum den Blick von ihr lösen. Sie war zum Niederknien. Ihr verweintes Gesicht, die sanft umwölkten Augen. Jays Blick schweifte über ihre eingefallenen Wangen, ihre Finger mit den abgekauten Nägeln und dem Totenkopfring. Natürlich war es albern zu glauben, dass man es auf Anhieb wusste. Oh Schatz, dachte Jay, ohne zu wissen, warum. Es war ganz automatisch. Sie wusste es einfach, so wie man es in der Grundschule wusste: Das ist die Richtige.

Komm, sagte sie zu ihr. Wasch dir das Gesicht, hol dir einen Tee.

Die junge Frau verließ die Kabine, trat ans Waschbecken, spritzte sich Wasser ins Gesicht und tupfte sich die Wangen ab, ohne in den Spiegel zu sehen. Das Läuten eines Telefons ertönte. Sie kehrte ins Büro zurück und nahm ab.

»Natürlich«, sagte sie. »Ja«, fügte sie hinzu und legte ihrem hörbar unverständigen Gegenüber mit geduldiger, sanfter Effizienz dar, dass Geld etwas durchaus Reales war.

Jay musterte sie eingehend. Auf ihrem Schreibtisch lag ein Band mit einem Firmenausweis, dessen Foto sie mit einem breiten, selbstsicheren Lächeln und einem dichten Schopf dunkler Locken zeigte. *Roísín Kennedy.*

Wieso bist du nur so traurig?, fragte Jay. Du bist genauso traurig wie ich. Und wie Rasmus.

Am Ende ihres Arbeitstages folgte sie ihr.

8

April, auf der Insel

Die Sonne schien an dem Tag, und Rasmus hatte ein Ei gekocht, ohne dass es hart geworden war. Insofern schien es nicht der allerübelste Tag zu sein.

Seltsamerweise war er ziemlich sicher, dass er diese Sache mit George durchziehen wollte. Seltsam, weil er gestern noch dagegen gewesen war. Keineswegs überzeugt.

Lieber George, hatte er geschrieben, ohne weiter nachzudenken. *Ich bin nicht dagegen. Erzähl mir Genaueres.*

Mit zusammengekniffenen Augen las er die Zeilen, lehnte sich auf dem Stuhl nach hinten. Trauer, hm. Schafft nur Verwirrung im Kopf.

Aber denke ich das auch? Dass ich mehr wissen will? Vermutlich schon. Irgendwie.

Er hatte seinen Namen daruntergesetzt und auf *Senden* gedrückt.

Hey Ras,

super, von dir zu hören. Lass uns mal reden. Ich hab bloß keine Nummer von dir?

George

Lieber George,
wir brauchen nicht darüber zu reden. Ich mache es. Aber nur die Albert Hall, keine Tour. Ich supporte, solo, neue Songs. Maximal eine halbe Stunde. Keine Presse, kein Tamtam. Datum?
Rasmus.

Ras,
ich kann dir gar nicht sagen, wie begeistert wir über deine Zusage sind. Ich will dich nicht drängen, mehr zu machen, als du willst, Mann, und bin dankbar, dass du überhaupt dabei bist, aber die Option ist da und bleibt es auch, falls du es dir doch noch anders überlegst. Darf ich Carola deine Mail-Adresse geben, damit sie alles Weitere direkt mit dir klärt?
Eines wäre da noch: Es gibt ein Warm-up in der Bush Hall. Erinnerst du dich an den alten Carlton Club in Shepherd's Bush? Daher meine Frage – willst du bei dem Gig auch dabei sein? Er wird gefilmt, und dein Comeback-Auftritt sollte für die Nachwelt festgehalten werden, finde ich. Aber wenn dir nicht danach ist, verstehe ich das natürlich auch. Wie gesagt, ich will dich nicht drängen, weil ich es super finde, dass du überhaupt dabei bist. Wir sind alle komplett aus dem Häuschen.
Alles Gute, Kumpel
George

Lieber George,
gefilmt zu werden ist im Grunde ja Presse und Tamtam.

Aber okay. Aber sag keinem, dass ich mit ihnen reden werde, weil das nämlich nicht passieren wird.
Rasmus.

Hey Ras,
ich glaube, mich zu erinnern, dass du den Carlton Club damals sehr gemocht hast. Er ist noch genauso wie früher, nur mit Bands. Toller Stuck an der Decke, fette Kronleuchter, das ganze Programm, wirklich stimmungsvoll. Ein prima kleiner Ort für einen Gig. Es wird dir bestimmt gefallen. Platz für etwa dreihundert Leute, vielleicht stellen wir kleine Tische für die wichtigen auf. Nur die Billardtische von damals gibt's nicht mehr. Alles lange her, was?
George

Ich kann mir das gut vorstellen.
Rasmus.

Sag mal, Ras, wie geht's dir eigentlich so?
George

Lieber George,
gib Carola meine E-Mail-Adresse, und sag ihr, sie soll mir die Daten schicken.
Schöne Grüße
Rasmus.

9

April, London

Nico blieb in der Wohnung, wo er sich zumindest auskannte, auch wenn er sonst nach wie vor keine Ahnung hatte, was hier eigentlich lief. In Wahrheit stand er auch jetzt noch unter Schock und lernte erst ganz allmählich zu kontrollieren, was er inzwischen war. Es widersprach all seinen bisherigen Erfahrungen, allem, was er kannte und sich selbst im Leben beigebracht hatte. In seiner Jugend war er ein mächtiger Hitzkopf gewesen, hatte diese Eigenschaft aber mittels schierer Willenskraft abgelegt. Als sein Dad gemeint hatte, Tätowierer (»Tattookünstler«, hatte Nico zum x-ten Mal korrigiert) sei kein »Job für einen erwachsenen Mann und schon gar nicht für einen mit Grips, wie du einer bist«, hatte er die Tätowiermaschine beiseitegelegt und eine Ausbildung als Rettungssanitäter absolviert. Er war »sehr beliebt bei den Damen« gewesen, wie seine Mutter es formuliert hatte. Dabei wusste sie nicht einmal die Hälfte. Auch das hatte er hinter sich gelassen. Genauer gesagt, Roísíns Auftauchen hatte es ihm ausgetrieben. Wenn das der Preis war, den er bezahlen musste, um sie zu bekommen … wunderbar, kein Problem. Erledigt. Er war ein Mann, der an Wissenschaft und Beweise glaubte, war daran gewöhnt, immer zu wissen, was zu tun war. Bei der Arbeit: Erledige deinen Job. Zu Hause: Kümmere dich um Roísín, und mach sie so glücklich, wie du nur kannst. Jetzt allerdings …

Wie konntest du tagtäglich Leben retten, um jedes einzelne kämpfen, dich insgeheim quälen, wenn es dir nicht gelang, und am Ende deinen Schmerz überwinden, wenn du es nicht geschafft hattest? Zu verstehen, dass wir leben und irgendwann sterben, schön und gut, dass wir nichts als elektrisch geladenes Fleisch in einem Knochengestell sind, ist nun mal so, das ist der Deal, damit müssen wir uns abfinden – und dann, wenn ich mein eigenes Leben verliere, bin ich trotzdem noch hier?

Es kam ihm wie eine Art schlechter Witz vor, eine persönliche Beleidigung. Dabei war es natürlich keineswegs persönlich. Aber wäre dasselbe seiner Mum passiert, würde sie sich bestimmt nicht so verrückt machen – ja, okay, wohl schon, aber nicht so wie ich gerade. Vielmehr würde sie sich freuen, vergnügt von Haus zu Haus ziehen und allen erklären, dass sie selbst recht und die anderen unrecht gehabt hatten. Haha. Weil sie nämlich an Geister glaubte.

Nico war sicher, dass Leute, die an Geister glauben, diese auch sehen können. Seine Mutter meinte, sie könne ihren Vater sehen, wie er im Rattanstuhl auf dem Balkon ihrer alten Wohnung in Athen saß, könne seinen Stumpen riechen. Dad gab zu bedenken, Mr Katsoukakis von nebenan rauche wahrscheinlich dieselben Dinger, aber sie widersprach, Mr Katsoukakis rauche Karelia, und was sie rieche, sei nicht Karelia. Dann eben Mrs Katsoukakis, konterte Dad mit einem seiner typisch verschmitzten Blicke hinter seiner Zeitung hervor. Und alle lachten, weil Mrs Katsoukakis ständig herumlief, ihren Mann mit Lufterfrischer vollsprühte, die Fenster aufriss, die Klimaanlage bis zum Anschlag aufdrehte und sich auf dem Balkon Luft zufächelte, weil sie den Zigarrengestank nicht ausstehen konnte.

Und was bedeutete das für ihn? Wenn er zu seiner Mum ginge, würde sie ihn riechen. Na klar, man weiß ja, wie das mit Müttern ist. Und wäre Dad nicht schon gestorben, hätte sie ihn damit in den Wahnsinn getrieben. Sie hat auch Dad überall gespürt, zu Hause, in London, in Athen, auf Ithaka, überall … Er konnte sie vor sich sehen, wie sie an ihrem Kaffee nippte und sagte: »Nicht jetzt, Nico mou, Iannis ist gerade da.«

Vielleicht käme ich auch gar nicht in ihre Nähe wegen all der Nazar-Amulette, die sie überall versteckt hat. In jedes seiner Krankenhaushemden hatte sie einen dieser Augentalismane eingenäht, weil sie ihm nicht über den Weg traute und Angst hatte, dass er das Amulett an dem Lederband, das sie ihm mit sechzehn um den Hals gehängt hatte, nicht doch irgendwann abnehmen würde. Lieber Gott, sie und ihr Aberglaube …

Der Anhänger war immer noch an Ort und Stelle. Geister trugen auch Schmuck? Wer hätte das gedacht? Er konnte ihn berühren, ihn fühlen.

Also saß er in der Wohnung herum und befingerte nervös diesen verdammten Anhänger.

Manchmal glaubte er, dass Roísín ihn hören könnte. Es

gab Momente, in denen er ein winziges Echo, den Hauch einer Reaktion wahrzunehmen meinte – nicht jetzt gerade, aber vielleicht konnte sie seine Gegenwart spüren. Vielleicht war er aber auch gar nicht da. Ihre gesamte Kommunikation war irgendwie schräg, folgte keinem erkennbaren Rhythmus. Roísín gab keine passende Antwort, ganz egal, wie er sie ansprach. Das ist unerträglich, dachte er. Sie weiß es nicht, verdammt noch mal!

Leblose Gegenstände wie das Amulett zu berühren machte ihm nichts aus.

Er sah ihr zu, zählte, wie viele Drinks sie sich eingoss, legte sich wieder und wieder neben sie. Eine Zeit lang hockte er auf dem Schrank. Was, wenn er plötzlich sichtbar würde? Er konnte sich selbst im Spiegel erkennen, ganz schwach, und sah aus wie immer, nur nicht mehr ganz so klar und deutlich. Sein Schnäuzer war noch da. Seine schönen braunen Augen. Sein Haar war dicht, aus dem Gesicht gekämmt, der spitze Haaransatz … alles vorhanden, nur eben – geisterhaft. Wenn sein lebendes Ich ein dicker Briefbogen war, glich er jetzt eher einem Zigarettenpapierchen, einer Druckseite, bei der der Toner ausgegangen war, die Kopie einer schwachen Kopie. Roísín würde einen hysterischen Anfall kriegen, wenn sie ihn plötzlich sähe.

Ich sollte rausgehen, dachte er wieder und wieder, tat es aber nicht. Draußen lauerten so viele Unwägbarkeiten und Regeln, die er nicht kannte. Keiner wusste, was jemanden wie ihn dort erwartete, verdammt! Er erinnerte sich noch daran, wie er mit sechs nach London gekommen war, ohne ein Wort Englisch zu sprechen. Die Welt draußen war heute das, was damals der Spielplatz für ihn gewesen war.

Und der April war ein Schlag ins Gesicht. Sieh bloß mal aus dem Fenster!, forderte er sich auf. Überall blüht und grünt es! Scheißblumen. Scheißamseln!

Eines Abends war Roísín von der Arbeit nach Hause gekommen, etwas früher als sonst und mit rot geweinten Augen. Sie zog eine frische Bluse an und ging hinaus zum Wagen. Er hatte keine Ahnung, wohin sie wollte.

Scheiß drauf! Was kannst du in einem Wagen schon anrichten? Er fuhr mit.

Er blieb direkt hinter ihr stehen, als sie auf dem unbequemen Stuhl mit der kerzengeraden Lehne Platz nahm, statt sich in einen der niedrigen Ledersessel in dem Saal sinken zu lassen, in dem sie sich verwundbar fühlen würde, wie er wusste. Er behielt genau im Auge, wer ihr den Gin Tonic mitbrachte. In Läden wie hier gab es jede Menge Opportunisten, aber ihr würde nichts passieren. Er war ja da.

Es gefiel ihm nicht, dass sie hergekommen war, dass andere Lebende und sie auf der einen Seite standen, er hingegen auf der anderen, von der sie noch nicht einmal etwas ahnten. Er wollte, dass Roísín *ihm* in die Augen sah und einen Gin Tonic trank, den *er* ihr gebracht hatte. Dass sie *ihn* berührte, hochsah und *ihn* anlächelte. Noch nie hatte er sich etwas so sehr gewünscht. Mehr noch, denn zu Lebzeiten hatte er häufig bekommen, was er sich wünschte, nur jetzt war er machtlos.

Ein Stück von ihm entfernt stand eine Frau, etwas abseits

von der Gruppe, so wie er. Sie war groß und schlank, mit schwarzem Haar, das ihren Kopf wie einen Heiligenschein umgab, ausgeprägten Wangenknochen, perfekt geschwungenem Mund. Eine Schönheit. Sie könnte Roísín gut gefallen. Sie war in ihrem Alter, vielleicht eine Spur älter, sprich, zu jung, um hier zu sein, verdammt! Nico lächelte ihr zu, als ihm auffiel, dass auch sie an einen verblassten Druck erinnerte, mit leicht verschwommenen Kanten und Umrissen.

Schock zeichnete sich auf ihrer Miene ab, und sie schnappte nach Luft.

Keiner sah zu ihr hinüber. Keiner reagierte.

Ach du Scheiße!

Was?

»Du kannst mich sehen?«, rief sie ihm über die Gruppe unwissender Lebender hinweg zu, ehe sie den Blick durch den Raum schweifen ließ. Niemand nahm auch nur die leiseste Notiz von ihnen. Sie sah wieder ihn an.

»Ja«, platzte er unwillkürlich heraus.

»Ich kann dich auch sehen«, sagte sie.

Sie starrten einander an.

»Ach du Scheiße«, sagte er.

»Allerdings«, bestätigte sie. »Bist du …?«

»Was, tot?«, fragte er. »Ja. Bin ich.«

Ein Lächeln erschien auf ihrem Gesicht, nur ein winziges, mitfühlendes, trotzdem schien es den gesamten Raum zu erhellen. Sie trat auf ihn zu. »Ich weiß, dass uns niemand hören kann, trotzdem erscheint es mir ungezogen, quer durch den Raum zu brüllen«, sagte sie. »Ich habe mich schon gefragt, wo alle sind. Weil ich mal gelesen habe, dass auf jeden Lebenden fünfzehn Geister kommen, folglich konnte ich ja nicht die Einzige sein, oder? Wieso auch?«

»Stimmt.«

Sie beäugten einander.

»Das ist echt schräg«, sagte sie dann.

»Stimmt«, wiederholte er.

»Bist du … schon lange … hier?«

»Keine Ahnung«, antwortete Nico. »Ich hab's nicht so mit Zeiten. Oder das Zeitgefüge hat sich verändert. Ein paar Monate vielleicht?«

»Ich weiß es auch nicht so genau«, gestand sie. »Jedenfalls nicht lange. Und ich habe bisher keinen … wie uns gesehen.«

»Ich auch nicht«, erwiderte er. »Aber ich war auch nicht oft draußen.«

»Man sollte annehmen, dass es mehr von unserer Sorte gibt«, sagte sie. »Vorausgesetzt, dass es uns überhaupt gibt.«

»Eigentlich sollten welche hier sein, mit ihren …«

»Ihren verwitweten Partnern.«

»Schon seltsam, über die eigenen Partner zu sprechen.«

»Aber keineswegs das Seltsamste, was hier passiert. Oder?«

»Nein«, bestätigte Nico. Ihre Worte waren tröstlich. Und jagten ihm zugleich eine Heidenangst ein. Ringsum standen die Hinterbliebenen und redeten miteinander, so wie sie, oder scheiterten kläglich beim Versuch, sich zu unterhalten – die Palette reichte von fröhlichem Geplänkel bis hin zu steifen Höflichkeiten, von Versuchen, das Eis zu brechen, bis zu unbeabsichtigten Zurückweisungen.

»Weißt du zufällig …«, fragte die Frau weiter. »Warum?«

»Warum wir hier sind?«

»Genau.«

»Nein.«

»Ist deine Witwe denn auch hier?«, wollte sie mit einem Anflug von Resignation wissen.

Nico deutete auf Roísín, deren Augen ein wenig klarer wirkten, mit einem Ausdruck irgendwo zwischen Skepsis, Abwesenheit und Akzeptanz.

»Oh!«, rief die Frau. »Klar. Natürlich.«

»Was? Wieso natürlich?«, fragte Nico, woraufhin die Frau lächelnd die Hand ausstreckte.

»Ich bin Jay«, sagte sie. »Ich war Ärztin und habe auf den Hebriden gelebt. Meine Familie stammt aus Ghana.«

»Nico«, erwiderte er. »Rettungssanitäter, wie es der Zufall will. Nord-London. Meine Familie stammt aus Griechenland. Hi.«

»Ich mag Griechenland«, sagte Jay. Ihre Hände glitten durcheinander hindurch, was sie beide mit einem wehmütigen kleinen Lachen quittierten.

»Wir …«, begann er und unterbrach sich, weil er nicht wusste, wie er es ausdrücken sollte.

»Wir sollten reden«, sagte Jay.

»Ja. Hast du Lust, später zu uns nach Hause mitzukommen?«

»Ja«, erwiderte Jay.

Die Kanadierin stand auf und ergriff das Wort.

Nico saß neben Roísín und sah zu, wie sie nach Hause fuhr, während die Klänge von Chicagos *If You Leave Me Now* aus den Lautsprechern tönten. Scheinwerferlicht glitt über ihr Gesicht, ihren Kopf mit dem braunen Flaum hinweg. Auf dem Rücksitz saß diese neue Frau – der neue Geist, die bildschöne, beeindruckende Ärztin, die nicht so verängstigt zu sein schien wie er. Er drehte sich um und sah sie an – sie wirkte beherrscht und souverän, blickte aus dem Fenster wie eine Lady in einem Taxi.

Es hat sich etwas verändert, dachte er. Was könnte sie wissen? Und wie geht es jetzt weiter?

»Geht es dir gut dahinten?«, rief er.

»Ja«, antwortete sie. »Danke.«

Ein Gespräch zwischen ihm und Jay schien im Wagen nicht möglich zu sein, als wäre es zu unhöflich, sich in Roísíns Gegenwart zu unterhalten.

Roísín fuhr weiter. Tränen glitzerten in ihren Augen.

Oh Gott, wie gern er sie getröstet hätte. Sie geküsst. Das war doch kaum zu viel verlangt. Sie berührt … irgendwas.

Gleichzeitig sollte die coole Ärztin sehen, dass er kompetent war, alles im Griff hatte.

Musik dringt immer zu ihr durch, dachte er.

Just Because You're Strong, dachte er. Die Capos. Der Song, mit dessen Imitation er Roísín so oft zum Lachen gebracht hatte. Zu dem sie sich geliebt hatten und der sie zum Weinen brachte. Ihr Song.

Ihr Handy steckte in der Halterung am Armaturenbrett. Noch entschlüsselt, weil sie gerade ihre Nachrichten gecheckt hatte. Er wünschte, er könnte einfach mit dem Finger darauf tippen, den Song spielen. Für sie. Er wünschte es sich so sehr …

Es funktionierte. Chicagos softe Trompeten und Rumbarasseln verklangen. Dann:

»Just because you're strong don't mean it's easy …«

Nico frohlockte. Volltreffer!

Roísín brach in Tränen aus.

Süße! Oh Gott …

In diesem Moment knallte von hinten ein Wagen auf ihren, Roísín sprang heraus, bei laufendem Motor und weit aufgerissenen Türen. *»Just because you're strong don't mean it's easy«* drang aus den Lautsprechern.

Er sprang ebenfalls aus dem Wagen, rief ihren Namen, stand hilflos unter der Straßenlaterne wie einst Lili Marleen.

10

April, London

Jay zuckte auf dem Rücksitz zusammen. Der Aufprall, Georges Stimme, Rasmus' Text und Gitarre, ihre eigenen Harmonien, vor all den Jahren. Obwohl sie häufig an diese Phase ihres Lebens zurückdachte, hatte sie das Album lange nicht mehr gehört – zu viel, was für Ras und damit auch für sie schiefgelaufen war, war damit verbunden. Die Saiten, die der Song in ihr zum Schwingen brachte …

Sie sah das Handy, das auf Nicos Sitz gefallen war. Schluss jetzt. Zu ihrer Überraschung verstummte die Musik. Einen Moment lang hallte die Stille nach.

Sie schwebte aus dem Wagen.

Der andere Fahrer, ein junger Typ, kam bestürzt angelaufen. »Alles okay mit dir?«, fragte er Roísín.

Unterdessen hatte Nico sich neben sie gesetzt, berührte ihren Arm, in der Hoffnung, dass sie sich beruhigen und zu zittern aufhören würde.

Er sah Jay an. »Alles okay?«, fragte er.

»Hattest du etwa Angst, ich sei ums Leben gekommen?«, fragte sie. Er musste lachen.

»Das ist einer ihrer Lieblingssongs«, murmelte er. »Ich hätte nie gedacht …«

»Meiner auch«, murmelte Jay.

Sie setzte sich auf Roísíns andere Seite, sodass sie in einer Reihe auf der Bordsteinkante hockten, zwischen regennassen Stoßstangen, einem Mülleimer und dem fleckigen Sockel einer Bushaltestelle. Über ihnen bebten die frischen leuchtend hellgrünen Blätter einer Esche, während dahinter eine Ampel die feucht glitzernde Straße abwechselnd in rotes, bernsteinfarbenes und dunkelgrünes Licht tauchte. Jay lehnte sich gegen Roísín. Jenseits der Trauer, dahinter, in ihrem Innern ließen sich Stärke, Humor und die Verheißung von Freude erahnen. Nach dem Sturm scheint irgendwann wieder die Sonne, dachte Jay. Irgendwo in dieser Kälte und Dunkelheit liegt eine unerschütterliche Energie …

»Was würde sie denn trösten?«, fragte sie.

»Dass ich nicht tot wäre«, antwortete er.

»Etwas Realisierbares?«, schränkte sie ein.

Statt einer Antwort legte Nico den Arm um Roísíns Schultern, quasi eine unsichtbare Decke. »Keine Ahnung … ihre Mum vielleicht?«

Nach einem Moment gab Roísín einen hicksenden Laut von sich, gefolgt von mehreren tiefen Atemzügen, dann breitete sich ein kleines Lächeln auf ihren Zügen aus. Sie stand auf, fragte den anderen Fahrer, ob mit seinem Wagen so weit alles in Ordnung sei, und notierte seine angebotene Nummer. Jay gefiel, wie Roísín reagierte: klar, freundlich, ohne Drama und Trara.

Nicos Züge waren ein wenig angespannt, allerdings konnte Jay nicht sagen, ob es vor Wut oder Schmerz war. »Sensationsgieriger Schleimer«, stieß er hervor. »Muss sie auch noch anbaggern, wo er ihr gerade auf die Stoßstange geknallt ist.«

»Das hat er bestimmt nicht mit Absicht getan«, wandte Jay ein. »Der arme Junge.«

Besagter armer Junge lächelte Roísín höflich an. »Also, wenn du okay bist …«, sagte sie zu ihm.

»Halt dich bloß von ihr fern!«, knurrte Nico.

»Aber es ist doch nett von ihm«, sagte Jay. »Er ist nicht aggressiv und nicht nur nett zu ihr, weil sie hübsch ist. Immerhin ist ihr Gesicht ganz rot vom Weinen, und ihr läuft der Rotz aus der Nase.«

»Sie ist wunderschön«, erklärte Nico. »Sie ist immer wunderschön.« Mit einem Mal verspürte er nicht länger den Drang, dem Kerl eins aufs Maul zu geben.

»Das stimmt«, bekräftigte Jay.

»Ich ertrage es nicht«, sagte Nico.

»Was denn? Ihr nicht helfen zu können?«

»Überhaupt nichts tun zu können.«

»Aber wir können ihnen doch helfen«, meinte Jay. Bei dem Wort »wir« lächelten sie beide.

»Also, *ich* kann es jedenfalls nicht. Und glaub nicht, ich hätte es nicht versucht.«

Sie stiegen wieder in den Wagen. Roísín atmete noch einmal tief durch, schluckte und fuhr den Hügel hinunter.

»Wieso ist es bloß so schwierig, in ihrer Gegenwart zu reden, obwohl sie uns gar nicht hören kann?«, flüsterte Jay.

Nico warf ihr einen Blick zu, halb dankbar, halb erleichtert. »Das ist noch so was«, sagte er. »Dass ich keinen zum Reden habe.«

Die Wohnung war sehr hübsch. Hochparterre in einem Häuserblock aus den 1930ern, klein, aber gut geschnitten, Parkettböden und geschmackvoll möbliert – hübsches Sofa, daneben Stehlampen, eine Monstera am Fenster. Ohne die herumstehenden leeren Teebecher, das angegammelte Obst in der Schale und die benutzten Taschentücher, die wie Konfetti bei einer Hochzeit überall auf dem Boden verstreut lagen, hätte das Apartment sehr viel Charme gehabt.

Roísín ging auf direktem Weg ins Badezimmer.

»Ich weiß, dass es absurd ist, aber es erscheint mir so unhöflich, etwas zu ihr zu sagen«, meinte Jay.

»Man gewöhnt sich daran«, erwiderte Nico. »Immerhin rede ich viel auf sie ein.«

»Na ja, du kennst sie schließlich.«

»Soll ich euch vorstellen?«, fragte er, was sie beide mit leiser Belustigung erfüllte.

»Ja, irgendwie«, antwortete Jay. »Aber das macht es ja noch absurder.«

Völlig entspannt saß Nico auf dem Sofa, beide Arme auf der Rückenlehne ausgestreckt.

»Ich sollte dir etwas anbieten«, meinte er und sah sich um, als materialisiere sich dadurch eine Tasse Tee oder ein Glas Wein.

»Kannst du eigentlich essen?«, fragte sie eifrig.

»Nein. Wieso? Du?«

»Leider nein«, antwortete sie. »Und was kannst du sonst?«

»Gar nichts«, sagte er. »Du?«

»Ich kann an Häusern rauflaufen«, erklärte sie. »Und

durch Wände gehen. Und mich an Bäumen hinaufschwingen.«

»Ich kann auch durch Wände gehen«, entgegnete er zögernd.

»Dann kannst du bestimmt auch an Häusern rauflaufen«, sagte sie. »Willst du's mal versuchen?«

»Klar, aber nicht jetzt.«

Sie sprachen gleichzeitig. »Was machst du …«, sagte sie, während er im selben Moment fragte: »Warst du schon mal anderswo?«

»In Schottland. Da lebt mein …«

»Witwer?«

»Genau.«

»Aber warst du schon mal … keine Ahnung … in einer Art Jenseits?«, fragte er.

»Nein.«

»Ich auch nicht«, sagte er. Was eine Enttäuschung war.

Das Rauschen der Toilettenspülung drang aus dem Badezimmer, gefolgt vom Plätschern eines Wasserhahns und dem Quietschen von Seife an den Händen. Roísín hatte die Tür offen gelassen. Jay blickte auf ihre eigenen Hände. Nicht mehr essen, die Gabel halten, aufs Klo gehen, sich den Hintern abwischen. Sich waschen. Wie wenig Gedanken wir doch an unseren Körper verschwenden, solange wir ihn haben. Wir lernen nur, die Makel und Fehler an ihm zu finden und ihn als selbstverständlich zu betrachten.

»Wieso nicht?«, fragte sie. »Wieso sind wir noch hier?«

»Ich hab keine Ahnung«, entgegnete er.

Roísín trat in Slip und T-Shirt aus dem Badezimmer, ging in die Küche und setzte Wasser auf.

»Roísín, Schatz, das ist Jay«, sagte Nico, als sie an ihm vorbeiging, und wandte sich zu Jay um, die lächelte. »Sie ist auch ein Geist! Ich hoffe, du hast nichts dagegen, dass ich sie eingeladen habe. Ich freue mich so, weil ich noch nie einem Geist begegnet bin. Ich hoffe, sie weiß Dinge, die ich nicht weiß, und kann mir helfen … dabei, wie man Geist ist und so …«

»Ich habe tatsächlich eine Ahnung …«, begann Jay, unterbrach sich jedoch. Es war noch zu früh. In mehrerlei Hinsicht. Sie musterte ihn eingehend. Roísín war bildschön, aber was war mit ihm? Er wirkte nett, offen, mit einem Lederband um den Hals, das bei anderen womöglich affig gewirkt hätte, ihm allerdings ausgezeichnet stand, genauso wie das längere Haar und das abgetragene Leinenhemd. Auf dem Kaminsims stand ein Foto von ihm in Krankenhauskluft, auf dem er die Haare zurückgekämmt und unter einem Haarnetz verborgen hatte. So etwas erforderte schon eine gewisse Selbstsicherheit. Er war attraktiv. Wieder musterte sie ihn. Er wirkte wie eine an sich souveräne Persönlichkeit, die einen heftigen Schock erlitten hat. Ein bisschen wie ich, dachte sie. Verängstigt. Aber nicht so, als hätte er komplett den Halt verloren.

In diesem Moment klingelte Roísíns Handy, das auf dem Tisch zwischen den beiden lag. Jay musste ein Stück zur Seite rücken, damit Roísín sich nicht auf sie setzte, als sie danach griff und sich aufs Sofa fallen ließ.

»Hi, Nell«, sagte sie. »Nein, entschuldige, ich wollte

gerade ins Bett gehen. Ja. Gut … Nein … Noch nicht. Ja, ich weiß. Weiß ich … Ja, mache ich. Ach Süße, bitte. Er hat gesagt, dass er eines gemacht hat, also hat er es auch, und ich werde es finden. Vielleicht hat er es bei einem Anwalt hinterlegt … ja, ich werde … Meine Güte, könntest du bitte …«

Jay sah Nico durchdringend an.

»Das hast du nicht«, sagte sie. »Sag mir, dass du das nicht hast.«

»Was habe ich nicht?«

»Kein Testament gemacht«, gab Jay zurück, die das grammatikalische Chaos eines doppelten Negativs bereits ahnte.

»Natürlich habe ich ein Testament gemacht«, sagte er. »Ich habe ihr nur nicht gesagt, wo es liegt.«

Jay starrte ihn an. »Entschuldige, wenn ich frage, aber wieso nicht?«

»Ich wollte es ja tun.«

»Wusstest du denn nicht, dass du sterben würdest? Dir war noch nie aufgefallen, dass manche Menschen einfach tot umfallen?«

»Natürlich wusste ich, dass so was passieren kann. Ich war ein … praktisch veranlagter Mensch. Aber ich war noch so jung. Und es kam so plötzlich.«

»Jung genug, um unsterblich zu sein«, erwiderte sie. »Dachtest du etwa, du würdest ewig leben? Wir wissen nun mal nicht, wann es so weit ist, Nico! Sieh sie dir nur an!«

Roísín war vom Sofa aufgestanden und schlurfte ins Schlafzimmer. Nicos Blick folgte ihr.

»Verliert sie etwa die Wohnung?«, fragte Jay. »›Könnten Sie uns bitte eine Kopie des Testaments schicken, und sind Sie als Testamentsvollstreckerin eingesetzt?‹ Diese Frage bekommt sie überall zu hören, wenn sie deine Angelegenheiten regelt. Sie wird verneinen, und die Leute werden seufzen und sagen, dass das die Sache natürlich sehr viel komplizierter macht.«

Nico hatte den Kopf in die Hände gestützt. »Ich dachte, sie hätte es längst gefunden«, murmelte er.

»Wo ist es? Habt ihr Kinder?«, fragte Jay, obwohl nichts in der Wohnung darauf hindeutete.

Roísín kam, in ein Handtuch gehüllt, aus dem Schlafzimmer zurück. Selbst ihre weißen Arme wirkten traurig. Kurz darauf drang das Rauschen der Dusche durch den Korridor.

»Nein«, antwortete er, während sein Blick wieder Roísín folgte.

»Leben deine Eltern noch?«

»Nur meine Mum.«

»Wenn niemand das Testament findet, geht alles auf sie über. Gibt sie Roísín einen Teil davon ab?«

»Brauchen tut sie das Geld nicht«, sagte er. »Zumindest glaube ich es nicht. Und sie liebt Roísín.«

»Oje«, sagte Jay. »Weil das ja ein Garant für Harmonie ist.«

»Außerdem ist noch etwas auf einem gemeinsamen Konto«, fuhr er fort. »Bausparvertrag.«

»Damit Roísín auf der sicheren Seite ist, muss sie das Testament finden. Wer ist Nachlassverwalter?«

»Sie«, antwortete er. »Ich habe schon getan, was nötig ist, aber nur nicht …«

»Du musst es ihr sagen.«

»Ich will sie nicht durcheinanderbringen.«

»Wie viel schlimmer als jetzt kann es noch werden?«, fragte Jay erbarmungslos.

Schweigend saßen sie da.

»Dein Tod war also vorhersehbar, ja?«, fragte er schließlich.

»Ja«, antwortete sie. »So wie bei allen anderen Menschen auch. Aber, ja, ich wusste es vorher. Aber ist auch egal.«

Roísín kam zurück. Inzwischen war ihre Haut rosig. Sie hörten das leise Quietschen, als sie sich ins Bett legte, und die schweren Atemzüge von jemandem, der sich zwingt, ganz ruhig dazuliegen und einzuschlafen.

»Verdammt«, stieß Nico hervor. »Was kann ich tun?«

»Du musst ihr sagen, wo es ist«, antwortete Jay. »Also, wo ist es?«

»Wie soll ich das anstellen? Sie kann mich doch nicht hören! Ich kann ihr schlecht eine SMS schreiben oder eine …« Er hielt inne und unterdrückte einen Fluch. »E-Mail.«

»Kannst du sie nicht im Traum erreichen?«

»Was?«

»Hast du das noch nicht versucht?«

»Wie soll das gehen? Kannst du das?«

»Ich hab's schon mal gemacht«, sagte sie.

Sie erzählte Nico davon. Natürlich nicht bis ins letzte Detail, sondern nur das Wesentliche. Wie sie Dougie geholt, sich bemerkbar gemacht, mit ihm gesprochen hatte.

»Und hat er dich gehört? Hast du … habt ihr … miteinander gesprochen?«

Sie konnte es nicht beschwören.

»Bitte, komm«, rief er. Am liebsten hätte er ihre Hand gepackt und sie ins Schlafzimmer gezerrt, doch seine Finger glitten durch ihre hindurch. Einen Moment lang saßen sie nur da und starrten auf ihre schlaffen, nutzlosen Gliedmaßen. Schließlich standen sie auf und traten ans Fußende des Bettes.

»Wie machst du es?«, fragte er eindringlich. »Ich lege mich neben sie. Oft. Ich versuche, sie nicht zu berühren, um ihr keine Angst zu machen, aber einmal haben wir getanzt – sie hat geweint … aber wie war es, als du …«

Jay setzte sich auf den schmalen Stuhl und hob die Hand. »Warte«, sagte sie.

Er gehorchte.

»Es ist etwas Emotionales«, sagte sie. »Glaube ich. Er war schwer krank.«

»Heißt das, ich muss warten, bis sie schwer krank wird?«

»Keine Ahnung. Ich weiß auch nicht, wie es funktioniert. Aber ein paarmal hat es geklappt. Am besten war es immer dann, wenn er nicht bei Bewusstsein war. Nein, ich will damit nicht andeuten, dass es unter anderen Voraussetzungen nicht auch funktionieren kann. Ich habe damit bloß noch keine Erfahrungen.«

»Wenn ich es schaffe, in ihre Träume vorzudringen, könnte ich ihr also mitteilen, wo das Testament ist?«

»Ich denke schon. So habe ich Rasmus Dinge vermittelt.«

»Was denn?«

Sie sah ihn an, lächelte leicht tadelnd.

»Entschuldigung, ist wohl kurz mit mir durchgegangen.«

»Kein Problem«, sagte sie. Dann: »Hast du sie gespürt, als ihr getanzt habt? Und hattest du den Eindruck, dass sie auch dich spüren konnte?«

Er nickte. »Könnte auch Wunschdenken gewesen sein.«

»Tja.«

Ganz vorsichtig streckte Nico sich neben Roísín im Bett aus, die immer noch an die Decke starrte. »Ich werde warten, bis sie schläft. Ich überlege es mir, und dann probiere ich's einfach mal.«

»Soll ich lieber nebenan warten?«, fragte Jay unsicher.

»Fühl dich wie zu Hause«, erwiderte er, und sie lächelte. Witziger Typ. Nett? Sie würde sich aufs Sofa legen und versuchen, darüber nachzudenken, wie es funktioniert hatte.

Im Morgengrauen tauchte er aus dem Schlafzimmer auf.

»Nichts«, sagte er geknickt. »Erstens hat sie kaum geschlafen, und ich hatte das Gefühl, als würde ich sie bloß wachhalten, und dann war ich in einer Art Trance, keine Ahnung, jedenfalls waren wir nicht am selben Ort, keine Sekunde lang.«

»Das tut mir leid«, sagte sie.

Roísín trat aus dem Schlafzimmer, in Pyjamahose und einem Top, mit hängenden Schultern und noch dunkleren Ringen unter den Augen als am Vortag. Sie warf den Wasserkessel an und ließ sich auf einen Küchenstuhl fallen.

»Dachtest du ernsthaft, sie würde besser schlafen, wenn du nicht da bist?«

»Keine Ahnung«, sagte Nico.

Seufzend fuhr Roísín sich mit den Händen übers Gesicht und presste die Ballen auf ihre Augen.

»Komm mit mir nach Schottland«, schlug Jay spontan vor. »Ein kleiner Tapetenwechsel. Du kannst meinen Witwer kennenlernen. Warum nicht?«

»Aber ich kann sie nicht einfach zurücklassen!«

Jay lächelte milde. »Das hast du längst.«

»Ich will an dieser Traumsache weiterarbeiten«, sagte er. »Ein Teufelskreis, was? Sie wird besser schlafen, sobald sie das Testament kennt, aber ich kann ihr nur davon erzählen, wenn sie schläft. Und nicht mal das ist sicher.«

»Vielleicht wäre eine kleine Pause ganz hilfreich. Du kämst frisch und mit neuem Mut zurück«, meinte Jay.

»Eine Pause?«, fragte er. »Wir reden hier nicht von ›Ich bin total fertig von den vielen Überstunden und brauche dringend Urlaub. Ein Wochenende in Prag, das wär's jetzt‹.«

Sobald die Worte aus seinem Mund kamen, tat es ihm leid. Jay wusste es. Und er wusste, dass sie es wusste.

»Na gut«, sagte er.

*

Die Atmosphäre im Schlafwagen des Caledonian Sleeper – Jay lag auf der oberen Pritsche, Nico unten – ermutigte zu

Vertraulichkeiten. England ratterte an ihnen vorbei, die Gleise vibrierten, verwaiste Bahnhöfe in einem Licht wie auf den Bildern von Edward Hopper tauchten flackernd auf. Keiner von ihnen beiden schlief. Logischerweise.

»Wie habt ihr euch kennengelernt?«, fragte Nico.

»Hm«, machte sie. »Wie habt *ihr* euch kennengelernt?«

»Auf dem Glastonbury-Festival«, antwortete er. »Es war Liebe auf den ersten Blick. Allerdings habe ich mich damals ständig auf den ersten Blick verliebt. Jetzt du.«

»Über die Band, in der wir gemeinsam gespielt haben. In New York«, antwortete sie. »Ich war Sängerin. Und dann wurde er von diesem gottverdammten Taxi umgefahren.«

»In New York also, ja?«, meinte Nico. »Sängerin! Aber du bist keine Amerikanerin.«

»Ich bin ghanaische Britin«, erklärte sie. »Mein Vater wurde überallhin geschickt. Aber Afrikanerin in Amerika zu sein, ohne Afroamerikanerin zu sein, war … seltsam. Die Leute denken, man sei eine von ihnen und müsse deshalb automatisch denselben Hintergrund haben. Nach Rasmus' Unfall sind wir nach Großbritannien zurückgekehrt, ich habe Medizin studiert, bin Ärztin geworden, und er … nun ja, seine Genesung hat sich sehr lange hingezogen. Eigentlich ist er heute noch nicht wieder vollständig hergestellt. Er arbeitet zwar, zeigt aber weder sich noch seine Arbeit dem Rest der Welt.«

»Also haben wir beide unseren Job, der uns Spaß gemacht hat, aufgegeben, um etwas Ernstzunehmendes zu tun.«

Sie dachte einen Moment darüber nach – über die ernst

zu nehmende Arbeit, die sie geleistet hatte, und die noch viel ernster zu nehmende Arbeit, die sie nicht geleistet hatte, weil sie sich gegen sie entschieden hatte. Darüber, was eine ehrgeizige junge Ärztin, die Gynäkologin werden will, aufgeben muss, wenn sie die Entscheidung trifft, sich als Allgemeinärztin auf dem Land niederzulassen, statt sich auf Geburtshilfe zu spezialisieren. Was eine schwarze Ärztin aufgibt, wenn sie nicht länger dort praktiziert, wo Schwarze leben. Nicht dass die Allgemeinmedizin nicht wertvoll und Schottland kein Ort wäre, wo man leben konnte, außerdem wäre mit der Gynäkologie ohnehin kein Blumentopf zu gewinnen gewesen. Ach, lass gut sein, Jay. Du hattest deine Gründe für die Entscheidung, außerdem ist es jetzt ohnehin zu spät.

Sie redete nie darüber. Auch nicht mit Kwame – obwohl er Bescheid wusste.

»War es bei dir so?«, fragte sie. »Hast du auch eine Arbeit aufgegeben, die dir Spaß gemacht hat?«

»Ich wollte Tätowierer werden«, antwortete er.

Sie lächelte und sagte, das hätte sie sich fast gedacht.

Seine Stimme kam von der unteren Pritsche. »Denkst du jemals darüber nach … all die Arbeit, die wir gemacht, die Menschen, denen wir das Leben gerettet haben, und dann endet es so?«

»Ja«, erwiderte sie. »Das ist die größte Gabe der Menschheit, was? Dass wir die Tatsache ignorieren können, eines Tages sterben zu müssen.«

Er lachte.

»Und wolltet ihr heiraten?«, fragte Jay.

Nico hielt inne. »Ja«, sagte er dann. »Sogar unbedingt. Aber … na ja, dann ist es eben nicht mehr dazu gekommen.«

Jay antwortete nichts darauf. Sie konnte sich nicht vorstellen, wie man einfach nicht die Zeit zum Heiraten fand, wenn es einem doch so wichtig war. Sie betrachtete die Mini-Keksschachtel, die Tüte mit den Gratisnaschereien, die auf den Pritschen lag, während ihr ein Song aus dem Musical Cat, das sie aus der Schulzeit kannte, in den Sinn kam: *Es gibt ein komisches kleines Becken, um sich das Gesicht zu waschen, und eine Kurbel, um das Fenster zu schließen, wenn dir kalt ist und du niest.*

Keine Kekse. Kein Niesen.

Keine Hochzeit.

»Keine Kinder?«, fragte Nico später.

»Wir dachten noch darüber nach, als ich krank geworden bin«, log Jay, mehr oder weniger. »Aber ich habe meine Arbeit sehr geliebt. Die Insel war meine Familie. Und ihr?«

»Sie wollte, ich war noch nicht so weit. Woran bist du gestorben?«

Seine Unverblümtheit störte sie nicht. Im Leben hätte es das wohl, doch nun war es, als würde jemand das Fenster öffnen oder einen zu engen Schuh ausziehen. Andererseits kannst du im Leben auch niemanden fragen, woran er gestorben ist.

»An Sarkoidose«, antwortete sie. »Du?«

»An einem dämlichen schweren Herzinfarkt«, antwortete er. »Es ist fast witzig.«

»Aber auch nur fast.«

»Nicht die schlimmste Art, die Grätsche zu machen«, meinte er. »Es tut mir bloß leid, dass sie dabei war.«

»Hm«, machte Jay.

»Wir hatten uns gerade vor Lachen ausgeschüttet«, fuhr er fort. »Wusstest du, dass immer zwei für so was nötig sind?« Jay wusste es. »Wir hatten solchen Spaß, und plötzlich habe ich den Anschluss verloren. Keine Ahnung, wie sie es erlebt hat.«

»Es tut mir sehr leid für dich«, sagte Jay schließlich.

Den Weg von Stornoway nach Luskentyre legten sie zu Fuß zurück, sprangen, hüpften, schlugen Räder. Als sie das Haus erreichten, glitzerte das Wasser im Schein der aufgehenden Sonne, die Flut setzte ein, spülte über den flachen Sand, schwappte ihnen um die Füße. Es war ein Morgen von geradezu atemberaubender Schönheit – der Nebel stieg langsam empor, löste sich auf und gab den Blick auf die Landschaft frei, klar, sauber und magisch.

Noch bevor sie Rasmus sehen konnten, hörten sie ihn bereits spielen. Er saß auf der Bank neben dem Schuppen in der Sonne, summte leise vor sich hin, während er ein Riff auf der Gitarre ausprobierte. Er hatte sich mit dem Rücken gegen die Mauer gelehnt, seine Füße lagen auf dem ramponierten Sattel eines alten schwarzen Motorrads, dessen ausgebaute Batterie auf der Steintreppe von einer kleinen Katze beschnüffelt wurde.

»Es ist ein schöner Tag, die Vögel singen«, murmelte Rasmus leise zu einem D und einem A-Moll, dem vermutlich traurigsten Akkord, den man sich nur vorstellen konnte. »Es ist ein schöner Tag …«

»Nein, ist es nicht«, widersprach Nico irritiert, aber Jay lächelte.

»Der bleiche Mond geht über den Feldern auf«, sang Rasmus weiter. »Ich denke an dich, daran, wie wir waren, und wie es ist, allein zu sein, allein zu sein …«

Die Melodie endete mit einem traurigen Akkord.

Jay konnte weder die salzige Luft noch den durchdringenden Gestank nach Motoröl riechen, der unweigerlich jeden von Rasmus' Versuchen begleitete, die alte Vincent zu starten. Sie konnte weder den kalten Tau an ihren Füßen noch die Verheißung der frühlingshaften Wärme in der Luft spüren, konnte nicht zu ihm gehen, ihm einen Kuss auf den Wangenknochen drücken, direkt neben dem Ohr, ihm nicht anbieten, seinen kalten Kaffee durch einen frischen Becher zu ersetzen oder ihm etwas zu essen zu bringen, weil er, meine Güte, immer noch so furchtbar mager war. Aber sie konnte ihn sehen, ihn hören, und er hatte sogar das Motorrad aus dem Schuppen geholt. Und einen neuen Song geschrieben.

»Wirklich schön hier«, sagte Nico und nickte.

»Ja, nicht?«

Sie setzten sich auf die Steinstufen, lehnten sich gegen die Wand und lauschten Rasmus.

»Er spielt gut«, sagte Nico. »Ist das sein Ding? Also, sein Beruf?«

»Ja«, antwortete sie und spürte, wie sich ihr Geisterherz zusammenzog. »Er war in einer Band«, fuhr sie fort. »Hat die Songs geschrieben, gesungen, Gitarre gespielt. Ein Album hat er mit ihnen gemacht, eine Tour, und dann hat er sich die Wirbelsäule gebrochen. Konnte nicht mehr spielen, nicht weiter auf Tour gehen.«

»Das ist übel«, sagte Nico.

»Ja.«

»Und haben sie den Durchbruch geschafft?«

»Ja«, sagte sie. »Ohne ihn.«

»Kennt man die Band?«

»Ja«, sagte Jay wieder, sprang auf und schlug zehn Flickflacks hinunter zum nassen Strand. Verpasste Gelegenheiten. Zukunftschancen, die sich nie geboten haben. Dass die Leute vielleicht denken, ich würde eine Show abziehen. Traurig.

Aber die Flickflacks … ein Heidenspaß!

»So was konnte ich zu Lebzeiten nie«, sagte sie und kam zurück. »Ich war total unsportlich. Überhaupt nicht gelenkig.«

Nico erhob sich und blickte über die Mauer hinweg zum Strand, wo die Flut näher gekommen war. »Erzähl mir genau, wie du das gemacht hast«, sagte er. »Wie hast du es geschafft?«

Sie wusste, was er meinte, und schilderte es so genau, wie sie konnte, doch die richtigen Worte wollten ihr nicht über die Lippen kommen.

»Ich gehe zurück«, sagte er, als sie geendet hatte. »Ich muss es versuchen.«

»Darf ich mitkommen?«, fragte sie.

»Wieso?«

»Keine Ahnung.«

*

Jay und Nico verbrachten viele, viele Nächte an Roísíns Seite, in denen sie manchmal tatsächlich etwas Schlaf fand und Nico sein Glück versuchte, doch es wollte einfach nicht klappen. Er wurde immer mutloser. Jay ebenfalls. Ihre Theorie schien nicht zu stimmen. Abend für Abend saßen sie zu dritt um den Küchentisch. Nico und Jay bemühten sich vergeblich, einen Filzstift zu fassen zu bekommen (könnten sie ihr vielleicht eine Nachricht schreiben? Nein, konnten sie nicht), während Roísín Radio hörte und den Kessel ein ums andere Mal so lange brodeln ließ, bis das Wasser verdampft war.

Vielleicht schlief sie ja bei der Arbeit? Sie begleiteten sie ins Büro.

Sie schlief nicht.

Nico war am Rande der Verzweiflung.

»Konzentrier dich«, mahnte Jay.

*

Eines Morgens, als Roísín sich anzog und versuchte, Tee zu machen, ging sie ins Schlafzimmer zurück. Einen Moment später hörten sie einen leisen, schweren Atemzug, beinahe wie ein Schnarchen.

Jay sah Nico an, der die Brauen hochgezogen hatte.

»Hier geht es um die Notwendigkeit«, sagte sie. »Das Gefühl.«

Er folgte Roísín, direkt durch die Wand, warf sich auf sie, sodass sein Geister-Ich sie vollständig ausfüllte, als wäre er die Flut und sie eine kleine Pfütze zwischen den Felsen. Er spürte ihre Haut von innen, das Blut, das durch ihr Herz pumpte, ihre Gedanken in seinem eigenen Kopf. Ruhig, murmelte er, sowohl an sich selbst als auch an sie gerichtet. Er stockte. Hielt sie in den Armen. Hey, sagte er. Sie bewegte sich. Ich liebe dich, fuhr er auf Griechisch fort und spürte, wie sie lächelte.

Nicht trödeln. Oder trödel später rum.

»Mein Testament«, fuhr er fort. »Es steckt in meinem Buch *Die Geschichte der Schifffahrt des antiken Griechenland,* auf Griechisch. Ganz hinten. Es tut mir so leid. Es tut mir leid, so unendlich leid, Liebling. Ich kann dir gar nicht sagen, wie sehr …« Er weinte.

Mit einem schrillen Schrei fuhr sie aus dem Schlaf.

Erschrocken sprang Nico ans Fußende des Bettes und starrte sie fassungslos an.

»Heilige Scheiße!«, schrie sie und saß kerzengerade im Bett. »Scheiße!« Sie schnappte nach Luft, blickte sich wild um. »Herrgott noch mal, Nico, was …«

Sie sprang aus dem Bett. Tränen liefen ihr übers Gesicht, ihre Brust hob und senkte sich, als sie ins Wohnzimmer wankte und vor das Bücherregal trat. Da stand es, ganz unten in der Ecke. Sie zog das Blatt mit dem Preis heraus, den er mit acht in der Schule gewonnen hatte. *Ιστορία της Πλοήγησης της Ελλάδας.*

Für sie nichts als griechische Dörfer, dachte er – ein alter Running Gag zwischen ihnen, leicht abgewandelt.

Der schmale weiße Umschlag fiel hinten heraus.

Ihre nackten Schultern in ihrem dünnen Top bebten, als

sie sich im Schneidersitz auf den Boden setzte, während ihr immer noch die Tränen über die Wangen liefen.

Nell überredete Roísín, eine weitere Woche bei der Arbeit freizunehmen und zu ihr zu kommen. »Wir beantragen gemeinsam den Erbschein«, sagte sie. »Komm.«

*

Jay überredete Nico, sie noch einmal nach Schottland zu begleiten. »Du hast bisher auch keine Ruhe gefunden«, sagte sie. Man mochte einem Geist vielleicht nicht vorwerfen können, dass er leichenblass sei, aber genau so sah er aus.

»Okay«, sagte Nico, als er sich am nächsten Morgen auf Rasmus' Bank setzte. »Danke. Hättest du mir nicht gesagt, dass so etwas möglich ist, hätte ich es nie geschafft.« Er wirkte so verlegen und kleinlaut, dass Jay am liebsten in Tränen ausgebrochen wäre oder ihn umarmt hätte. »Geistersolidarität!«, erklärte er. »Ich bin dir was schuldig.«

»Schon gut«, sagte sie. »Ich helfe gern. Und sie ist wirklich nett, deine Roísín.«

»Ja, nicht?«

Jay lächelte.

»Rasmus auch«, entgegnete Nico und drehte sich zu Rasmus um, der leise vor sich hin singend im Gemüsegarten Unkraut jätete. Jay summte mit.

»Ich mache mir Sorgen um ihn«, sagte sie nach einer Weile. »Natürlich weiß ich, dass er rein körperlich wieder auf dem Damm ist, aber als er im Krankenhaus war, ging es ihm überhaupt nicht gut. Es war ihm ein Gräuel, weil ich dort gestorben bin. Aber was hätte ich denn tun sollen?«

Nico nickte. »Ich mache mir auch Sorgen um Roísín.«

Jay stand auf und blickte aufs Meer hinaus, während sie überlegte, wie sie es ausdrücken sollte. Die Wellen schwappten immer weiter heran. Vor, zurück, vor, zurück, wie sich kräuselnde Spitze, die Haut der Welt, die sich zurückzog und ausdehnte.

»Nico«, sagte Jay in einem bewusst sanften, beinahe fragenden Tonfall.

»Was?«

»Ich glaube, sie würden sich gut verstehen.«

Sie hörte förmlich, wie die Worte ihn trafen.

Er schwieg.

»Sie haben viel gemeinsam. Nicht nur, dass sie beide verwitwet sind, sondern auch ihre Kreativität, ihre Hingabe, dass beide als Nichtengländer in Großbritannien leben, witzig sind … ich habe nur so ein Gefühl, sie könnten … was, wenn sie …«

»Nein.«

»Nein was?«, fragte sie.

»Was du gerade vorschlagen wolltest.«

»Was wollte ich denn vorschlagen?«

»Du weißt genau, was du vorschlagen wolltest.«

»Mir war nicht klar, dass du weißt, was ich vorschlagen wollte.«

»Ich weiß, dass ich weiß, was du vorschlagen wolltest.«

»Und was wollte ich vorschlagen?«

»Du wolltest vorschlagen, dass wir sie doch verkuppeln könnten, das wäre alles so nett und so prima.«

Stille.

»Oder etwa nicht?«, fragte er und lehnte sich mit einem leicht drohenden Ausdruck in den Augen zurück.

»Ja.«

»Nur über meine Leiche.«

»Puh«, machte sie, aber der Schmerz auf seinen Zügen ließ sie innehalten. »Glaubst du nicht … ich weiß, dass es für sie beide noch zu früh ist. Aber sie könnten es ja langsam angehen.«

»Nein«, erwiderte er. »Denk nicht mal dran!«

Später sah Jay Rasmus zu, wie er in der Küche Suppe kochte, sprich, den Inhalt einer Dose in den Topf kippte, und dazu Toastscheiben verbrannte.

»Was machst du da?«, fragte Nico.

»Ich denke nach.«

»Du kannst dich nicht einmischen«, sagte er. »Es ist wie eine Zeitreise. Das Großvaterparadoxon. Man kann nicht einfach zurückreisen und die Vergangenheit verändern.«

»Tue ich gar nicht«, erwiderte sie. »Ich mache nur einen Vorschlag.«

»Indem du ihn anstarrst?«

»Letztes Mal war es ein Kinderspiel«, sagte sie.

»Gratuliere«, sagte er und dachte an Roísíns nackte, zitternde Schultern. »Und was schlägst du vor?«

Du solltest dir mal die Seite der Filmfirma ansehen,

dachte Jay. Um herauszufinden, mit wem du es zu tun hast. Ob es jemanden gibt, der dich anspricht.

»Gar nichts«, antwortete Jay, aber sie konnte nicht lügen, und Nico war nicht blöd.

»Ich habe Nein gesagt«, erklärte er.

»Sie könnten doch Freunde sein«, sagte sie. »Brauchen wir nicht alle Freunde, die dasselbe durchmachen wie wir? Solidarität?«

»Nein.«

»Als du davon profitiert hast, hat es dich auch nicht gestört, dass ich eingreife«, sagte sie. Und bereute es sofort.

»Nur weil du geholfen hast, bedeutet das noch lange nicht, dass sie dir gehört«, erwiderte er. »Was ist das hier deiner Meinung nach? Eine Art Tauschhandel? Oder jetzt, nachdem sie mein Geld hat, verkuppelst du sie miteinander? Ist es das?«

»Nico! Natürlich nicht.«

»Hör auf damit.« Er warf ihr einen todunglücklichen Blick zu.

Was sie jedoch nicht davon abhielt, Rasmus zu folgen, als er sich am nächsten Tag an seinen Laptop setzte, und zu murmeln – »Filmfirma Constant Eye. Los, sieh einfach mal nach. Roísín Kennedy soll richtig gut sein, hab ich gehört. Such nach Roísín Kennedy. Da! Das ist sie! Sieh sie dir an!«

11

April, auf der Insel

Nico ging geradewegs ins Meer hinaus, immer weiter, bis das Wasser über seinen Kopf hinwegschwappte, dann tauchte er in die eisige, flüssige Tiefe, die so finster war, dass sie für jeden Sterblichen wie eine feste Masse gewirkt hätte. Irgendwo da draußen ist meine Leiche, dachte er. Da unten.

Er sah sich selbst auf der sich kräuselnden Unterseite der Wasseroberfläche, spiegelverkehrt und surreal, zerbrochen und wieder neu formiert wie flüssiges Quecksilber. *Nur über meine Leiche.* Das war witzig. Nach einer Weile – es war bereits dunkel – ließ er sich von den Wellen ans Ufer spülen und schleppte sich wie eine urzeitliche Lebensform über den Strand. Dann lag er da, knochentrocken, im weißen Sand, und blickte zu den Sternen hinauf. Aber du bist keine Lebensform, Nico. Du bist noch nicht mal außer Atem. Weil du gar keinen mehr hast. Du bist tot.

Er war einsam. Fühlte sich so unfassbar einsam.

Irgendwann stand er auf und ging den Strand entlang. Die Wut brodelte in ihm. Ein unangenehmes Gefühl, als wäre er regelrecht trunken davon, unkontrolliert. Mit finsterer Miene stapfte er weiter, umrundete instinktiv, wenn auch sinnloserweise, eine Pfütze, sprang über ein, zwei Dünen hinweg. Um ein Haar wäre er auf einer winzigen Krabbe gelandet, die davonflitzte, dann erstarrte, als wäre Reglosigkeit gleichbedeutend mit Unsichtbarkeit.

Steck doch einfach den Kopf in den Sand, dachte er.

Er sah dem Tierchen eine Weile zu, fragte sich, wie lange es seine Pose wohl durchhalten würde, ehe ihm der Gedanke kam, dass er der Krabbe gern etwas Gutes tun würde, allerdings hatte er keine Ahnung, was ihr gefiele. Vielleicht ins Meer zurückgebracht werden? Oder sonst irgendwohin? Aber etwas anderes, als sie an eine andere Stelle zu setzen, konnte er ohnehin nicht tun (und nicht einmal das, weil er blöderweise nichts aufheben konnte), deshalb wurde nichts daraus.

Er beschloss, sich zu verziehen. Das wäre vielleicht auch im Sinne der Krabbe.

Und wenn er und Jay tatsächlich die einzigen Toten auf dem ganzen Planeten waren – na und? Es war ihm egal. Alles war ihm egal. Scheiß auf Jay. Scheiß auf Rasmus. Er würde nach Hause gehen, einfach nach Hause, sich neben sein Mädchen ins Bett legen.

Aber er tat es nicht. Stattdessen kehrte er in Rasmus' Cottage zurück und lag den ganzen Abend auf dem Dachbalken, dachte nach und wünschte sich, er könnte eine Zigarette rauchen, denn jetzt wäre der perfekte Zeitpunkt dafür; und da er tot war, konnte er theoretisch nach Herzenslust qualmen, ohne dass seine Gesundheit Schaden nahm, wenn er es denn nur könnte … Er hielt einen Moment inne und dachte über die absurde Definition von Befriedigung nach, die ihm das Rauchen früher verschafft hatte. Dass ich geraucht habe, war kein Akt der Liebe. Sondern damit aufzuhören. Er dachte an seine Mutter und Mr Katsoukakis' Stumpen, an Athen, Terrazzoböden, an in Papier verpacktes Souflaki, an über verstaubte Balkongeländer hängenden Jasmin und an Ouzo und seinen lieben alten Dad, an das strahlend blaue Ionische Meer, dessen Wellen sich unter dem Bug eines kleinen Bootes hoben und senkten.

Er dachte an Verlust. Es gab so vieles, was er verloren hatte.

Im ersten Licht des beginnenden Morgens wurde es ihm bewusst – die unglaubliche Schönheit der Dämmerung, die durch das Haus kroch, die sanften Grau-, Rosé- und Lilatöne über dem Wasser, die Landzungen, das Meer und der Himmel in ineinander verschwimmenden Streifen aus Licht und Dunkelheit, aus Schimmer und Schatten. Er war noch nie zuvor in Schottland gewesen und hatte keine Ahnung gehabt, wie es hier war.

Roísín, Babe, was für eine Welt, in der du lebst. Was für eine Welt …

Die kleine graue Katze sah ihn von ihrem Platz neben dem Kamin an.

»Hallo«, sagte er.

Die Katze blinzelte.

»Kannst du mich sehen?«, fragte er.

Wieder blinzelte die Katze, kehrte ihm den Rücken zu und verschwand.

»Ja, kannst du, stimmt's?«, murmelte er. »Diese verdammten Viecher.«

Wenig später hüpfte er in den Garten, noch immer erstaunt über seine Beweglichkeit. Er fragte sich, ob er auch an einer Wand hinauflaufen könnte, wie Jay es erzählt hatte. Er setzte sich auf die schwarze Vincent und legte beide Hände auf die Griffe, als wolle er losfahren, während er auf die Geräusche des erwachenden Tages wartete, das Quietschen des Bettes, das Rauschen der Toilette, das Klirren eines Kaffeebechers. Er wollte sie nicht stören. Sie verdienten ihre Privatsphäre. »Brumm«, flüsterte er traurig.

Die Kaffeegeräusche ertönten, und er versuchte, sich an den Duft zu erinnern.

Eine Kaskade von Klaviertönen drang aus dem Haus und ließ ihn innehalten. Er kannte die Melodie, und als Rasmus mit seiner kratzig belegten Morgenstimme zu singen begann, erkannte er auch das Lied. *Love Ain't Listening!* Roísín hatte den Song immer geliebt. Die Capos! Er war gerade veröffentlicht worden, als er und Roísín sich kennengelernt hatten. Nico summte mit. Ein wunderschönes, fröhliches Liebeslied mit traurigen Untertönen. Von ihrem ersten Album. *Strong.* Rasmus sang den Song langsamer, trauriger und auch den Part für die Frauenstimme.

Ohhhhh …

Meine Güte, was war er für ein Vollidiot! Rasmus, der volle Name von Ras, wie Ras Sartorius. Nico erinnerte sich an die Story. Es war eine dieser Geschichten à la Richey Edwards oder Syd Barrett, nur ohne Drogen, Selbstverletzung und … obwohl, vielleicht waren in seinem Fall ja doch psychische Probleme im Spiel gewesen. Der Musiker, der von der Bildfläche verschwand, gerade als er die

Herzen der Menschen für sich gewonnen hatte. Ras Sartorius, psychisch labil, der entweder von seinen undankbaren Bandkollegen aufs Übelste verraten oder vor seinen Dämonen aus dem Rampenlicht geflohen und zum Eremiten geworden war. Such's dir aus.

Nico lehnte sich auf dem Motorrad zurück, legte die Füße auf den Lenker und lauschte. Im Haus stimmte Rasmus unterdessen eine andere Melodie an, summte, murmelte, hielt inne, korrigierte einen Akkord, fing noch mal von vorne an. Die Morgensonne kroch über das Dach und fiel auf die winzigen Gänseblümchen, die in den Ritzen der Zementplatten sprossen.

Das ist also der Mann, den Jay gern mit Roísín verkuppeln will, dachte Nico. Der verdammte Orpheus, der seiner Frau nicht in die Unterwelt folgen kann.

Spielen und singen kann er ja …

Dann:

Und ich reiße Witze darüber, dass sie hinter meinem Geld her ist.

Scheiße.

Jay?

Sie war nicht da.

Er sah sich um, suchte alles ab. Rings um das Haus, den Garten, den Strand, die Straße. Aber sie war nicht da.

Er sah Rasmus noch eine Weile zu.

Mist, dachte er.

Dann gab er es auf und kehrte nach Hause zurück, zu seinem Mädchen.

12

Mai, London

Vielleicht lag es an dem Verkehrsunfall, vielleicht war es einfach bloß Zeit, vielleicht lag es auch daran, dass sie wieder zur Arbeit ging, obwohl Roísín sich fragte, was sie dort eigentlich wollte. Vielleicht war der Grund auch das Testament. Wie lange hatte sie danach gesucht, hatte sämtliche Schubladen herauszogen, allen möglichen unnützen Kram darin entdeckt, dessen Anblick sie nicht ertragen konnte, nur nicht diesen einen Gegenstand, der ihr Leben erheblich leichter machen würde … irgendwann hatte sie sich eingestanden, wohl oder übel zugeben zu müssen (sich selbst, ihrer Mutter und all diesen Behördenfritzen gegenüber), dass er ihr gerade mal die Hälfte ihrer gemeinsamen Besitztümer hinterlassen hatte, und dann … hielt sie es plötzlich in den Händen. Da war es. Wo sie hundertmal nachgesehen hatte. Sie hatte das gesamte Bücherregal abgesucht, dabei aber natürlich nicht jedes einzelne Exemplar ihrer zahlreichen Bücher in die Hand genommen und aufgeschlagen. Wieso zum Teufel hatte er es ausgerechnet hier versteckt? Und wieso zum Teufel hatte sie beim Aufwachen am Morgen plötzlich gewusst, wo sie suchen musste?

Aber da war es. Wo es sein sollte, datiert auf einen Tag achtzehn Monate zuvor, verfasst *in Erwartung baldiger Heirat*, dazu ein Brief von ihm.

Liebe Roísín,
unterzeichnet, von Zeugen bestätigt, für den unwahrscheinlichen Fall, dass ich irgendwann mal den Löffel abgebe. Was ich nicht tun werde – wie könnte ich auch, mit dir an meiner Seite, die ich liebe und anbete!
S'agapo, Liebste. Σε λατρεύω, Τριανταφυλλακι μου.
Dein Nico
PS: Und jetzt musst du dein Testament auch machen, okay?

Mit einem solchen Geschenk hatte sie nicht gerechnet. Etwas so Süßem. Lange Zeit war alles so dahingeplätschert, und nun diese Liebeserklärung … und zugleich dieser Schlag in die Magengrube *für den unwahrscheinlichen Fall, dass ich irgendwann mal den Löffel abgebe.*

Doch irgendwo zwischen ihrer Trauer und den Gedanken über die Sterblichkeit erlebte Roísín einen kurzen Moment der Erleuchtung: Sie benahm sich, als wäre sie diejenige, die tot war. Als wäre sie diejenige, die vom Leben und von den Lebenden abgeschnitten sei, von ihrem eigenen Dasein. Und das war unnötig, sinnlos und in gewisser Weise sogar fies. Er ist tot, Roísín, nicht du, dachte sie. Du bist am Leben. Du magst am Boden zerstört und in tiefer Trauer sein, aber du bist auch eine erwachsene Frau, gesund, finanziell abgesichert – Gott sei Dank – und allein.

Du bist eine unabhängige Frau im 21. Jahrhundert, dreiunddreißig Jahre alt, verwitwet und weißt nicht, wie du weitermachen sollst. Niemanden kümmert, was du tust. Du brauchst von niemandem eine Erlaubnis. Alle wollen nur, dass es dir gut geht.

Du darfst, nein, musst sogar tun, was du für richtig hältst, Roísín.

Und was willst du?

Vier Monate. Das war keine Zeit. Und zugleich ein ganzes Leben.

Sie schaffte es, ein paar Seiten in einem Buch einer Frau zu lesen, die ihren Mann verloren hatte. *Tun Sie ein Jahr und einen Tag lang nichts, was Sie nicht wieder rückgängig machen können*, stand darin. Aber genau das wollte sie tun. Sie sehnte sich danach, etwas Krasses zu tun; etwas, das sich definitiv nicht rückgängig machen ließe. Unbedingt – als Rache für das Krasse, das ihr angetan worden war und das ganz eindeutig nicht rückgängig gemacht werden konnte.

»Vielleicht sollte ich ja meinen Job kündigen«, sagte sie laut, während der Bus die Regent Street entlangrumpelte.

»Gute Idee«, bemerkte das Mädchen neben ihr mit Nachdruck und einem Grinsen.

»Entschuldigung!«, sagte Roísín, »aber mein Freund … mein Verlobter ist gestorben, deshalb bin ich ein bisschen neben der Spur.«

»Ich war komplett von der Rolle, als meine Mutter gestorben ist«, erwiderte das Mädchen, allerdings kam ihre Haltestelle, deshalb blieb nur ein mitfühlendes Lächeln, das sie miteinander verband, ehe sich das Mädchen zum Ausgang schob und Roísín den Zauber der flüchtigen Begegnung in sich aufsog und sich wieder der Frage zuwandte, was zum Teufel sie ohne ihn machen sollte.

Irgendwas!

Alles!

Ach, halt die Klappe!

Ich muss in Angriff nehmen, was ich mir immer versagt habe, dachte sie. Neujahrsvorsätze! Schluss damit, immer nur zu warten und davon auszugehen, dass ich eines Tages ein Kind haben werde, das mich in meinem Dasein bestätigt und ihm Bedeutung verleiht. Schluss mit all den Oberflächlichkeiten. Schluss damit, mich immer nur selbst niederzumachen und mich aus allem herauszuhalten. Schluss damit, alles herabzuwürdigen, was ich im Leben erreicht habe, nur weil es nicht so toll ist oder so toll aussieht wie das, was andere geschafft haben. Schluss damit, mein Leben an dem zu messen, was andere auf Instagram stellen. Schluss damit, mir Vorträge darüber zu halten, was ich tun oder wer ich sein sollte …

Die Ironie entging ihr keineswegs.

Wenn man an der Seite von jemandem lebt, der tagtäglich Leben rettet, ist es schwierig, stolz auf den eigenen Beitrag zu sein, den man für die Welt leistet. Aber sie wusste auch, dass ihr wichtigster Beitrag nicht der nette Film über die süßen Jungs dieser ungarischen Death-Metal-Band war. Sondern dass sie sich um Nico gekümmert hatte: ihn beschützt, ihn geneckt, besänftigt, bestärkt und geliebt hatte … dass sie dafür gesorgt hatte, dass er jeden Tag gesund und munter war, um tolle Arbeit zu leisten. Wie viele Herzen hatte er wieder zum Schlagen gebracht? Wie viele Luftröhrenschnitte gemacht, um einen Patienten vor dem Ersticken zu bewahren? Wie viele Druckschläuche hatte er angelegt, wenn jemand zu verbluten drohte? Wie oft war er an einen Unfallort gekommen, ohne zu wissen, was ihn dort erwartete, um jedes Mal aufs Neue die Situation einschätzen zu müssen? Wie viele zertrümmerte Knochen hatte er fixiert, wie viele schwere Verbrennungen mit Folie abgedeckt? Wie viele Schwerverletzte hatte er auf Tragen gehoben, wie viele verängstigte Menschen beruhigt? Wie viele Infusionen gelegt, Berichte geschrieben, Instrumente gereinigt und verstaut und Krankenwagen desinfiziert? Die Folgen wie vieler Verbrechen hatte er mitangesehen, wie viele Hände in wie vielen Hubschraubern gehalten, wie oft war er zu spät gekommen, um noch jemanden zu retten?

Diese Verschwendung machte sie wütend. All seine Talente und Fähigkeiten, perfekt und verfügbar, um den Menschen zu helfen und zu dienen, standen nun mit einem Mal nicht länger bereit.

Halt die Klappe, Roísín, du wirst ganz bestimmt keine Ausbildung als Rettungssanitäterin anfangen, um seinen Verlust wettzumachen. Du würdest eine lausige Rettungssanitäterin abgeben und die ganze Zeit nur rumheulen. Du kannst ja kaum danebenstehen, wenn sich jemand übergibt.

Sie hatte durchaus vorgehabt, Größeres zu leisten – ehrgeiziger und kreativer zu sein, sinnvolle, wichtige Dokumentationen zu machen, freiberuflich zu arbeiten … aber so viele ehrgeizige Typen hatten sich auf dem Rücken ihrer Gutmütig- und Verlässlichkeit ihren Weg nach oben geebnet, so viele karrierehungrige und dreistere Mädchen waren eiskalt an ihr vorbeigezogen, noch bevor Roísín auch nur Gelegenheit gehabt hatte, sich bemerkbar zu machen. Und mit jeder und jedem, die es geschafft hatten, waren Roísíns Zweifel an ihrem eigenen Talent, ihrem Karrierehunger, ihrer Dreistigkeit und großen Klappe gewachsen. Ganz klar, sie hatte den Absprung verpasst, hatte sich die Gelegenheiten durch die Lappen gehen lassen.

Vielleicht hatte die Gewohnheit, stets das Wohl des verletzlichen und sprunghaften Nico an oberste Stelle zu stellen, auf ihre Arbeit abgefärbt. Vielleicht hatte ich ja auch »Dein Typ hat jede Menge schwere Fehler. Schick ihn gerne zu mir. Ist mir ein Vergnügen, die Scherben einzusammeln und die Drecksarbeit zu erledigen« auf die Stirn tätowiert.

Nein, Nico war kein Mann mit schweren Fehlern. Natürlich war er nicht perfekt gewesen. Trotzdem …

Nun ja, jemanden zu lieben saugt einem eine Menge Energie ab. Und Zeit. Ganz egal, wen.

My Big Fat Greek, hatte sie ihn im Scherz genannt, wenn er wieder mal eine Fressorgie veranstaltet und sich ein komplettes englisches Frühstück und abends eine Familienpackung Eiscreme vor dem Schlafengehen reingezogen hatte. Seelenfutter. *Mein Kartoffelmädchen*, *mein irisches Röschen* waren seine Spitznamen für sie gewesen, oft und gern mit diesem grauenvollen, oberpeinlichen Dubliner Akzent.

Hör auf, die ganze Zeit nur an ihn zu denken. Los, denk an etwas anderes. Mal sehen, ob du es schaffst.

Sie zog ihr Handy heraus, um Instagram zu checken. Und hielt ertappt inne, lachte. Oh Gott, wie hatte er das gehasst. »Leg endlich das blöde Ding weg und rede mit mir!«, hatte er gemault. *Völlig zu Recht.* Meine Talente und die kostbaren Minuten meines Lebens zu vergeuden … aber wer nutzt schon jede kostbare Minute seines wunderbaren, von Gott gegebenen Lebens ausschließlich für konstruktive Dinge? Keiner! So sieht's aus. Und ich liebe meine Arbeit. Es ist nur …

Ich will Künstlerin sein, dachte Roísín, aber ich will keine Frau sein, die gern Künstlerin sein will. Ich werde nicht nach Wales ziehen und lausige Poesie-Kurzfilme machen. Und ich werde auch keine albernen Zitate auf meinem Instagram-Account posten, als wäre es ein unglaublich wertvoller Beitrag zur menschlichen Zivilisation.

Ich will aber. Ich will.

Einmal hatte sie Nico versprochen – gedroht? –, eines ihrer Gedichte vor Publikum vorzutragen. Und das werde ich auch verdammt noch mal tun, dachte sie. Oder, noch besser, ich schreibe einen Roman. Oder gleich zwei. Ich könnte ja einer Schreibgruppe beitreten.

Oder KUCHEN! Ich könnte mich bei einer Fernsehshow bewerben. Könnte eine Firma gründen. Am Casting für *Bake Off!* teilnehmen. Ich könnte …

Die Wohnung aufgeben und nach Berlin ziehen!

All meine Klamotten entsorgen – Marie Kondo radikal!

So viele Möglichkeiten. Alle mit Absicht kaputtgemacht.

Keine Trödeleien mehr! Aber ich weiß gar nicht, wie man das macht! Der Tod hätte mir doch eigentlich beibringen müssen, dass ich meine Zeit nicht verschwenden sollte. War ich früher nicht auch karrierehungrig und hatte eine große Klappe?

Sie beschloss, in Prag zu leben.

Oder in New York.

Oder 1957.

*

An diesem Abend rief sie Nell an. »Mein Leben wird ab sofort zur romantischen Komödie. Wie hieß noch die in Griechenland? Nicht die von ABBA, sondern die andere. Hast du Lust herzukommen?«

»Bist du betrunken?«, fragte Nell, während im Hintergrund *The Winner Takes It All* in voller Lautstärke lief.

»Ja«, antwortete Roísín. »Ich tanze in der Küche. Vielleicht lasse ich mich auch zur Matrosin ausbilden, dann könnte ich als Schiffsköchin auf einer dieser Superjachten anheuern und um die ganze Welt schippern. Oder ich mache was mit magersüchtigen Kindern.«

»Soll ich kommen?«, fragte Nell.

»Ja«, antwortete Roísín vage. »Ich bin so verdammt traurig und einsam und weiß nicht, was ich machen soll.«

Roísín war eingeschlafen, noch bevor Nell eintraf – sie hatte den Spätzug für einen völlig überteuerten Fahrpreis genommen, aber das war es wert. Nell schloss mit dem

Ersatzschlüssel auf und schlich leise ins Schlafzimmer, um nach ihrer Schwester zu sehen. Roísín rollte sich auf die andere Seite und seufzte im Schlaf. Nell seufzte ebenfalls. All dieses Seufzen – es grenzte an ein Wunder, dass das Dach noch nicht abgehoben hatte.

Roísín sah wunderschön aus, fand Nell. »Du warst viel zu gut für ihn«, sagte sie leise. »Trotzdem vermisse ich den alten Mistkerl.«

Sie setzte sich auf die Bettkante und strich ihr behutsam das schweißfeuchte Haar aus der Stirn. »Du weißt einfach nicht, was du ohne jemanden anstellen sollst, den du lieben darfst, stimmt's, Süße?«, flüsterte sie. »Und tot zu sein ist eine echt beschissene Eigenschaft für einen Partner.«

*

Roísín saß in ihrem Büro über dem Auftrag, eine interessante und wichtige Avantgarde-Band für eine interessante und wichtige und beim besten Willen nicht finanzierbare Dokumentation über sie, und fragte sich, wie Nico wohl klargekommen wäre, wenn sie gestorben wäre.

Er hätte sich volllaufen lassen. Zumindest wenn ihr Tod so aus heiterem Himmel gekommen wäre wie seiner. Aber vielleicht auch nicht. Vielleicht hätte er sich in seine Arbeit gestürzt wie ein Hund bei einer Hitzewelle in einen herrlich kalten Fluss. Vielleicht könnte sie sich ja auch in die Arbeit stürzen und herausfinden, wie sie Finanzierungen für interessante und wichtige Dokuprojekte auf die Beine stellen könnte. Sie könnte herauszufinden versuchen, wieso sie immer noch hier arbeitete, obwohl es so schwierig war, irgendetwas auf die Reihe zu kriegen. Wäre sie diejenige, die gestorben war, würde sie hoffen, dass seine Kollegen ihn notfalls fesselten, um ihn davon abzuhalten, sofort wieder zur Arbeit zu gehen. Aber vielleicht auch nicht. Diese Notfalltypen hatten die Gabe, im Fall einer schweren Krise den emotionalen, menschlichen, sensiblen Teil ihres Seins quasi vom Rest abzukoppeln, denn ein gefühlsduseliger Mensch, dem beim Gedanken an die Verantwortung über Leben und Tod die Hände zitterten und der kalte Angstschweiß auf die Stirn trat, wäre nicht zu dem fähig, was sie jeden Tag tun mussten. Vielleicht würde Nico in seiner Trauer, selbst wenn es um sie war, ja genauso handeln. Vielleicht wäre ihr Tod nur ein weiteres alltägliches Trauma für ihn, von dem er sein Inneres distanzierte, um weiterhin seine Arbeit zu erledigen. Seine Hände, die Herzen wieder zum Schlagen brachten. Seine Hände, die ihr Gesicht, ihre Taille berührten.

In seinem Brief stand, dass er niemals sterben würde. *Ich liebe und verehre dich. In Erwartung einer baldigen Heirat. Σε λατρεύω, Τριανταφυλλακι μου. Triandaphillaki mou – meine kleine Rose.*

Ja, die Trauer kam in Wellen. Manchmal hohen. Tsunamis.

Danke, Nico. All die gemeinen Dinge, die ich über dich gesagt habe, tun mir leid, dachte sie, als Ayesha, ihre Chefin-Schrägstrich-Partnerin, perimenopausal und in einem Einzelkrieg gegen den Rest der Welt, um zu beweisen, dass

Frauen alles und gleichzeitig erledigen können, sie in ihr Büro rief.

Erwartungsvoll nahm Roísín auf dem olivgrünen Samtsofa unter den Crittall-Gitterfenstern und dem dänischen Teak-Couchtisch mit einem Bogenhanf in einem grob getöpferten, aber schicken Keramiktopf und der neuesten Ausgabe des *Hollywood Reporter* Platz. Inzwischen hatte ihr Haar eine 4er-Länge erreicht, sprich knappe anderthalb Zentimeter, trotzdem fühlte sich ihr Nacken immer noch frei genug an, um problemlos geköpft zu werden. Vielleicht würde Ayesha sie ja feuern. Eigentlich war es ihr egal. Nur die klugen Worte aus dem Buch kamen ihr wieder in den Sinn: *Tu nichts, was du nicht rückgängig machen kannst.*

Ayesha legte ihr Handy weg, und Roísín fragte sich, ob sie gerade auf Tinder gewesen war. Letzte Woche hatte sie sich angeboten, Roísín beim Erstellen eines Profils zu helfen. »Jetzt, wo du …«, hatte sie gesagt. Zu ihrem eigenen Erstaunen hatte Roísín ihr keine Kopfnuss verpasst, dabei war sie die ganze Woche mies drauf gewesen, weil der Anwalt ihr wegen des Testaments auf die Pelle gerückt war.

Sie würde Ayesha niemals etwas tun. Ayesha war nett. Allerdings hatte sie ihren »Ich muss dir was aufs Auge drücken, das dir nicht gefallen wird«-Blick aufgesetzt. Roísín nutzte den Freifahrtschein ihres frischen Witwenstatus, um sie nicht auch noch anlächeln zu müssen.

»Also, na gut …«, begann Ayesha. »Wir müssen uns unterhalten. Ich habe da einen Auftrag, der … äh … ziemlich nett ist … nein, sogar suuuuper! Die Capos!«

Die Capos?

Also war es doch nicht dieser verlegene »Ich muss dir was aufs Auge drücken, das dir gar nicht gefallen wird«-Blick, sondern der »Ich tue dir jetzt etwas besonders Gutes, weil dein Verlobter gestorben ist, allerdings ist es mir zu peinlich, es offen zuzugeben, dass ich es deswegen tue«-Blick.

Dass ich das nicht auf Anhieb durchschaut habe … offenbar lässt mich mein Instinkt im Stich, dachte Roísín.

»Sie eröffnen ihre Jubiläumstour mit einem Mini-Gig in Bush Hall«, fuhr Ayesha fort. »Ganz kleiner intimer Rahmen, su-per-ex-klu-siv. Und als *support act* … obwohl, nein, eher im Sinne von *featuring* … da kommst du nie drauf …«

»Wer?«, fragte Roísín höflich.

»Ich weiß noch, damals bei der Weihnachtsfeier vor ein paar Jahren … du und Nico. Wie ihr zu *Love Ain't Listening* getanzt habt.« Sie zog eine sentimentale Schnute, die Roísín mit einem vernichtenden Blick strafte.

»So niedlich. Süß«, sagte Ayesha und fummelte umständlich an ihrer Kaffeetasse herum. »Deshalb … es ist Ras Sartorius.«

Der Name hing zwischen ihnen.

»Aber der hat sich komplett zurückgezogen, oder?«, wandte Roísín ein.

»Am 17. Juli aber nicht. Er eröffnet die Show. Und wir haben den Auftrag, das Ganze zu filmen. Und du übernimmst.«

Etwas in Roísín erwachte. Was auch immer es sein mochte, es fühlte sich an, als wäre sie wieder neunzehn.

»Du willst mich verarschen«, sagte sie (was sie eindeutig nicht tat).

»Nein«, antwortete Ayesha. »Carola hat explizit nach dir verlangt. Offenbar hat er gehört, dass du gut bist.«

Roísín sah sie verblüfft an. *Ras Sartorius hat gehört, ich sei gut? In welcher Welt soll das denn wahr sein?*

»Alles super«, sagte Ayesha. »Okay? Bist du dabei?«

»Aber so was von okay«, antwortete Roísín und verzog leicht das Gesicht. »Und ich bin so was von dabei!« Und das stimmte auch. Sie konnte es regelrecht spüren – eine Mühelosigkeit, als glitte sie ins Wasser. Kompetenz und Energie. Jesus, Maria und Josef, und wie ich dabei bin!

»Danke«, sagte sie und dachte: Jetzt kann ich tun, was Nico getan hätte. Ich kann mich kopfüber in die Arbeit stürzen. Ich bin begeistert. Und ich kann das schaffen.

»Dann leg los und mach deine Hausaufgaben«, sagte Ayesha sanft. »Und solltest du etwas brauchen – ich bin hier.«

Roísín war so gerührt und so erstaunt über die plötzliche Energie, die sie durchströmte, dass sie beim Hinausgehen sogar flüchtig die Topfpflanze auf dem Tisch tätschelte.

Bei einer Tasse Tee und einem Schoko-Marzipan-Riegel googelte sie Rasmus Sartorius. Es gab jede Menge spekulativer Artikel in unterschiedlichen Sprachen, alle voll Bedauern über seinen Unfall, sein Abtauchen und der Frage, wo er stecken und was aus ihm geworden sein mochte. Schließlich stieß sie in einer Lokalzeitung der Äußeren Hebriden auf einen Artikel über die beliebte Hausärztin

Dr. Justina Akufo Sartorius, die mit achtunddreißig Jahren an einer Sarkoidose-Erkrankung gestorben war und ihren Ehemann Rasmus Sartorius zurückließ, der den Lesern zweifellos als einstiger Chorleiter des South Island Community Choir und Gründungsmitglied der berühmten Capos in Erinnerung sei. Es gab auch ein Foto der Ärztin – zwar körnig und leicht von der Seite aufgenommen, trotzdem waren ihre markanten Wangenknochen nicht zu übersehen.

Roísín sah auf das Datum.

Großer Gott, das ist ja noch gar nicht lange her! Wieso um alles in der Welt will er jetzt schon auf die Bühne zurück? Der Mann muss verrückt sein. Und wo sind seine Freunde? Eigentlich sollte er noch nicht mal einen Fuß vor die Tür setzen.

Und ich sitze hier und überlege, ob ich fähig bin, einen Film über ihn zu drehen.

Die Fotos von ihm waren allesamt von früher, zeigten ihn als jungen Mann, groß und hager, in einem schwarzen Mantel, mit der Körperhaltung einer verkochten Spaghettinudel, hellgrauen Augen so groß wie Suppenlöffel und mit einer Art silbernem Ring um die Pupille. Der Typ sieht fast angsteinflößend aus. Oder verängstigt. Ist eigentlich das Gleiche. Schön. Sie kannte diese Augen nur zu gut. Vor vielen Jahren hatte sie ein Foto der Capos an ihrer Pinnwand hängen gehabt, und obwohl all ihre Freundinnen auf George standen, war Ras Sartorius ihr Liebling gewesen. Aber das würde sie garantiert keinem auf die Nase binden.

Und der hatte von ihr gehört?

Außerdem konnte sie ihn sich beim besten Willen nicht als Chorleiter vorstellen.

Aber einen Chor zu leiten – wie toll ist das denn?

Das Beste war eindeutig, dass bislang keiner eine TV-Serie über ihn gedreht hatte. *Wahrscheinlich eine reine Zeitfrage.*

Männer wie er schienen eine gefährdete Spezies zu sein.

Hi Ayesha,
ganz kurz, wie sind die Eckdaten?
Roísín

Ein Dokument für die Nachwelt! Zumindest für den Moment. Auftraggeber ist die Plattenfirma, die Material für eine Doku oder eine Art Retrospektive für irgendwann mal haben will. Also viel Livematerial, Stimmungsbilder und ein Interview. Schalte dich deswegen mit Carola kurz. Sie freuen sich alle sehr, und es ist sogar ein separates Sound Recording vorgesehen. Das haben sie zwar noch nicht bestätigt, aber ich habe das Gefühl, die denken über ein Album von Sartorius nach, allerdings gibt es, soweit ich weiß, noch keinen Vertrag. Wir werden abwarten müssen, wie es weitergeht.
Übrigens besteht er darauf, dass keine Presse anwesend ist.
X A

Roísín hatte schon oft genug mit Musikern gearbeitet, um zu wissen, dass die meisten zu 50 Prozent Profis und zu

50 Prozent Arschlöcher waren, sich nur für ihren eigenen Kram, ihren Status und ihre Drogen interessierten, und falls sie Interesse an ihr hatten, allenfalls im Sinne von »Lass uns vögeln, aber danach hörst du nie wieder ein Wort von mir«. Ihrer Erfahrung nach machte die Musik zumeist 99 Prozent ihrer Qualitäten aus. Musik ist wie Würstchen: köstlich, aber woraus sie gemacht werden, will man lieber nicht so genau wissen. Und Roísín hatte die Wurstfabrik durchaus schon mal von innen gesehen.

Die Capos wären bestimmt genauso arschig wie alle anderen. Ginge es nur um die Band, wäre sie zwar gern hingefahren und hätte ihren Dreh gemacht, aber mit der gleichen Begeisterung wie bei jeder anderen Band und Gelegenheit, aus dem Büro zu kommen und etwas zu tun zu haben. Außerdem würde sie nicht die Regie des ganzen Projekts übernehmen, sondern nur über den Teil mit Sartorius. Der Mann war ein Mysterium. Und er hatte etwas Reines, Unverstelltes an sich, das sie schon damals, vor all den Jahren, gemocht hatte. Er hatte die besten Songs der Capos geschrieben und auf dem ersten Album auch einige gesungen. Inzwischen ging ihr *Love Ain't Listening* nicht mehr aus dem Kopf. *Doo doo, d'doo doo doo, doo doo, d'doo doo doo.* Dieses Duett mit der Frau, wie hieß sie noch? Wenn sie das hörte, wollte sie am liebsten an einem herrlichen Frühlingsmorgen wild im Kreis tanzen.

Schon vor dem Soundcheck bereitete Roísín in Bush Hall alles vor, was sie brauchte. Damit bekämen sie zusätzliches Material zur Atmosphäre. Es war ein ganz schlichtes Set-up – ein einzelner Typ auf der Bühne in einem Raum im viktorianischen Stil mit hoher, stuckverzierter Decke, Kronleuchtern und bierfleckigem Teppichboden. Sehr schön.

Ah, da war er ja. Sie entdeckte ihn am anderen Ende des Raums und konnte sich ein Lächeln nicht verkneifen. Eilig blickte sie zu Boden und stand auf, um ihn zu begrüßen und sich vorzustellen.

»Hi, ich bin Roísín«, sagte sie. »Roísín Kennedy. Ich bin die Regisseurin des Drehs.«

»Hallo«, sagte er. Sartorius war blass und hohlgesichtig – hohle Wangen, hohle Augen. Ein Anblick, der ihr von ihrem eigenen Spiegelbild nur allzu vertraut war. Lediglich eine Handvoll Sehnen und Bänder hielten ihn zusammen, seine schmalen Schultern, die mageren Beine. Er sah aus, als würde er jeden Moment umkippen.

»Brauchen Sie etwas Besonderes von mir?«, fragte er höflich.

Ich könnte dich niemals um etwas bitten, dachte sie. Du siehst ja aus, als würdest du schon aus den Latschen kippen, wenn ich heftig ausatme.

»Ist es okay, wenn wir Sie während des Soundchecks ein bisschen filmen?«, fragte sie. Die Trauer drang ihm aus sämtlichen Poren.

»Ja.«

»Danke.«

Shireen und die Jungs hatten schon einiges an Material beisammen – wie Rasmus und George Vechten sich begrüßten (Rasmus geradezu überirdisch still, George irgendetwas zwischen hektisch und gedämpft wie ein Hund, der genau weiß, dass er etwas angestellt hat), wie er da auf einem Stuhl saß und etwas las, während er wartete. Eine kurze, aber eindringliche Unterhaltung mit dem jungen Mann, der eine Art Mehrspuraufnahmegerät aufstellte.

»Sehr schön«, sagte Roísín vorsichtig. »Und da ich später auch das Interview führen werde …«

»Tatsächlich?«, fragte er. »Weiß ich davon?«

Oh Gott! Sie krümmte sich.

»Du liebe Zeit, etwa nicht?«, fragte sie. »Ich …«

Er sah sie zweifelnd an. »Möglicherweise weiß ich Bescheid. Ich habe meine Mails nicht immer so genau gelesen.«

Sie entspannte sich wieder. Zumindest ein bisschen.

»Es wurde wahrscheinlich im Vorfeld vereinbart«, sagte sie und schlug einen ähnlich leisen Tonfall an. »Von irgendwem. Aber ich hätte mich vielleicht direkt noch mal melden sollen …«

»Nein, schon gut.«

»Ich wollte nicht lästig sein, ich dachte nur …«

»Das ist einer der Gründe, weshalb ich einen hundsmiserablen Popstar abgeben würde«, sagte er und sah weg. »Ich kann solche Dinge nicht ausstehen.«

Sie ging davon aus, dass er damit das Interview meinte.

»Vergessen wir das erst mal«, sagte sie. »Vergessen wir es komplett. Wir können unmöglich etwas machen, das Ihnen total gegen den Strich geht. Nicht wenn Sie gleich auf die Bühne müssen.«

»Das stimmt«, sagte er. »Danke.« Dann rief ihn jemand herüber, und er verschwand mit einem kurzen Nicken.

*

Roísín saß am Regietisch, als Rasmus sich einige Stunden später für seinen Auftritt bereit machte. Sie blickte auf den Monitor und sah zu, wie er sich auf den Barhocker vor den hinter ihm aufgetürmten schwarzen Lautsprechern setzte. Seine Hände waren erstaunlich groß. Er prüfte die Gitarre, legte die Finger darum, stimmte, justierte, drehte und zupfte. »Kamera zwei in Nahaufnahme auf die Hände, das sieht super aus.« Ihre eigenen Hände waren winzig. Sie müsste den ganzen Arm um das Instrument legen, wohingegen er mühelos mit der Handfläche das Schallloch bedeckte.

Der Moment, als sich seine langen Finger auf die Saiten legten und er zu spielen begann, traf sie mitten ins Herz. »Schnitt auf Kamera drei …«, sagte sie. Es war, als blicke man ihnen über die Schulter. »Zurück auf die zwei«, fuhr sie fort, und selbst als die Kamera ihn vollständig erfasste, wandte Rasmus sich ihr kaum merklich zu. Ein ernster Ausdruck lag auf seinen hageren Zügen, und seine hellen, silbergerahmten Augen schienen sie direkt anzusehen, als er voller Würde und Traurigkeit sagte: »Ich habe diesen Song für meine Frau geschrieben. Sie ist kürzlich gestorben. Es ist gerade eine schwere Zeit für mich. Der eine oder andere kennt das vielleicht …«

Dann veränderte sich sein Gesicht, er sah nach unten,

schluckte, schaute wieder in die Kamera und sagte voller Wehmut zu seinem künftigen Publikum, zum Rest der Welt, zu jedem Fremden, der sich angesprochen fühlte: »Und wenn dem so ist, Freunde, fühle ich mit euch.«

Roísín blinzelte.

Sie blickte zur Bühne. Er hatte die Augen geschlossen, seine Finger glitten über die Saiten. Dann begann er zu singen, mit leiser schlafloser Mitternachtsstimme, voller Kummer und Schmerz. Dennoch schwang etwas Kommunikatives darin mit. Er erzählte ihnen, wie es war, wie es sich anfühlte.

I always knew that I'd be safe within your arms
I've always known the devil gets his due
But when today it seems you're gone forever
I don't know what to do,
I don't know what to do.

Roísín erstarrte. Sie konnte nicht …

If it don't kill you it'll only make you strong
That's what all the people say, but oh, they're wrong
It makes you sad, it makes you mad, it makes you gone
I don't know where I am,
I don't know where I am

Am liebsten hätte Roísín sich in der hintersten Ecke des Saals verkrochen, ganz dicht an der Wand, hinter einem Stapel Stühle, den Kopf gegen ein Stuckornament gepresst.

»Kamera zwei … draufhalten … wunderbar«, sagte sie.

One goodbye too many,
One hello too few
Not enough I'm sorrys …
and missing one I love you
Missing one I love you
How can this be true?

Es ist möglich, im Stillen zu weinen, wurde Roísín bewusst. »Draufhalten«, sagte sie, schluckte, blinzelte.

I always knew I'd be safe within your heart
I never wanted anyone but you
I'm lost in time; this isn't getting better

Sie hielt es nicht mehr aus. Sie stand auf, löste den Blick von den Monitoren, um ihn anzusehen, leibhaftig. Wie konnte er diese Worte singen? Diese klagende Melodie? Wieso war er nicht in Tränen aufgelöst?

Auf seinem Gesicht lag der Hauch eines Lächelns. Seine Finger berühren die Saiten meines Schmerzes, streicheln sie, dachte sie.

Sie setzte sich wieder hin. »Kamera vier«, sagte sie. Etwas Distanz zur Musik. Aber sein Gesicht … die Konzentration …

I don't know what to do,
I don't know what to do.

One goodbye too many,
One hello too few
Not enough I'm sorrys,
and missing one I love you
Missing one I love you[1]

Rasmus' Stimme verklang, seine Hand verharrte, dann sah er blinzelnd auf.

Stille.

Roísín saß, den Kopf in den Armen vergraben, hinter dem Tisch auf dem Boden.

Am nächsten Tag schickte sie Rasmus eine E-Mail.

---

1 Ich wusste immer, dass ich in deinen Armen sicher bin. Ich wusste immer, dass der Teufel sein Recht fordert. Aber heute sieht es aus, als wärst du für immer verloren. Ich weiß nicht, was ich tun soll. Ich weiß nicht, was ich tun soll.
Was dich nicht umbringt, macht dich stärker, sagen die Leute. Aber ach, sie haben keine Ahnung. Es macht dich traurig, es macht dich wütend, du fühlst dich verloren. Ich weiß nicht, wo ich bin. Ich weiß nicht, wo ich bin.
Ein »Adieu« zu viel, ein »Hallo« zu wenig. Nicht oft genug »Tut mir leid«, und es fehlt ein »Ich liebe dich«. Es fehlt ein »Ich liebe dich«. Wie kann das sein?
Ich wusste immer, dass ich in deinem Herzen sicher bin, ich wollte niemanden außer dir. Ich habe mich verloren, und es wird nicht besser.
Ich weiß nicht, was ich tun soll. Ich weiß nicht, was ich tun soll.
Ein »Adieu« zu viel, ein »Hallo« zu wenig. Nicht oft genug »Tut mir leid«, und es fehlt ein »Ich liebe dich«. Es fehlt ein »Ich liebe dich«. Wie kann das sein?

13

Juni, London

Rasmus zog das Ganze eiskalt durch. Er hatte sich geweigert, irgendjemandem zu erzählen, was er spielen würde, nur dass es etwas Neues wäre. Und er hatte an keiner der Bandproben teilgenommen, hatte sich noch nicht einmal mit ihnen getroffen. Deshalb musste die Neugier die Leute angezogen haben, denn als er gegen zwei Uhr an diesem Tag mit seinem Soundcheck begann, um es schnell hinter sich zu bringen, bevor es voll würde und genug Zeit für den zeitaufwendigen Aufbau der Band bliebe, war der kleine Saal keineswegs leer. Stattdessen waren alle aktuellen Capos anwesend, saßen in ihren engen schwarzen Jeans herum und sahen genauso aus wie früher, nur ein bisschen älter, müder. Er nickte ihnen höflich zu, ließ sich von ihnen begrüßen und ging weiter. Dann trat George zu ihm – oh Gott. Rückenklopfen, Männerumarmungen, helle Freude über das Wiedersehen. Glaubst du etwa, ich hätte dir verziehen?, dachte Rasmus und spürte, wie George zusammenzuckte, als es ihm wieder einzufallen schien: Ach ja, vielleicht sollte man einen Mann mit so viel Metall in der Wirbelsäule nicht ständig auf den Rücken klopfen und an sich drücken.

All die Jahre hingen zwischen ihnen. Rasmus glaubte, sie sogar sehen zu können. Ein silbriger Vorhang mit indigofarbenem Schimmer. Ich werde nie wieder dein Freund sein, ging ihm durch den Kopf. Aber ich bin auch nicht so brutal, es dir ins Gesicht zu sagen.

Wer die anderen waren, wusste er nicht, wahrscheinlich irgendwelche Leute von der Plattenfirma und neugierige Mitarbeiter des Clubs. Die Filmcrew – selbst für so ein technisch überschaubares Unplugged-Ding wurden acht Kameras, zwei Ton-Leute und ein Regiepult benötigt. Eine Frau schien das Sagen zu haben. Hübsches Gesicht, kurz geschorene Haare, dunkle Ringe unter den Augen. Als hätte sie jemand mit rußigen Fingern in die Höhlen gedrückt. Wieso war das wohl so? Er erkannte sie nicht auf Anhieb als die Frau von der Webseite, die ihm gut gefallen und wegen der er unerklärlicherweise Carola eine Mail geschickt hatte. Die fehlenden Locken waren schuld. Er sah sie an, als ein übereifriger, blutjunger Typ mit Pausbacken, rotem Bart und einer Hose, die seine nackten Knöchel sehen ließ, mit ernster Miene angetrabt kam, damit er ihm vorgestellt werden und die Positionierung des Mikros für die Mehrspuraufnahme besprechen konnte.

Was für eine Mehrspuraufnahme?

Der ganze Saal war bereits mit Mikros bestückt, ein Team schwarz gekleideter Techniker in Turnschuhen leistete den Anweisungen des Rotbarts Folge und warf dabei verstohlene Blick in Rasmus' Richtung.

»Nein«, sagte er und schloss die Augen. Keiner hatte es

mit einer Silbe erwähnt. Er hatte keinen Vertrag mit diesem Laden abgeschlossen. Er tat das nicht für sie.

»Ach Mann!«, rief George. Rasmus drehte sich nur um und sah ihn an. Das Ganze zu filmen war in Ordnung: Es war alles lockerer, flexibler, die Musik bloß Teil eines Ganzen, musste nicht perfekt sein, sondern war die Momentaufnahme eines Auftritts. Innerhalb eines Films wurde die Musik zum Mitglied, zu einem von ihnen. Bei einer einmaligen Aufnahme hingegen müsste sie der Hauptakteur sein, der große Held, endgültig und komplex. Und dann würde sich der alte Erzfeind namens Perfektionismus einschleichen, um zu untergraben, zu sabotieren und die Kontrolle zu übernehmen versuchen. Aber wozu wollten sie das Ganze hier eigentlich haben? Keiner würde den Gig als Platte herausbringen.

Er trat ein Stück zur Seite und betrachtete staunend die Raumdecke. Kurz kam ihm der Gedanke, dass er eigentlich nur wegen des Veranstaltungsorts zugesagt hatte. Der Saal war so klein und schön. Wie viele Abende hatte er hier verbracht, sogar Tage, wenn man es genau nahm. Damals, als er und Jay nach London gekommen waren und der Laden noch ein Billardclub gewesen war. Hier hatten sie ihre Zeit vertrödelt, Billard gespielt. Er hatte zu kaschieren versucht, dass er sich kaum bücken konnte, während sie ihm voller Verständnis die Hand sanft auf den Rücken gelegt hatte. Es war, als könne er sich jederzeit dort oben hinsetzen und singen, als wäre er in seinem Wohnzimmer. Nur er und das Klavier. Oder er und die Gitarre. Ein paar hundert Leute und er. Wie in den alten Zeiten, als er noch jung gewesen war. Open-Mic-Abende mit mehreren Musikerkollegen und kleine Festivals. Felder in Suffolk. Strände auf irgendwelchen Inseln. Nichts Schickes, nichts Besonderes. Und immer war irgendjemand im Publikum, dessen Blick er auffangen und halten konnte, während er das Herz dieser einen Person mit seinen Songs wärmte.

Er war sich durchaus bewusst, dass er die Neugier der Leute weckte. Vielleicht hatten sich all die Menschen ja hereingemogelt, um einen Blick auf den Mann zu erhaschen, der gewissermaßen von den Toten auferstanden war, der den Tod im Gepäck hatte. Dabei fürchtete er sich keineswegs davor, dass die Trauer seinen Auftritt in irgendeiner Weise beeinträchtigen könnte. Schließlich war er die ganzen Jahre nicht untätig gewesen, sondern fühlte sich wohl und sicher in seiner Musik.

Die Frau mit dem rasierten Kopf kam schüchtern herüber. Sie war sehr nett, hatte einen leichten irischen Akzent und hatte offenbar angenommen, dass sie ihn später interviewen würde. Kurz herrschte Verlegenheit, doch sie reagierte ganz cool, obwohl er ihr ansah, dass ihr die Interviewabsage nicht behagte. Sobald die Leute alles hatten, was sie brauchten, verlief der Soundcheck cool. Die Techniker waren cool, alles war bestens.

Er hielt inne und sah die junge Frau noch einmal an. Er wünschte, er hätte Ja zu dem Interview gesagt.

Der Ausdruck auf ihrem Gesicht, als er abgelehnt hatte. Ihre Augen waren blau. Richtig blau.

Wieso hatte sie sich den Kopf rasiert?

Er ließ andere nicht gern im Stich.

Rasmus gelang der Einstieg ohne jede Mühe. Der Saal gehörte ihm ganz allein, das Licht war gedimmt, alles war für ihn vorbereitet, das Publikum aufmerksam und glücklich, hier zu sein. Seine Atemzüge waren tief und gleichmäßig, wie er es mochte, und er hörte auf, im Geiste den Text umzuschreiben. Seine Professionalität half ihm, seine Stimme zu kontrollieren, wo die überwältigenden Gefühle sie brechen zu lassen drohten. Er war sich nicht sicher gewesen, ob er *One Goodbye Too Many* tatsächlich performen könnte, doch es gelang ihm. Von der Bühne aus sah er Tränen in den Augen der Anwesenden glitzern und spürte bitteren Stolz in sich aufkeimen.

Drei Songs, die Augen geschlossen, die Gedanken allein bei Jay. Bist du auch stolz auf mich, Liebste?

Es sind nur Menschen, dachte er. Hasse sie nicht, nur weil sie Londoner sind, weil sie in der Branche überlebt, sich dem breiten Geschmack angepasst haben. Sie sind nur kleine menschliche Wesen.

Die Kronleuchter, so groß, dass sie in seinem Cottage bis zum Boden hängen würden, funkelten und schufen ein herrliches Licht, das sich in den Spiegeln und in der sich über ihren Köpfen drehenden Discokugel spiegelte. Eine Discokugel. Er lächelte gerührt. Hier war er also wieder, in Stiefeln mit kubanischen Absätzen, unter einer Discokugel. Und gab, was er konnte.

Am Ende nickte er, sagte: »Danke«, plötzlich wieder verlegen und schüchtern, hängte seine Gitarre in die Halterung und verließ die Bühne.

»Yeah!«, rief einer der Techniker, woraufhin Applaus aufbrandete, während Rasmus auf die Bar im hinteren Teil des Saals zuhielt, in der Hoffnung, dass ihm jemand eine Tasse Tee machte.

Die Anwesenden applaudierten allerdings so begeistert, dass er noch einmal auf die Bühne musste, was ihm ein wenig peinlich wegen der Band war, die nach ihm an der Reihe war. Aber nicht allzu sehr.

Die Capos spielten vier Songs, zwei neue und zwei alte. Rasmus blieb allein am Bühnenrand stehen, um ihnen zuzuhören. Wie viele Bands waren auch sie zur Fossilversion ihres besten Selbst geworden, eine perfekte 3D-Druckversion der Magie, die sie mit dreiundzwanzig erschaffen hatten – ein bisschen wie Frauen mittleren Alters, die immer noch in den Klamotten und dem Make-up aus ihren Glanzzeiten herumliefen, die zerwuschelte Blondine in den Fünfzigern mit Marianne-Faithfull-Pony, viel Vergangenheit und tiefen Furchen von den vielen Zigaretten um ihren sexy roten Lippenstiftmund. Und »Beinen, die schon einiges mitgemacht haben«, wie Jay immer gesagt hatte – wohlgeformt, sonnenverhutzelt, mit muskulösen Waden und in High Heels steckend. Trotzdem hatte er eine Schwäche für solche Frauen. Es gab schlimmere Arten, dem Alter zu begegnen, fand er. Bei der Band war es … eher eine Einbalsamierung. Jungs, dachte er, ist euch in den letzten fünfzehn Jahren überhaupt nichts Neues eingefallen? Mittlerweile war das Publikum allenfalls aufmerksam und respektvoll – aber sie hatten zugegebenermaßen ja auch ein Interesse, dass es gut wurde.

Er stahl sich davon, so schnell er konnte. Er wollte nicht

unhöflich sein oder jemandes Gefühle verletzen, aber die Leute wollten unbedingt mit ihm reden, und er befürchtete, dass sie über ihn herfallen würden.

Am nächsten Tag kam das hier:

> Lieber Rasmus,
> es tut mir leid, dass ich gestern Abend einfach so verschwunden bin, ohne mich noch einmal für den wunderbaren Auftritt und Ihre Geduld mit uns zu bedanken und mich für das Missverständnis wegen des Interviews zu entschuldigen. Shireen sagt, die ersten Rohaufnahmen seien hervorragend, und wir hätten bald etwas, das wir Ihnen zeigen können.
> Ich muss zugeben, dass ich einer der wenigen Menschen bin, die sich in einer ähnlichen Situation befinden wie Sie. Bitte lachen Sie nicht, aber als der Vater meines Verlobten gestorben ist, bin ich bei einem Lyrikabend in Muswell Hill auf die Bühne gegangen und habe zwei Gedichte vorgetragen, die ich darüber geschrieben hatte. Das war schon heftig genug, allerdings lässt es sich natürlich nicht mit Ihrem Auftritt vergleichen. Als mein Verlobter im Februar gestorben ist – allein diese Worte zu schreiben fällt mir mehr als schwer –, konnte ich mich nicht hinstellen und etwas vortragen, schon gar nicht in aller Öffentlichkeit, schon gar nicht auf einer Bühne.
> Natürlich sind Sie ein erfahrener, routinierter Songschreiber und Bühnenkünstler und ich nur eine kleine Amateurin, aber sich dort oben hinzustellen und etwas vorzu-

tragen, weil man weiß, dass man es tun muss, weil das Leben weitergehen muss, weil man es versprochen oder das Gefühl hat, dass man es tun sollte oder sie es gern wollen, das ist bewundernswert. Nur weil du stark bist, heißt das noch lange nicht, dass es leicht ist, hat ein kluger Songschreiber mal gesagt. Jedenfalls haben mich Ihre wunderbaren Songs völlig aus der Bahn geworfen und Ihr Auftritt so sehr zu Tränen gerührt, dass ich mich schlicht nicht imstande sah, mit irgendjemandem zu reden. Ihnen allerdings möchte ich gern etwas sagen, und mit meinen sechs Wochen Vorsprung kann ich so tun, als wäre es ein sehr kluger Rat: Jetzt ist nicht der Zeitpunkt, um hart mit sich ins Gericht zu gehen oder etwas zu tun, das man später nicht rückgängig machen kann. Und: Oh Gott, sie muss eine wunderbare Frau gewesen sein, wenn sie Sie zu diesen Songs inspiriert hat.

Mit allen guten Wünschen

Roísín Kennedy

14

Juni, London

Ich sollte nicht hingehen, hatte Jay gedacht. Ich sollte mich da raushalten. Es ist ihr Ding. Ich sollte nicht hingehen.

Aber ich will so gern! Und könnte ich die Gelegenheit sausen lassen? Rasmus' Comeback-Auftritt? Natürlich gehe ich hin.

Also war sie hingegangen.

Sie hockte auf dem Kronleuchter, ließ die Beine baumeln, dunkle Farbstreifen zwischen den kristallenen Glastropfen, und verfolgte das Geschehen. Sie sah die junge Frau, die sein Auftritt komplett aus der Bahn warf. »Welche Macht du hast, mein Mann«, flüsterte sie. »Was für wunderbare Worte du für uns findest.«

Gleichzeitig freute sie sich. Sie hatte recht gehabt. Schon immer hatte sie auf Anhieb gewusst, wenn ihm eine Frau gefiel. Dann trat so ein softer Ausdruck in seine Augen. Für Rita Hayworth hatte er eine Schwäche von den Ausmaßen eines Planeten. Bei dieser berühmten Tanzszene mit den schwarzen Satinhandschuhen und dem Song *Put the Blame on Mame* geriet er regelrecht außer sich. Sie grinste. Er war so durchschaubar, und sie kannte ihn so gut.

Und dann sah sie Nico, der hinter Roísín am Tisch

stand und jede ihrer Reaktionen verfolgte. Tränen liefen ihm über sein bleiches, konturloses Gesicht.

Als die Menge sich plaudernd und schwatzend in Richtung Bar und Raucherbalkon bewegte, glitt Jay vom Kronleuchter.

»Hi«, sagte sie.

»Hi«, sagte Nico. »Eigentlich wollte ich ja nicht kommen.«

»Ich auch nicht.«

»Und ist deine Arbeit hier erledigt?«

»Nicht mal ansatzweise«, antwortete sie. »Sie haben sich kennengelernt, aber keiner von ihnen ist der Typ, der die Dinge vorantreibt oder auch nur auf der Suche ist. Sie stecken beide noch so tief in ihrer Trauer, außerdem arbeiten sie. Sie werden sich wohl kaum gegenseitig in die Arme sinken …« Sie sah sich um. Rasmus war verschwunden, Roísín redete mit Shireen und packte das Equipment zusammen.

»Das gefällt mir nicht«, sagte Nico.

Die Lebenden gingen an ihnen vorbei, mit ihrer Wärme, ihrem Atem, ihren Körpern, ihren Stimmen.

»Ich weiß, mein Lieber«, sagte Jay. »Aber ihnen vielleicht. Erlauben wir ihnen doch, einander zu mögen. Komm schon. Bitte.«

»Ich weiß nicht, was ich machen soll«, gestand er.

»Ich auch nicht«, sagte sie. »Gehen wir irgendwo anders hin. Wollen wir so tun, als würden wir uns betrinken? Auf den Eisenseilen der Tower Bridge herumturnen? Oder wollen wir ausprobieren, ob wir fliegen können? Oder, keine

Ahnung, uns ohne Führung etwas angucken, worauf wir Lust haben?«

Er lächelte ein wenig. »Musst du denn nicht hier sein, um die beiden zu verkuppeln?«, fragte er leise. »Solange sie noch im selben Gebäude sind?«

»Nein«, antwortete sie. »Wenn es passieren soll, sollen sie es aus eigenem Antrieb vorantreiben. Das wünsche ich mir. Ehrlich. Wenn sie es wollen.«

Er zuckte mit den Schultern.

»Nehmen wir den Orient Express«, schlug er vor.

»Echt jetzt?«

»Ach, was weiß ich. Ich komme mir vor, als würde sie mich wegen eines anderen Kerls sitzen lassen. Und das bricht mir mein kaltes, totes Herz.«

»Sie haben gerade mal fünf Sätze miteinander gewechselt«, sagte Jay. »Aber ja, meins auch. Irgendwie.«

15

Juni

Liebe Roísín,
danke für deine Mail.
Ich habe festgestellt, dass manche Leute Angst haben, mit mir zu reden, seit meine Frau gestorben ist. Hast du diese Erfahrung auch gemacht?
Beste Grüße
Rasmus.

Lieber Rasmus,
ja, habe ich. Die Leute befürchten wohl, wenn wir darüber reden, würden die Erinnerungen hochkommen, denke ich. Als hätten wir zwischendurch vergessen, was passiert ist. Ich versuche mir immer zu sagen, dass sie nicht gemein sein wollen, sondern einfach ungeschickt sind. Hast du Probleme damit?
Beste Grüße
Roísín

Liebe Roísín,
heute Morgen habe ich es tatsächlich vergessen. Etwa acht Sekunden lang. Ich wusste, dass etwas nicht stimmt,

aber als mir dämmerte, dass ich nicht sagen konnte, was es sein könnte, war es längst wieder da.
Ist es mit sechs Wochen Vorsprung erträglicher?
Beste Grüße
Rasmus.

Lieber Rasmus,
nein.
Es ist aber auch nicht schlimmer. Es ist noch nicht mal anders, obwohl ich annehme, dass es sich irgendwann verändern wird. Das erzählt man mir jedenfalls. Das muss es auch, denn wer könnte diesen Zustand ewig ertragen? Wir würden explodieren.
Beste Grüße
Roísín

Liebe Roísín,
bist du schon mal explodiert? Ich schon, mehr als einmal.
Beste Grüße
Rasmus.

Lieber Rasmus,
ja, als mir ein Typ von hinten in den Wagen gefahren ist. Und einmal, als ich in der Küche zu Musik aus dem Radio getanzt habe. Offenbar bin ich bei Cyndi Lauper besonders empfänglich für Gedanken an den Tod. Ein anderes Mal stand ich bei Sainsbury vor dem Mineralwasserregal, als mich in dem Supermarkt das San Pellegrino überwältigt hat. Wann war es bei dir?

Beste Grüße
Roísín
PS: Ich möchte dir einfach danken, dass du meinen Namen mit den Akzenten schreibst! Diese Höflichkeit erlebe ich selten, und ich bin sehr dankbar dafür. Natürlich sprechen die Leute den Namen ständig falsch aus (er wird Roschien ausgesprochen, nur fürs Protokoll), aber um ihn korrekt zu schreiben, muss man sich einen Moment lang darauf konzentrieren, wozu viele nicht bereit sind, deshalb danke.

Liebe Roísín,
dir brauche ich das wohl nicht zu sagen, aber die Buchstabentaste gedrückt zu halten, bis die Akzente auftauchen und dann die Nummer für den richtigen zu tippen, war eine echte Offenbarung für mich.
Explosionen: Ich wurde von einem toten Reh vom Fahrrad gerissen und habe mich hinterher gefragt, ob ich den Vorfall irgendwie heraufbeschworen habe.
Und in gewisser Weise auch, indem ich zu diesen Auftritten zugesagt habe, nachdem ich fünfzehn Jahre lang auf keiner Bühne mehr gestanden hatte. Aber was du gesagt hast, stimmt natürlich. Ich habe das Gefühl, als hätte Jay gewollt, dass ich zusage.
Und ich habe ein schlechtes Gewissen, weil ich ihre Pflanzen eingehen lasse.
Beste Grüße
Rasmus.

Lieber Rasmus,
das ist ja rasend komisch, aber – großer Gott, hast du dich verletzt, und wie ist das überhaupt passiert? Ich meine, normal ist das doch wohl nicht, dass ein Reh einen Fahrradfahrer anspringt, oder? Mach dir wegen der Pflanzen keinen Kopf, jede Frau weiß, dass ihr Partner die Pflanzen auf kurz oder lang eingehen lässt.
Beste Grüße
Roísín

Liebe Roísín,
ich war mit dem Rad unterwegs zum Laden in der Nähe von meinem Haus auf der Insel*, und da war dieses wunderschöne Reh, ein Bild von einem jungen Bock, der neben mir herlief und dann auf einmal plötzlich quer über die Straße rannte, von einem entgegenkommenden Auto erfasst und direkt auf mich geschleudert wurde. Verletzt wurde ich nicht, aber mein Knöchel tut noch ein bisschen weh, deshalb hätte ich vielleicht doch lieber damit zum Arzt gehen sollen.
Danke für die Anmerkung wegen der Pflanzen.
Beste Grüße
Rasmus.

*Der Laden ist ein ganzes Stück weg, und ich war noch nicht allzu weit gekommen.

Lieber Rasmus,
warst du nicht versucht, das Reh mitzunehmen, zu häu-

ten und auszunehmen und so weiter? Wildfleisch ist sehr lecker.
Beste Grüße
Roísín

Liebe Roísín,
doch, das war ich tatsächlich, aber es hinten auf den Gepäckträger zu schnallen wäre ziemlich schwierig geworden, außerdem hätte mich der Umgang mit einem toten Lebewesen vermutlich hoffnungslos überfordert. Jay war sehr lange krank, und das bedeutete, dass ich mich bei der Körperpflege in Regionen von ihr begeben musste, in die ich früher nie vorgedrungen war. Als ich das nächste Mal vorbeikam, war der Rehbock verschwunden, also hatte wohl jemand anders dieselbe Idee. Warst du das vielleicht?
Beste Grüße
Rasmus.

Lieber Rasmus,
ich habe zwar mal einem Huhn den Hals umgedreht, als es notwendig war, aber einen Rehbock zu schlachten würde meine Fähigkeiten übersteigen. Denke ich. Wahrscheinlich müsste ich zumindest vorher ein YouTube-Video ansehen. Ich habe keine Erfahrung mit langen Krankheiten. Mein Verlobter ist ganz plötzlich gestorben. Obwohl wir natürlich alle wissen, dass wir irgendwann sterben müssen.
Beste Grüße
Roísín

Der Mailaustausch löste gemischte Gefühle in Roísín aus. Sie und Rasmus schienen exakt dasselbe zu durchleben, gleichzeitig blieb sie eisern bei der formaleren Anrede, Lieber Rasmus, und der Schlussfloskel Beste Grüße. Und er machte es genauso. Bei jeder Mail. Wieso hatte keiner von ihnen einen lockereren Tonfall angeschlagen? Vor allem, da sich der Dialog so mühelos gestaltete. So unverhofft. So schnell.

Liebe Roísín,
kommst du zu dem Konzert in der Albert Hall? Ich glaube, deine Firma wurde mit den Filmaufnahmen beauftragt. Oder sogar du selbst? Hättest du Lust, danach mit mir essen zu gehen? Falls nicht, wird jemand anders versuchen, mich einzuladen. Und hast du zufällig ein Gästezimmer oder -sofa? Ich habe zwar Bekannte in London, wo ich übernachten könnte, aber es wäre nett, sich ein bisschen zu unterhalten. Ich hasse Hotels.
Beste Grüße
Rasmus.

Seine Nachrichten schmeichelten ihr – da er den Ruf hatte, unzugänglich und verschlossen zu sein, fühlte sie sich sogar geehrt – und dass er sich selbst einlud, erstaunte sie. Aber wieso auch nicht? Seine Argumente waren einleuchtend.

Vielleicht könnten sie ja Freunde werden. Selbst Eremiten brauchten Freunde. Witwenfreunde.

Aber er setzte einen Punkt hinter seinen Namen. Jedes

Mal. Wer setzt bei E-Mails einen Punkt hinter seinen Namen?

Sie kam sich wie ein Vogelkundler vor: bloß keine plötzlichen Bewegungen, sonst breitet dieses seltene Geschöpf die Schwingen aus und hebt ab, immer weiter hinauf, zwar widerstrebend, aber dennoch entschlossen. Und flog davon.

Lieber Rasmus,
ja, wir filmen tatsächlich auch in der Albert Hall, und ich bin wieder für die Regie deines Parts zuständig. Es wäre mir ein Vergnügen, dich danach zum Essen einzuladen. Bist du Vegetarier oder so? Nach der Episode mit dem Rehbock gehe ich nicht davon aus, aber vielleicht gehörst du ja zu denen, die sich zwar unter den Nagel reißen, was sie plattgefahren haben, aber nie und nimmer ein Nutztier anfassen würden. Und ja, ich habe tatsächlich ein Gästesofa, das sich gerade knietief in zerknüllten Kleenexes befindet (ist das der Plural von Kleenex? Klingt, als sollte es eine Sonderpluralform geben, so wie im Griechischen oder so); ich wollte es nur gesagt haben, wenn du sicher bist, dass du keinen Rock-'n'-Roll-Luxuslifestyle mit allem Pipapo brauchst, wie ihn dir die Firma zweifellos spendieren würde. Vielleicht sollten wir ja tauschen. Ich liebe Hotelzimmer. All die vielen Handtücher.

Vielleicht ist das ein bisschen zu dick aufgetragen. Denkt er jetzt, ich würde ihn anbaggern und wollte mich selbst einladen? Denn eines der besten Dinge an Hotelzimmern ist schließlich der Sex – man kann nichts kaputtmachen, die Nachbarn hören nichts, und falls doch, spielt es keine Rolle, weil man sie ohnehin nicht kennt, und dann all die Kissen und Spiegel. Und ein Tablett mit dem Frühstück am nächsten Morgen …

Sie hielt inne und dachte eine Weile an Sex. Daran, dass sie nie wieder welchen erleben würde, da kein Nico mehr da war, mit dem sie ihn haben konnte. Sie dachte an seine Hände, seinen Hals, seine Arme, seinen herrlichen Geruch am Strand, daran, wie sehr er sofort zum Griechen mutierte, sobald er einen Fuß auf heimatlichen Boden setzte, wie er mit den anderen Männern im Café auf Griechisch flachste, Spanakopita bestellte – sie liebte diesen Auflauf mit Blätterteig und Spinat – und ein Backgammon-Brett verlangte, wie er zu den Felsen lief, um Seeigel und Oktopusse zu suchen, die er ihr kredenzen konnte … nicht dass sie sie anrühren würde … die einen waren zu absonderlich, die anderen zu intelligent, um verspeist zu werden. »Ich will schließlich nicht, dass die Oktopusse mich hassen, sollten sie irgendwann die Weltherrschaft übernehmen«, hatte sie gesagt

Sie dachte daran, wie seine Haut schon brauner wurde, sobald er auch nur seinen Pass herauszog, und dass er ohne regelmäßige Besuche in der Heimat wie eine Primel eingegangen wäre. Kaum tauchte man ihn ins Meer und ließ Olivenöl seine Kehle hinabrinnen, war er glücklich, glänzte und strahlte.

Einmal hatten sie Sex an einem Olivenbaum gehabt. Es war saukomisch gewesen.

Gib mir durch, wann du kommst, dann suche ich die Zusatzdecke heraus.
Beste Grüße
Roísín

Liebe Roísín,
ich sitze gerade hier mit der Katze auf den Knien. Es ist ein sehr windiger Tag – was natürlich nicht weiter ungewöhnlich hier ist. Ich musste den Bettbezug mit achtzehn Wäscheklammern befestigen, und bestimmt ist er in einer halben Stunde trocken, wenn er sich weiter so bauscht. Bügeln ist überflüssig.
Ich überlege, ob ich nicht rausgehen und mich um die Gemüsebeete kümmern soll. Im letzten Jahr habe ich sie bis auf ein bisschen Unkrautjäten komplett vernachlässigt. Eigentlich war es ja Jays Garten. Ich habe immer bloß getan, was sie mir gesagt hat. Anfangs sollte ich hauptsächlich Tang sammeln und beim Umgraben unter die Erde mischen. Die Böden hier oben sind karg, und die Saison ist kurz, aber immerhin haben wir einiges darüber gelernt, wie man bei diesen Wetterbedingungen etwas anbauen kann. Vor ein paar Jahren haben wir Kohlköpfe wieder eingepflanzt, die der Wind aber aus dem Boden gerissen und durch die Luft gewirbelt hatte wie kleine grüne Planeten in einem durchgeknallten Orbit. Es würde mich nicht wundern, wenn sie heute bei diesem Wind vor dem Fenster vorbeiflögen. Womöglich hätte der Bettbezug sie aufgefangen, wenn der Wind richtig stand. Aber dieses Jahr habe ich nichts angepflanzt.

Ich bin kein Vegetarier. Es wäre zu kompliziert hier auf der Insel, wo kein großer Wert darauf gelegt wird, wirklich spannende, frische Gemüsesorten herzuschaffen, außerdem wäre es zu aufwendig für denjenigen, der das Essen für mich kochen müsste (seit Jay krank wurde, kann ich zwar halbwegs kochen, aber einen Stern bekäme ich wohl kaum für meine Kreationen). Ich behaupte mal, es gibt in Schottland zwar Vegetarier, aber wahrscheinlich sind das irgendwelche verweichlichten Muttersöhnchen in Edinburgh, die auch Flat Whites und solches Zeug trinken. Wenn ich mal von der Insel herunterkomme, esse ich gern, was ich hier nicht kriege, wie vietnamesisch, japanisch oder etwas Orientalisches.

Ich werde nichts von ghanaischem Essen schreiben. Außerdem gibt es sowieso niemanden, mit dem ich gern etwas aus der ghanaischen Küche essen würde, außer vielleicht mit Kwame. Rasmus überlegte, einen Abend mit Jays Bruder, Efua und den beiden Mädchen zu verbringen, wenn er in London war und sie Zeit hätten. Ja, das würde er tun. Und nicht nur weil sie Kontomire-Eintopf mit Cocoyam-Blättern für ihn kochen und sich vergewissern würden, dass er auch ausreichend Shito-Soße zu Hause hatte, weil sie ihn verwöhnen und so nett wären. Sondern weil es so unfair war, nicht nur diesen einen Menschen zu verlieren, sondern auch alles, was die- oder derjenige einem geschenkt oder nähergebracht hatten. Er wollte ihre Familie nicht verlieren. Es war traurig, dass er ohne Jay nicht länger adoptierter Sohn des Landes war. Keiner käme je auf die Idee, dass er der Onkel dieser kleinen Mädchen und ein Bruder für Kwame sein könnte.

Er und Jay hatten gewissermaßen einen Planeten für zwei erschaffen, was durchaus funktionieren mochte, ein Planet für einen allein hingegen nicht.

Ich vereinsame, dachte er. Nicht nur im Sinne von einsam, weil ich sie vermisse, sondern wirklich einsam.

Wenn ich wieder nach London komme, will ich auch meinen Schwager und seine Familie treffen.
Hast du Nico versprochen, dass du auf dich achtgeben würdest? Oder ist es nicht dazu gekommen? Ich habe es Jay versprochen, allerdings stelle ich fest, dass es ziemlich schwierig ist.
Beste Grüße
Rasmus.

Lieber Rasmus,
nein, dazu hatte ich keine Gelegenheit. Allerdings weiß ich nicht, ob das einen großen Unterschied gemacht hätte, denn man weiß ja, wie es im Gesundheitswesen so zugeht – normalerweise hatte er, wenn er von der Arbeit kam, keine nennenswerten Reserven mehr, deshalb war es üblicherweise ich, die ihm ein heißes Bad einließ, ihm etwas Gesundes auftischte und ihn fragte, ob er vielleicht eine schöne Massage haben wollte, was er grundsätzlich wollte und was ich ihm auch nicht verdenken kann. Inzwischen habe ich so viel Zeit. Geht dir das auch so? Er ist nicht mehr hier, um mit mir zu quatschen. Beim Fern-

sehen rede ich mit mir selbst – oh, sieh nur, das ist doch der Typ, der bei soundso mitgespielt hat –, aber es ist keiner da, der mir den Namen oder die Serie sagt. Es ist keiner da, der mault, weil ich mir so einen Schwachsinn ansehe und ob ich das nicht endlich abschalten kann. Bestimmt fange ich bald an, mich selbst anzuschreien, nur damit alles wie früher ist …
Beste Grüße
Roísín

Liebe Roísín,
was hat er denn gearbeitet?
Rasmus.

Lieber Rasmus,
er war Rettungssanitäter. Notrufe den ganzen Tag. Und Papierkram.
Roísín

Liebe Roísín,
Jay war Allgemeinärztin. Ähnliches Maß an Engagement und Verantwortung, nehme ich an, nur mit unterschiedlichem Einsatz. Jay war praktisch mit allen hier eng verbunden, eine gute Freundin, so wie man es von dem Pfarrer kennt. Da sie so viele Geburten und Menschen oft auch beim Sterben begleitet hat, wurde sie auch zu den Taufen und Beerdigungen eingeladen. Nico war vermutlich vor allem in Krisensituationen zugegen, was eine völlig andere Art der Energie und auch der emotionalen

Fähigkeiten erfordert. Hat er lange in dem Beruf gearbeitet? Ich weiß ja nicht, wie alt er war.
Rasmus.

Lieber Rasmus,
er war sechsunddreißig. Er war seit zehn Jahren dabei und steckte in einem inneren Konflikt, weil er wusste, wie wertvoll seine Ausbildung und Erfahrung waren, gleichzeitig aber auch den Stress und den Druck nur zu gut kannte, die seine Arbeit mit sich brachten, aber natürlich auch die Anerkennung seiner Leistungen. Ich habe noch nie ein Baby auf die Welt gebracht, er dagegen oft gleich mehrere im Monat, und jedes Mal hatte er beim Nachhausekommen einen speziellen Gesichtsausdruck. Genauso, wenn er Patienten verloren hatte. Als Teamleiter spürte er das ganz besonders. Eigentlich wollte er aussteigen, aber irgendwie auch wieder nicht. Er wollte nicht, dass seine Ausbildung umsonst gewesen war, außerdem war ihm klar, dass ihm kein anderer Beruf diesen Kick geben würde, obwohl er sich ein bisschen dafür geschämt hat. Aber er stand nun mal gern als Held da. Wirklich sehr gern. Nico, der kommt und die Welt rettet … Ich sollte mich nicht lustig machen. Das tue ich auch nicht. Ich habe ihn geliebt, liebe ihn auch jetzt noch und werde ihn immer lieben. Gott, er war so ein komischer Kerl. Komisch im Sinne von sonderbar, aber auch lustig. Voller Widersprüche, obwohl er auf den ersten Blick wie ein kleiner Charmeur rüberkam. Mit Frauen konnte er gut, ein Schwiegermuttertyp. Natürlich alles reiner Selbstschutz,

das ist das Traurige daran. Und die Geschichten, die er zu erzählen hatte, waren unglaublich unterhaltsam. Jede Woche kam er mit einer neuen »Du kommst nie drauf, wo dieser Typ seinen Schwanz reingesteckt hatte …«-Anekdote daher. Einmal fanden sie einen Plüschaffen im Baum. Die Frau hatte am Telefon behauptet, es sei ihr Baby … du weißt, was ich meine.

Aber ich schweife ab, entschuldige. Du hast recht, als Allgemeinärztin muss es anders sein, vor allem auf dem Land. Man sieht die Leute immer wieder, lernt sie kennen, baut eine Bindung zu ihnen auf. Die Einzigen, die er regelmäßig zu sehen bekam, waren die Kneipenschläger und die Alkoholiker, deren Nachbarn alle naslang den Notruf gewählt hatten. Und einen armen Epileptiker, dessen Medikamente sie nie anständig eingestellt bekamen. Was für eine Ironie, dass er so viele Leben gerettet hat, und dann schaffen seine Kollegen es nicht, ihn zu retten. Aber das kann ich ihnen nicht vorwerfen und tue es auch nicht. Wie könnte ich, wo ich genau weiß, wie sie arbeiten und was dieses Wissen jetzt mit ihnen macht? Du meine Güte, ich schwafle und schwafle.

Wie sollen wir uns künftig voneinander verabschieden? Ich kann doch nicht »Beste Grüße« unterschreiben, als hättest du einen neuen Boiler eingebaut, wenn ich dir Dinge erzähle, die noch nicht mal meine Schwester weiß.

Mit herzlichen Grüßen

Roísín

Sehr geehrte Damen und Herren,
Beste Grüße ist prima, finde ich. Das Beste ist zwar unerreichbar, aber grundsätzlich ein schöner Gedanke.
Beste Grüße
Rasmus.
PS: Wie habt Nico und du euch eigentlich kennengelernt?

Lieber Rasmus,
er hat mitbekommen, wie ein betrunkener Typ auf dem Glastonbury-Festival im Schlamm auf mich zugeschlittert ist, mir den Ring einer Cola-Dose vor die Nase gehalten und gefragt hat, ob ich ihn heiraten will. Es war lustig, aber irgendwie auch wieder nicht. Nico hat ihn ausgelacht, woraufhin der besoffene Typ ihm eins auf die Nase geben wollte, und Nico hat irgendwelches philosophische Zeug gelabert, von wegen »Du wirst sicher erkennen, dass die Intensität sowohl deiner Gefühle als auch der Drogen, die du intus hast, die Unlogik deiner Reaktion nicht außer Kraft setzen können«, was ich wiederum zum Kaputtlachen fand. Dann kamen die Freunde des Suffkopfs herüber und schleiften ihn weg, und Nico stand da und sah so süß aus. »Du könntest ja immer noch mich heiraten«, meinte er, und ich habe geantwortet: »Wieso eigentlich nicht?« Die Fratellis waren auf der Bühne, und ich dachte – falls ich überhaupt etwas dachte –, dass das eine tolle Geschichte für unsere Enkelkinder abgeben würde, nach dem Motto »Ich wusste sofort, dass er etwas ganz Besonderes ist« und so weiter. Er hatte mich beschützt, dachte ich, irgendwie … völlig alberne weib-

liche Logik. Also hat er mir eine Coke gekauft und mir den Dosenring an den Finger gesteckt.

Im Jahr darauf hat er mir dann einen Brillantring geschenkt, den ich bis heute trage. Wie habt ihr euch kennengelernt?

Beste Grüße (aye aye, Sir)

Roísín

Liebe Roísín,

in New York. 2001. Ich war gerade mit der Band dort. Es war unser erstes Mal in den USA, und die erste Tour außerhalb Großbritanniens sollte bald losgehen. Unser erstes Album war gerade erschienen und lief gut. Wir waren vier junge Typen, die ihr Glück kaum fassen konnten. Auf einer Dachterrasse fand eine Party statt, wobei ich noch nicht mal weiß, wer sie schmiss, und da sah ich sie stehen, ihre Silhouette, die sich gegen die Skyline abzeichnete. Jemand erzählte mir, sie würde mit uns auf Tournee gehen, und ich dachte noch, Gott sei Dank, so habe ich wenigstens Zeit und muss sie nicht dazu bringen, sich noch heute Abend in mich zu verlieben. Was ich sowieso niemals hingekriegt hätte. Sie meinte, ich hätte zu ihr gesagt, sie sehe aus, als müsse sie mit Ray Charles singen, wobei ich hoffe, dass das nicht das blöde Klischee von der schwarzen Sängerin war, aber sie trug ein todschickes Kleid mit strahlenförmig verlaufenden Abnähern, figurbetont und im Sechzigerjahre-Stil. Die Farbe heiße dunkelorange, sagte sie mit einer Stimme, die halb aus Lachen, halb aus Musik bestand, und ich hatte von

Brooklyn bis San Francisco und zurück, über Nashville, New Orleans, West Texas und Las Vegas Zeit, um im Bus Eindruck bei ihr zu schinden.
Beste Grüße,
Rasmus.
PS: In welchem Jahr war das? Wir haben dreimal auf dem Glastonbury gespielt.

Lieber Rasmus,
wie romantisch. Ihre Silhouette, die sich gegen die New Yorker Skyline abhebt! Witzigerweise glaube ich, das Kleid zu kennen. Stammt es von Karen Millen und besteht aus einem Set mit einer Jacke?
Beste Grüße
Roísín
PS: Ich weiß, ich habe dich gesehen. Du warst toll.

Liebe Roísín,
es gehörte tatsächlich eine Jacke dazu!
In einem Anfall völligen Irrsinns habe ich das Kleid in einen karitativen Secondhand-Laden in Stornoway gebracht, wollte es aber unbedingt zurückhaben. Zwei geschlagene Tage habe ich mir deswegen den Kopf zerbrochen – wieso nur? Wieso bedeutet mir dieses Kleid so viel? Was würde ich denn damit anfangen? Alles, was ich besitze, erinnert mich an sie, von meinen eigenen Zehennägeln bis hinauf zu dem Dach über meinem Kopf. Überall liegt ihr Staub. Mach dich nicht lächerlich, habe ich mir gesagt. Und dann bin ich hingefahren und habe

es zurückgekauft. Was soll man tun? Wir machen uns nun mal lächerlich, zumindest handeln wir nicht logisch. Vor allem gerade nicht.

Beste Grüße

Rasmus.

PS: Hier im Haus sind drei Regale, voll mit ihren Ärztemagazinen.

Lieber Rasmus,

eine Zeit lang konnte ich Nicos Testament nicht finden und hatte schon Angst, ich müsste diese Wohnung hier aufgeben. Ich habe versucht, den Prozentsatz der Hypothekenzahlung zu berechnen, den ich für seinen Anteil des Kleiderschranks hinblättere, in dem immer noch seine Sachen hängen. Wie viel davon ich mir mitzunehmen leisten könnte, wenn ich in eine kleinere Wohnung weiter außerhalb ziehe. Finanziell als auch emotional. Aber es ist alles zu früh. Viel zu früh. Jetzt, wo ich weiß, dass ich die Wohnung behalten kann, will ich nicht mal darüber nachdenken, seine Sachen auszusortieren, sondern kann sie behalten, solange ich will. Einiges davon habe ich allerdings seiner Mutter gegeben. Sie ist Witwe und hing mit einer Liebe an ihm, die man schon als grenzwertig verrückt bezeichnen muss.

Beste Grüße

Roísín

PS: Oh Gott, ich verstehe. Neulich habe ich Nico ein Paar Socken gekauft. Ja, ich weiß, aber er wäre begeistert gewesen. Mit Dolly Parton drauf.

Liebe Roísín,
ich bin in Versuchung, alles abzufackeln.
Rasmus.
(Aber natürlich nicht die Dolly-Parton-Socken. Die klingen großartig.) Ich nehme an, du hattest die Angewohnheit, dir Socken von ihm zu borgen? Ich kaufe mir gerade die Schokolade, die Jay immer online für mich bestellt hat. Und tue ich so, als würde sie sie mir schicken? Vielleicht. Überreiche ich mir ein Geburtstagsgeschenk von ihr? (Wer weiß.)

Lieber Rasmus,
ich bin ziemlich sicher, dass Abfackeln in die »Dinge, die man nicht rückgängig machen kann«-Kategorie fällt.
Roísín

Liebe Roísín,
stimmt.
Rasmus.

Lieber Rasmus,
ich glaube, es ist schön zu hören, dass jemand genauso leidet wie ich.
Glaube ich.
Roísín

Hi Roísín,
nur zu deiner Info: Die Feedbacks zu deinen Filmaufnahmen sind alle super, ich schicke sie dir. Gut gemacht!

Bleibt nur noch die Frage wegen des Interviews – steht das jetzt, nachdem es ja am Anfang Probleme gab?
Ayesha

Hi Ayesha,
soll ich es direkt mit ihm besprechen? Das läuft nicht über Carola oder dich? Ich hatte den Eindruck, für ihn sei das gleichbedeutend mit »Presse«, was er ja nicht wollte. Aber ich spreche ihn gerne darauf an, wenn ihr das wollt.
Roísín

Ich werde mit Carola reden. Mal sehen, vielleicht können sie uns irgendwo reinquetschen, während er für den Auftritt in der Albert Hall in London ist.
A x

Empfand sie Erleichterung? Oder kam sie sich wie eine Lügnerin vor? Mit einem Mal roch das Ganze nach Heimlichtuerei. Er wird auf meinem Gästesofa übernachten. Und andere bitten um Erlaubnis, damit ich mit ihm reden darf. Ziemlich schräg.

Liebe Roísín,
entschuldige, dass ich ein paar Tage mit meiner Antwort gebraucht habe. Ich musste nachdenken.
Ich weiß genau, was du meinst. Andere würden die Bemerkung vielleicht als kaltschnäuzig empfinden, und ich musste erst sichergehen, dass ich mir nicht selbst in die

Tasche lüge, wenn ich davon ausgehe, dass du es im Sinne von »ein gebrochenes Herz wünscht sich einen Gleichgesinnten« meinst und nicht als herzlose Phrase. Aber es ist ziemlich offensichtlich, dass du kein Mensch bist, der herzlose Phrasen drischt.
Ja, es ist immer gut zu wissen, dass wir nicht allein sind. Vor allem, wenn wir, du und ich gleichermaßen, so allein sind, dass wir es kaum ertragen. Und es auch dann nicht ertragen könnten, wenn uns irgendetwas einfiele, wie wir uns davon befreien könnten, dass wir es müssen.
Rasmus.

Ach Rasmus,
der einzige Ausweg ist die Zeit (wobei ich noch nicht einmal sicher bin, ob das funktioniert, auch wenn alle es immer behaupten) oder uns selbst das Licht auszublasen, was für mich keine Option ist – wegen meiner Familie, aber auch wegen diesem Restkatholizismus in mir und weil ich keine große Lust habe, in die Hölle zu kommen, auch wenn ich nicht so recht daran glaube (verrate bloß Gott nicht, dass ich das gesagt habe). Und wenn du mir ansiehst, dass ich keine kaltschnäuzige Phrasendrescherin bin (wofür ich dir danken möchte), ist mir klar, dass du keiner bist, der Selbstmord begehen würde. Du magst dich wie einer anziehen, aber ich habe gesehen, wie du deine Gitarre an dich drückst. Wie du Schmerz aushältst. Das mit dem Unfall tut mir leid, wollte ich noch mal sagen.
Roísín

Liebe Roísín,
Nichtphrasendrescherin, herzlich und auch noch scharfsichtig. Ich bin tatsächlich nicht der Selbstmordtyp. Mag sein, dass man mir das nicht anmerkt, aber ich kann diese Rock-'n'-Roll-Klischees nicht ausstehen. Nur so viel zum Thema, wie wenig Rock 'n' Roll ich bin: Gestern Nacht war es etwa drei Stunden lang ganz dunkel, wenn man es überhaupt so bezeichnen möchte – diese unglaublich tolle Halbdunkelheit des Hochsommers im Norden. Ich bin drüben bei Scarista am Strand entlanggegangen und habe einen Schafsschädel in einer Düne gefunden, der schon so dünn und glatt war, dass er eine Ewigkeit dort gelegen haben muss. Er fühlte sich an wie festgewordene Seide und hat eine seidige Farbe. Ich habe ihn in diesem Dämmerlicht fotografiert, und er scheint förmlich zu leuchten.
Rasmus.

Lieber Rasmus,
Re du bist nicht der Selbstmordtyp: gut.
Re Foto: Es ist wirklich schön.
Re Rock-'n'-Roll-Klischee: Ich muss dir nicht sagen, dass die Langzeitbeschäftigungsperspektiven echt lausig sind.

Meine Schwester zwingt mich, unter Leute zu gehen. Sie glaubt, ich bräuchte Mitgefühl und Gesellschaft, deshalb hat sie mich zu einem Witwen- und Witwertreffen geschickt – meine Güte, was für ein Wortungetüm, was? Vielleicht wäre es leichter, über all das zu reden, wenn die

Wörter einfacher wären. Man kann einen Witwer nicht als Witwe bezeichnen, oder? Oder umgekehrt, denn trotz all des Hickhacks um Gendersprache und Pronomen und dergleichen sehe ich immer noch eine schmerzerstarrte Frau mit einem schwarzen Schleier und fragwürdigem Schmuck vor mir. Jedenfalls bin ich zu einem Treffen verwitweter Menschen im ersten Stock über einem Pub gegangen. Theoretisch sehe ich ein, dass man sich anfreunden kann, wenn alle dasselbe grauenhafte Erlebnis hinter sich haben, aber tatsächlich taten sie mir alle bloß leid, auch diejenigen, die ziemlich glücklich und zufrieden wirkten und vielleicht schon jahrelang herkommen und ihren toten Partner vielleicht längst vergessen oder nie richtig geliebt haben und nur wegen des Gins und des Schwätzchens kamen, viele Menschen sind ja so schrecklich einsam – Gott, gerade denke ich, dass sie vielleicht gar nicht alle verwitwet waren, sondern auf der Suche. Vielleicht ist dieses Witwer/Witwen-Ding in Wahrheit ja eine heimliche Partnerbörse, und einige waren Trittbrettfahrer, die nur auf ein verwundbares Opfer hoffen, das man ausnehmen kann … Jedenfalls gab es keinen Menschen, neben dem ich auch nur im Schulbus hätte sitzen wollen, ganz zu schweigen davon, mein Herz ausschütten und das andere ausgeschüttet bekommen. Auf der Heimfahrt lief *Just Because You're Strong* im Radio, und bisher habe ich mich nicht getraut, es dir zu sagen, aber dieser Song ging mir immer schon ganz heftig ans Herz und Nico auch – er sagte immer, er erinnerte ihn an seine Mum nach dem Tod seines Dads, und bei dem einen Mal, als ich versucht habe, mit Nico Schluss zu machen (ich hab's auch getan, ist eine lange Geschichte, bin nicht stolz darauf, wegen Fremdgehens, aber nicht auf meiner Seite), hat ihn dieser Song aus der Bahn geworfen. Jedenfalls lief davor *If You Leave Me Now* von Chicago, was schon schlimm genug war, aber als dann auch noch *Just Because You're Strong* kam, trat ich voll auf die Bremse, und der arme Typ im Wagen hinter mir knallte mir rein, und dann hatte ich ... keine Ahnung ... ich denke, so was bezeichnet man als Panikattacke oder so. Jedenfalls saß ich heulend und völlig fertig auf der Bordsteinkante, und der arme Typ wollte mich trösten. Und dann hatte ich auf einmal den Geruch meiner Mam in der Nase. Wie früher, als sie sich über mein Bett gebeugt und »Alles in Ordnung, Schatz, du hast bloß schlecht geträumt. Ist schon wieder gut« gesagt hat, und dann war der Moment plötzlich vorüber. Als ich heimkam, dachte ich: »Scheiße, was, wenn Mam jetzt auch gestorben ist«, also rief ich an, aber es war schon halb elf, und sie dachte, wenn jetzt das Telefon noch klingelt, muss irgendeiner gestorben sein – kurz gesagt, nein, sie war nicht tot und hatte auch nicht an mich gedacht. Sondern es zog nur der Duft nach Maiglöckchen und nach Zigaretten über Nord-London.

Beste Grüße

Roísín

16

Juli, London

Jay lag flach auf dem Rücken auf dem Dach des Alexandra Palace. Hier oben, umgeben vom Wind und dem endlosen Hochsommertag und dem Glas unter sich, war sie furchtlos. Nichts, was ihr Angst machte, hatte irgendetwas mit Wind, Glas oder Höhe zu tun.

Hüte dich! Ich fürchte nichts, und deshalb bin ich stark. Woher stammte das? Jemand hatte es auf einem Anstecker stehen. War es aus *Frankenstein*?

Sie fühlte sich nicht stark. Sondern …

Lass sie in Ruhe, dachte sie. Lass sie zufrieden. Du solltest ihre E-Mails nicht lesen. Tu's nicht.

Rasmus hatte am Laptop gesessen und über irgendetwas gelacht, woraufhin sie ihm über die Schulter gespäht und die Worte *Dolly Parton* und *Socken* gesehen hatte. Der klare Beweis eines freundschaftlichen Austauschs. Mehr brauchte sie nicht zu wissen.

Ein Schwarm kleiner leuchtend grüner Sittiche flog aufgeregt zwitschernd vorbei, so nahe, dass sie ihre rosa Bäckchen erkennen, den Luftstrom ihrer winzigen Flügel spüren konnte. Sie blickte auf die zartgliedrigen, ovalen Blätter der Eschen, die direkt vor ihr in der nächtlichen Brise bebten. Das kurz zuvor niedergegangene Gewitter hatte die tief hängenden Wolken vertrieben, deshalb schwebten nur noch winzige Bäusche und Fetzen hoch oben. Müßig fragte sie sich, ob sie sich wohl zu ihnen emporschwingen und darauf herumhüpfen könnte. Nein, sie sind zu klein und zu schnell. Du brauchst anständige Kumuluswolken, diese dicken Sahnedinger wie auf den Gemälden mit Engeln und Maria, die in ihrem blauen Gewand gen Himmel schwebt …

Hör sich das einer an! Ich liege hier herum und überlege, welche Wolke die beste wäre, um darauf herumzuspringen.

Lass ihn in Ruhe.

Aber ich bin die Einzige, die sagt, dass ich ihn in Ruhe lassen soll. Und wenn ich … was wenn …

Ihre Augen füllten sich mit dicken geisteranomalen Tränen.

Sie blickte über die Baumwipfel, Parkplätze und Baustellen mit den gewaltigen Kränen hinweg, auf die ersten Lichter, den Fluss in der Ferne. Der Abend brach herein, legte sich blau wie der Umhang der Heiligen Jungfrau über die Stadt, begleitet von einem Sonnenuntergang in der rostroten Farbe eines Negroni. Sie hatte noch nie einen Negroni getrunken, aus dem einfachen Grund, weil der Cocktail zu der Zeit, als sie die entsprechenden Bars besucht hatte, noch nicht in Mode gewesen war. Dieses Leben hatten Rasmus und sie hinter sich gelassen, gegen einen von Nebel und den Gezeiten bestimmten Alltag eingetauscht, mit umherwandernden Schafen, laufenden Nasen ihrer kleinen Patienten, Bergen, Moos und Musik und der Unterstützung selbstmordgefährdeter Patienten. Depression. Aber zum Glück nicht mehr die seine: die Luft, das Meer, das Licht, die Stille und der Heilungsprozess hatten alldem das erhoffte Ende bereitet. Ein schönes Leben.

Es ist vorbei, sagte sich Jay. Du kannst das Ganze ehrlicher betrachten. Keiner hört dir zu.

Unser Leben bestand darin, dass ich lernte und er litt. Ein Leben voller Schmerzen, der Bewegungslosigkeit, der Langeweile, der Operationen und dann, endlich, endlich, endlich, der Heilung. Zumindest für ihn. Für mich war es eine Entscheidung. Mit der Entscheidung, welches Leben wir führen wollten, kehrten wir der Möglichkeit für andere Optionen den Rücken. Wie die Leute es nun einmal tun. Die Reduzierung der Alternativen, die mit dem Erwachsenenleben und den Entscheidungen über die Schwerpunkte automatisch einhergeht. Nein zu London, Ja zu den Äußeren Hebriden. Nein zur Band, Ja zum Songschreiben. Nein zur Geburtshilfe und weiblicher Fortpflanzungsfähigkeit, Ja zur Allgemeinmedizin auf dem Land. Nein zu einem Leben als schwarze Frau in einer Gegend, wo auch andere Schwarze leben, Ja zu einem Leben an einem Ort, den Rasmus brauchte. Für ihn. Weil ich ihn liebe.

Jay wusste immer noch nicht, ob er jemals wirklich begriffen hatte, was das bedeutete. Es ging nicht um die Shito-Soße und den Friseur, obwohl es durchaus dazugehörte. Vielmehr ging es darum, Kwames geradezu lächerlich lautes Lachen nicht länger zu hören. Oder jedes andere Lachen auf der Straße, das so ähnlich klang. Keine kleinen Mädchen mehr zu sehen, irgendwelche Mädchen … deren runde Wangen sie an Kwames und Efuas Töchter Aph und Freddie erinnerten. An ihre Mutter. Es ging darum, keine Kirche für Schwarze mehr vor der Haustür zu haben, an der sie sonntagmorgens mit einem Anflug von Gewissensbissen vorbeigehen konnte, weil sie ganz bestimmt keinen Fuß hineinsetzen würde, um die finsteren Blicke der Tanten, in deren Augen sie eine gottlose Göre war. Es ging darum, nicht länger nur ein paar Häuser von Evelyn und Taia entfernt zu wohnen, jederzeit in die U-Bahn steigen zu können, die sie nach Heathrow brachte, wo sie eine Maschine nach Accra brachte. Es ging darum, nicht länger mit Justin und Sophia und Mahmoud und Tomiwa und Leticia zusammenzuarbeiten. Nie wieder diesen typisch heiseren Klang westafrikanischer Stimmen im Ohr zu haben, nicht länger in tiefbraune Augen zu sehen, sondern nur noch selbst welche zu haben, mit denen sie in die Welt hinausblickte. Es ging darum, dass laut einer neuen Studie schwarze Frauen ein fünfmal höheres Risiko als weiße Frauen hatten, bei der Geburt zu sterben, und keine einzige schwarze Patientin in ihrer Praxis zu haben.

Ja, Rasmus hatte ein schlechtes Gewissen deswegen gehabt. Er kannte das Problem. Und sie hatte, nachdem die Entscheidung erst einmal gefallen war, sich angewöhnt, immer schnell abzuwiegeln: »Nein, nein, mach dir keine Gedanken, Rasmus, willst du etwa behaupten, ein schwarzes Mädchen könnte sich nicht nach den Polarlichtern sehnen?« Sie liebte die Polarlichter. Die Angewohnheit hatte sich aus den einfachsten Gefühlsregungen entwickelt – Dankbarkeit und fehlgeleiteten Gewissensbissen.

Sie hatte ihn für seine erlittenen Schmerzen entschädigen wollen, für seine erzwungene Bewegungslosigkeit, wohingegen sie tagtäglich aufgebrochen war, um zu studieren, andere Leute zu treffen und das Leben einer klugen jungen Frau in einer wundervollen Stadt führen zu können. Während er herumlag, seine Physioübungen machte und sich wie ein alter Mann bewegte. Und zahlte. Er hatte ihr das Studium finanziert. Als er also die Stadt verlassen wollte, hatte sie sich bereit erklärt, dort zu leben, wo er leben wollte, sogar musste, sowohl um seiner seelischen als auch seiner körperlichen Genesung willen. Sie hielten zusammen in Krankheit und in Gesundheit, und abends las sie alles darüber, wie die Gesundheit von Schwarzen und von Frauen allgemein über Jahrhunderte hinweg gelitten hatte, weil der Standardkörper männlich und weiß war, und wagte sich auf verbotenes Terrain ihrer Fantasie: Was wäre gewesen, wenn … Es waren nicht nur die fehlenden Cocktails, die sie bereute.

Dann war Nico plötzlich neben ihr. Sie setzte sich auf.

Nach einer Weile streckte er den Arm aus und zeigte ihr alles Mögliche: Roísíns Büro, die Straße, wo sie wohnte, seine alte Schule, den früheren Woolworth, wo er 1996 einen Nagellack geklaut hatte. Und Jay machte ihn auf andere Dinge aufmerksam: den Fluss, das Meer, den Horizont hinter den Gebäuden. Menschliche Erfahrungen. Das Universum.

»Wie war dein Tod, Jay?«, fragte er.

»Keine Ahnung«, antwortete sie. »Ich habe es einfach getan, habe losgelassen, woran ich mich geklammert hatte. Im Grunde lag ich schon lange im Sterben.« Die Antwort fühlte sich nicht zufriedenstellend an.

»Und deiner?«

»Keine Ahnung«, sagte er. »An den Moment kann ich mich nicht erinnern. Die Umstände waren … wie eine Explosion. Plötzlich, unerwartet fortgerissen, um mich tretend und schreiend, einfach niedergestreckt … Was ist mit deiner Beerdigung? Warst du dort?«

»Ja«, antwortete sie.

»Ich auch auf meiner«, sagte er und lächelte.

Unter ihnen strebten die Besucher des Parks und des Museums zum Ausgang, um sich auf den Heimweg zu machen, während andere den lauen Abend begrüßten wie ein Löwenrudel, das sich irgendwo niederlässt. Stimmen wurden lauter, Musik drang leise herauf. Die seltene Schönheit einer warmen Sommernacht in London. Heute werden sie es überall in den Parks und in verborgenen Ecken treiben, dachte sie, aber sie wollte nur nach Hause. Ich bin diejenige, die tot ist, die trauert – um das Leben, das ich nicht hatte, von dem ich aber gehofft hatte, ich bekäme es zurück, wenn es ihm erst besser ginge. Wenn ich mal an der Reihe wäre.

Aber jetzt wollte sie nur nach Hause. Zu Toast und Marmite-Aufstrich. Vor dem Fernseher abhängen. Zu Rasmus.

Marmite, Negronis, Ehrgeiz. Das Leben, das ich hatte, all die Leben, die ich nicht hatte.

Ich bereue nichts.

Ach, Schwachsinn. Wer sagt, er bereue nichts, lügt. Wie psycho muss man sein, um so etwas zu behaupten?

»Nach dem nächsten Auftritt übernachtet er bei ihr«, erklärte Nico in sorgsam reserviert-höflichem Tonfall. »Soweit ich weiß.«

»Liest du ihre E-Mails?«

»Du etwa nicht?«, fragte er.

»Nein. Ich schaue hier und da mal rein, weil ich …« Sie hatte »Einfluss auf sie nehme« oder »sie in eine Richtung dirigiere« sagen wollen, doch die Worte fühlten sich nicht richtig an, als sie ihr auf der Zunge lagen. »… auf ihrer Seite bin«, sagte sie schließlich.

»Wir sind beide auf ihrer Seite«, meinte Nico. »Bloß hält einer von uns beiden das Ganze für ziemlich mies.«

»Sich bei ihr über Nacht einzuladen ist keine Anmache«, sagte sie. »Er meint es genauso, wie er es sagt. Er braucht eine Bleibe für die Nacht und will lieber bei ihr übernachten als in einem Hotel.«

Nico warf ihr einen »Ich bitte dich … ich kenne doch Männer«-Blick zu.

»Ehrlich«, sagte sie, »du magst Männer kennen, aber diesen einen kenne ich nun mal besser. Glaub mir, das wird dauern.«

»Das Problem ist«, erwiderte er nachdenklich, »dass sich mir der Gedanke förmlich aufdrängt, du könntest versuchen, eine frischgebackene Witwe mit deinem charismatischen, süßholzraspelnden Rockstar-Ex zu verkuppeln, nur weil du's kannst …«

»So ist es aber nicht«, unterbrach sie ihn gekränkt. »Ich

versuche nicht, ihm einen Harem oder Horden von Groupies zu beschaffen. Du lieber Himmel … und ich bin auch NICHT hinter deinem Geld her, nur damit das klar ist.«

»Ja, tut mir leid«, sagte er. »Das war Quatsch. Ich bin ein bisschen überempfindlich.«

»Und er ist auch nicht mein Ex«, fuhr sie fort, immer noch nicht vollständig besänftigt. »Wir haben uns nicht getrennt. Das ist nicht dasselbe, wie gerade du wissen solltest.«

»Stimmt«, räumte Nico ein. »Entschuldige. Jemand hat mich im Gespräch mit Roísín als ihren Ex bezeichnet, was mich tief gekränkt hat. Das ist immerhin ein Trost, oder nicht? Man kann nicht mehr zusammen sein, aber wenigstens hat man sich nicht getrennt. Und man liebt sich auch jetzt noch.«

Eine Zeit lang herrschte nachdenkliches Schweigen. Denn – ihre Liebe. Was nützte sie denn jetzt noch?

»Ernsthaft«, sagte Jay nach einer Weile. »Er will keinen Sex, nur um Sex zu haben. So war er nie. Er möchte Sex mit einer Frau, die ihn anzieht. Und er will sie gut kennen. Er ist einer, der es langsam angeht.«

»Aber trotzdem einer, der es angeht«, bemerkte Nico.

»Wenn du das wirklich denkst, Nico«, gab sie zurück, »und nicht die Trauer, Eifersucht oder dein Besitzdenken aus dir spricht, bist du ein echter Arsch. Ich glaube nicht, dass du einer warst, aber vielleicht liege ich ja falsch.«

»Du gehst nie davon aus, dass du falschliegst«, erwiderte er. »Das ist mir schon aufgefallen.«

Es war nicht das erste Mal, dass sie das zu hören bekam. Es ärgerte sie.

»Wenn ich davon ausgehen würde, dass ich falschliege, würde ich ja etwas anderes denken, oder?«, sagte sie. »Jeder glaubt, dass er recht hat, sonst wäre er ja nicht überzeugt von dem, was er glaubt. Nur weil jeder glaubt, er sei der Gute hier. Wir können doch bestenfalls zugeben, wenn wir etwas nicht wissen oder wenn wir herausfinden, dass wir uns geirrt haben … Aber eines kann ich dir sagen … etwas, das ich mit absoluter Sicherheit weiß – wir reden hier von einer wissenschaftlich abgesicherten Tatsache. Die beiden werden sich lange unterhalten, und er wird auf dem Sofa übernachten. Und er wird sie nicht bloß nicht anrühren, sondern auch nicht mal darüber nachdenken. Lass dich nicht von den üblichen Ansichten in die Irre führen. Nicht alle Männer sind sexgierige Rüpel.«

Nico blinzelte. Überall in der Stadt glommen die Lichter auf, breiteten sich vor ihnen aus wie ein Juwelenteppich über einem Sumpf.

»Trotzdem gefällt es mir nicht«, beharrte er.

»Jetzt gerade gefällt es mir auch nicht«, räumte sie ein. »Ehrlich gesagt gefällt es mir ganz und gar nicht, und ich wünschte, ich wäre nie krank geworden und nie gestorben, und ich wünschte, ich würde noch leben, wäre gesund und könnte alles tun, was ich immer als selbstverständlich betrachtet habe.«

»Ich auch«, flüsterte er.

Jay beugte sich vor und sah ihm in die Augen. »Ich verspreche es dir, Nico«, sagte sie. »Er wird nett zu ihr sein. Und selbst wenn ich mich irre, können wir einen Scheißdreck dagegen unternehmen.«

17

Juli, London

Ganze Wochenenden hatte Roísín im Bett gelegen, das Frühjahr über bis in den Sommer hinein. Wieso auch nicht? Im Lauf der Wochen waren die vielfältigen Grünschattierungen der Frühlingsblätter ineinander verschmolzen, hatten sich zu einem einheitlich satten Farbton vereint. Die Tulpen waren verschwunden, dafür standen die Rosen nun in voller Blüte. Sie konnte den Kopf heben und die gesamte Pracht vor dem Fenster bestaunen. Juhu!

Es war Juli. Irrwitzig lange, helle Nächte ohne nennenswerte Dunkelheit, immer noch herrschte ein leises Gefühl der Haltlosigkeit. Nachts lag sie wach, arbeitete sich durch ihren Rosenkranz der Zweifel und Befindlichkeiten: der fehlende Körper neben ihr; die um ihre Beine verhedderte Bettdecke; die Wärme des Kissens (also umdrehen); die Frage, ob kochend heiße Füße das Zeichen einer Erkrankung oder sonstiger Unpässlichkeit sein könnten; ob sie oder er oder sie beide irgendwelche Hinweise auf seine Herzerkrankung bemerkt haben müssten; das hochsommerliche Licht vor den Vorhängen um vier Uhr morgens; Verärgerung, weil sie die Augen aufgeschlagen hatte, was alles noch schlimmer machte; der Versuch, sie wieder zu schließen und vom Zustand des Bewusstseins in die dunkle Welt des Schlafs zurückzugleiten, die Aufmerksamkeit auf die Augenhöhlen hinter der Stirn zu richten; sich zu ermahnen, schön ruhig zu atmen, tiefe, gleichmäßige Atemzüge anstelle dieses flachen Hebens und Senkens. Aufzustehen, um das Laken straffzuziehen, denn es könnte ja dieses eine winzige Detail sein, das über Schlaf oder Nichtschlaf entschied. Fantasiereisen. Die Sehnsucht, unter Wasser zu sein. Die Grübeleien wegen des Geldes. Die Ausstellung des Erbscheins ging nicht von heute auf morgen; irgendwann würde sie seine Sachen weggeben müssen, auch wenn sie Rasmus gegenüber so große Töne gespuckt hatte. All die vielen Dinge, die man unbedingt tun muss.

Regale voll medizinischer Fachzeitschriften! Roísín dachte an Jay: Allgemeinärztin auf den Äußeren Hebriden, Ghanaerin, die aus der Praxis nach Hause kam und Medizinjournale las. Wieso sind sie dort hingezogen?, überlegte sie. Sie hätten doch überall hingehen können.

Ich könnte überall hingehen.

Manchmal war es morgens, als hätte sie Nico wie ein Kleidungsstück übergestreift, ihn förmlich um sich geschlungen. Um sich sicher zu fühlen, Trost zu bekommen, nicht allein sein zu müssen.

Sie hatte sich wieder den Kopf rasiert. Sechs Millimeter.

Der Sommer würde vergehen, ebenso wie die Zukunft, wie immer, langsam und unbemerkt, bis sie zum Jetzt geworden war. Aber wer konnte im Juli wissen, was im Dezember sein würde?

Es gab viel zu tun. Das Leben, das sie kniff und anstachelte: Ich bin noch da. Komm, lebe mich. Du hast deine Arbeit, die du erledigen musst, Gigs müssen gefilmt, dieser verwitwete Rockstar interviewt werden.

*

Am Tag des Auftritts in der Albert Hall wuchs Roísíns Anspannung mit jeder Minute: wegen des bevorstehenden Abends, der Musik, des Essens, des Übernachtungsgasts. Weil sie etwas tat, was Nico gefallen hätte, er aber nicht Teil davon war. Es ging ihn nichts an. Die Toten haben nichts zu sagen. Der heutige Abend war sozusagen Post-Nico.

Post-Nico. Was für ein Schlag in die Magengrube!

Und auch die Aussicht auf das Interview setzte ihr zu. Das, wie sie hoffte, diesmal auch wirklich mit ihm abgesprochen war. Mit jemandem ein Interview zu führen ist mit großer Verantwortung verbunden und an sich schon aufregend, wenn man denjenigen aber auch noch auf beruflicher Ebene bewundert, wird es gleich doppelt schwierig. Und die Tatsache, dass er verwitwet war. Er hatte ihr eine Menge Dinge anvertraut. Sollte sie darauf eingehen?

Nein, schließlich war sie kein schäbiges Drecksweib von irgendeiner Boulevardzeitung.

Was sie einander in den E-Mails schrieben, war real, wahrhaftig, verbindlich.

Der Spagat zwischen der beruflichen und der persönlichen Seite würde natürlich zum Problem werden, deshalb verbot sich Roísín jeden Gedanken daran. Dem Wunsch, beides auf einmal zu haben, fühlte sie sich nicht gewachsen.

Sie hatte ein paarmal mit Nico darüber geredet – natürlich nur in ihrem Kopf und auch nicht auf dieselbe eindringliche Weise wie am Anfang, mit diesem Gefühl, er sei direkt neben ihr. Inzwischen hatte er sich merklich entfernt, zumindest heute.

Manchmal schien er plötzlich wieder da zu sein, mit der Trauer, die er wie einen silberfarbenen Umhang hinter sich herschleifte, und brachte ihr ganzes Leben wieder gehörig ins Wanken. Die Trauer kommt in Wellen, heißt es immer. Mal war sie nur ein leises Plätschern um die Zehen, dann wieder eine schaumige Woge mit der Wucht eines Tsunamis.

Vierzig Tage sind eine traditionelle Trauerphase, eine Art magische Zahl. Sieben Nächte, vierzig Tage, hundertundein Tag, ein Jahr und ein Tag. Wie in den irischen Volksliedern und Märchen. *I am Stretched on Your Grave*, das Lied hatte ihre Mutter immer auf Irisch gesungen: *Táim sínte ar do thuama … Solange du in dem kalten Grab liegst, wird mir niemals wieder warm sein*. Aber diese Phase verläuft nicht linear, folgt keiner stetigen Entwicklung. Großer Gott, eines Tages wäre ein ganzes Jahr vorüber, und Nicos erster Todestag stünde vor der Tür. Allein die Vorstellung ließ ihn noch mehr tot sein.

Wann immer ich schwimme, liege ich ausgestreckt auf deinem Grab. Im wahrsten Sinne des Wortes, dachte sie. Weiter, Roísín.

Loszuziehen und sich der Welt zu stellen, war ein Riesenschritt. Auf eine merkwürdige Art fühlte es sich beinahe wie ein Date an. Keines mit Rasmus, natürlich, sondern eines mit – der Zukunft? Mit der Option, eines Tages wieder eine Zukunft zu haben? Ein Leben?

18

Juli

Liebe Roísín,
ich habe allen gesagt, dass man dich in den Backstagebereich vorlassen soll, und kann nur hoffen, dass es auch angekommen ist. Hier ist meine Handynummer. Ich kann dir nicht versprechen, dass ich wirklich rangehe, weil ich gar nicht weiß, wie das geht. Deshalb ist es besser, mir eine SMS zu schicken, weil es einfacher für mich ist, eine Nachricht zu sehen. Aber natürlich stehst du als wichtige Regisseurin ja ohnehin auf der Gästeliste. Oder wenn du jetzt schon weißt, wann wir etwas essen wollen, kann ich dich auch abholen, das dürfte einfacher sein.
Noch etwas: Ich weiß nicht, ob du das weißt, aber offenbar habe ich tatsächlich zugestimmt, mich von dir interviewen zu lassen, und SIE wollen, dass wir das bei meinem London-Besuch machen. Wir müssen also eine Möglichkeit finden, das zu erledigen.
Beste Grüße von Rasmus.

Liebe Roísín,
könnte ich vielleicht vor dem Auftritt zu dir nach Hause

kommen und meine Sachen abstellen? Ich brauche meine Reisetasche während des Soundchecks nicht.
Beste Grüße Rasmus.

Lieber Rasmus,
natürlich kannst du das machen, aber ich werde nicht zu Hause sein. Der Ersatzschlüssel liegt (absurderweise) unter dem Blumentopf, wo ihn jeder bösartige Nachbar gut sehen kann.
Ich wusste, dass sie ein Interview vereinbaren wollten, fand es aber klüger, es über die offiziellen Kanäle laufen zu lassen, sonst hätte es nur ein Durcheinander gegeben.
Roísín

Liebe Roísín,
alles klar. Wir können es ja danach machen. Oder am nächsten Tag?
Rasmus.

19

Juli, London

Wichtige Filmregisseurin! Die Worte gingen Roísín noch im Kopf herum, als sie aus der U-Bahn stieg. Das lässt sich auf viele Arten interpretieren, dachte sie. Ist es eine eindeutige Anerkennung meiner Funktion und Bedeutung? Wohl kaum. Ich gehöre schließlich nicht zu den legendären Dokumentarfilmern wie D.A. Pennebaker oder Penelope Spheeris. Ein herablassender Witz? Nein, das auch nicht – obwohl es aus dem Mund eines *anderen Mannes* durchaus möglich gewesen wäre. Sarkasmus? Nein.

Sie war ziemlich sicher, dass sie ihn danach fragen konnte. Genau das würde sie auch tun. Nach dem Interview. Etwas an ihm mahnte sie, sich von ihrer besten Seite zu zeigen. Er könnte immer noch die Flügel ausbreiten und davonfliegen.

Die letzten Tage hatte sie damit zugebracht, sämtliches Material zu sichten, das sie über die Capos finden konnte, mit Rasmus und ohne. Naive Interviews aus den Anfangszeiten, wacklige YouTube-Aufnahmen, Handy-Mitschnitte von Auftritten in Spelunken, ultraprofessionelle Aufnahmen auf isländischen Vulkanen oder schicken Cocktailbars in Hongkong. Live-Gigs im Radio. Fantreffen in Idaho,

Florida und Austin, Texas. George in Anzug und Krawatte, wie er mit Fans flirtete, die ihn um ein Autogramm anbettelten. Nigel, der Drummer, mit Leichenbittermiene im Lurex-Jogginganzug. Cole, der Bassist, hatte eine Kippe zwischen die Saiten über dem obersten Bund geklemmt. Rasmus, einundzwanzig, stakste grinsend über die Bühne, warf den Kopf in den Nacken, spielte wie der leibhaftige Teufel. George Vechten sah ihm lachend zu. Was steckt dahinter?, fragte Roísín sich. Bewunderung? Kameradschaftlichkeit? Neid? Rasmus, wie er George beobachtete. Die elegante, langgliedrige Sängerin – Oh, das ist sie! Das muss Jay sein –, die beide abwechselnd ansah. Und als sie sang, Wahnsinn!

Alles ergab plötzlich einen Sinn. Diese Löwin in ihrem winzigen Lederkleid ist die Sängerin, die er geheiratet hat. Die später Ärztin auf den Hebriden wurde. Die gestorben ist.

Roísín sah sich den Clip wieder und wieder an, die Überschwänglichkeit, Leidenschaft und Energie, die sie alle verströmten, diese blutjungen, unglaublich gut aussehenden Menschen. Eyeliner, dünne Beine, wilde Frisuren. Bestimmt hatten sie die ausgelassensten Aftershow-Partys gefeiert.

Es schien nicht festgelegt zu sein, wer welche Songs sang, manchmal war es George, manchmal Rasmus. Oft auch beide gemeinsam. In den offiziellen Videos der Singles stand George im Vordergrund, Rasmus hielt sich zurück: George hockte auf einem Baum und ließ seine dürren Beine baumeln, während Rasmus mit einem scheuen

Lächeln hinter dem Stamm stand. Sie versuchte, sich an die Live-Auftritte zu erinnern: Nigel mit einer Tiermaske auf dem Kopf, Rasmus, der an den Bühnenrand trat, groß und hager, den Blick neugierig auf das Publikum gerichtet, als wären Menschen eine Spezies, die er nicht ganz verstand, die Gitarre wie eine Geliebte im Arm und mit einer Stimme, die einen unweigerlich in ihren Bann schlug, ehe er zusammen mit George die Bühne rockte.

Dann ein weiterer Live-Clip: *Love Ain't Listening*, aufgenommen während ihrer US-Tour. Rasmus und Jay im Duett – wie zwei Turteltäubchen. Sie teilten sich ein Mikro, ihre Blicke verschmolzen ineinander, mit Ausnahme kurzer Momente, wenn sich einer abwandte, um ein Grinsen zu unterdrücken. Als könnten sie selbst ihr Glück kaum fassen. Wie er sie anlächelte. Sie, die ihren Kopf praktisch auf seine Schulter gelegt hatte und ihn ansah, während er sich vorbeugte, sodass sich ihre Stirnen berührten. Ihre Stimmen, die eins wurden. Scheiße! *Doo doo d'doo doo doo …*

Diesen Clip sah sie sich kein zweites Mal an. Weil es … nun ja, es war fast, als platze man in ihre private Aftershow-Party.

Bei den späteren Clips, die Capos ohne Rasmus, spürte sie, dass etwas anders war, konnte es jedoch nicht genau benennen. George war immer noch George, die Band immer noch die Band, der neue Gitarrist beherrschte sein Handwerk (genauso wie die Kollegen, die auf ihn folgten), die alten Songs waren die alten Songs, die neuen aber nicht mehr so interessant. Es war, als hätte eine ungewöhnliche, sexy, kunstfertige Band, die auf ihrem weiteren Weg noch viel ungewöhnlicher, sexyer und kunstfertiger hätte werden sollen, eine Rückwärtsentwicklung vollzogen und sei in eine klischeehaft maskuline Überschaubarkeit verfallen. Die Capos ohne Rasmus waren die gewohnt populäre Mischung aus Macho-Stampf und Melancholie, radiokompatibel mit vorhersehbaren Melodien und einfältigen Texten, wie man sie von all den anderen Rocksongs kannte. Und live – die Capos ohne Rasmus waren wie ein Steak ohne Salz und Pfeffer.

Und es war absolut dämlich von ihnen gewesen, auch Jay gehen zu lassen. Es gab keinen Ersatz für sie und auch keine Backgroundsängerinnen, stattdessen wurde die Musik geradlinig rockiger. Die Jungs eben. *Love Ain't Listening* war das einzige Duett in ihrem Repertoire und tauchte nach der ersten Tour auf keiner Playlist mehr auf.

Roísín wollte so gern erfahren, was Rasmus all die Jahre oben in Schottland getan hatte. Von ihm.

Die Leute von der Produktionsfirma hatten eine Liste mit Fragen geschickt, die sie gestellt haben wollten, und meinten, Rasmus hätte zugestimmt. Puh! Roísín war supernervös, aber auf eine positive Art. Sie konnte es kaum noch erwarten.

Sie hatte die Albert Hall kurz verlassen, um frische Luft zu schnappen und den besseren Handyempfang für ein Telefonat zu nutzen, weil sie wissen musste, mit welcher Lautstärke die Capos spielen und ob sie die Sandsäcke zur Stabilisierung der Stative für Kamera vier und fünf oben an der Treppe brauchen würde, als Rasmus mit dem Gitarrenkoffer auf dem Rücken die Straße heraufkam. Um sich nicht diesen qualvollen Sekunden auszusetzen, einander über das gute Stück Weg hinweg anlächeln zu müssen – diese peinlich »Kann er mich sehen/Jetzt denkt er, ich sehe zu, wie er näher kommt/Soll ich winken?« –, beschloss sie, so zu tun, als hätte sie ihn nicht bemerkt.

Entweder tat er dasselbe, oder aber er starrte tatsächlich gedankenverloren auf seine Stiefel. Schließlich sah er auf, sie winkte und beendete ihr Telefonat.

»Du bist es wirklich, was?«, sagte er. »Ich war nicht sicher, ob ich dich unter all den Leuten da drinnen wiedererkennen würde. Ist denn viel los?«

»Ja«, antwortete sie, während sie unvermittelt das Gefühl überkam, dass dies im Grunde eine Art erstes Date war, dass er eine Art Schleier über seinem unbestreitbaren Charisma trug, das Frauen begeistern konnte, und dass er nicht schwach, zerbrechlich oder gar verletzt, sondern in Gefahr war.

Ihre Begrüßung gipfelte in einer Beinahe-Umarmung – Roísín wurde mit einem Mal leicht schwindlig, sodass sie ins Schwanken geriet, er umfasste ihren Ellbogen, sie lächelte ihn dankbar an, während sie sich eilig fing. Gemeinsam gingen sie wieder hinein, um den Tisch herum, wo Shireen gerade alles noch einmal überprüfte. Rasmus legte seinen Gitarrenkoffer auf den Boden, öffnete ihn und nahm einen leicht zerdrückten KitKat-Riegel heraus.

»Für den Blutzucker«, erklärte er und reichte ihn Roísín, ehe er in Richtung Backstage davonschlenderte.

Sandsäcke. Wenn nicht für die Stative, dann definitiv für mich, dachte sie.

Es war alles zu viel. Wünsch mir Glück, Nico.

Konzentrier dich.

*

Rasmus' Herz drohte förmlich zu platzen, als er auf die Bühne trat, erfüllt von einer überwältigenden Mischung des Gefühls, das Richtige zu tun und zugleich verletzlich zu sein, erfüllt von Nervosität und Liebe, von Sicherheit und Angst. Er hatte sich einen winzigen Schluck von Dougies selbst gebranntem Whiskey gegönnt, der ein wenig half. Alles war bereit: Seine Gitarren ruhten, fertig gestimmt und vorbereitet, in den Ständern, die Gretsch hing auf seinem Rücken, vor ihm das wartende Publikum im Dunkel. Er konnte sie spüren, im Saal, auf den samtbezogenen Sitzen im Parkett, in den üppig verzierten Balkonen und Rängen. Alles schimmerte in Rot und Gold, in feudaler viktorianischer Noblesse. Er kannte den Saal so gut, den Queen Victoria zu Ehren Alberts, ihres geliebten gut aussehenden Prinzgemahls und Vaters ihrer zahllosen Kinder hatte erbauen lassen. Eine schöne Geste, fand er.

Er wandte sich dem Publikum zu, all den erwartungsvollen Menschen, als plötzlich winzige Lichtpunkte zu glimmen begannen.

Fotografierte da jemand?

Aber es war nicht dieses aggressive Aufblitzen unerlaubter Aufnahmen, sondern …

Oh, jetzt verstand er. Das Pendant zu den Feuerzeugen, wie man sie früher hatte. Fünfeinhalbtausend leuchtende Handys wurden geschwenkt. Es war eine schimmernde wogende Masse, wie ein mystisch glimmender Unterwassertausendfüßler. Die beseelte Sympathie all dieser Menschen wehte ihm entgegen, hüllte ihn ein, ihr herzlicher Willkommensgruß.

Er trat vor das Mikrofon und kaute an seinem Zeigefingernagel.

»Danke«, murmelt er. »Sehr nett von euch«, worauf lauter Jubel aufbrandete, der ihn so rührte und zugleich überraschte, dass er zurückwich, während ihm dämmerte, dass das, was er gleich tun würde, am Ende doch sehr, sehr schwierig werden würde.

Er dachte darüber nach, bis der Applaus und der Jubel allmählich verebbten.

Dann beugte er sich vor, ganz nahe ans Mikro, quasi direkt an ihre Ohren.

»Meine Frau ist gestorben«, sagte er leise. »Das wisst ihr wahrscheinlich. In diesen Songs geht es … darum. Um das mit dem Tod.«

Ein leises Raunen ging durch den Saal. »Die Songs sind neu«, fuhr er fort. »Ich hoffe, sie gefallen euch.«

Ein Publikum ist wie ein riesiges Tier, in dem viele Herzen sich zu einem einzigen Schlag vereinen, zahllose Ohren zu einer Wahrnehmung verschmelzen. Man kann seine Stimmung am Geräusch seines Atems ablesen, an der Neigung des Kopfes. Hier war es ein stilles, nachdenkliches, erwartungsvolles Geschöpf. Ein Tier, das zu lieben bereit war. Was es auch tat. Er schenkte ihnen sieben Songs: vier mit der Gitarre, drei am Klavier, keine Zugabe. Geschichte erzählt. Während er spielte und sang, blickte er hoch, ließ den Blick über die Menge schweifen, als erwarte er, Jay in einer der goldverzierten Logen zu sehen, oder in einer der Spandrillen über den Rundbogen, auf einem der Tragbalken, einem Lichtmasten oder Kronleuchter, vorgebeugt, um ihn besser hören zu können. Es war, als singe er für sie, und er wusste, dass auch sie es wussten, seine Zuhörerinnen und Zuhörer.

*

Jay und Nico saßen wie ein Paar Skulpturen ganz vorn in der königlichen Loge. Jay sang leise die Harmonien mit, Nico sah zu und lauschte und beschloss, dass er nie wieder einem Auftritt von Rasmus beiwohnen würde. Nicht etwa, weil er nicht gut gewesen wäre. Ganz im Gegenteil.

Vielleicht sollte ich einfach hierbleiben und ihn für immer heimsuchen, dachte Jay. Ihn ansehen. Meinen wunderschönen Ehemann.

*

In der Pause nach Rasmus' Auftritt ging Roísín ein weiteres Mal nach draußen. Sie blickte auf das fantastisch-opulente, außergewöhnliche Albert Memorial mit dem Sockelfries aus Marmor, auf dem Philosophen, Architekten, Dichter, Maler und Bildhauer in Lebensgröße dargestellt waren, und den vier Eckpfeilern mit üppig gestalteten Tieren – ein Elefant für Asien, ein Stier für Europa, ein Kamel für Afrika und eine Art Büffel für Amerika –, das Queen Victoria für ihren geliebten, früh verstorbenen Prinzgemahl hatte errichten lassen, während sie daran dachte, was Rasmus im Gedenken an seine Frau gerade auf der Bühne gezeigt hatte. Ich kann nicht viel für dich tun, Nico, dachte sie. Kein Grabstein. Eine verdammte Seebestattung, du egoistischer Blödmann ... ich kann noch nicht mal eine Rose auf deinem Grab pflanzen ... Ach, hör schon auf, dachte sie, zog ihr Handy heraus und rief Instagram auf. Da waren sie. Sie und Rasmus, im Web: *Der verlorene Rocker der Capos mit geheimnisvoller kahlrasierter Schönheit,* dazu viele, viele Kommentare und viele, viele Likes.

Nicht im Traum wäre sie darauf gekommen, dass es so sein würde. Aber offenbar waren die Geschmäcker mittlerweile so vielfältig, dass selbst Rasmus als köstliches Häppchen auf dem Promibuffet des Internets präsentiert werden konnte – als Leckerbissen für poesieinteressierte Männer eines gewissen Alters und eingefleischten *Rock's Backpages*-Lesern. Praktischerweise hatte jemand sie getagged, deshalb war die »geheimnisvolle kahlrasierte Schönheit« sehr schnell enttarnt – sie hatte noch nicht einmal richtig Gelegenheit gehabt, es auszukosten. Sie kicherte.

Hier gibt's nichts zu sehen, Leute, postete sie darunter. *Geheimnisvolle kahlrasierte Schönheit filmt bloß den Auftritt mit dem verlorenen Rocker der Capos, das ist alles.*

Nach der Show herrschte organisiertes Chaos: Überall standen aufgeregte Wichtigtuer herum, Techniker in schwarzen Jeans wuchteten riesige schwarze Kisten und Boxen mit der Ausrüstung hin und her. Shireen und die Jungs packten sichtlich zufrieden zusammen. »Ich schick dir spätestens morgen früh den Link mit dem Rohmaterial«, rief sie, während in einem der Räume im Korridor hinter der Bühne die erste Aftershow-Party anfing. Roísín ging die Treppe neben der Bühne hinunter, vorbei an den Security-Leuten, schob sich lächelnd durch die Konzertbesucher, durch ein Gewirr aus Wangenknochen, fliegendem Haar und klirrenden Gläsern. Berühmte Gesichter. Sie war ziemlich sicher, dass Rasmus nicht hier sein würde, weil ihm alle nur an den Hacken kleben würden.

Sie versuchte, ihm eine Nachricht zu schicken: kein Netz.

Sie machte sich auf den Weg Richtung Garderobe, was jedoch an einem schweigsamen Sicherheitsmann von der Größe eines Elchs scheiterte.

Schließlich entdeckte sie Rasmus am Ende eines vollgestellten Korridors. Er trug seine Jacke und hatte sich den Gitarrenkoffer auf den Rücken geschnallt, während eine Frau ihm etwas erzählte, das sie schrecklich wichtig zu finden schien, und sich fünf weitere um sie geschart hatten und lauschten. Seine Miene wechselte zwischen Besorgnis und Verzweiflung, seine Augen schimmerten. Roísín winkte. Sie kam sich wie eine Idiotin vor. Winkte noch etwas heftiger.

Er fing ihren Blick auf, konnte sich aber nicht loseisen. Sie drängte sich zu ihm vor.

»Entschuldigung«, trompetete sie mit geziert-aktzentfreier Stimme, mit der sie Nico früher zum Lachen gebracht hatte, wenn er wieder einmal mit dem Rest der Welt im Clinch lag. »TUT MIR FURCHTBAR LEID, ABER RASMUS WIRD GEBRAUCHT, SORRY! ER IST GLEICH WIEDER HIER, WENN ES IHNEN NICHTS AUSMACHT. HIER ENTLANG, BITTE, RASMUS …«

Einen Moment lang sah er erschrocken zu, wie sie sich durch die Fans schob, doch kaum hatte sie seinen Arm gepackt und zerrte ihn regelrecht mit sich, mimte er einen Hustenanfall, um sein Gelächter zu kaschieren. Wie zwei ungehorsame Kinder drängelten sie sich zwischen den Fans hindurch, weg von ihren Fragen, ihrem Rangeln um seine Aufmerksamkeit.

»Bühneneingang«, zischte er, »hier lang« und dirigierte sie in einen anderen Korridor. Schon bald hatten sie die Orientierung verloren, rannten eine kurze Treppe hinauf, bis auf einen Schlag das Labyrinth hinter ihnen lag und sie mitten auf der Bühne standen. Atemlos blickten sie in den Zuschauerraum, der bis auf eine Handvoll Putzleute leer war.

»Danke!«, sagte er, während sie immer noch über ihre Unverfrorenheit kichern musste.

Er sah nach oben, ringsum durch den Raum, dann wieder auf Roísín.

»Was ist dein Lieblingssong?«, fragte er und löste den Gitarrenkoffer von seinem Rücken.

»Keiner von den neuen«, sagte er. »Sondern von den

älteren.« Plötzlich wirkte er verlegen. »Ich nehme an, du kennst sie …« Er hielt inne.

»Ja, das tue ich tatsächlich«, erwiderte sie, als liege das auf der Hand. »Ehrlich gesagt kann ich die Texte sogar auswendig. Ich hatte die Platte als Special Edition, und das Blatt mit den Texten hing an der Wand in meinem Zimmer.« Neben einem Foto von dir, dachte sie, sprach es jedoch nicht aus.

»Neben einem Foto von mir?«, fragte er, rein aus Spaß, aber sie spürte, wie ihr plötzlich die Farbe aus dem Gesicht wich. »Äh …«, stammelte sie. »Nein!«, sagte er, woraufhin sie erklärte: »Doch, na ja, tatsächlich … Ich meine, es war die Band, nicht nur du allein.« Beide brachen in Gelächter aus, und er blickte sie aus seinen silbrigen Augen an.

»Das ist entweder rasend komisch oder total peinlich«, sagte er. »Allerdings bin ich nicht sicher, was auf wen zutrifft.«

»Beides auf beide«, erwiderte sie und dachte: Aber bestimmt wird er doch jetzt nicht für mich singen! Verdammt, verdammt, verdammt!

»Also?«, fragte er. Ein heißer Stich durchfuhr sie, und sie machte eine abwehrende Geste, ehe sie *»Love Ain't Listening«* sagte.

Und dann nahm er seine Gitarre heraus, stimmte sie und spielte. Für sie, für die Leute von der Putztruppe, die nach vorn kamen, lachten, klatschten und mitsangen: *»And I am happy on the bus, and I am dancing on the doorstep … doo doo, d'doo doo doo, doo, d'doo doo doo …«* In jedem stiegen Erinnerungen auf, fluteten durch die

Gedanken und die Herzen, und minutenlang waren alle glücklich, im Bann der Macht des Songs, erfüllt von der Freude über dieses unerwartete Privatkonzert, etwas, in dessen Genuss sonst nur jene kamen, die reicher waren und mehr Glück hatten.

*

Nico saß mit Jay einige Reihen weiter hinten, auf einem mit rotem Samt bezogenen Sitz, der viel zu schmal für ihn war, und sagte leise: »Ich wusste ja, dass sie ihn gut findet, aber dass sie ein Foto von ihm an der Wand hängen hatte, war mir neu.«

Ein leicht verkniffener Zug lag um Jays Mund. Eigentlich wollte sie etwas Beschwichtigendes sagen, doch das hatte sie schon so häufig getan, und es fiel ihr schwer, tatenlos zuzusehen.

Als Rasmus geendet hatte, zeigten die Putzleute Roísín und Rasmus einen Notausgang, der in den Hinterhof führte, sodass sie Fotografen und Fans aus dem Weg gehen konnten.

Taxis fuhren im bläulichen Schein der Abenddämmerung an Jay und Nico vorbei, hinter ihnen erhob sich das Albert Memorial.

»Wir lassen sie los, oder?«, sagte Nico und sah Roísín und Rasmus nach.

Jay nickte.

Es war, als würden sie zum zweiten Mal sterben, deshalb

standen sie reglos da, fühlten sich mit einem Mal nutzlos und überflüssig.

»Wir sind ja regelrechte Anstandswauwaus«, meinte Nico.

»Wir können nicht bloß hier herumstehen«, befand Jay, also gingen sie in den Park und schlenderten über das plattgetretene Gras in Richtung des Serpentine.

»Heute Abend passiert nichts«, sagte Jay, auch wenn nicht klar war, wen von ihnen sie damit trösten wollte.

»Aber eines Tages passiert es«, sagte Nico. »Und genau darum geht's doch, oder?«

Jay lief vor ihm her und machte ein paar Flickflacks.

»Lass uns schwimmen gehen!«, rief sie und deutete auf eine Stelle, wo die Weiden tief und gespenstisch über die hellen Silhouetten der schlafenden Schwäne und dem kühlen schimmernden See hingen. »Wer als Letztes im Wasser ist, hat verloren!«

*

Roísín und Rasmus beschlossen, das Restaurant sausen zu lassen. Der Tag war anstrengend genug gewesen, und morgen sollte das Interview in dem kleinen Studio stattfinden. Es würde seltsam werden, wieder auf die professionelle Schiene zu wechseln, nachdem sie gerade Freunde wurden, so viel offener und persönlicher, als man es bei einem gewöhnlichen Interview erwarten würde, und dann noch so schnell … ganz davon abgesehen, dass sich ihre beginnende Freundschaft lediglich per Mail entwickelt hatte, was an sich schon ungewöhnlich genug war. Außerdem hatten sie sich ja heute das erste Mal wirklich kennengelernt. Und dass er auch noch für sie gesungen hatte! Merkwürdigerweise schien ihn die Seltsamkeit der Situation nicht im Geringsten zu irritieren. Wohingegen ich all das erst mal richtig einordnen muss, ging es Roísín durch den Kopf.

Die U-Bahn war voll, ihre Unterhaltung steif und bemüht. Während sie auf das Essen vom Lieferservice warteten, zeigte Roísín ihm den Post auf Instagram auf ihrem Handy. Er las die Kommentare und sagte: »Ach herrje.« Sie lachte, weil ihre Mutter immer dasselbe sagte, wenn sie etwas nicht kapierte. Ihm gefielen ihre Bücherregale. Ihr gefiel seine Jacke, auch wenn sie es aus reiner Höflichkeit hervorhob, weil es eigentlich eine ganz normale Jacke war, aber sie wollte ihm ein Kompliment machen, und seine Klamotten waren die nächstbeste Alternative, schließlich konnte sie nicht ewig schwärmen, wie toll der Auftritt gewesen wäre. Natürlich wäre da noch seine Gitarre gewesen, aber das wäre zu schleimig rübergekommen.

Beim Essen redeten sie über Songtexte, und er sang ihr spontan und ohne jede Schleimerei einen neuen Song vor, an dem er gerade arbeitete, was sie wiederum so freute, dass sie ihm einen heißen Kakao mit echter Schokolade zubereitete. Er war so mager. Sie redeten über Verlust. Wie es das Konzentrationsvermögen beeinträchtigte; darüber, wie man über die albernsten Witze lachen konnte, obwohl man vor Trauer beinahe den Verstand verlor; über die Schlaflosigkeit und unerträglich realistische Träume;

sie plauderten über Chet Baker und Ben Webster, über Ella Fitzgerald und Cosey Fanni Tutti. Darüber, was mit der westlichen Kultur passieren würde, wenn man ihr den Alkohol entzöge; wieso Hemingway eigentlich gar nicht so toll war, wie alle immer fanden; wie schwer es diesen Schreiberlingen fiel, eine Schlagzeile über eine Frau zu formulieren, ohne auf ihre Haarfarbe als Merkmal zurückzugreifen. Über die Frage, wieso Menschen glaubten, nur weil man sich einer gerade angesagten Meinung nicht anschloss, vertrete man automatisch die Ansicht, die als das genaue Gegenteil davon galt; darüber, dass Rasmus nicht schwimmen konnte. Er erwähnte Jay vierzehn Mal, sie nahm Nicos Namen zwölf Mal in den Mund.

In dieser Nacht lag Rasmus lange Zeit wach auf dem Gästesofa, über dessen Fußende seine Füße ragten. Roísín schlief besser als seit Monaten. Morgens war er aufgestanden und bereitete Pfannkuchen zu, und Roísín erfuhr zu ihrem Erstaunen, dass man auf den Äußeren Hebriden keinen Ahornsirup bekam.

»Ich frage mich, wieso du dich zu diesem Interview bereit erklärt hast«, sagte sie. »Und wieso sie dafür bezahlen. Hast du einen Vertrag mit ihnen?«

»Hat das Interview schon angefangen?«, fragte er lächelnd, den Blick auf die Pfanne gerichtet.

»Nein, nein!«, wiegelte sie ab. »Ich filme ja nicht!« Sie hob in einer Unschuldsgeste beide Hände.

»Ich weiß es noch nicht«, räumte er ein. »Sie sind an mich herangetreten. Aber ich soll ja nichts tun, das ich nicht wieder rückgängig machen kann. Theoretisch dient all das dazu, das Bandjubiläum der Capos zu unterstützen, so sehen sie es zumindest. Du kennst das ja ... Marketing, Hintergrundgeschichte und so weiter. Und es ist ihre Art, mich zu umgarnen.«

»Und freust du dich?«, fragte sie.

»Ich bin nicht ganz sicher.«

*

Roísín machte sich auf den Weg zur Arbeit. Ihre Stimmung ließ sich nicht genau definieren. Etwas hatte sich klar gezeigt, stellte sie für sich fest: Es gibt andere Männer auf der Welt, lebendige Männer, und zumindest einer davon ist nett und interessant, sieht gut aus, ist talentiert. Und ich kann mich gut mit ihm unterhalten. Das ist eine Tatsache, und ich habe gerade eben den Beweis bekommen. Die Erkenntnis hatte etwas sehr Tröstliches.

*

Ramus blieb noch eine Weile in ihrer Wohnung, nachdem Roísín aufgebrochen war, ließ bei Tageslicht und allein den Blick über die hübschen Kissen, ihre bunten Kleider auf dem Ständer, das Obst in der Schale, die zerknüllten Papiertaschentücher im Mülleimer. Er sah die Lichterkette über dem Bücherregal, die Gummiente auf dem Spülbeckenrand in der Küche. Fotos. Das ist er bestimmt, dachte er und betrachtete den lächelnden Mann mit dem dunklen

Teint neben der zierlichen Roísín mit ihrem Lockenkopf und der taillierten Jacke. Ihre Figur hatte etwas Sinnliches, Aufreizendes. Er blinzelte. Die beiden standen in einer Art Garten, alles wirkte sehr feierlich. Vielleicht eine Hochzeit. Auf einem anderen Foto war Nico in seiner Arbeitskluft zu sehen, mit einem Haarnetz auf dem Kopf. Respekt, dachte Rasmus.

Rasmus hatte seit zehn Jahren keine neuen Freunde mehr gewonnen. Er hatte keine gebraucht. Freundschaften sind eine ernste Angelegenheit. Ist das Band erst einmal geknüpft, trägt man Verantwortung.

Er faltete die Decke und rückte die Kissen auf dem Sofa gerade, dann ließ er sich hineinsinken und überlegte, was um alles in der Welt er nur tun sollte.

»Was denkst du, Jay?«, fragte er leise. »Magst du sie?« Aber Jay war nicht da.

20

Juli, London

»Ich werde in dem Film nicht zu sehen sein«, erklärte Roísín, als sie durch die Schwingtüren traten und den grauen Korridor zum Studio entlanggingen. »Mein Teil während des Interviews wird herausgeschnitten. Könntest du deine Antworten also in vollen Sätzen formulieren, damit es nicht klingt, als hätte dir jemand eine Frage gestellt?«

»Nein.«

Wie?

»Entschuldige, das klingt schroff, aber, nein, das kann ich nicht.«

»Oh. Ah … und wieso nicht? Das ist eine ziemlich normale …«

»Weil ich diese Dinge ungefragt nie erzählen würde.«

Nachvollziehbar, dachte sie. In gewisser Weise …

»Jeder, der es sieht, wird wissen, dass man dich gefragt hat«, wandte sie ein.

»Tatsächlich?«

»Die meisten, die sich solche Dokus ansehen, wissen es. Es sind Leute, die …«

»Ich interessiere mich eher für die anderen … für die, die nicht …«

Sie sah ihn verblüfft an.

»Du solltest zu sehen sein«, fuhr er fort. »Es ist doch viel besser, wenn man es als richtiges Gespräch zeigt, oder nicht?«

»Findest du?«, fragte Roísín.

Es entstand eine Pause. Eine ziemlich lange.

»Na klar«, sagte er schließlich. »So ist es viel ehrlicher, ich bin entspannter, und es würde auch nicht so künstlich klingen. Jetzt läuft keine Kamera, oder?«

»Nein«, antwortete sie. »Natürlich nicht.«

Er dachte nach. Sie beobachtete ihn. Sie setzte ihn in Position, arrangierte das Licht so, dass es das Silber seiner Augen einfing, ohne dass es ihn blendete.

»Nur gut, dass wir uns heute nicht das erste Mal treffen«, meinte er, »sonst würdest du mich für unkooperativ und schwierig halten. Zu Recht. Das wäre ich auch. Und noch schwieriger, wenn ich dir nicht trauen würde.« Er sah sie an.

Hat er gerade gesagt, er vertraut mir?, schoss es ihr durch den Kopf. Er vertraut nicht vielen, aber mir. Ich denke schon.

»Und ich bin auch so schon schlimm genug«, fuhr er fort. »Bitte entschuldige. Wir müssen gewissermaßen nur einen anderen Hut aufsetzen. Den Profihut. Ich habe kurz überlegt, ob es unaufrichtig wirken würde, aber eigentlich denke ich, dass es klargeht.«

»Gut«, sagte sie, um ihn nicht noch mehr aufzuregen. Arbeite mit dem, was du hast, schärfte sie sich ein. »Also, ab jetzt der Profihut«, sagte sie und zog sich eine imaginäre Krempe tiefer ins Gesicht, sodass sie ein Auge bedeckte.

»Steht dir«, meinte er.

Das kleine Studio mit der niedrigen Decke war anonym und gesichtslos – von dem langweiligen grauen Teppichboden über den kleinen Wasserbehälter in der Ecke bis hin zu den potthässlichen Schreibtischen. Im Briefing war gefordert worden, eine möglichst neutrale Umgebung zu wählen, damit das Material sich später problemlos einfügen ließ. Roísín hätte dieses Setting nie im Leben ausgesucht.

»Also«, sagte sie von ihrem Platz direkt hinter und ein Stück über der Kamera, neben sich zwei Listen mit Fragen auf dem Tisch, ihre eigenen und die, die von oben gekommen waren. »Lass uns mal kurz den Ton checken. Was hast du heute Morgen gefrühstückt?«

»Köstliche Pfannkuchen«, antwortete er. »Ich habe bei einer Freundin übernachtet und wollte als nicht ganz so schlechter Gast dastehen, deshalb habe ich sie gebacken.«

»Prima«, sagte sie. »Hilfe beim Mikro brauchst du ja nicht, nehme ich an. Bist du so weit?«

War er.

Erste Frage. »Es ist ziemlich lange her, seit du das letzte Mal auf einer Bühne gestanden oder dich überhaupt in der Öffentlichkeit gezeigt hast. Was hast du die ganze Zeit gemacht?«

»Musik!«, antwortete er. »Natürlich. In allen Formen. Bands, Komponisten, Geschichte, alles Mögliche, Futurismus, Instrumente. Ich habe Pedal-Steel-Gitarre gelernt.

Ein wunderschönes Instrument. Dann war ich eine Zeit lang Chorleiter, bis … Letzte Woche habe ich mit einer Violinistin geredet, die sich vorgenommen hat, den längsten, langsamsten Bogenstrich zu vollführen, der je aufgenommen wurde. Ich habe gelernt, Musik zu schreiben und zu lesen, habe Orchestrieren gelernt. Gerade experimentiere ich damit, traditionelle Instrumente in der klassischen Musik durch elektronisch manipulierte natürliche oder mechanisch erzeugte Laute zu ersetzen.«

»Ach ja?«, fragte sie. »Wie funktioniert das?«

»Tja, äh, ich habe nicht sehr oft darüber gesprochen, deshalb muss ich um Nachsicht bitten.«

Rasmus hielt kurz inne. Es war eine ziemlich lange Pause, allerdings kurzweilig, weil sie Zeugin wurde, wie seine Gedanken über seine Miene huschten. »Vor ein paar Jahren habe ich mir einen Fairlight zugelegt«, erklärte er dann. »Mit diesem digitalen Synthesizer wird jeder Laut, sobald er aufgezeichnet ist, zu einem elektronischen Geräusch und lässt sich manipulieren. Wer legt also fest, was ein Musikinstrument ist und was bloß ein Ding, das Geräusche fabriziert? Hast du jemals von Luigi Russolo und seinem Geräuscherzeuger gehört? Er war eine Art Futurismus-Technikfreak aus Italien zu Beginn des 20. Jahrhunderts und leider auch Faschist, aber darum geht es jetzt nicht. Jedenfalls hat er Konzerte für Fabriksirenen und Dampfpfeifen geschrieben und Geräuschmaschinen, sogenannte *Intonarumori*, auf Rädern erfunden, mit denen er durch die Straßen zog. Man muss sich das wie mit Trichtern versehene Kisten vorstellen. Keine dieser Maschinen blieb nach dem Krieg erhalten, allerdings wurde mehrfach versucht, sie nachzubauen. Trotzdem bleibt die Frage: Wo ist die Grenze zwischen Musik und Geräuschen?«

Roísín sah ihm zu und dachte: Nein, ich kann ihn jetzt nicht unterbrechen und ihn bitten, langsamer zu sprechen. Es ist gut so. Ich kann das später bearbeiten. Vielleicht.

»Wer entscheidet das?«, fragte er gerade. »Wo ist die Grenze zwischen dem einen und dem anderen? Um die Leute also nicht abzuschrecken – nicht dass es je irgendeiner zu hören bekommen hätte –, habe ich statt meiner eigenen etwas schrägen Kompositionen Werke von anderen in ihrer Ursprungsorchestrierung verwendet und in nichtinstrumentale Geräusche umgewandelt. Gewissermaßen Coverversionen. Beispielsweise eine Bach-Suite für Cello, die viele kennen und mögen. Kann ich sie statt des Cellos mit den Lauten eines knarzenden, knackenden Eisbergs tief unter Wasser spielen? Ja, kann ich. Und es klingt sogar regelrecht magisch. Ich verwende das Brummen eines Motors unter Wasser als Basisgeräusch. Technisch gesehen ist es kinderleicht. Oder ein anderes Beispiel: die Königin der Nacht aus Mozarts *Zauberflöte.* Ich habe es als Vogelgesang aufgenommen. Die ganze Arie. Weil sie ganz eng mit dem Gesang einer Amsel verwandt ist. Ich kann es bei Gelegenheit gerne mal vorspielen. Den Walking Bass für Didos Klage habe ich mit dem Brummen meines Motorrads hergestellt, für den Gesang selbst verwende ich Weingläser, was dank der glockenhaften Klarheit, der Bandbreite und der Sattheit der Töne ganz hervorragend funktioniert, allerdings werde ich auch noch andere Alternativen ausprobieren. Walgesang … das ist ja auch eine Art Klage … mal sehen. Es muss auch nicht zwingend ein klassisches Stück sein. Auch *Always* von den Ink Spots habe ich schon ausprobiert … *I'll be loving you, always* … mit Taubengurren. Eine Art Doo-Wop-Gesang für Tauben.« Er holte kurz Luft. »Ja, natürlich klingt das alles ziemlich schrullig und sonderbar, aber dass es Potenzial hat, lässt sich nicht abstreiten. Es könnte so einfach sein, geradezu lächerlich einfach. Allerdings ist mein Hauptanliegen genau dasselbe wie bei jeder anderen Musik auch, die ich mache. Ich möchte die Menschen berühren. Etwas Schönes erschaffen. Wenn es die Leute nicht dazu bringt, weinen oder tanzen oder vögeln zu wollen, wenn es nicht funktioniert, zumindest in musikalischer Hinsicht, weg damit.«

Roísín starrte ihn an. Du lieber Himmel, was muss dieser Mann einsam sein. Nur einsame Menschen reden so viel, dachte sie.

Aber ich bin doch nicht mal ansatzweise qualifiziert, ihn über italienische Futurismus-Musik der 1910er-Jahre zu befragen. Und über Walgesänge. Ist er verrückt?

»Klingt das verrückt?«, fragte Rasmus.

»Äh …«

Er lachte. »Ja«, sagte er. »Nun ja, dir ist bestimmt nicht entgangen, dass ich bisher nicht versucht habe, irgendetwas davon zu veröffentlichen …«

»Es ist jedenfalls nicht das, was du bei den letzten Auftritten gezeigt hast«, erwiderte sie.

»Nein, nein. Das wollen die Leute gerade nicht von mir.

Und es wäre auch nicht richtig gewesen, so etwas in Verbindung mit den Capos zu präsentieren. Es ist auch noch nicht so weit, dass man es auf die Bühne bringen könnte. Ehrlich gesagt stand es in den letzten Monaten für mich auch nicht an erster Stelle. Es ist eine sehr intellektuelle Beschäftigung, auch wenn es letztlich auf einer emotionalen Ebene berühren soll, und in letzter Zeit war ich logischerweise … ziemlich emotional. Manchmal will ich einfach meine Gitarre schnappen und einen Blues singen.«

Roísín ließ das einen Moment im Raum stehen. Auch auf seine Trauer wollte sie nicht näher eingehen, um nicht den Anschein zu erwecken, als nutze sie schamlos die Tatsache aus, dass sie so offen zueinander waren. Er soll für sich selbst sprechen, dachte sie. Oder eben nicht.

Was er nicht tat.

»Wie reagierst du auf Geschichten über dein Verschwinden?« Das war eine weitere Frage auf ihrer Liste.

»Ich war nie verschwunden«, antwortete Rasmus. »Sondern nur dort, wo die Leute nie nachsehen.«

Sie wartete.

»Man konnte mich jederzeit finden«, fuhr er fort. »Nur eben nicht über die Kanäle der Musik- oder Boulevardmedien. Alle die, die wichtig sind, wussten immer, wo ich bin. Ich. Meine Frau. Es gibt Dinge, die man macht, und Dinge, die man zeigt. Ich habe eine ganze Menge gemacht, aber eine Zeit lang eben nichts gezeigt.«

»Aber es gab sogar Gerüchte, du wärst tot?«

»Ehrlich gesagt habe ich mich von allem ferngehalten, wo die Leute so etwas behauptet haben.«

»Du hast dich selbst nie gegoogelt?« Die Frage war beinahe scherzhaft gemeint, aber er lachte nicht.

»Wie die meisten Menschen hatte ich früher Probleme, herauszufinden, wer ich wirklich bin. Deshalb brauche ich keine wildfremden Leute, die mir Dinge über mich erzählen, darüber, wer ich bin, was ich tue und weshalb. Ich muss bei mir bleiben, verstehst du?«

»Ist das ein Grund, wieso du dich aus der Öffentlichkeit zurückgezogen hast?«

Lange Pause.

Stille schien ihm so gar keine Probleme zu bereiten.

»Ich habe mich zurückgezogen, weil ich keine andere Wahl hatte«, sagte er nach einer Weile. »Ich konnte nicht aufstehen. Eine ganze Zeit war ich gebrochen, im wahrsten Sinne des Wortes. Meine Knochen, aber auch mein Inneres. Der Heilungsprozess hat sehr lange gedauert. Fernab der allgemeinen Aufmerksamkeit und der Menschen zu leben, die tun konnten, was mir selbst verwehrt blieb, gehörte dazu, ja. Depressionen. Das war auch ein Teil davon. Selbsterhaltung.«

Roísín nahm den unüberhörbaren Punkt nach dem letzten Wort wahr, ein lautes-stummes »Frag nicht weiter nach«.

Sie befolgte die Bitte. »Und jetzt zeigst du dein Schaffen?«, fragte sie. »Du sprichst so offen über die schweren Zeiten in deinem Leben, trotzdem wirkst du auf der Bühne so souverän und selbstsicher …«

»Auf der Bühne weiß ich einfach, was ich tue«, entgegnete er nachsichtig.

»Abseits der Bühne nicht?«, hakte sie nach.

Und biss sich sofort auf die Zunge.

Rasmus hielt inne. Blickte zur Kamera. »Sieh sich einer diese bildschöne Frau an«, sagte er und richtete den Blick direkt in die Linse. »Stellt mir all diese Fragen. Was soll ein Mann da sagen?«

Sie sah ihn flehend an. Entschuldigung, formte sie lautlos mit den Lippen. *Bildschön*, dachte sie.

»Man ist beinahe versucht, die Kamera auf *sie* zu richten«, fuhr er fort, während er ihr wieder ins Gesicht sah.

Roísín schluckte. Blinzelte. Ertappte sich dabei, dass ihr die Tränen in den Augen standen.

»Wirst du … du kehrst also auf die Bühne zurück?«, fragte sie.

»Noch nicht«, antwortete er. »Aber irgendwann tue ich es. Diese Auftritte haben mich erkennen lassen, dass ich es tun werde.«

Mit einem Mal schien sich sein Gesicht verändert zu haben, obwohl es eigentlich nicht sein konnte. War das Licht in seinen Zügen plötzlich erloschen? Er ist so zerbrechlich, dachte sie. Es dauert schon so lange. Er ist nicht … über den Berg? Stabil? So abgeklärt, wie er aussieht?

Oder war ich das?

»Als Nächstes kommt ein einfaches, schnörkelloses Album, ganz Old School.« Ein kleines Lächeln spielte um Rasmus' Mundwinkel. Er schien sich gefangen zu haben. »Nichts, was einem Angst machen müsste. Richtige Instrumente. Wie man sie kennt.«

»Die Songs, die du kürzlich auf der Bühne gesungen hast?«

»Genau. Meine verstorbene Frau hat eine große Rolle bei der Entstehung meiner konventionelleren Musik gespielt. Wir haben gemeinsam Songs geschrieben. Bei meinem technischen Kram hingegen weniger. Sie war eine wesentlich bessere Sängerin als ich und hatte das Talent, augenblicklich Harmonien anstimmen zu können, wie man es in der Kirche lernt, fast eine Art Instinkt, aber in Wahrheit steckt eine Menge Übung und Sachkenntnis dahinter, von Kindesbeinen an. Nicht nur parallele Terzen.« Er hielt inne und lächelte. »Sie hat gern mit anderen gemeinsam gesungen. Das hat sie am meisten geliebt. Jenseits der Harmonien, wenn die Stimmen miteinander verschmelzen und zu mehr als der Summe ihrer Teile werden. Genau da kommt die Alchemie ins Spiel. Außerdem hatte sie ein Talent dafür, Songtexten Struktur zu geben. Deshalb ist das nächste Album ihr gewidmet. Ich will ihrem Geist sagen, wie verdammt noch mal sie mir das Herz gebrochen hat. Für den Fall, dass sie es noch nicht weiß.«

Roísín atmete ganz vorsichtig ein und aus.

»Glaubst du denn an Geister?«, fragte sie, auch, um ihre eigenen Gefühlsregungen zu kaschieren.

»Steht diese Frage auf deiner Liste?«, konterte er und sah auf.

»Nein.«

»Dann heben wir sie uns für ein andermal auf«, schlug Rasmus vor und hielt kurz inne. »Nein, natürlich glaube ich nicht an Geister, aber andere tun das, und ich glaube an andere Leute. Deshalb will ich hier keine Philosophien kundtun.«

Völlig okay.

»Dann eine andere Frage von meiner Liste«, sagte Roísín. »Wie hast du angefangen?«

»Ernsthaft? Alle wissen doch, wo sie die Antwort finden, wenn es sie interessiert, oder nicht?«

Sie erwiderte nichts darauf. Schon wieder schien das Gespräch in die falsche Richtung zu laufen, aber sie wusste nicht, weshalb, deshalb suchte sie verzweifelt nach einer Möglichkeit, das Ruder herumzureißen. Rasmus stieß ein leises Schnauben aus.

»George und ich waren auf derselben Schule«, erzählte er. »Ich war damals bei einer Pflegefamilie untergebracht. Meine Mutter war an sich kein schlechter Mensch, nur als Mutter eben ziemlich unfähig. Georges Dad gehörte der Pub, und sie hatten ein altes Klavier dort stehen, von ganz früher, als die Gäste noch mitgesungen haben, die alten Cockney-Klassiker und so. Jedenfalls habe ich damals jede Gelegenheit genutzt, die sich mir bot. George und ich haben die Band gegründet und überall gespielt, auch mit den Schulinstrumenten. Unser Musiklehrer, Mr Russell, war ein netter Typ. Damals gab es ja noch richtige Musiklehrer an der Schule. Jedenfalls war er ein glühender Grateful-Dead-Fan und hat außerhalb der Schulstunden gerne mal einen Joint geraucht.«

»Du hast deinen Vater nie erwähnt«, warf Roísín ein und hätte sich am liebsten geohrfeigt, denn das hatte er auch gestern Abend nicht getan und gewiss seine Gründe dafür. Hör auf, über gestern Abend nachzudenken, befahl sie sich. Du kennst den Mann doch gar nicht. Das hier ist deine Arbeit.

Wieder Stille.

Verdammt.

»Die ganzen Klischees, rauf und runter«, sagte Rasmus dann.

Pause.

Sie erwiderte nichts darauf. Das sagte schließlich alles. »Erinnerst du dich noch an deinen ersten Auftritt?«

»Georges sechzehnter Geburtstag«, antwortete er. »Wir haben auf dem Parkplatz des Pubs gespielt, mit Verlängerungskabeln, die aus den Fenstern hingen. Cole, der Bassist, hat sich komplett ausgezogen. Jemand hat die Polizei gerufen.«

Sie lächelte. Er schenkte sich Mineralwasser ein.

»Und was steht als Nächstes an?«

»Ich muss umziehen. Etwas finden, wo ich wohnen kann. Ich habe ein paar Angebote bekommen, die ich mir sehr genau überlegen muss. In dieser Phase des Verlusts will ich mich auf nichts einlassen, das ich nicht rückgängig machen kann.« Er sah sie wieder an, und sie hatte das Gefühl, ein Geschenk bekommen zu haben. Vielleicht sogar Vergebung. Verdammt, das ist ein hartes Stück Arbeit.

»Aber diese Songs sollen den Platz bekommen, den sie verdienen. Meine Frau hat mir bei einigen geholfen, und ich will mich nicht ewig an ihnen festklammern, sie übertrieben zurechtschleifen und gefällig machen, nur damit es leichter wird, sie sich anzuhören. Wenn man zu viel an etwas herumtüftelt, verliert es an Authentizität, deshalb ist es gut, wenn sie ein bisschen roher, ungeschliffener rüberkommen. Denn die Trauer ist roh. Die letzten Jahre standen im Zeichen des Leidens, des Bemühens und Kümmerns, des Lernens und des Trauerns, aber jetzt ist es an der Zeit, etwas zu erschaffen. So wie diese Pflanzen, die nur äußerst selten blühen. So ist es bei mir jetzt auch.«

»Und dann lässt du dir wieder viele Jahre Zeit?«

»Nein, nein. Ich will einen Teil des Re-Orchestrierungsvorhabens so weit fertigstellen, dass man es veröffentlichen kann. Na ja, es ist eine Art Langzeitprojekt und sehr einsam und studiogebunden. Ich habe einen Bekannten in Berlin, der mir im technischen Bereich hilft, weil meine Fähigkeiten leider nicht perfekt sind, was sie aber sein müssen. Er ist sogar noch weniger gesellig als ich. Und ja, in der Zwischenzeit möchte ich gern mit echten Musikern zusammenarbeiten. Wahrscheinlich liegt es an der Einsamkeit. Meine Frau und ich, wir waren die Band. Deshalb kommt zu meiner Einsamkeit als Privatperson auch noch eine berufliche Isolation. Tja, viele Pläne. Ich würde auch gern Musik für Kunstfilme von Nachwuchstalenten schreiben. Vielleicht auch Hollywood-Blockbuster, wenn sie mich haben wollen. Es gefällt mir, wie sich das Kino-Sounddesign in den letzten Jahren entwickelt hat, deshalb kann ich mir gut vorstellen, mit den Leuten zusammenzuarbeiten.«

»Und gibt es schon konkrete Pläne dafür?«

»Noch nicht. Vielleicht nächstes Jahr. Aber es kommt darauf an, was sich so ergibt. Ich will auch gern Songs für andere schreiben. Meine Singstimme ist eher eigenwillig als wirklich ›gut‹. Singen ist immer eine Frage der Persönlichkeit und des Stils, und ich schreibe lieber Songs für andere, als sie selbst zu singen. Ich erzähle gern eine Geschichte. Vor allem, wenn Frauen sie singen. Es ist wunderbar, was Frauenstimmen bewirken können.«

»Ist die Verbindung zu den Capos dabei eher hilfreich oder hinderlich, was meinst du?«

»Du liebe Zeit, kommt das von dir oder der Plattenfirma? Was wollen die denn hören?« Er hielt inne. Lachte.

»Von denen«, antwortete sie, woraufhin er kaum merklich den Mundwinkel verzog.

»Tja, ähm. Also gut. Erstens würdest du mich jetzt wohl kaum interviewen, wenn es diese Verbindung nicht gäbe. Zweitens bin ich mit den Capos groß geworden und habe wichtige Erfahrungen gesammelt. Ich habe gelernt, wie man ein Instrument spielt und Songs schreibt, mit ihnen und für sie. Außerdem hat mir der Erfolg ein finanzielles Polster verschafft, das mir sehr gelegen kam, und einen Platz in der Öffentlichkeit, was in diesen Zeiten des Kommerzes ziemlich nützlich ist, wenn man irgendwas erreichen will.«

Er sah direkt in die Kamera, mit einer glasklaren Botschaft an sie: kein Blödsinn mehr, bitte. Deshalb würde die nächste Frage etwas heikel werden. Sie war ziemlich sicher, dass er sie nicht wahrheitsgetreu beantworten, aber auch nicht lügen und keine geschönte Version für die Nachwelt auftischen wollte. Sie hielt die Kamera an.

»Das bin nicht ich«, sagte sie. »Ich brauche keine neue

Feder am Profihut, mit der ich mich schmücken kann. Und es tut mir leid, wenn es eine Wunde ist, an der du nicht herumkratzen willst. Aber die Frage steht nun mal hier.«

»Raus damit«, sagte er.

»Okay.« Sie schaltete die Kamera wieder ein und ließ sie einen Moment auf seinem Gesicht ruhen.

»Was ist wirklich passiert, als du die Band verlassen hast?«

Er grinste, sah zu Boden, dann wieder hoch.

»Ich wurde in New York von einem Taxi niedergemäht«, sagte er. »Meine Wirbelsäule war gebrochen. Die Band hatte Verpflichtungen, denen sie nachkommen musste, also haben sie einen anderen Gitarristen engagiert und ihre Arbeit gemacht.«

Sie schwieg, um zu sehen, ob er noch mehr sagen würde.

Tat er nicht.

»Keine negativen Gefühle?«, hakte sie nach.

Stille.

»Darum geht es nicht«, meinte er dann.

Sie sah auf ihre Liste. »Wie hast du Gitarre gelernt?«

»Mein Vater hat es mir beigebracht. Er war Argentinier, deshalb hat er einen ganz speziellen Stil gespielt. Sagt dir Chamamé etwas, Polka correntina?« Tat es nicht. »Das ist eine Stilrichtung der nordargentinischen Volksmusik. Spanische Gitarre, Geige und Akkordeon. Ich spiele dir mal etwas vor. Oh, falscher Hut. Das kannst du auch rausschneiden.«

Sie fragte sich, was er wohl sonst noch herausgeschnitten haben wollte, und durchforstete ihr Gehirn nach einer unverfänglichen Frage, sorgsam darauf bedacht, nicht dreinzusehen, als durchforste sie ihr Gehirn nach einer unverfänglichen Frage.

»Das meiste ist absolut grauenvoll. *Muy folklórico.*«

»Sprichst du Spanisch?«, fragte sie erstaunt und fragte sich, warum es sie so überraschte.

»Bitte«, sagte er. »Das steht nicht auf deiner Liste. Also, zurück zur Tonika. Zum C.«

Sie blinzelte verwirrt.

»Die Tonika«, fuhr er fort. »Der Grundton der diatonischen Tonleiter. Wo alles beginnt und nach Spielereien mit enharmonischen halbverminderten Septakkorden und mikrotonalen Clustern wieder endet.«

»Würdest du sagen, dass du in manchen Themen geradezu ein Freak bist?«, platzte sie, einem Impuls folgend, heraus.

»Oh Gott, ja«, antwortete er. »Ich bin der totale Freak, wenn es um den Einsatz der von einem Fairlight erzeugten Laute geht, weil der Fairlight mittlerweile selbst ein traditionelles oder historisches Instrument ist und ich deshalb, was ihn betrifft, genauso Purist sein kann wie jeder Geiger im Hinblick auf seine Stradivari oder seinen Tourte-Bogen oder die Entscheidung über Schallplatte oder CD, je nachdem. Wenn man will, kann man bei jedem Thema zum Freak werden, das ist doch klar. Bist du ein Kamerafreak?«

»Absolut«, antwortete sie mit einem liebevollen Blick auf ihre PXW-FS7 II 4K – genauer gesagt, die der Firma.

»Ich bin der totale Mellotron-Freak.« Er sah sie an. »Ich

habe sogar zwei, ein M4000D und ein originales Mk2 mit den austauschbaren Tonbändern. Aber das soll jetzt hier nicht das Thema sein, oder? Falls doch, gibt es notfalls eigene Online-Foren, die dich als Göttin anbeten würden, das ist dir klar, oder?«

»Dafür reicht es bei mir wohl kaum. Tut mir leid.«

»Kein Problem. Was ist mit Omnichords?«

Sie schüttelte den Kopf. »Ich weiß nicht mal, was das ist.«

»Etwas ganz Wunderbares. Eine Art japanische Elektroharfe aus dem Anfang der Achtzigerjahre, das wie fedrige Regenbogen klingende Laute erzeugt.«

Sie rang sich ein Lächeln ab.

»Wo waren wir stehen geblieben?«, fragte er. »Ach ja, bei meinem Vater.«

Wieder machte er eine Pause.

»Man braucht sein ganzes Leben«, fuhr er schließlich fort, »um zu verstehen, was einem die Eltern mitgegeben haben.« Ein Schatten huschte über seine Augen. »Und was eben nicht … Hm«, machte er. »War's das?«

»Sicher«, sagte sie. »Wir haben zwar nicht alles abgedeckt, was die haben wollten, aber es reicht erst mal. Ich werde sehen, ob sie damit zufrieden sind.«

»Danke«, erwiderte er. »Könnten wir das nie wieder tun? Ich will mich nicht verteidigen müssen, wenn ich mit dir rede.«

»Ah«, machte sie. »Ähm.«

Dünnes Eis, dachte sie. Minenfelder.

Professionell.

Klar.

Das Rohmaterial des Konzerts war gekommen. Nachdem er fort war, sichtete sie die Aufnahmen: Rasmus aus dieser Perspektive, aus jener. Die Klarheit auf seinen Zügen.

Als sie abends nach Hause kam, fand sie folgende Nachricht vor:

Das war das längste Gespräch, das ich seit Jays Tod geführt habe. Vielleicht das einzige überhaupt. Ich meine damit unsere Unterhaltung von gestern Abend, denn ich schreibe dir das vor unserem Gespräch heute Nachmittag, das allerdings hinter uns liegt, wenn du das hier liest. Vielleicht war dieses Gespräch noch länger. Aber mit Publikum ist es, na ja, eben anders.

21

Juli, London

Spät an diesem Abend, nach dem Konzert und der Schwimmrunde im Park, erklärte Nico, dass er unmöglich in seine Wohnung zurückkehren könne.

»Du hast keine Wohnung mehr«, wandte Jay ein. »Du bist tot.«

»Erinnere mich nicht daran«, sagte er, und sie brachen in Gelächter aus.

Zu Hause, dachten beide – Worte, die für sie keine Gültigkeit mehr zu besitzen schienen.

»Also, zu Roísín kann ich nicht«, korrigierte er sich. »Wenn Rasmus dort ist.«

Inzwischen war es eine unausgesprochene Tatsache, dass sie irgendwohin mussten. Wenn man nirgendwo hingehört oder irgendwo zwischen den Welten festhängt, wenn man sich ständig am falschen Ort aufhält und einen keiner hören oder sehen kann, ist das sehr ermüdend.

»Manche Geister haben Häuser, die sie nie verlassen, oder?«, meinte Jay. »Das ist doch der Klassiker. Ein Haus, in dem es spukt.«

»Normalerweise der Ort, an dem sie gestorben sind.«

Nico nickte. »Wo sie ermordet wurden und ihr Geist nun festhängt.«

»Glaubst du an Geister?«, fragte sie.

»Nein.«

»Hast du dich früher für Geister interessiert?«

»Natürlich nicht. Warum sollte ich?«, erwiderte er.

»Weißt du irgendetwas darüber, was wir sind? Ich nämlich nicht.«

»Ich weiß, dass wir keine Tricks von irgendwelchen viktorianischen Fotografen sind oder Vorstadtladys mit Pelzkragen wie in den Geisterfilmen aus den 1930ern.«

»Was sind wir dann?«

»Das ist die große Frage.«

»Ermordet wurden wir ja nicht«, fuhr sie fort. »Warum können wir dann nicht einfach fortgehen?«

»Darüber habe ich mir auch schon das Hirn zermartert«, sagte er. »Wieso ausgerechnet mir dieser Segen verwehrt blieb.«

Jay schwieg. *Segen?*

»Wofür sind Geister denn da?« Sie blickte über die weitläufige Rasenfläche vor dem Round Pond.

»Aus Rache?«, schlug er vor. »Um etwas zu korrigieren, das schiefgelaufen ist?«

»Bei diesen ermordeten Mädchen aus den Balladen, die ihren Müttern erscheinen und ihre Liebsten beschuldigen«, sagte Jay. »Oder bei Maria Marten und dem Red-Barn-Mord … da kann ich das ja noch verstehen. Aber wie gesagt, wir wurden nicht ermordet. Was ist mit einem Racheakt aus dem Jenseits? Meinst du das?«

»Ich hatte keine Feinde in dieser Welt.«

»Was sonst noch?«, fragte sie.

»Auf Kreta gibt es eine Geisterarmee.« Inzwischen standen sie vor dem Physical-Energy-Monument, der gewaltigen Bronzestatue eines Pferdes mit einem Reiter, der sich mit der Hand die Augen abschirmt. »Allerdings ist das Phänomen stark wetterabhängig«, erklärte Nico. »Am Jahrestag irgendeiner Schlacht gegen die Türken galoppieren sie am Fuß eines Berges entlang, und man kann ihre Schatten auf dem Felsen sehen.«

»Wieso das denn? Um die Leute zu erinnern?«

»Wahrscheinlich. Damit nicht vergessen wird, wofür sie gestorben sind. Als würde das jemals passieren!«, rief er aus. »Ausgerechnet in Griechenland, wo die Erinnerung an alte Zeiten zu Hause ist.«

»Was noch?«

»Seltsame Energien, durchgeknallte Teenies – Entschuldigung, junge Mädchen mit psychischen Problemen ... Höllenqualen leidende Dienstmädchen, ermordete Reisende ... weil noch irgendetwas unerledigt ist«, sagte er. »In Griechenland gibt es sogar Zombievampire ... *Wrykolakas.*«

»Und was machen die?«

»Treiben ihr Unwesen, glaube ich.«

»Möglicherweise, um die zu beschützen, die noch hier sind«, meinte Jay. »Vielleicht, um sie zu trösten. Sie durch den Treibsand des Lebens führen.«

»Weil sie nicht anständig begraben oder mit den traditionellen Ritualen begraben wurden und jetzt nicht dorthin gehen können, wo sie eigentlich hinsollen …«, fügte Nico hinzu.

»Ach ja. Und dann vollzieht jemand diese Rituale, bezahlt das Begräbnis oder so, und sie kommen als Geister zurück und helfen ihnen. Die dankbaren Toten …«

»Haben Grateful Dead daher ihren Namen?«, fragte er.

»Ich glaube schon«, antwortete sie. Einen Moment lang dachten sie darüber nach.

»Allerdings kann ich mir beim besten Willen nicht vorstellen, wie Jerry Garcia und eine Armee aus kalifornischen Hippie-Schrammlern einen müden Reisenden mit einer flackernden Laterne durch den gefährlichen Sumpf führen«, meinte Nico, woraufhin Jay in prustendes Gelächter ausbrach.

Unterdessen hatten sie die Italian Gardens erreicht. Schlafende Schwäne lagen wie weiße Schneehäufchen am Ufer der kunstvoll angelegten Becken. Die Schatten der Blätter zauberten ein Tupfenmuster auf die vom Licht der Straße erhellte Wasseroberfläche.

»Auf unserer Insel gibt es bloß Wassergeister und Meeresungeheuer«, sagte sie. »Und den riesigen Feenhund am Strand von Luskentyre, den wir allerdings nie zu Gesicht bekommen haben. Und dann gibt es noch das Grab der Meerjungfrau auf Benbecula. Sie war winzig, ein Kinderkörper mit einer Schwanzflosse von der Größe eines Lachses.«

»Aber sie war ein Geist?«

Die Vorstellung des Geistes einer winzigen Meerjungfrau ließ sie beide lächeln.

»Aber ernsthaft, wieso gibt es nicht mehr von ihnen?«,

fragte er. »Es gibt schließlich so viele Tote. Eigentlich müssten sie überall sein.«

»Wieso rufen wir sie nicht einfach?«

»Gute Idee.«

Vor ihnen erstreckte sich die belebte, hell erleuchtete Bayswater Road.

»Ich glaube, wir müssen einsehen, dass wir nicht länger hier sein können«, sagte Jay.

»Der Realität ins Auge blicken?«, schlug Nico vor.

»So was in der Art.«

»Aber wir haben doch mit der Realität gar nichts zu tun«, wandte er ein. »Rein wissenschaftlich existieren wir ja nicht.«

»Hast du auch Phasen«, fragte sie unvermittelt, als sie die magische Ruhe des Parks endgültig hinter sich ließen, »in denen du nicht da bist … und auch sonst nirgendwo?«

»Ja.« Er blieb mitten auf dem Weg stehen, während das Wasser in den Brunnenfontänen hinter ihnen aufstieg und fiel, aufstieg und fiel.

»Glaubst du, dass wir eigentlich dort sein sollten?«

»Großer Gott, nein, aber es wäre vielleicht ein erster Schritt in die richtige Richtung«, antwortete er.

Sie gingen die Straße entlang, sahen im orangen Schein der Straßenbeleuchtung Taxis vorbeirauschen, wussten nicht, wohin sie als Nächstes gehen sollten. Also beschloss Nico, seine Mutter zu besuchen, und Jay machte sich auf den Weg zu ihrem Bruder Kwame, der bald mit seiner Familie nach Ghana ziehen würde.

Es schien bereits Morgen zu sein. Die Zeit verschwamm immer mehr.

22

Juli, London

Anfangs fiel es Roísín gar nicht auf. Schließlich bemerkte man etwas, womit man nicht gerechnet hatte, oft erst dann, wenn es einem quasi ins Gesicht sprang. Was in diesem Fall nicht so war.

Am Wochenende nach Rasmus' Auftritt kam Nell nach London und nötigte sie wie üblich mit Mini-Croissants und einem Pappbecher Kaffee aus dem Bett. Sie sah zu, wie ihre Schwester sich hochhievte. »Du bist seltsam fett dafür, dass du so abgenommen hast, Schatz.«

»Halt einfach die Klappe, okay?«, erwiderte Roísín und streifte sich ein T-Shirt über, ehe sie mitten in der Bewegung innehielt. »Was meinst du damit?«

»Hast du in letzter Zeit mal in den Spiegel geschaut?«

Roísín sah an sich hinunter, dann betrachtete sie sich im Badezimmerspiegel. Sie war magerer denn je. Nichts erinnerte an ihre kurvige, wohlgeformte Üppigkeit, wie sie sie seit ihren Teenagerzeiten kannte. Gleichzeitig war ihre Taille breiter, ihr Bauch praller, ihre Brüste …

Hm.

Anders.

Sie dachte daran, wie müde sie die ganze Zeit gewesen war, wie schwach sie sich in der Albert Hall plötzlich gefühlt hatte. Sie dachte an ihre Periode. Was das anging, war sie nicht sonderlich gut organisiert.

Hatte ich sie seit seinem Tod überhaupt jemals?

Abwechselnd schienen Sonne und Schatten, Hoffnung und Angst, eine vage Möglichkeit durch ihr Bewusstsein zu ziehen, wie eine Wolke, die sich teilte. Oder drohend heranzog …

Konnten zwei solche Dinge an einem Tag passieren? Leben und Tod?

Nico und sie hatten an diesem Morgen Sex gehabt, an diesem faulen, unerwartet sonnigen, freien Tag. Sie rechnete zurück, dachte an die Tage und Wochen vor seinem Tod. Sie hatten wieder angefangen, Kondome zu benutzen, weil sie diese ewige Dokumentiererei fruchtbarer Tage satt und keine Lust mehr gehabt hatte, pausenlos ihren Hormonhaushalt durcheinanderzubringen, und eine Spirale – oh Gott, nein, herzlichen Dank. Sie erinnerte sich genau an den Zeitpunkt. Das letzte Mal. An diesem Morgen.

Hatte sie seitdem noch einmal ihre Periode gehabt?

Nein, sie glaubte nicht. Sie hatte gelesen, dass ein Schock so etwas auslösen könnte. Trauer.

»Los«, sagte Nell. »Apotheke.«

»Nein. Zuerst brauche ich eine Tasse Tee und einen kurzen Moment. Ich muss mich erst mal hinsetzen.« Nur einen Moment, um sich mit dieser Möglichkeit zu konfrontieren.

Das, was ich mir am meisten gewünscht habe. Und jetzt könnte es passiert sein. Und er ist nicht da.

Nell machte Tee. »Soll ich Zucker reintun?«, fragte sie.

Roísín lachte. »Diese Art Schock ist es nicht.«

»Du weißt doch noch gar nicht, was für eine Art Schock es ist«, wandte Nell ein.

»Stimmt«, sagte Roísín.

Der Gang die Straße hinunter bis zur nächsten Apotheke fühlte sich ein wenig surreal an. Sie kaufte zwei Tests, zog sich zu Hause ins Badezimmer zurück und pinkelte auf den einen Streifen, und siehe da …

»Und, was ist jetzt?«, rief Nell durch die geschlossene Tür. »Herrgott, du machst mich noch ganz verrückt.«

»Nur die Ruhe«, sagte Roísín. »Ich bin ja gleich da.«

»Zumindest den Pinkelteil solltest du ja wohl erledigt haben.«

»Klappe.«

Sie pinkelte auf den zweiten Streifen. Oh.

In diesem Moment sprang ihr die Realität förmlich ins Auge. Sie legte die Hand auf ihren Bauch und – da war es. Großer Gott, hallo da drinnen.

Selber hallo. Sie musste sich auf den heruntergeklappten Toilettendeckel setzen.

Du liebe Zeit, mein kleines …

Nico. Nico.

Sie verließ das Badezimmer. Bei ihrem Anblick brach Nell in wildes Kreischen aus. »Ich wusste es, ich wusste es! Ich hab nichts gesagt, aber heilige Maria Mutter Gottes, ich hab's gewusst!«

Nell wollte über Nacht bleiben und staunen, sich freuen, für ihre Schwester da sein.

»Ich hab dich lieb«, sagte Roísín. »Aber fahr nach Hause.«

Nach einer ruhelosen Nacht voll wirrer Träume schreckte sie früh hoch. Ihr Herz war schwer, ihre Energie erloschen, ihre Gedanken trübe.

Also …

Sie schien nur mit Mühe aufstehen zu können, deshalb blieb sie liegen. Es war keine körperliche Sache, sondern lediglich die körperlichen Auswirkungen eines mentalen Problems. Die wiederum die Auswirkungen eines körperlichen Problems waren. Solche Angst hatte sie nicht mehr gehabt, seit …

Na ja, so lange war das gar nicht her.

Rauszugehen kam nicht infrage. Gesellschaft genauso wenig. Alles zu viel. Roísín lag im Bett, schloss die Augen und schmiegte die Füße aneinander, um sie zu wärmen. Was habe ich getan, was habe ich getan, was hat man mir getan?

Sie lag zwischen den verhedderten Laken und grübelte über den Wortlaut einer E-Mail ans Büro, in der sie ihnen mitteilte, dass sie heute nicht kommen würde. Oder überhaupt nicht mehr. Wieso auch? Dann: Was bist du bloß für ein faules Stück, im Bett liegen zu bleiben. Und nicht ans Telefon zu gehen. Und über unzählige andere, völlig unwichtige Dinge.

Ein altes Volkslied ging ihr im Kopf herum, das ihre Mutter oft gesungen hatte. Irische Textfetzen kamen ihr in den Sinn, dazu die schwermütig-melancholische Melodie, ein Walzer, der wie sanfte Wellen an den Strand schwappte, herzzerreißende Unvermeidlichkeit:

Fhir a' bhàta
's ná hóró eile
Fhir a' bhàta
's ná hóró eile
Fhir a' bhàta
's ná hóró eile[2]

Als sie das Lied als Mädchen zum ersten Mal gesungen hatte, waren die Worte noch ohne Bedeutung für sie gewesen: Ihr Gürtel schwillt, doch es ist nicht wegen des Fiedlers, nicht wegen des Harfenspielers, nein, wegen ihres Seemannes und niemand anders … Und kehrt er nicht wieder, so bricht es ihr das Herz.

Na klar, weil sie ihn liebt.

Weil sie schwanger ist und sie nicht verheiratet sind, und das in dieser Zeit … deshalb wird sie verstoßen werden und verhöhnt und ganz allein sein. Mit ihrem Baby …

Aber, Roísín, du lebst heute, nicht damals. Dein Wohl hängt nicht von dem goldenen Ring ab, den er dir versprochen hat, von deiner Ehrbarkeit … nein, du bist kein weißer Schwan, zerrissen und blutend, der unten am See seinen Totengesang anstimmt …

Die Melodie glitt weiter dahin.

---

2 Mein Lebewohl begleite dich auf all deinen Wegen …
O mein Seemann und kein anderer, o mein Seemann.

Die Sonne wanderte über den Horizont, all die Geräusche des Sommers wehten aus der Ferne heran – Kinder, die zur Schule gingen und wieder nach Hause kamen, das Bimmeln des Eiscremewagens. *Greensleeves* – ein weiteres tieftrauriges Liebeslied. Aber die Frauen sterben nicht und lassen ihre Männer schwanger zurück, dachte Roísín. Auch wenn schon viele Babys in den Armen ihrer Väter blieben, weil die Mütter im Kindbett starben … sofern sie überhaupt da waren, um sie in die Arme zu nehmen. Ihr kamen die *cillín*, die Begräbnisstätten für die Neugeborenen und Ungetauften in den Sinn. Diese eine neben der Brücke, auf der morastigen Insel inmitten von Schilf mit den winzigen Grabsteinen. Im Frühjahr gab es eine Überschwemmung, die den ganzen Friedhof überflutete … Osterglocken trieben mit wippenden Köpfen in den Fluten … In Galway war das, oder?

Nachbarn schwatzten. Verkehrslärm. Plärrende Radios aus offenen Wagenfenstern. Ihre Fenster waren geschlossen.

O mein Seemann und kein anderer …

Wieder die Trauer, in all ihrer hinterhältigen, heimtückischen, gemeinen, unvermeidlichen, nicht enden wollenden Kälte.

Gegen neun Uhr abends, im Halbschlaf, wurde ihr etwas bewusst: Ich fühle mich wieder beraubt, weil ich wieder beraubt wurde. Noch etwas ist gestorben, etwas, von dessen Existenz ich nichts wusste und das nie eine Chance hatte zu existieren, aber da war es: Nico und ich und unser

Baby. Unsere kleine Familie. Die nur wenige Stunden hatte bestehen dürfen. An diesem Morgen hatten sie im Bett gelegen, waren in der Februarsonne die Straße entlanggeschlendert, hatten sich an einen Tisch im Garten des Pubs gesetzt und sich über irgendwelchen Schwachsinn kaputtgelacht.

Roísín sah es vor sich, einen grausamen Moment lang in aller Klarheit: dieser Tisch, sie beide mit einem Buggy daneben und einem kleinen, pummeligen dunkelhaarigen Kleinkind auf Nicos Schoß, das ihm mit seinen feisten Patschhändchen auf die Wangen schlug.

Diese Familie war gestorben. Nicos Leben als Vater war gestorben.

Er war Vater. Und dieser Vater war jetzt tot.

Das war ihr bisher nicht bewusst gewesen.

Mit den ersten Stunden des beginnenden Tages kam ein anderer Gedanke, bitterer, persönlicher. Hier sprach nicht die Frau, Freundin oder Mutter, sondern ihr eigenes einsames Ich, eine Stimme, die Roísín nicht oft hörte, weil es nur selten still genug war, um sie wahrzunehmen.

Immerhin hat er mir eines geschenkt: Freiheit. Sie ist das einzig Nützliche, das er mir hinterlassen hat. Ein Geschenk, das Männer ihren Frauen machen können, wenn sie sie verlassen. Ein Neuanfang. Ein neues Leben.

Und jetzt bin ich es doch nicht, dachte sie. Hier wächst ein neues Leben heran, dessen Wohl ich über mein eigenes stellen muss. Ich muss zur Verfügung stehen, schon wieder und jetzt sofort. Mein eigenes neues Leben ist eingegangen, noch bevor es die Chance hatte, wirklich zu wachsen und zu erblühen.

Am nächsten Tag bekamen die Gedanken der Nacht allmählich eine neue Gestalt in ihrem Innern, denn so sind Frauen nun einmal: Gib ihnen ein paar Stunden Schlaf, und alles findet seinen Platz. Sie erwachte wie der Himmel nach einem Gewitter: noch ein wenig zerfleddert, aber glasklar und sauber.

*

»Herzlichen Glückwunsch«, sagte der Arzt und »Hier ist Ihr Mutterpass« und »Genau richtig für den ersten Ultraschall«. Der perfekt war, wunderschön, alles prächtig und gesund, viereinhalb Monate, besser spät als nie, das Baby ist inzwischen etwa so groß wie eine Avocado.

Ein winziges Baby von der Größe einer Avocado in mir. Eine Avocado. Wie süß. Roísín stellte es sich vor, zusammengerollt schlummernd in seiner ledrigen grünen Hülle.

Probeweise legte sie sich die Hand auf den unteren Rücken und schob in einer typischen »Ich bin schwanger und muss meinen Rücken schonen«-Bewegung das Becken vor. Es fühlte sich gut an. Sie bewegte die Hüften hin und her. Kicherte. Weinte.

23

Juli

Liebe Roísín,
danke, dass ich bei dir übernachten durfte. Es war genauso, wie ich es mir gewünscht hätte.
Ich bin jetzt wieder in Schottland. George hat mir ein paar Kritiken geschickt. Kennst du zufällig irgendwelche Manager? Sieht ganz so aus, als würde ich einen brauchen. Oder zumindest jemanden, der mir all die Leute vom Leib hält.
Beste Grüße
Rasmus.

Lieber Rasmus,
es war schön, dich hier zu haben.
Etwas sehr Merkwürdiges und auch Schönes ist passiert. Fast hätte ich (»hat sich ereignet«) geschrieben, aber auch wenn es ein Wunder sein mag, ist es doch nicht gänzlich biblisch, deshalb sollte ich mit dieser Art Terminologie lieber vorsichtig sein. Na gut, zu meiner großen Überraschung bin ich schwanger. Mit einem Baby! Irgendwie bin ich sprachlos (natürlich nicht … du hast mich kennengelernt …), aber im Schockzustand und un-

glaublich glücklich, denn zuerst wird die Welt von jetzt auf gleich komplett auf den Kopf gestellt und dann noch mal, aber nicht dahin zurück, wie sie vorher war, sondern richtig auf den Kopf, als hätte jemand eine völlig andere Dimension des Auf-den-Kopf-gestellt-Seins erfunden, oder als wäre man in einem der Bourne-Filme oder so … Keine Ahnung, wieso mir das gerade einfällt, weil ich noch nie einen Bourne-Film gesehen habe … heißen die überhaupt so? Das Bourne-Irgendwas … Universum? Kompendium? Was weiß ich. Keine Ahnung, wieso ich ausgerechnet dich das frage. Jedenfalls ist das etwas, das man nicht rückgängig machen kann, oder? Erst mal werde ich noch eine Weile egozentriert sein, dann babyzentriert, wobei ich zu behaupten wage, dass es mit mir die nächsten sechs oder sieben Jahre wohl ziemlich öde sein wird … oder vielleicht sogar 25 … und bestimmt willst du angesichts dieser freudlosen Perspektive gar nicht mit mir befreundet sein. Aber ich denke, ich werde dich als Freund dringend brauchen, denn auf einen Schlag in die Mutterschaft katapultiert worden zu sein bedeutet ja noch lange nicht, dass ich nicht mehr Witwe bin. Ich hatte mich noch nicht mal richtig daran gewöhnt, Witwe zu sein, und jetzt das.
Aktuell hat das Baby die Größe einer Avocado. Nächste Woche ist es schon ein Granatapfel, allerdings kommt das wiederum auf die Größe an. Im Internet gibt es so eine Liste. Ich bin ein bisschen traurig, weil ich die Kumquat-Phase verpasst habe. Und den Granatapfelkern. Und das Pfefferkorn. Ich schätze, wenn es so groß wie ein

Mohnkörnchen ist, weiß man noch gar nicht, dass man überhaupt schwanger ist. Stell dir das mal vor, ein Pfefferkorn! Meistens sagen die Leute ja, es sei ein Wunder, was es auch ist, aber, ganz ehrlich, Rasmus, ich fühle mich irgendwie seltsam.
Roísín
PS: Das Rohmaterial von den Filmaufnahmen sieht toll aus. Noch habe ich ihnen nichts von der Schwangerschaft gesagt.
PPS: Ich habe den Satz in einer fedrigen Schrift gesetzt, damit du meinen professionellen Hut erkennen kannst. Vielleicht hilft das bei der Abgrenzung?

Liebe Roísín,
das sind ja wundervolle merkwürdige Nachrichten. Ich habe eine Gänsehaut bekommen.
Wirst du dem Baby Posthumus/Posthuma als Zweitnamen geben, wie es bei den alten Römern üblich war? Die Ghanaer tun das übrigens auch. Ich kann mich gerade nicht an den Namen erinnern, schaue es aber nach. Babys sind überhaupt nicht öde, finde ich. Nur eben sehr klein.
Stehen deine Hunderte Schwestern schon bereit, um dir zu helfen und sich um dich zu kümmern?
Das ist alles ganz fantastisch. Ich muss darüber nachdenken. Was kommt denn nach dem Granatapfel?
Von Rasmus.
PS: Danke für die Schrift. Sehr nett von dir.

Lieber Rasmus,
ja, das tun sie. Nell ist schon hier, und der Rest kommt nach und nach, um mich herumzukommandieren, mich zu trösten, zu kritisieren, zu gratulieren, über meine Unzulänglichkeiten herzuziehen und zu beteuern, wie sehr sie mich lieben. Es wird toll und wahrscheinlich noch anstrengender als die Schwangerschaft selbst. Hast du Familie? Du hast bei deinem Besuch neulich nicht viel darüber gesprochen.
Beste Grüße
Roísín
PS: Artischocke. Wie eine in Ottolenghis Rezepten.

Liebe Roísín,
nein, ich habe keine. Klar, natürlich muss es irgendwo mal eine Familie gegeben haben. Ich habe gelesen, dass wir eigentlich nur vier Generationen weit zurückgehen können, da wir davor alle miteinander verwandt waren, aber in der Realität, nein, gibt es niemanden. Meine Eltern sind beide tot und waren ebenfalls Einzelkinder. Dein Baby hingegen wird einmal Tausende Cousins und Cousinen haben. Was sagt Nicos Familie denn dazu?
Rasmus.

Lieber Rasmus,
noch habe ich es ihnen nicht erzählt. Ich gehe davon aus, dass auch sie mich überfallen werden, deshalb versuche ich, diese emotionale Flutwelle ein wenig zu dosieren. Marina, Nicos Mutter, ist verreist. Ich besuche sie,

sobald sie zurück ist. So eine Neuigkeit überbringt man am besten persönlich. Bestimmt wird sie mir das Baby stehlen wollen, und ich muss wohl mitspielen, zumindest ein bisschen. Mir ist klar, dass ich Hilfe von allen Seiten gebrauchen können und mir auch wünschen werde, aber nun, da ich erfahren habe, dass jemand IN MIR IST, möchte ich am liebsten für mich sein. Wie ist es auf der Insel? Wie geht es dir?
Roísín

Liebe Roísín,
auch mir wächst gerade alles über den Kopf und überfordert mich. Ich kann hier nicht bleiben. Selbst mir ist klar, dass ein Mann meines Alters versauern und irgendwann zu stinken anfangen würde, wenn er ganz allein trauernd hier oben lebt.
Habe ich dir erzählt, wie Jay mir das Leben gerettet hat? Ich weiß, dass ich es nicht getan habe.
In einer Phase kurz nach ihrem Tod, als ich nicht essen konnte und immer mehr in mir zusammengefallen bin, erschien sie mir mehrmals im Traum. Irgendwann landete ich sogar im Krankenhaus, und sie war da. Sie hat mich getröstet und mir klipp und klar gesagt, ich solle mich am Riemen reißen. Da sprach die Trauer aus mir, könnte man jetzt vermuten. Mein Kumpel Dougie hatte den Krankenwagen gerufen, und er war ganz sicher, dass Jay ihn dazu gebracht hat. Er hatte tatsächlich keine Veranlassung, herüberzukommen, außerdem war er mitten beim Gewichtestemmen und noch im Unterhemd. Keine Ahnung, wieso

er so was behauptet. Die Leute reagieren manchmal sehr seltsam auf den Tod, und Jay war sehr beliebt hier.
Jedenfalls habe ich ihr versprochen, am Leben zu bleiben, und hier geht das nicht.
Außerdem hat mir eine Frau, die ich von früher kenne, angedroht, herzukommen und sich um mich »zu kümmern«, und das darf auf keinen Fall passieren.
Das war eine lange, umständliche Art, dir zu sagen, dass die Plattenfirma der Capos gerne ein Album aus den neuen Songs machen möchte. Sie haben mir verschiedene Angebote gemacht, und ich habe mich für drei Monate in einem ziemlich schönen Aufnahmestudio in Frankreich entschieden. Das Haus ist groß und lichterfüllt, mit hohen Fenstern, grauen Fensterläden und Stechpalmen, direkt am Meer. Ein Mellotron gibt es auch.
Bevor es losgeht, verbringe ich noch ein paar Tage in London, um die Verträge zu unterzeichnen. Dürfte ich noch mal bei dir übernachten? Ich bringe auch meine eigene Bettwäsche mit, lade dich zum Essen ein und mache Tee. Ich habe ein schönes Tweedkissen, das ich gerne mitbringe, damit du deine Füße drauflegen kannst. Was wünschst du dir sonst noch?
Ich habe mich bei meinem Schwager erkundigt – genauer gesagt, bei seiner Frau. Der ghanaische Name für ein Kind, das nach dem Tod des Vaters geboren wurde, lautet Anto. Wörtlich übersetzt heißt das »Wir sind uns nicht begegnet«. Es gibt auch einen Namen, der »Wir wollen dich nicht« bedeutet, aber den brauchst du ja nicht.
Rasmus.

Lieber Rasmus,
Re Frankreich: Du meine Güte, das klingt ja himmlisch. Wunderbar. Es ist wichtig, immer wieder neue Orte zu entdecken, die wir noch nicht kennen. Ich freue mich so, dass du zu- und nicht abgesagt hast.
Re Besuch: Ja.
Re Kissen: Danke.
Re Diese Frau: Oje.
Re Jay:
Also.
Ich habe Nicos Stimme gehört. Ohne krank zu sein. Ich bin aufgewacht und wusste sicher, dass ich in seinen Armen lag. Entschuldige, wenn ich dich das frage, aber – hat es sich für dich real angefühlt? Eigentlich würde ich das gerne von Angesicht zu Angesicht mit dir besprechen, stelle aber fest, dass es mir weniger peinlich ist, wenn ich dir in einer Mail davon erzähle … Hat sich ihre Körperlichkeit angefühlt, als wäre ein richtiger Mensch bei dir? Ich meine, in einem Traum weiß man ja meistens, dass es ein Traum ist, wenn man überhaupt dazu kommt, darüber nachzudenken. Aber, und jetzt kommt's: Eines Abends, kurz nach seinem Tod, war Nico bei mir, auf eine so reale Art und Weise, dass er wirklich da war. Entschuldige, das ist zu schwammig ausgedrückt. Es gab Momente, in denen er da war. Bei seiner Bestattung hat er meinen Nacken berührt. Eines Abends habe ich in der Küche getanzt, und er hat meine Hand genommen und mich herumgewirbelt und mich an sich gezogen. Die Trauer verwandelt uns in Geisteskranke, oder?

Ehrlich gesagt weiß ich noch nicht mal und es interessiert mich auch nicht, ob es Geister gibt oder ob es eine hysterische Halluzination von mir war, ob ich halb geschlafen habe oder ob die Liebe eine Art Erinnerungsschleife im Nervensystem schafft, die Empfindungen heraufbeschwört, die uns selbst dann noch vertraut sind, obwohl sie von uns gegangen sind … keine Ahnung. Jedenfalls ist es auf irgendeiner Ebene real. Wer weiß? Wir müssen es einfach akzeptieren, uns darüber freuen und uns darüber klar sein, dass wir es nicht wissen. Rein wissenschaftlich oder rational betrachtet, mag es nicht real sein, aber gilt für einen großen Teil dessen, wer und was wir sind, nicht dasselbe?
Re Wir wollen dich nicht: Stimmt.
Roísín

Liebe Roísín,
alles ist real. Oder nichts. Ich weiß es nicht. Ehrlich.
Ich bin froh, dass du auch Ja sagst.
Liebe Grüße
Rasmus.
PS: Das Wetter ist grauenvoll, selbst für hiesige Verhältnisse.

Lieber Rasmus,
ich habe das Bildmaterial in Form gebracht und muss sagen, dass wir ein paar wirklich schöne Sachen beisammenhaben. Ich würde es dir ja schrecklich gern schicken, aber gerade herrscht eine Riesenpanik wegen Daten-

schutz/Sicherheit, weil irgendjemand irgendetwas gehackt und online gestellt hat und jetzt plötzlich der große Weltuntergang vor der Tür steht und so, deshalb ist alles verschlüsselt und verriegelt und damit außerhalb meines Zugriffs, und ich will keinen von uns in Schwierigkeiten bringen. Du könntest immer noch offiziell anfragen, ob du das Material sehen kannst, aber darüber müssen erst mal die »hohen Tiere« entscheiden, wie mein Vater es immer genannt hat.
Roísín

Liebe Roísín,
ich glaube nicht, dass ich es sehen will. Es mag ja reizvoll sein, von jemand anderem bei der Arbeit beobachtet zu werden, und auch hilfreich, weil man so daran erinnert wird, dass man in der realen Welt existiert und etwas tut, das andere dann erleben dürfen und hoffentlich lohnenswert finden. Sich jedoch selbst bei der Arbeit zuzusehen würde nicht nur eine andere Form der Eigenwahrnehmung schaffen – eine, die fast schon an Befangenheit grenzt, auf die ich gut und gern verzichten kann. So etwas könnte mich sofort lähmen.
Rasmus.
PS: Außerdem würde ich sonst dir bei der Arbeit zusehen, wie du mir bei der Arbeit zusiehst … zu metaphysisch.

Lieber Rasmus,
ich habe mich übrigens zum Schwangerschaftsyoga breitschlagen lassen. Nach der ganzen Zeit, in der ich

weder gewusst noch gesehen habe, was los ist, stürze ich mich nun in eine Zustand hemmungsloser Schwangerschaftsbegeisterung, und Nell meinte, ich hätte ja mehrere Monate verpasst, in denen man sonst plant, sich einstimmt und freut, deshalb hat sie mich angemeldet, aber als ich hinkam, stellte sich heraus, dass Nell wohl nicht lesen kann, weil es sich um Schwangerschaftsyoga für »werdende Eltern« handelte, sprich mit den Daddys/Partnern, die sich Rücken an Rücken mit den künftigen Müttern auf den Boden setzen und die Arme von hinten miteinander verschränken mussten, als wären sie zu einer wunderbaren, liebevollen Einheit verschmolzen. Also bin ich wieder gegangen. All die Leute freuen sich von Herzen für mich und meine Schwangerschaft, deshalb komme ich mir gemein vor, wenn ich ihnen ihre Freude vermiese. Monatelang habe ich immer wieder »Er ist tot« zu irgendwelchen Leuten gesagt, aber es unschuldigen Hebammen oder Yogalehrerinnen oder Verkäuferinnen in Babygeschäften vor den Latz zu knallen erscheint mir einfach grausam. Ihre Gesichter! Deshalb halte ich mich bei den Vorbereitungen lieber noch etwas zurück. Schließlich passiert es, dass Menschen einfach tot umfallen. Da ist es vielleicht klüger, es nicht zu übertreiben. Aber liebe Zeit, was für ein Grund, am Leben zu bleiben! Was für ein wunderbares Gefühl, den Klauen des Todes entrissen worden zu sein! Bei dem Tempo kommt ja keiner mehr mit ... Gerade bin ich noch eine ganz normale Frau mit einem Freund, der Heirat und Kinderkriegen eher schleifen lässt, dann bin

ich plötzlich die tapfere junge Witwe in tiefer Trauer und jetzt auf einmal künftige Alleinerziehende. Als hätte der liebe Gott Nico geschnappt und durch ein Baby ersetzt. Als hätte ... keine Ahnung, mir fällt kein Vergleich dazu ein, wenn ich ehrlich sein soll. Jedenfalls keiner, den ich schon mal erlebt habe. Wie kann ich mit der einen Seite meines Herzens trauern und mich in der anderen auf neues Leben freuen?
Roísín

Liebe Roísín,
du bist ein menschliches Wesen, und das ist deine Aufgabe. Gut gemacht. Weiter so!
Wir wissen doch alle, dass wir irgendwann sterben werden, trotzdem schaffen wir es, diese Tatsache zu verdrängen und Kaffee trinken zu gehen, mit unseren Freunden zu reden, Kinder zu bekommen, uns die Zähne zu putzen, Wertpapiere zu kaufen, als könnte der Tod nicht jederzeit um die Ecke biegen und all die schönen Dinge zunichtemachen. Jay hatte ein Lieblingszitat aus der Bibel, ein ziemlich unheilvolles: *Sehet zu, wachet und betet; denn ihr wisset nicht, wann es Zeit ist.* Ein Spruch, den Eltern im siebzehnten Jahrhundert ihre Töchter mit rotem Garn in Leinenmustertücher sticken ließen, um sie daran zu erinnern, stets schön brav und sittsam zu sein. (Ehrlich gesagt machen mir solche Dinge Angst. Das Wissen, dass jeder einzelne Stich in Vorbereitung auf ein Leben in Angst und Ergebenheit gemacht wurde.) Trotzdem tun wir es nicht. Ich habe jedenfalls noch nie in meinem Le-

ben gewachet und gebetet. Bis der Tod schon vor der Tür stand und Jay die Hand um die Kehle gelegt hatte, und dann konnte ich nicht mehr damit aufhören.
Wir leben nun mal, wie normale, erwachsene Menschen es müssen. Wie ein Prediger, der Liebe und Hass auf die Fingerknöchel tätowiert hat.
Liebe Grüße
Rasmus.

Lieber Rasmus,
es ist einige Zeit her, seit ich mich zuletzt gemeldet habe, aber ich wollte Bescheid geben, dass das Material des Auftritts in der Albert Hall wirklich gut geworden ist und wir gemeinsam mit dem Bush-Hall-Gig, dem Interview und Archivmaterial der Band eine erstklassige Mischung für eine Doku beisammenhaben. Im nächsten Schritt müsst ihr, die Plattenfirma und du, entscheiden, wie wir weiter vorgehen sollen. Da du aktuell noch nichts davon ansehen möchtest, schicke ich dir keine entsprechenden Links, aber solltest du deine Meinung ändern, steht dir alles zur Verfügung.
Beste Grüße

Liebe Roísín,
danke für das Update zu den Filmaufnahmen. Bestimmt gibt es demnächst weitere Infos.
Beste Grüße
Rasmus.

Lieber Rasmus,
Nico war Tattookünstler, ein sehr guter. Ich kann Tattoos rein gar nichts abgewinnen. Allerdings meinte er immer, ich hätte die perfekte Haut dafür, und wir haben gewitzelt, was für ein Motiv ich mir stechen lassen würde, wenn es je dazu käme – was ich nie tun würde. Seinen Namen über meinem Herzen – das gefiel ihm aber überhaupt nicht. Schließlich wolle er nicht seinen eigenen Namen auf mir lesen, als wäre ich ein Turnbeutel. Am liebsten wollte er Blumen, von oben bis unten, aber ich habe ihm erklärt, für mich käme allenfalls »Liebe« und »Liebe« auf den Knöcheln infrage. Was die Leinentücher angeht, kann ich dir nur zustimmen. Die Dinger sind echt unheimlich, wie in einer Fernsehshow mit Kindern, die im Kreis tanzen und mit gruselig hohen Stimmen »Ringel-Ringel-Reihe« singen und einer ein Taschentuch fallen lässt.
Heute habe ich es meiner Mutter erzählt. Sie hat geweint und geweint und geweint und dann gesagt, dass sie hier einzieht. Natürlich tut sie es nicht, aber die Idee fand ich nett. Solange sie ihre Drohung nicht wahr macht. Jetzt muss ich es nur noch Nicos Mutter sagen. Dafür muss ich erst mal tief durchatmen. Sie ist sehr schlau, sehr abergläubisch und SEHR emotional. Ich weiß ja, wie innerlich zerrissen ich selbst bin, aber du liebe Güte, wie muss es wohl erst für sie sein? Im Grunde ist es, als würde ihr toter Sohn zurückkehren. Habe ich dir erzählt, dass er Einzelkind war?
Roísín

Liebe Roísín,

ausnahmsweise wird der Überbringer der Nachricht die Nachricht selbst sein. Ein Blick auf dich wird genügen.

Ich liebe Tattoos.

Rasmus.

24

August, London

Wofür sind Geister da?, fragte sich Jay.

Habe ich eine Aufgabe, die ich erfüllen soll?

Sie musste etwas Zeit mit ihrem Leben jenseits von Rasmus, vor Rasmus verbringen. Mit ihrer Familie, ihrem Bruder, an den Orten ihrer Kindheit, mit ihren wunderbaren Nichten.

In Heathrow achtete sie darauf, niemandem im Weg zu stehen, lümmelte auf den Streben der Hallendecken, auf den Werbeaufstellern in den Geschäften oder den Beleuchtungsanlagen, die inzwischen zur sicheren Zufluchtsstätte für sie geworden waren. Keiner kann sich auf einen setzen, wenn man von der Decke baumelt. Außerdem musste sie warten, bis ihr Flug aufgerufen wurde.

Mühelos glitt sie ins Flugzeug und setzte sich auf einen Platz in der ersten Klasse, blickte zu den Wolken hinauf und überlegte wieder, wie es wäre, auf ihnen herumzuhüpfen. Der Flug von London nach Accra dauerte genauso lange wie die Fahrt mit der Fähre und dem Wagen von Stornoway nach Glasgow. Aber hier war sie zumindest von Ghanaern umgeben, und ihre Stimmung hob sich. Fleisch ihres einstigen Fleisches. Stimmen und Gelächter.

Am Kotoka Airport war sie endgültig in Ghana angekommen: Es war sieben Uhr abends und bereits stockdunkel, heiß, laut und vertraut. Zum ersten Mal war niemand da, der sie in Empfang nahm, keine Horde Brüder, keine Blumen, keine Hände, die ihr Gepäck schnappten und sie zu irgendeinem von Freunden geliehenen Wagen zerrten, um sie nach Hause zu bringen.

Keine bleierne Mattigkeit, keine Klagen über die Hitze, während sie sich instinktiv von ihr umhüllen ließ, ihr Tempo drosselte, die Geschmeidigkeit ihrer Glieder fühlte, die Luft, die ungehindert in ihre Lunge dringen konnte …

Sie kannte den Weg zu Kwames neuer Adresse nicht, deshalb begab sie sich als Erstes zum Haus ihrer Eltern. Es war niemand da. Eine Cousine sollte sich darum kümmern, aber sie schien nicht hier zu sein. Jay fläzte sich auf das Sofa ihrer Mutter, wie sie es zu Lebzeiten niemals hätte tun dürfen, und blickte zum Ventilator hinauf. Irgendwann machte sie es sich im Liegestuhl im Garten bequem und schaute zu den Palmen hinauf, ließ die Füße in den Pool baumeln und redete mit den dreifarbigen Eidechsen, die an der weiß getünchten Wand hingen. Am Sonntag fuhr sie früh zur Ridge Church: Wenn Kwame schon nicht dort wäre, dann zumindest Efua. Und da war sie auch, mit den Mädchen. Alle drei sahen so süß aus, fein herausgeputzt. Die Mädchen trugen farblich abgestimmte gemusterte Kleidchen. Wie gerne hätte sie sie in die Arme geschlossen und hochgehoben, auf jeder Hüfte eine, obwohl sie längst zu groß dafür waren, mit ihren langen, dünnen Beinen in den weißen Socken. Wie gern hätte sie sie gefoppt, geknuddelt, so getan, als würde sie sie auffressen.

Sie folgte ihnen nach Hause.

Sie stand hinter ihren Stühlen, als sie aßen, Fufu – Jay liebte diesen Brei aus Maniok und Kochbananen –, Suppe und Frozen Yoghurt, saß auf der Bettkante, als sie schliefen, sang ihnen vor, strich ihnen übers Haar, genoss das Gefühl ihrer weichen Wangen, ihre Ausgelassenheit und die Art, wie sie gemeinsam sangen, lauschte ihren hinreißenden Kinderstimmen, die sich ineinander verschlangen und weiter anschwollen, wie früher bei ihr und Kwame. Eines Nachmittags sangen sie ein altes ghanaisches Volkslied: *Tuwe, Tuwe, mamouna tuwe tuwe* … dann *Amazing Grace*. Dann etwas Neueres, das sie nicht kannte.

Zuzusehen, wie Kwame mit ihnen zusammensaß, spielte, ihnen etwas zu essen vorsetzte … dann kam Efua nach Hause, wusch sich die Hände, knuddelte sie … Tanzunterricht. Teddybären. Haare mit dem Lauskamm bearbeiten. Die kleinen Goldschätze. Zukunft ihres Bruders. Ihr Foto auf dem Regal neben dem von Mum und Dad und Oma und von Efuas verstorbenen Verwandten, die sie nicht kannte. Da bin ich, dachte sie, inmitten der Toten. Wo ich hingehöre.

Am Wochenende – sie ging davon aus, dass es Wochenende war – fuhr die Familie mit Freunden zur Mile 13, wo sich der grau-goldene Strand am grau-goldenen Atlantik entlang erstreckte, mit den endlosen Wellen den ganzen Weg herüber aus Südamerika. Die Erwachsenen spannten Sonnenschirme auf, stellten Liegestühle in den Sand, während die Mädchen im seichten Wasser planschten und der Ozean um ihre ausgestreckten Beine und ihre aufgestellten Zehen spülte und schäumte, stets im Blickfeld der aufmerksamen Erwachsenen. Auch die Strandleute waren noch da: der Langustenfischer, dicht gefolgt von dem Mann mit dem kleinen tragbaren Ofen, der die Krebstiere kochte, dahinter der Brötchenverkäufer und schließlich der mit den Limonen, die er darüber ausquetschte. Kwame mit seinen Cargoshorts und der Kühlbox voll Bier und Mineralwasser für die Damen. Lucky Dubes Stimme drang aus irgendeinem iPad. Eigentlich hätte es ganz wunderbar sein müssen. War es auch. Aber auch nicht. Es brach ihr das Herz, verdammt. Alles war direkt vor ihrer Nase. Und doch für immer unerreichbar.

Sie spürte, dass ihre Gegenwart die Mädchen beunruhigte. Eine kleine Hand verscheuchte sie im Schlaf, als wäre sie eine Hängepflanze oder eine lästige Fliege. Der Anflug eines Stirnrunzelns, ein flüchtiger Schauder, als sie über die Schulter spähte und einen Blick auf die schlampigen Hausaufgaben warf.

Ich sehne mich danach, dachte sie. Nach Iridischem, das mir nicht länger gehört.

Nach lebenden Menschen.

Jay flog zurück, die Gesichter ihrer Nichten vor Augen und mit den Gedanken bei den Babys, die sie selbst nie gehabt hatte. Sehnsucht.

Ich war beschäftigt, dachte sie. Rasmus ging es nicht gut. Mir ging es nicht gut.

Ein fünf Mal höheres Risiko zu sterben – aber nein, das war nicht der Grund. Hätte sie Angst gehabt, dann nicht davor.

Davor, an Sarkoidose zu sterben?

Hör auf, es spielt keine Rolle mehr. Es ist vorbei. Das war's.

Außerdem schenkst du doch jemandem nicht ein Leben, nur weil dieser Jemand eines Tages sterben wird.

25

August, Ithaka

Nicos Mutter Marina war nicht in der Wohnung in London in Camden Town. Natürlich nicht. Es war schließlich August, und den verbrachte sie in ihrem Ferienhaus auf Ithaka.

Er fand sie im Schatten eines mit Weinblättern bewachsenen Spaliers vor Dmitris Bar am Strand von Frikes. Dmitri war drinnen, wo es kühler war, und gab englischen Gästen das WLAN-Passwort, darunter eine tropfnasse Frau, die offensichtlich gerade von einem Boot herübergeschwommen war. Die Sonne war bereits hinter der Insel verschwunden, und das raue Bimmeln von Ziegenglocken verriet ihm, dass sie sich auf den Weg zu ihren Unterschlupfen für die Nacht gemacht hatten. Und da war sie, seine Mutter, die bei einem Gläschen Gin Zeitung las.

Er trat zu ihr und setzte sich.

Sie fuhr hoch.

»Nico?«, fragte sie. *»Nico mou?«*

Er wich zurück.

»Agóri mou, eísai edó?« Mein Junge, du bist hier? Sie stand auf, richtete sich zu ihrer vollen Größe von einssiebenundfünfzig auf. Sie trug einen ihrer Kaftane, San-

dalen mit Absätzen und den Ring von Lalaounis, den sein Vater ihr geschenkt hatte, und war perfekt frisiert. Eine Witwe, die erst kürzlich ihren Sohn verloren hat, dachte Nico, sitzt mitten im August in einem Dorf auf einer griechischen Insel und sieht aus, als käme sie frisch vom Friseur.

»Schatz?«, fragte sie. *»Nico mou?«*

Sie legte den Kopf schief.

»Hier, Mama«, sagte er, trat auf sie zu und schlang die Arme um sie. Er zog sie an sich und hielt sie ganz fest.

Als Dmitri mit den Engländern aus dem Haus trat, saß sie wieder auf ihrem Stuhl.

»Ich hab's dir gleich gesagt, Dmitri!«, erklärte sie. »Ich habe dir gesagt, dass er nicht gehen würde, ohne sich von seiner Mutter zu verabschieden.«

»Äh«, grunzte Dmitri. »Braver Junge. Er war ja immer ein braver Junge.«

Er stellte ihr noch einen Gin Tonic und einen Teller Cracker hin.

»Ich bin froh, dass er gekommen ist«, sagte er, als er zurückkam.

»Ich auch«, meinte sie. »Aber jetzt bin ich wieder allein. Komm, setz dich zu mir.« Dmitri ging hinein, goss sich ein Gläschen aus der Flasche mit dem Brandy ein, ehe er einen Stuhl heranzog, um das letzte Licht des Tages zu genießen, auf Nico zu trinken und natürlich auch auf seinen Vater Yiannis und auf Marina.

Nico lief zum Ende des Stegs, sprang hinein und schwamm hinaus. Salzwasser.

26

August, auf der Insel

Das Haus thronte auf der felsigen Anhöhe. Kein Rauch aus dem Kamin. Das Fahrrad stand nicht im Garten. Und auch sonst nichts. Nirgendwo.

Auch drinnen war alles leer. Ausgeräumt, kühl mit einem Hauch Feuchtigkeit, trotz des Spätsommers, wie ein Ferienhaus, das über ein ganzes Jahr unbewohnt gewesen war: leere Schubladen, leere Bücherregale, Spinnweben in den Fensterecken. Kein Klavier.

Jay ging durch Rasmus' Studio. Keine Mellotrons. Kein Omnichord. Kein Harmonium. Keine Gitarren.

Einen Moment lang saß sie auf dem Kamingitter, dem einzigen Platz im ganzen Wohnzimmer, auf dem man noch sitzen konnte.

Er hat alles eingepackt, dachte sie. Das hier ist nur noch irgendein Ort, der mit einem Mal bedeutungslos geworden ist.

Nichts mehr, weswegen man zurückkommen sollte.

Aber im Grunde ist es doch nicht der Ort, der zählt. Sondern der Mensch, der hier gelebt hat. Irgendwann einmal.

Rasmus ist fort und hat dieses Leben mitgenommen. Es ist mit ihm verschwunden.

Und die Katze?

Jay wusste, dass er sie nicht einfach zurückgelassen hatte, sondern dass sie bei Dougie untergekommen war.

Vielleicht ist das gemeint, wenn wir von guten alten Zeiten sprechen, ging ihr durch den Kopf. Damals, als noch alle hier waren, die richtigen Leute an dem Ort, wo sie hingehören, zusammen.

Sie stand auf und ließ den Blick über die kahlen Wände und den nackten Steinboden schweifen. Tja, du wusstest, dass es irgendwann passieren wird …

Nach einer Weile begann es zu regnen. Scharf, nadelfein, von der Seite. Sie kannte diesen Regen nur zu gut. Gerade als sie endgültig in Trübsal zu versinken drohte, tauchte Nico auf. Erstaunt stellte sie fest, dass sie sich freute, ihn zu sehen. Andererseits war er der einzige Freund, den sie jetzt hatte.

»Ich habe mich gefragt, ob du hier sein würdest«, meinte er.

»Es wird schlimmer, nicht?«, gab sie zurück.

»Meinst du? Ich weiß es nicht …«

»Alles hinter sich zu lassen«, sagte sie traurig. »Sieh nur! Es ist alles weg! So schnell! Aber ist das denn so? Ich weiß nie, wie viel Zeit vergangen ist.« Sie hatte mal – nein, sogar mehrmals – ein Buch über ein Schloss gelesen, in dem irgendwann Könige und Königinnen gelebt hatten, ehe es nur noch eine Ruine war, halb zerfallen, von Efeu überwuchert, über Jahrhunderte hinweg. Was war das noch für ein Buch …?

»Verdammt einsam hier oben«, bemerkte Nico und sah

sich um. »Wahrscheinlich ein bisschen zu … gespenstisch für ihn. Mit all den Erinnerungen und so.«

»Stimmt. Was er wohl mit meinen Sachen angestellt hat?«

Später an diesem Tag sollte Jay es herausfinden, als sie durch Stornoway schlenderten, während sie und Nico auf ihren Flug nach Glasgow warteten, und vor dem Secondhandladen standen. Auf dieser Seite der Insel war der Regen nicht ganz so heftig, tropfte eher durch sie hindurch, als sie wie mit Nadeln zu piksen.

»Oh.« Jay spähte durchs Schaufenster und fragte sich, wieso er ihre Sachen hier abgegeben hatte und nicht in dem anderen näher gelegenen Laden. Aber dann dämmerte es ihr: Er hatte es aus Respekt getan, weil er wusste, dass es ihr nicht gefallen hätte, wenn Freunde und Nachbarn ihre Sachen wiedererkannt und darin herumgewühlt hätten. Da war ihr roter Regenmantel, die blaue Seidenbluse, die sie nie gemocht hatte, aber sie war aus Seide, deshalb … Und da! Die Monstera in dem grünen Topf.

Ihre Monstera.

Immerhin hat er die nicht eingehen lassen …

»Oh, meine alten Ohrringe!« Zwei dünne Scheiben aus hellblauem Bakelit mit einem Loch in der Mitte hingen an einem kleinen Ständer. »Ich dachte, ich hätte sie verloren!« Ihre bloße Existenz hatte etwas Beruhigendes; der Beweis, dass sie tatsächlich gelebt hatte. Sie hatte sie getragen.

»Willst du sie haben?«, fragte Nico.

»Irgendwie schon. Aber …«

Jay sah sich um, ob sie sonst noch etwas von ihren

Sachen entdeckte. Nein. Wahrscheinlich hatte er einiges auch eingelagert. Gemeinsam mit seinen Mellotrons. Oder mitgenommen. Nach Frankreich? Wohl kaum. Sie sah die ehrenamtliche Verkäuferin mit ihrem Haarnetz im Laden herumgehen. Janet, oder?

Was mochte Rasmus wohl behalten haben? Er darf ja Sachen weggeben. Er ist weg … und kommt nicht zurück.

Besser gesagt, er weiß, dass ich nicht zurückkomme.

Dabei habe ich genau das getan.

»Ich dachte, es wird irgendwann leichter«, sagte sie traurig. »Wie lange geht das wohl noch weiter, was meinst du?«

Nico sah sie scharf an. »Scheiß drauf«, sagte er und schlüpfte in den Laden.

Wenig später kam er wieder heraus. »Ich habe versucht, sie zu klauen. Ging aber nicht. Logischerweise.«

»Oh!«, sagte sie. »Ich meine … danke.« Sie hielt inne. »Wie geht es deiner Mum?«

»Gut«, antwortete er. »Wie geht es deinem Bruder?«

»Er lebt.«

Einen Moment lang standen sie da, mitten im prasselnden Regen. Oh Gott, all das Wasser. Ging das eigentlich nie aus? Und das Meer, das so laut und klar in der Ferne rauschte.

»Und jetzt?«, fragte sie. »Wenn ich mich einfach irgendwo in den Straßengraben lege, hört es dann auf? Wenn ich nichts weiter tue?«

»Das willst du doch nicht«, gab er zurück.

»Was will ich dann?«

»Das Gleiche wie ich. Die beiden finden?«

27

August, London

In London regnete es nicht. Hier herrschten heiße, anstrengende Temperaturen, der Rasen in den Parks war gelb und ausgedörrt, Zigaretten und leere Chipstüten wehten durch die Rinnsteine. Nico und Jay saßen am Spätnachmittag auf der vertrockneten kleinen Grasfläche vor Roísíns Haus und spähten zu den Fenstern hinauf.

»Ist sie zu Hause?«, fragte Jay.

Nico wusste es nicht. Das ärgerte ihn. Er wollte sie unbedingt sehen, musste wissen, wie es ihr ging. Jay hatte ihm Angst gemacht mit ihrer Frage, *Wie lange geht das wohl noch weiter, was meinst du?* Er hatte eine Vision vor Augen: für immer. Roísín, wie sie ihr Leben lebte, ihre Tage und Nächte, jahrelang. Roísín, die vor seinen Augen alterte. Er, der nicht bei ihr sein, aber auch nicht gehen konnte. Geistergeschichten kamen ihm in den Sinn. Tragische.

Diese unnatürliche Situation könnte aber auch ein Ende nehmen. Ganz unvermittelt – jetzt, zum Beispiel! Ohne dass er alles in Ordnung gebracht hatte. Schon wieder. Die Worte »unerklärlich« und »machtlos« gingen ihm durch den Kopf.

In diesem Moment kam Roísín um die Ecke, beladen

mit Einkaufsnetzen voller Obst und Gemüse vom Markt. Äpfel und Zwiebeln wölbten sich zwischen den Maschen.

Sie blieb kurz stehen und legte sich eine Hand auf den unteren Rücken. Sie trug ein hübsches Hängerkleidchen, das Nico immer sehr an ihr gemocht hatte, schwarz-weiß mit einem Gürtel, den sie jetzt allerdings nicht trug. Oder doch, nur weiter oben, unter ihren Brüsten. Sie war …

Nico starrte sie an. Runzelte die Stirn – das fassungslose »Das kann nicht sein«-Stirnrunzeln eines Kindes.

Er schnellte vor. Jay hob die Hand, um ihm Einhalt zu gebieten.

»Warte«, sagte sie.

»Warten? Worauf … Ich meine, was zum Teufel …«, rief er und stand auf.

»Oh Gott, sie ist schwanger«, murmelte Jay.

»Hat sie mit ihm geschlafen?«, fragte er.

»Nico, sie haben sich doch gerade erst kennengelernt!«

»Aber sie ist schwanger!«

»Sieht ganz so aus«, bestätigte Jay staunend.

»Ist es von mir?«, fragte er schwachsinnigerweise.

»Von wem denn sonst?«

»Ich bin seit Februar tot!«

»Nico, es dauert eine ganze Weile, bis man den Bauch sieht.«

»Das weiß ich auch! Wie weit ist sie?«

»Ich kenne mich mit dem Timing eures Liebeslebens nicht aus, Nico …«

»Nach welchem Monat sieht es aus? Oh Gott, Mum kriegt einen Herzinfarkt.«

»Von der Zeit her könnte es ohne Weiteres passen«, sagte Jay. »Keine Ahnung, fünfter, sechster Monat? Bestimmt. Möglich wäre es.«

»Möglich wäre es«, wiederholte er und starrte Roísín weiter an, die sich die Treppe hinaufkämpfte, die Taschen fallen ließ und mit dem Schlüssel herumfummelte. Er konnte ihr noch nicht einmal helfen, die Tür aufzuschließen, oder die blöden Einkäufe hineintragen. Alles kullerte heraus, sobald sie die Netze abstellte, und die Tragegriffe blieben nicht oben, deshalb musste sie sich bücken und alles …

Er konnte nichts für sie tun, *durfte* nichts tun. Kein Schreck, keine lauten Geräusche.

Er rannte auf die Straße und hielt eine davonkullernde Mandarine auf. Aufheben konnte er sie zwar nicht, aber immerhin verhindern, dass sie weiterrollte. Also tat er wenigstens das.

»Also entweder hast du sie geschwängert, bevor du gestorben bist, oder sie hat gleich in den ersten Wochen nach deinem Tod mit einem anderen geschlafen«, stellte Jay fest. »Trotz ihrer abgrundtiefen Trauer, und es gibt keinerlei Beweis für die Existenz dieses Mannes, ja noch nicht einmal einen Hinweis auf ihn, außerdem wäre es völlig untypisch für sie, und außerdem warst du doch praktisch die ganze Zeit an ihrer Seite. Oder?«

»Ja.«

»Fest steht, dass sie nicht von einem Mann schwanger sein kann, den sie erst in den letzten acht Wochen kennengelernt hat, weil man es noch nicht sehen würde. Hör zu, Nico. *Nico!*«

Er riss den Blick von ihr los.

»Wir müssen akzeptieren, dass deine Witwe schwanger ist und den Tatsachen ins Auge blicken. Ihr hattet vor deinem Tod Sex, und jetzt bekommt sie ein Baby.«

»Sie bekommt ein Baby.«

»Dein Baby.«

»Mein Baby«, wiederholte er.

»Genau. Dein Baby.«

»Ich werde Vater«, sagte Nico. »Vater.«

»Stimmt. Zumindest …«

Er verstummte. Blickte Roísín an, dann wandte er sich abrupt Jay zu, als wollte er sie etwas fragen … tat es aber nicht.

»Das ändert …«, begann er. »Ich meine …«

Aber es änderte rein gar nichts, und er wusste nicht, was er damit gemeint hatte.

»Sie wird Geld brauchen«, sagte er stattdessen.

»Nico. Du bist tot«, sagte Jay behutsam.

»Kann ich das? Geld für sie beschaffen?«

»Nein, sie hat Schwestern und eigene Freunde, eine ganze Schar an lebenden Menschen, die sich nur zu gern um eine junge, verwitwete, frischgebackene Mutter kümmern werden. Darunter zweifellos auch deine eigene Familie.«

»Aber wir müssen uns doch irgendwie organisieren«, wandte er ein. »Sie und ich. Auf einmal ist alles anders. Ein Baby. Wir müssen uns darum kümmern.«

»Natürlich. Nico. *Nico*! Aber das ist nicht mehr deine Aufgabe.«

Eine eigentümliche Energie durchströmte ihn, prickelnd, leuchtend. »Doch, ist es«, sagte er. »Es muss meine Aufgabe sein. Oder eine andere. Komm.«

Sie folgten Roísín die Treppe hinauf.

Kaum betraten sie die Wohnung, begann Nico zu weinen.

»Ich lasse euch dann mal allein«, sagte Jay.

Nico sah zu, wie Roísín sich die Schuhe auszog, das Obst verstaute und Wasser aufsetzte. Er sah ihren Blick zum Geschirr schweifen, das noch vom Frühstück in der Spüle stand, ehe sie den Kühlschrank inspizierte: sechs offene Marmeladengläser, Wodka, Gurken, Chutney (mindestens vier Jahre alt), schlaffer Kopfsalat, ein Stück Butter, noch immer im fettigen goldfarbenen Papier, grünlich schimmernder Speck, den sie in den Müll warf. Der voll war. Sie sah zu den Küchenschränken hinüber – sie wusste, dass keine Mülltüten mehr da waren, das verriet ihre Miene ganz deutlich.

Er sah zu, wie sie zum Laptop hinüberschielte, beschloss, ihn zugeklappt zu lassen, und stattdessen ins Badezimmer ging. Er hörte sie pinkeln, die Hände waschen, sah sie wieder herauskommen, sich hinsetzen und die Augen schließen.

Ich kann noch nicht mal losziehen und ihr ein Curry holen, dachte er. Ich kann es nicht.

Kann es nicht.

Aber er konnte sich neben sie legen, was er an diesem Abend auch tat. Ganz vorsichtig legte er die Hand auf ihren Bauch.

Es trat. Ein winziger Fuß oder Fäustchen. Oder ein Ellbogen. Er sah, wie sich die gespannte Haut plötzlich unter seiner Handfläche wölbte. Hatte er es gespürt? Er konnte es nicht sagen.

Er zitterte. Musste sich abwenden.

Dann stand er auf, setzte sich ein Stück von ihr entfernt hin. Von ihnen. Machtlos und unerklärbar. Die ganze Nacht blieb er dort sitzen, verfolgte jede Regung, jeden Atemzug, jedes Murmeln. Was bist du, wenn du nicht mir gehörst? Und was bin ich, wenn ich nicht dir gehöre?

Danach war es mit Roísín nicht länger wie zuvor. Er näherte sich ihr nicht mehr. Etwas hielt ihn davon ab. Er saß neben dem Bett, statt auf der Bettkante, sah nur zu, statt sich zu ihr zu legen. Er bestaunte sie, die Körperlichkeit ihres Zustands. Die Distanz schien noch größer zu sein als zuvor, unabhängig davon, was er dachte oder sich wünschte.

Wie sanft sie war.

Er wich ihr nicht von der Seite. Loyal und treu. Bei der Arbeit, zu Hause, im Studio, im Schnittraum, beim Einkaufen, im Bus, bei den Ponds und am Crouch End Lido und sogar im rotzgrünen Meer beim Schwimmen bei Forty Foot, als sie ihre Mutter in Dublin besuchte. Ihre Mutter Nelly stand an der Seite und rief Roísín zu, sie solle herauskommen, weil es zu gefährlich sei. Die beiden lachten bei der Vorstellung, wie die Herren in früheren Zeiten sich allein bei der Vorstellung, dass eine Schwangere mit ihrem Bauch die Exklusivität ihres Clubs zu sprengen wagte, echauffiert hätten, und Roísíns Mum erzählte, sie hätte, als sie in den Siebzigern mit Nell schwanger gewesen sei, an den Demos der Frauenbewegung teilgenommen, durch deren Einwirken die Regeln des Schwimmclubs geändert worden seien.

Plötzlich nahm Nico seine Umwelt bewusster wahr, sah die anderen jungen Mütter mit ihren Kleinkindern, denen er zuvor nie Beachtung geschenkt hatte. Jetzt aber schon.

In einem hübschen kleinen Laden in Crouch End betrachtete er Strampler und kuschelige Decken, einen seidigen kleinen Elefanten, stellte sich vor, wie eine kleine Hand den weichen Leib packte.

Wieso nimmt uns keiner an die Hand und sagt uns, was wir tun sollen? Wieso sind wir ganz allein?

Es gab Tatsachen, denen er sich nicht entziehen konnte. Wahrheiten über die Realität des Lebens. Nur für ihn war nichts gewiss.

Mit jedem Tag war es Nico, als würde er sich weiter entfernen. Als presse das Leben alles aus ihm heraus, was noch von ihm geblieben war.

28

August

Lieber Rasmus,

ich war in Dublin bei meiner Mutter. Sie ist eine wunderbare Frau, an der ich nichts auszusetzen habe. Hörst du das Aber? Eigentlich gibt es keins. Aber. Ich musste sie besuchen, weil ich schwanger bin, und sie ist meine Mam und versteht das. Sie konnte nicht zu mir kommen, weil … na ja, weil sie zu beschäftigt war. Und als ich dann herkomme – ich habe mir extra einen Tag bei der Arbeit freigenommen, damit wir ein langes Wochenende haben –, ist sie trotzdem zu beschäftigt, wenn auch mit wichtigen, wertvollen Dingen, deshalb kann ich mich noch nicht mal beschweren. Welche anständige Tochter würde schon meckern, wenn ihre Mutter morgens einen Workshop für Opfer häuslicher Gewalt abhält? Wenn sie samstagnachmittags Kranke besucht und Einkäufe erledigt, will man doch nicht hineingrätschen, oder? Sonntags steht der Gottesdienst an, danach muss sie sich um die Kinder meiner Schwester Sorcha kümmern, was ich, logisch, auch irgendwie verstehe, und es ist schön, die Kleinen zu sehen, die zum Anbeißen sind und Irisch in der Schule lernen, außerdem ist es bestimmt hilfreich, wenn ich Zeit mit Kindern verbringe. Für Sonntagabend hat sie sich mit meinem Bruder Jim verabredet, um herauszufinden, ob man ihn irgendwie nach Hause zurückholen kann, was sehr ehrenhaft, liebevoll und nett von ihr ist, das will ich weder abstreiten noch sie daran hindern, allerdings hat sie das ganze Wochenende praktisch keine Minute Zeit für mich gefunden, obwohl ich ihr im Stundentakt Tee gekocht habe, in der Hoffnung, dass sie sich mal fünf Minuten hinsetzt und die magische Frage: »Also, sag, wie geht es denn dir so, Roísín-Schatz?»« an mich richtet, jene unsterblichen Worte aus meiner Kindheit, die ich so sehr vermisse, nicht nur aus meiner eigenen Kindheit, sondern aus der von uns allen (bitte hier den entsprechenden Namen einsetzen). Und wahrscheinlich der Kindheit all jener, die mit sechs oder mehr Geschwistern aufgewachsen sind. Mein Freund Paul war eines von vierzehn Geschwistern, und sein Vater hat ihn allen Ernstes gefragt: »Welcher bist du noch mal?« Aber hey, was soll's, inzwischen sind wir alle erwachsen und haben gelernt, auf eigenen Beinen zu stehen, deshalb bringt es nichts, uns deswegen einen Kopf zu machen ... ich meine, wer braucht schon individuelle Liebe und Aufmerksamkeit im Leben? Außerdem habe ich ja immer noch Nell. Witzigerweise haben all meine Schwestern die Mutterrolle für eine andere übernommen: Nelly ist meine Mam, Sorcha ist Nells Mam, Kathleen ist Sorchas Mam und so weiter, und die Jungs waren irgendwo dazwischengequetscht. Es gab immer jemanden, der einem das Haar zerzaust oder eine Schulter zum Ausweinen geboten hat. Jeden-

falls hat meine Mutter mich am Ende zum Schwimmen begleitet, wenn auch nur, um mir zu sagen, dass ich in meinem Zustand eigentlich gar nicht schwimmen sollte. Aber ich liebe sie heiß und innig. Sie ist wunderbar.
Und wie geht's dir so, Rasmus?
Roísín

Liebe Roísín,
über diese Frage musste ich erst einmal nachdenken. Sie wird mir nicht sehr oft gestellt. Man sollte meinen, das käme in meiner Situation häufiger vor, aber ich habe einfach sehr wenig Kontakt zu anderen Leuten, und in all den E-Mails zum Auftritt geht es nie darum, wie ich mich fühle. Nein, das ist nicht ganz fair. Die gute Carola ist sehr mütterlich zu mir. Nette Frau, und klug.
Körperlich geht es mir gut. Ich habe lange und eingehend darüber nachgedacht, ob ich ihnen geben kann, was sie von mir wollen. Wie du weißt, gehen mir deine Worte, Jetzt ist nicht der Zeitpunkt, um hart etwas zu tun, das du später nicht rückgängig machen kannst und Sei nicht so hart zu dir immer noch im Kopf herum, und mir ist bewusst, dass die Zusage zu einem Soloalbum ein paar Monate nach dem Tod meiner Frau und mehreren Jahren ohne offizielle Studioaufnahmen mit anderen Musikern vielleicht als großer Schritt gesehen wird. Ist die Unterschrift unter einen Vertrag etwas, das ich nicht rückgängig machen kann? Ja. Aber sie ist auch ein Zeichen, dass ich an mich glaube.
Deshalb frage ich mich auch selbst, wie es mir geht. Und

die Antwort: Es ist eine tolle Gelegenheit, und die Arbeit an diesen Songs erledige ich lieber jetzt, als sie auf später zu verschieben. Wir haben im Interview darüber gesprochen. Der Schmerz nimmt mit der Zeit ab, heißt es. Aber ich will nicht, dass meine Arbeit dasselbe tut. Ich will nicht manipulativ sein, will mich nicht an der Trauer festklammern, um sie als Quelle der Kreativität auszunutzen. Und ich will nicht, dass sie für immer anhält. Mein fortwährendes Leiden soll kein Kompliment an Jay sein, keine öffentliche Demonstration, welchen Stellenwert sie für mich hatte. Deshalb ist jetzt der richtige Zeitpunkt, mich an die Arbeit zu machen.

Du hingegen vollziehst den kreativsten aller schöpferischen Akte der Menschheit, und noch dazu zu einem Zeitpunkt, den du nicht selbst gewählt hast und der trotzdem der einzig mögliche ist.

Kurz: Ich habe den Vertrag unterzeichnet. Noch liegt er bei einem Anwalt zur Prüfung, und ich habe Carolas Rat befolgt. Soweit ich weiß, hat sie jeden Vertrag seit 1999 persönlich gelesen. Ich fühle mich ein wenig beklommen, aber kühn.

Noch etwas geht mir im Kopf herum. Müssen wir wegen dem, was vorgefallen ist, unser ganzes Leben ändern? Was glaubst du? Ich frage nur, weil wir beide genau das zu tun scheinen, jeder auf seine Weise.

Rasmus.

Lieber Rasmus,

was für ein mutiger Schritt! Gut gemacht! Carpe diem – du

hast den verdammten Tag genutzt, und das genau richtig. Leider kann ich das nicht von mir behaupten. Nach meiner Rückkehr aus Dublin hatte ich ein, zwei schlimme Abende, und gestern Abend habe ich drei Stunden am Stück geweint. Ich habe es zeitlich eingegrenzt. Aber ich war einfach zu traurig. Ja, ich weiß, dass es in dem Zusammenhang kein »zu« gibt, aber du verstehst schon, was ich meine. Wahrscheinlich ist so viel Geheule nicht ideal für einen Fötus, weil Stress sich schon vor der Geburt auf die winzigen Gehirne auswirkt. Stattdessen sollte ich das Kleine mit Dopamin und Serotonin und dergleichen überschwemmen, nicht mit dem Salz meiner Tränen. Ich weiß ja, dass meine Familie wunderbar sein wird und Nicos auch, trotzdem grüble und grüble ich ständig darüber nach, ob ich all das auch schaffen kann. Ja, mir ist klar, dass ich es längst tue und keine Wahl habe. Offenbar hat mich eben kurzfristig der Mut verlassen, aber der kommt schon wieder, das weiß ich! Schließlich ist das mein Naturell.
Re Plattenfirma: Weißt du denn nicht, dass du im ersten Jahr des Trauerfalls einen Freibrief hast, etwas abzulehnen, zurückzuziehen oder Widerspruch einzulegen? Sorg dafür, dass sie das wissen. Andererseits, wenn sie so eine Wertschätzung für dich haben, wie es offenbar der Fall ist, werden sie das im Hinterkopf behalten und dafür sorgen, dass es dir gut geht, oder?
Dieses Kreativitätsding: Hm, tja. Das ist etwas anderes, oder nicht? Schließlich ist es bei dir ja ein bewusster Entschluss, bei dem du sowohl mit dem Kopf als auch mit

dem Herzen dabei bist, wohingegen bei mir nur der Körper dieses Mammutprojekt am Start hat und das mit meinem bewussten Ich eigentlich gar nichts zu tun hat – was ja sehr plastisch unter Beweis gestellt wurde, indem mein Körper die Hälfte davon schon erledigt hatte, bevor ich überhaupt gemerkt habe, was hier läuft.

Ich habe in den letzten Monaten zwischen meinen Heulkrämpfen intensiv darüber nachgedacht, was zum Teufel ich eigentlich anfangen soll – im Hinblick auf meine Arbeit und mein LEBEN insgesamt –, und hatte da so ein paar Ideen und Gedanken, beispielsweise meinen Job zu kündigen und mich selbstständig zu machen, mehr kreativ und weniger verwaltungsmäßig zu arbeiten. Ich bin einfach so verdammt gewissenhaft und kann gut organisieren, dass Ayesha mich am liebsten auf solche Dinge ansetzt und mich nicht an die kreativeren Sachen heranlässt, woran sich nichts ändern wird, solange ich nichts daran ändere.

Aber natürlich kann ich all das jetzt vergessen, weil Klein-Anto noch mehr von meiner Zeit in Anspruch nehmen wird, als Nico es getan hat, und sich alle meine Wünsche und Bitten an Ayesha um meine Funktion als Mutter drehen werden und nicht mehr darum, mich häufiger Regie führen zu lassen oder Ähnliches. Außerdem nimmt mich mindestens ein Jahr lang kein anderer Arbeitgeber, und selbst dann ist immer noch die Frage, wie lange ich ohne ihn/sie sein will. Wenn das arme kleine Würmchen schon bloß ein Elternteil hat, sollte es dieses eine wenigstens auch HABEN, oder nicht? Also ist

jetzt erst mal Sparen angesagt. Zeit kaufen, im wahrsten Sinne des Wortes.
Wann geht es nach Frankreich? Es wird bestimmt seltsam werden, deine Insel zu verlassen. Hast du vor, das Cottage als Ferienhaus zu vermieten? Damit du es für Kurzbesuche oder Auszeiten nutzen kannst?
Roísín

Liebe Roísín,
ich bin schon weg. Gerade bin ich in Edinburgh, am Dienstag dann in London. Ist dein Sofa noch frei? Es wäre nur für eine Nacht. Ich könnte dich zum Essen ausführen. Oder etwas vom Imbiss mitbringen?
Letzte Woche haben die Jungs die letzten Sachen aus dem Haus geholt. Ich habe etwas intensiver aussortiert, allerdings hat mich der Mut verlassen, als es daran ging, mich von Jays Sachen zu verabschieden, sie entweder zu spenden oder wegzuwerfen. Noch viel schlimmer war allerdings die Vorstellung, sie einzulagern, und noch viel schlimmer, sie eines Tages wieder herausholen zu müssen, irgendwann in der fernen, nicht vorstellbaren Zukunft, wenn alles anders sein wird. Auch der Gedanke an all die Sachen, die ich bereits für wohltätige Zwecke gespendet hatte, macht mich traurig. Ich wünschte, ich hätte sie behalten. Aber ich kann weder hierbleiben noch das Haus gewissermaßen in Aspik legen, es in das Puppenhaus unseres Lebens verwandeln, zwei Schaufensterpuppen wie in einem Provinzmuseum in unseren Klamotten hineinsetzen, die dann langsam Staub ansetzen.

Deshalb, ja, ist nach einigen halb- oder viertelherzigen Anläufen alles weg, was ich nicht nach Frankreich mitnehmen kann. Ich habe es geschafft, gebrauchte Laken und fettige Gewürzbehälter jenseits des Mindesthaltbarkeitsdatums wegzuwerfen und ein paar Konservendosen, die ich der hiesigen Tafel gespendet habe. Freunde haben die Katze adoptiert sowie die halb leeren Marmeladengläser, die Vorhänge und Gemüse zum Selbstaussähen genommen. Alles andere ist in Stornoway eingelagert, mit Ausnahme des Klaviers, das an die Schule geht. Der Cousin des Nachbarn will das Haus bis zum Verkauf mieten, damit nichts schimmelt. Jetzt habe ich offiziell keinen Wohnsitz mehr.

Liebe Grüße

Rasmus.

PS: Du hast ja eine sehr wohlwollende und optimistische Sicht auf das Musikgeschäft. Aber sollte sich die Branche nicht drastisch verändert haben, mache ich mir nur wenig Hoffnung auf viel Mitgefühl seitens der Plattenfirma, auch wenn die einzelnen Leute sehr nett sein mögen.

PPS: Das orangefarbene Ensemble habe ich behalten.

Lieber Rasmus,

Dienstagabend ist vorgemerkt. Ich schlage vor, wir gehen irgendwo etwas essen, da ich vermutlich so schnell keinen Fuß mehr vor die Tür setzen werde, sobald das Baby erst mal da ist. Erst jetzt wird mir wirklich bewusst, dass ich eine alleinerziehende Mutter sein werde.

Dein Vorgehen ist ziemlich radikal. Ich verstehe es. Aber

es ist trotzdem radikal. Das bringt uns zu deiner Frage zurück, die ich bisher nicht beantwortet habe, weil es eine tiefschürfende, alles verändernde Frage ist. Alles in mir schreit NESTBAU-NESTBAU-NESTBAU, mit anderen Worten »bloß nichts verändern, weil es mir Sicherheit vermittelt«, aber auch »du musst komplett alles verändern, weil ein neuer Mensch Einzug in dein Leben hält (na ja, das hat dieser Mensch schon) und du vorbereitet sein musst.«
Aber ich weiß auch nicht, was ich langfristig im Hinblick auf meine Arbeit machen soll. Ich habe schon so lange nicht mehr getan, was ich eigentlich will, deshalb fällt es mir schwer, es zu artikulieren. Und ich kann die Wohnung hier nicht aufgeben, weil ich hier sein muss, für den Fall, dass Nico zurückkommt.
Das ist mein voller Ernst.
Macht mich das zu einem hoffnungslosen Fall?
Jedenfalls bewundere ich dich total.
Roísín

29

September, London

Es war nicht das Abendessen beim Koreaner neben dem British Museum, wo Roísín und Rasmus würziges Bibimbap mit Spiegelei darauf bestellten, das Nico gegen den Strich ging. Auch nicht die Wiedersehensfreude und dass sie viel zu lachen hatten. Es war auch nicht die Erbärmlichkeit, den ganzen Abend danebenzusitzen und sich die Zeit mit dem Versuch zu vertreiben, Rasmus die Gochujang-Soße dazu auf die Hose zu spritzen. Es versöhnte ihn auch nicht, dass Roísín nach einem langen Arbeitstag müde und deshalb mit dem Kopf nicht ganz bei der Sache war. Er verzieh Rasmus, weil der es bemerkte und ein Taxi rief, sodass sie schon gegen halb zehn zu Hause waren. Nein, es war der Anblick, wie er sich im Bad die Zähne putzte und Roísín etwas zu ihm sagte, woraufhin er heraustrat, den Mund voll schäumender Zahnpasta, um zu antworteten. Die Selbstverständlichkeit.

Wäre ich ein anständiger Geist, würde ich ihn die ganze Nacht an den Zehen ziehen. Oder Geräusche machen, Sachen umkippen und …

Hast du ja. Du hast versucht, ihm koreanische Soße über die Hose zu kippen, Kindskopf. So willst du sein, ja?

Wenn du mich so fragst, ja. Ich will ihm Klebstoff in den Bart schmieren und ihn so erschrecken, dass er einen Herzinfarkt bekommt.

Nein, tust du nicht.

Doch.

Außerdem hat er nicht mal einen Bart.

Roísín und Rasmus unterhielten sich über Sprache. Er spricht Dänisch, Spanisch und Französisch.

Toll! Schön für ihn.

Sie spricht Irisch. Rasmus wollte unbedingt etwas hören.

»Kennst du zufällig ein Gedicht?«, fragte er. »Ich würde so gerne die Melodie dieser Sprache hören.«

»Ich kenne ein paar Texte von Songs«, sagte sie.

»Oh, singst du mir einen vor?«

Nico schnaubte verächtlich, denn wenn Roísín eines nicht konnte, dann war es singen.

Und sie hatte gewaltige Hemmungen. Schließlich hatte sie ihn singen hören. Und Jay. Wer wäre da nicht eingeschüchtert? Beyoncé vielleicht. Oder Adele. Also, Adele war sie jedenfalls nicht. Aber Rasmus hatte für sie gesungen, deshalb wollte sie wohl nicht undankbar sein. Sie sang ganz leise und vorsichtig, ohne richtig zu atmen, wie ein Mädchen. Rasmus saß ganz still da und lauschte, während Roísín sich, so gut es ging, durch den schottisch-gälischen Text von *Fhir a' Bhàta* hangelte, hier und da vielleicht mit einem falschen Wort, weil all das nun mal nicht zu ihren Stärken gehörte.

»Das ist *The Boatman,* richtig?«, fragte Rasmus, als sie

geendet hatte. »Das Mädchen steigt auf den Hügel und schaut aufs Meer hinaus, um auf die Rückkehr des geliebten Bootsmannes zu warten.«

»Genau«, antwortete Roísín.

»Das wurde auf meiner Insel geschrieben«, sagte er. »Von einer Frau namens Jean Finlayson. Er ist tatsächlich zurückgekehrt, und die beiden haben geheiratet.«

»Richtig. Zum Glück, weil sie nämlich schwanger war.«

»Allerdings«, bestätigte Rasmus. »Mir hat gut gefallen, wie du es gesungen hast. So voller Schmerz.«

»Das kannst du laut sagen.« Sie hievte sich hoch und ging ins Badezimmer.

Nico weinte, so gut ein Geist eben weinen konnte.

»Tut mir leid«, sagte Rasmus, an die geschlossene Badezimmertür gewandt. »Es tut mir so leid.«

Später, als Roísín im Bett lag, rief Nell an.

»Wieso sprichst du so leise?«

»Tue ich gar nicht.«

»Doch. Was ist los?«

»Gar nichts.«

»Wieso redest du dann nicht normal? Ist jemand da?«

»Nein … ich meine …«

»Wer ist bei dir?«

»Ein Freund übernachtet auf dem Gästesofa.«

»Was für ein Freund?«

»Du kennst doch nicht alle meine Freunde.«

»Ich kenne alle deine Freunde.«

»Es ist ein neuer Freund.«

»Du hast keine neuen Freunde. Wann sollst du ihn denn kennengelernt haben?«

»Über die Arbeit.«

»Du hast also einen Mann bei dir in der Wohnung.«

»Großer Gott, Nell. Er schläft auf dem Sofa.«

»Und wieso?«

»Er schläft hier, bevor er morgen nach Frankreich aufbricht.«

»Wieso?«

»Weil er auf den Äußeren Hebriden lebt.«

»Mach dich nicht lächerlich. Kein Mensch lebt auf den Äußeren Hebriden.«

»Er schon. Aber er zieht jetzt weg.«

»Auf dein Sofa?«

»Nach Frankreich. Erst mal. Was willst du, Nell?«

»Wissen, wieso um diese Nachtzeit ein fremder Mann auf deinem Sofa liegt.«

»Das ist nicht der Grund für deinen Anruf. Und während des Tages kann er schlecht bei mir übernachten, oder?«

»Was will er überhaupt bei dir?«

»Du wolltest doch, dass ich neue Freunde finde. Er ist Witwer.«

»Oh, tatsächlich, ja?«

»Nell.«

Stille.

»Entschuldige.«

»Okay.«

»Ich will dich nur beschützen.«

»Weiß ich.«

»Sieht er gut aus?«

»Halt die Klappe, Nell«, sagte sie sanft und legte auf.

*

Rasmus träumte. Er und Jay in einem Boot. Es schwankte und ächzte, es hallte und platschte, als sie in eine dunkle, tropfende Höhle glitten. Sein Gehirn nahm die Geräusche wahr, hielt sie fest, reihte sie aneinander.

30

August

Lieber Rasmus,
bist du schon da?
Roísín

Liebe Roísín,
ja. Gestern bin ich in Frankreich angekommen, meine Mellotrons im LKW hinter mir, und lerne gerade mein neues Leben als wohlhabender französischer Müller kennen, vielleicht mit drei schönen Töchtern, wer weiß. Das Haus ist alt und lichtdurchflutet, mit einem prachtvollen Garten und einem eindrucksvoll ausgestatteten Studio. Es gibt eine stämmige Köchin namens Francine und einen jungen Helfer für alles, Eric (Erik ausgesprochen), eine erstklassige Tonexpertin, Pernille, und einen Producer, den ich letzten Monat in London kennengelernt habe. Fünfzehn Songs habe ich schon, sprich, mit einer klaren Idee, wie sie klingen sollen. Außerdem steht eine ganze Armee von Musikern bereit, die ganze Bandbreite von grandios bis unerträglich, alle auf Vorschlag der Plattenfirma, deshalb will ich mich nachsichtig zeigen, weil mir die Zusammenarbeit mit diesen Leuten neue Märkte er-

öffnet und die Firma auf so etwas steht und mir dieses Studio so gut gefällt, das sie bezahlen, daher … Es liegt eine Menge Arbeit vor uns. Ich wünschte, Jay wäre hier. Bei welchem Gemüse bist du gerade?
Liebe Grüße
Rasmus.

Liebe Roísín,
ich stecke zwar bis zum Hals in Arbeit, das bedeutet aber nicht, dass ich nicht an dich denken würde. Hör bloß nicht auf, mir zu schreiben. Beide Schriftarten sind willkommen.
Rasmus.

Lieber Rasmus,
bei der Aubergine?
Endlich habe ich auch Nicos Mutter besucht. Ich hatte ihr bisher nicht gesagt, was Sache ist – sie war auf Ithaka, wo die Familie ein Sommerhaus hat. Sie wollte, dass ich hinkomme, um ein bisschen Sonne zu tanken und mich zu erholen, allerdings konnte ich mich nicht dazu durchringen. Eigentlich hätte ich es gern getan, weil ich wusste, dass sie Trost bei mir gesucht und mir im Gegenzug welchen gespendet hätte, aber es sind so viele Erinnerungen damit verbunden, an Nico, wie er in Griechenland aufblüht, auf dieser wunderbaren Insel den Griechen in sich wiederentdeckt, die Boote, der Mond, das Meer, der herrliche Duft in der Luft, dieser verdammte Jasmin, seine Cousins und Cousinen aus Athen, die ganze Trauer der Familie, die herrliche abendliche Kühle und dieses beschis-

sen leckere Essen und ... ich konnte einfach nicht. Nach ihrer Rückkehr bin ich also einfach zu ihr nach Hause gegangen, in die Wohnung, wo sie immer gelebt haben, wo Nico aufgewachsen und sein Vater gestorben ist, und sie hat mich nur angesehen und laut aufgeschrien. Rückblickend war es vielleicht nicht die schlaueste Art, es ihr mitzuteilen – aber per SMS oder E-Mail oder am Telefon hätte ich es auch schlecht tun können. So was muss man doch von Angesicht zu Angesicht sagen, oder? Jedenfalls hat sie laut geschrien und ist umgekippt. Sie ist fünfundsiebzig und winzig, eine hellwache Frau mit einem riesigen Herzen und beinharten Regeln, gegen die sie ständig verstößt ... jedenfalls dachte ich ernsthaft, ich hätte sie umgebracht. Aber eine Sekunde später war sie wieder auf den Beinen, weinte, was das Zeug hielt, und trank, und die ganze Zeit ging es Rosaki mou hier und Rosaki mou dort, sie lachte und weinte und umarmte mich ... du liebe Zeit, die Frau reicht mir gerade mal bis zur Schulter, deshalb war ihr Gesicht praktisch in meinem Ausschnitt versunken, und ich hatte überall Lippenstift an der Bluse ... ach, Rasmus, meine Nachricht hat sie so glücklich gemacht. Ich kann froh sein, wenn ich mit dem Leben davonkomme, falls ich mein Kind nicht Nicolas nenne. Mit Nicola könnte ich ja gerade noch leben, aber nur mit Ach und Krach. Dann musste sie die ganze Familie durchtelefonieren, jeden einzelnen verdammten Triandafilidis* und Papadopoulos von Ithaka über New York bis Melbourne, und ich musste dasitzen und warten, bis sie mir bei jedem Anruf den Hörer in die Hand drückte, nur leider sprechen nicht alle wirklich gut Englisch, weshalb mein grauenvolles Griechisch in seiner ganzen Breite ans Licht kam. Ihre Zuneigung ist wie eine Woche Wetter in Galway – ein Wechselbad aus Sonne und Tränen mit viel Jesus, Maria und Josef. Dann hat sie mir eines ihrer Nazar-Amulette an einem Lederband um den Hals gehängt und mich bei Nicos Gedenken und dem ihres verstorbenen Ehemanns, Nicos Dad, schwören lassen, dass ich es niemals abnehmen werde. Niemals! Nicht nur nicht, bis mein Baby (Entschuldigung, ihr Enkelkind ist es jetzt) heil auf der Welt ist, sondern auch danach nicht. So viel von mir. Als Nico und ich zusammenkamen und er noch als Tattookünstler gearbeitet hat, wollte sie unbedingt, dass er uns ein Tattoo mit einem Nazar-Amulett sticht. Aber ich schweife ab.

Jedenfalls habe ich es jetzt hinter mir. Ich werde niemals im Leben allein sein, oder? Kann man eigentlich arbeiten, ich meine, etwas Künstlerisches, wenn man nie allein ist? Das ist eine ernst gemeinte Frage. Aber mir ist aufgefallen, dass du Fragen immer ernst nimmst, deshalb brauche ich das wohl nicht extra zu erwähnen.

Roísín

PS: *Rousaki mou heißt Meine kleine Rose auf Griechisch. Roísín bedeutet Kleine Rose auf Irisch. Triandafilidis heißt ebenfalls Rose (wörtlich übersetzt dreißig Blütenblätter oder Blätter) auf Griechisch. Was superlustig ist, denn hätte ich Nico tatsächlich geheiratet, hätte ich Rose Rose geheißen.

PPS: Nicos Großtanten und -onkel heißen unter anderem Olympia, Cleopatra, Afrodite, Achilles, Herakles, Efrosini

und – das ist mein Lieblingsname – Tirandafilos. Wie ich.
Rose von den Rosen.

Liebe Roísín,
so viel Familie! Ich weiß immer noch nicht, wie viele Geschwister du hast. Ist einem das denn nicht zu viel? Ich muss zugeben, ich fühle mich allein schon beim Lesen überwältigt.
Rasmus.

Lieber Rasmus,
ich habe jede Menge Geschwister. Aber du hast mir noch gar nichts von deiner Familie erzählt.
Roísín

Liebe Roísín,
doch, ich glaube schon. Aber im Grunde gibt es da nichts zu erzählen.
Rasmus.

Lieber Rasmus,
du bist kein Mensch, der lügt, und dumm bist du auch nicht, deshalb betrachte ich deine Antwort als Stufe eins des Selbstschutzes und respektiere das natürlich.
Roísín

Liebe Rose von den Rosen,
danke.
Rasmus.

Lieber Rasmus,

ich wünschte wirklich, ich hätte ein Grab. Nicos Bestattung war ein stimmungsvoller, dramatischer Anlass und in jeglicher Hinsicht angemessen, vor allem aber wollte er es so haben, deshalb hätte ich nichts anders machen können, selbst wenn ich gewollt hätte, aber ich wünschte bei Gott, es gäbe einen Ort, wohin ich gehen und mich eine Weile hinsetzen kann, irgendwo, wo es schön ist, mit Rasen und vielleicht einer Bank und vielen Blumen. Einige meinten, ich könnte irgendwo einen Baum pflanzen oder einen hübschen Rosenstrauch, aber was hat das mit ihm zu tun? Ich kann schließlich nicht einfach hingehen und »So, das ist jetzt Nicos Baum« sagen, denn verglichen mit einem Baum, der aus dem Fleisch und Blut eines menschlichen Leichnams gewachsen ist, hat so etwas doch weder Hand noch Fuß, sozusagen.

Ich denke eher an dieses alte Lied, in dem aus seinem Herzen eine Rose erwächst und so. Ich überlege gerade, wie das Lied heißt, aber bestimmt weißt du, welches ich meine. Genau. Sweet William and Barbara Allen. Und aus seinem Herzen erwuchs eine rote, rote Rose, aus dem ihren ein Dornenstrauch – ich glaube, damit war ein Brombeerstrauch gemeint, was nicht besonders nett ist. Obwohl ich weiß, dass sie kaltherzig gewesen sein soll, aber wer will schon, dass Dornen und Brombeeren herauswachsen? Aber dann habe ich Google befragt und festgestellt, dass in Wahrheit eine dieser wilden Heckenrosen gemeint ist. Hast du Volver gesehen, diesen wunderbaren Film, in dem sich in der ersten Szene die

spanischen Hausfrauen um die Gräber kümmern, die Grabsteine schrubben, Staubwischen, frisches Wasser in die Vasen füllen und so, alle in ihren Hauskleidern und perfekt frisierten Haaren. Einfach wunderbar.
Ich möchte mich so gern zu Nico setzen und ihm alles persönlich erzählen, weil ich immer noch die absurde Vorstellung im Kopf habe, er könnte es zufällig oder von jemand anderem erfahren. Lach nicht, aber manchmal bin ich abends an die Themse hinuntergegangen und habe mich auf eine Bank dort gesetzt, weil ich dachte, wenn die Flut kommt, kehrt er zurück ... Kürzlich habe ich einem Reiher nachgesehen und mir überlegt, ob er vielleicht einen Fisch gefressen hat, der etwas von Nico verschluckt hatte, nach dem Motto: Der Kreislauf des Lebens, verstehst du? Jedenfalls bleibt das Bedürfnis, irgendwo Blumen abzulegen und ... ja, okay ... zu reden.
Roísín

Liebe Roísín,
Jay hat sehr klare Anweisungen gegeben, dass sie eine Feuerbestattung will. Die Vorstellung, in einer Kiste zu liegen und in der Erde vergraben zu werden, hat sie ziemlich nervös gemacht. Sie hatte Angst, der Bestatter könnte sie in einer Position hineinlegen, die ihr unbequem ist. Sie lag nicht gern auf dem Rücken, was die klassische Liegeposition im Sarg ist. Ich sollte den Bestatter fragen, ob sie vielleicht seitlich hineingelegt werden könnte, aber ihr wurde rechtzeitig klar, dass das ziemlich verrückt ist, weil man ja einen höheren Sarg und ein hö-

heres Grab brauchen würde. Außerdem würde sie dann immer noch unter der Erde liegen. Also hat sie sich für die Feuerbestattung entschieden, wo die kleinsten Partikel von ihr sich mit der Luft verbinden würden. Staub zu Staub.

Rasmus.

PS: Ich erinnere mich dunkel an eine Bestattungskultur, bei der Blumen ins Wasser und Kerzen auf Blättern ins Wasser gesetzt werden. Ist das eine Puja?

Lieber Rasmus,

hast du denn ihre Asche schon verstreut?

Roísín

Liebe Roísín,

nein, noch nicht.

Rasmus.

Liebe Roísín,

entschuldige, das war ein wenig kurz angebunden und schroff. Ich habe es versucht, aber es hat nicht funktioniert, und jetzt weiß ich nicht, was ich damit machen soll. Oder wann. Das Herz wird mir bleischwer, wenn ich ihre Urne ansehe. Dann stelle ich sie weg und fühle mich wie ein mieses Schwein, weil ich sie nicht länger um mich haben will. Manchmal kann ich sie wochenlang nicht anfassen. Weil mir ganz elend wird, genauer gesagt, beim Gedanken daran. Die Asche selbst tut ja nichts. Sie ist nicht Jay, hat nichts mit ihrem Körper zu tun. Sie erinnert mich täglich daran, dass wir kein Kind zusammen hatten, sie sich aber sehnlich eines gewünscht hat, und dieses Kind ihre Augen, ihre Gene bekommen hätte. Was an sich schon kompliziert genug war, weil Sarkoidose, woran sie letztlich gestorben ist, vererbt werden kann. Sie wollte es nicht weitergeben. Ich habe sie nicht zu einer Schwangerschaft ermutigt, weil ich das Gefühl hatte, dass es mir nicht zusteht. Aber ich wünschte, ich hätte es getan. Manchmal. Gleichzeitig litt ich unter Depressionen. Im klinischen Sinne. Ich fühlte mich nicht in der Lage, ihr zu helfen oder sie zu unterstützen.

Ihre Asche erinnert mich an alles, was ihr meinetwegen verwehrt blieb. Sie hätte sich nie für ein Leben in der Einöde entschieden, hätte ich es nicht gewollt. Sie wollte in der toughen Großstadt leben und eine gute Ärztin für all die toughen Familien sein, die eine gute Ärztin brauchen. Sie wollte in der Geburtshilfe arbeiten und dabei vor allem schwarzen Frauen helfen, wollte abends losziehen, in eine Bar gehen oder sich lustige oder rührselige Filme im Kino ansehen, bei Popcorn oder Sushi. Sie wollte ihre Stimme in wunderbarer Harmonie mit anderen wunderbaren Stimmen erklingen lassen, in der Kirche, einem Chor oder in einer Band. Sie war eine Frau, die nach London oder New York passte. Oder meinetwegen auch nach Glasgow. Jedenfalls war sie eine Städterin. Aber ich habe das verhindert. Sie hat nie darüber gesprochen. Was das anging, war sie knallhart, wusste, wie sie sich von Dingen löst, die sie nicht haben konnte. Sogar von ihrem eigenen Leben.

Wir hatten gerade versucht, ein Kind zu bekommen, als die Sarkoidose erneut aufflammte und wir erfuhren, wie schlimm es tatsächlich um sie stand.
Das ist jetzt das ziemliche Gegenteil von kurz angebunden und schroff. Gleichzeitig aber irgendwie doch. Oder?
Falls du nicht damit klarkommst, entschuldige ich mich, aber ich habe das Gefühl, es bringt nichts, um den heißen Brei herumzureden. Wenn es um diese Dinge geht, muss es Klartext sein.
Rasmus.
PS: Sarkoidose betrifft in erster Linie die Lunge. Deshalb konnte sie nicht mehr singen.
PPS: Wenn ich dir schon alles erzähle, dann auch wirklich alles. Am Ende unserer ersten Tour, als ich mich blöderweise unter ein Taxi geworfen und mir das Rückgrat gebrochen habe, hat mich das zwei oder drei Jahre meines Lebens gekostet, wichtige Jahre in diesem Alter, sowohl gesundheitlich als auch finanziell. Die Band ist weitergezogen, und zu meiner Überraschung ist Jay nicht mit ihnen gegangen. Was ich ziemlich verrückt fand, deshalb habe ich praktisch den Rest unseres gemeinsamen Lebens versucht, es wiedergutzumachen. Vergeblich. Sie meinte, sie hätte ohnehin nicht mehr als Sängerin arbeiten wollen, und ich glaube, das war nur halb gelogen, weil sie es zumindest teilweise auch wegen des Geldes getan hatte. Auf Tour wird man mit Tagespauschale bezahlt, Ausgaben hat man keine, deshalb ist es eine praktische Art, um Geld zu verdienen und etwas beiseitezulegen. Sie wollte Geld für ihr Studium sparen. Ich wollte so

schnell wie möglich nach Großbritannien zurückkehren. Sobald ich transportfähig war.
Natürlich gab es Probleme mit der Versicherung wegen der Rechnungen und so weiter. Sie hat ihre Ersparnisse aufgewendet, um mich aus den Staaten herauszuholen, deshalb habe ich ihr Studium bezahlt, sobald meine Tantiemen reinkamen. Wir waren eine Einheit. Sobald etwas nicht funktionierte, sorgten wir dafür, dass alles andere nach Plan lief. Meistens hat es geklappt.
Ansonsten ist es schon enorm, wenn eine Einundzwanzigjährige beschließt, bei einem Mann zu bleiben, der vielleicht nie wieder laufen kann.

Lieber Rasmus,
es gibt eine Firma, die kleine Wikingerboote fertigt – man gibt die Asche gemeinsam mit einer angezündeten kleinen Öllampe hinein und setzt sie dann aufs Wasser. Irgendwann beginnt das Segel zu brennen und setzt auch den Rest in Flammen. Allerdings trägt so ein Boot höchstens zweihundert Gramm Asche. Ich finde es ja ziemlich irritierend, die sterblichen Überreste aufzuteilen und sie an unterschiedlichen Stellen zu bestatten. Früher gab es bei den Katholiken eine ziemlich gruselige Tradition, die Leiche in mehreren Einzelteilen zu bestatten, weil auf diese Weise mehr Gebete für sie gesprochen werden konnten. Je reicher und mächtiger (und durchtriebener) man also war, je mehr Klöster hatte man an der Hand, denen man Arme und Beine und andere Körperteile zur Bestattung schicken konnte. Das größte Kloster bekam

das Herz. Klingt fies, oder nicht? Es würde mich wundern, wenn Gott das Spielchen nicht sofort durchschaut hätte. Und selbst bei der Asche kann ich mich für diese Lösung nicht recht erwärmen. Es mag irrational sein, aber immerhin sind wir doch Menschen. Es tut mir leid, dass ihr nie Eltern geworden seid, obwohl ihr es euch gewünscht habt. Was dir und Jay passiert ist, tut mir aufrichtig leid.
Roísín

Liebe Roísín,
nicht ich war derjenige, der dieses Baby wollte, sondern sie. Wären wir Eltern geworden, wäre ich dem armen Kind jetzt ein sehr schlechter Vater, weil ich es die ganze Zeit nur anstarren und die Ähnlichkeit mit seiner Mutter in ihm erkennen würde. Wer will schon einen Vater, der heult, sobald er einen sieht?
Irgendwo habe ich mal gelesen, woher der Begriff »stinkreich« stammt: Nur wer reich war, konnte innerhalb des Kirchengebäudes begraben werden, deshalb konnte einen jeder während der Messe riechen, weil die Toten damals noch nicht besonders tief vergraben wurden. Da stellt sich die Frage, ob jene, die am nächsten zum Altar und damit zu den Gebeten ihre Ruhe finden, auch größere Chancen haben, in den Himmel zu kommen?
Rasmus.
PS: Bist du der Typ, der das Geschlecht des Babys schon vor der Geburt kennen will?

Lieber Rasmus,

ich fürchte, so ist es. Allerdings fand ich die Vorstellung immer schon seltsam, wie Gott so eitel sein kann, dass er die ganze Zeit angebetet werden will, und all die Leute, die ihm ständig mit ihrem Gebettel in den Ohren liegen ... anstrengend.

Meine Mutter wurde streng religiös erzogen, wie alle in dieser Zeit, hat der Kirche aber den Rücken gekehrt, als all die pädophilen Umtriebe ans Licht kamen. Sie meinte, sie rede fortan lieber mit Gott direkt. Meine Schwester Nell meint, sie sei darüber zur Protestantin geworden, weil es den Protestanten genau darum gehe, deshalb sei sie ab sofort Quäkerin. Trotzdem geht sie noch zur heiligen Messe, um ihre Freunde zu treffen und sich zu vergewissern, dass es den alten Leuten gut geht, und um den Priester mit Blicken zu durchbohren und ihn so daran zu erinnern, dass keiner vergessen hat, was passiert ist.

Bei Nicos Familie war es ähnlich: Orthodox, weil es sich eben gehört, aber nach dem Tod von Nicos Vater in Athen gab es eine schreckliche Szene, als zwei Polizisten und ein Priester sich wegen der Frage in die Wolle bekamen – und zwar im wahrsten Sinne des Wortes, an seinem Sterbebett –, welcher Bestatter geholt werden sollte, weil sie alle die Provision kassieren wollten. Da hat seine Mutter geschworen: nie wieder. Bist du religiös?

Roísín

PS: Nein. Für mich ist das so, als würde ich sein Tagebuch lesen oder so. Das erscheint mir respektlos.

Liebe Roísín,
nein, ich bin nicht religiös. Manchmal finde ich es spannend, die Dramatik und das ganze Theater darum herum, die Musik, den Weihrauch, die gewaltigen Kuppeln und die gewaltigen Gefühle, die damit verbunden sind, aber mich dem hinzugeben wäre die pure Selbstgefälligkeit. Die Vorstellung, dass Religion Trost spendet, ist ... tröstlich, und ich kann nachvollziehen, dass die Menschen genau das brauchen. Ich will mich gar nicht darüber lustig machen. Die Religion hat ihren Zweck, oder nicht?
Phasenweise gehörte meine Mutter einer kleingeistigen, voreingenommenen protestantischen Volkskirche mit einem potthässlichen modernen Kirchengebäude an, die von einer Handvoll Wichtigtuer geführt wurde, deren Hauptanliegen darin bestand, unschuldige Freuden, vor allem die der Frauen, zu verunglimpfen. Diese Typen haben mit einer solchen Inbrunst und Vehemenz Frauen verurteilt, nur weil sie hübsch waren, dass man sich unweigerlich vorstellte, wie sie über den Bildern von ihnen masturbierten, wenn sie erst allein waren.
Ich kann es nicht leiden, wenn man versucht, sich daran hochzuziehen, indem man andere niedermacht und sie behandelt, als wären sie weniger wert. So etwas nimmt nie ein gutes Ende.
Rasmus.

Rasmus,
nur eine Frage: Soll ich dir lieber nicht schreiben, während du mit deinen Aufnahmen beschäftigt bist? Ich könnte

es verstehen, wenn du in so einem kreativen Prozess gerne deine Ruhe hättest. Schließlich gehöre ich zu einem neuen Lebensabschnitt, du verarbeitest gerade einen alten Abschnitt, und ich will dich nicht unnötig aufwühlen. Ansonsten: Großer Gott, dieser Regen!
Roísín

Liebe Roísín,
bitte entschuldige, dass ich eine ganze Weile nicht geantwortet habe. Aber das war nicht der Grund, nein. Es war nur … na ja, eigentlich war die Arbeit gar nicht so anstrengend, nur sehr zeitintensiv. Es ist mir nicht leichtgefallen, mich hier in die richtige Stimmung zu versetzen, weil alles so anders ist als das, woran ich gewöhnt bin. Danke für dein Feingefühl, aber bitte hör nicht auf, mir zu schreiben.
Womöglich habe ich mit der Funkstille deine Gefühle verletzt. Ich hoffe nicht.
Rasmus.

Lieber Rasmus,
wenn einem etwas so Schlimmes passiert wie uns, wird alles weniger Dramatische automatisch zur Bagatelle. Um dich bis ins Mark zu erschüttern, müsste schon etwas ähnlich Drastisches passieren. Und sehen wir den Tatsachen ins Auge: So etwas Schlimmes passiert kein zweites Mal. Dafür reicht schlicht die Lebenszeit nicht aus. Ich habe mal gelesen, dass Narbengewebe schmerzunempfindlich ist, und habe das auch metaphorisch ver-

standen: Wurde man erst einmal tief genug verletzt, tritt eine Art Betäubung ein. Das dachte ich mit fünfzehn schon, wenn ich jede Woche in einen anderen Jungen verknallt war. Ich lache nur ungern darüber, weil es damals schrecklich wehgetan hat. Wirklich sehr. Und die Leute ringsum behaupteten: »Eines Tages denkst du daran zurück und lachst.« Ich hätte sie am liebsten alle umgebracht. Ich hasse es, wenn Erwachsene Teenager auslachen, als würden nur sie sich zum Affen machen, aber die Erwachsenen nie. Meine Empfindungen waren nie so stark wie damals als Kind. Na ja, beinahe. Manchmal frage ich mich, wieso unsere Gesellschaft Gefühle eigentlich so herabwürdigt, wohingegen der Vernunft und den harten Fakten eine so große Bedeutung beigemessen wird, und wir sie als kindisch, unreif oder sogar erbärmlich betrachten. Denk mal drüber nach: »Ich fühle mich krank« im Gegensatz zu »Ich bin krank« oder »Es fühlt sich nicht richtig an« im Gegensatz zu »Es ist nicht richtig.« Manchmal kommt es mir wie eine Methode vor, um Frauen und Kinder und all jene kleinzumachen, die genau differenzieren. Nicht dass ich etwas gegen Vernunft und harte Fakten hätte, sie sind aber nicht das Einzige, was zählt.

Leute lieben Gewissheit, richtig? Selbst wenn diese Gewissheit absolut verkehrt ist. (Äußerte sie mit absoluter Gewissheit.)

Alles Gute für die Arbeit.

Roísín

31

September, Südfrankreich

Rasmus fühlte sich rastlos in seinem Paradies. Die Musik belegte ihn vollständig mit Beschlag. Einerseits freute er sich an den Möglichkeiten, die andere in den letzten Jahren entdeckt hatten, seit er zuletzt einen Fuß in ein Studio gesetzt hatte, gleichzeitig war es anstrengend, den Leuten zu erklären, dass er eigentlich nicht alle Entwicklungen wollte und es sogar einige gab, die es seiner Meinung nach gar nicht erst hätte geben sollen. Es war so einfach, Tag und Nacht nur dazusitzen, mit Gitarren, anderen Musikern und Mischpulten, während draußen allmählich der Herbst einzog, mit einer üppigen Ernte und all den Köstlichkeiten, die einem jeden Tag aufs Neue serviert wurden. Das Meer mochte kein so faszinierendes Schauspiel bieten wie auf den Äußeren Hebriden, trotzdem war es auch hier recht nett. Nur wie ein Rockstar behandelt zu werden löste gemischte Gefühle in ihm aus. Keiner schien normal mit ihm umzugehen, stattdessen schlichen sie auf Zehenspitzen um ihn herum, behandelten ihn wie eine launische Diva und eine tragische Figur. All das ließ keine Nähe aufkommen, keine entspannte Kameradschaftlichkeit. Ich weiß einfach nicht, was man tun muss, damit die Leute locker werden, ging es Rasmus durch den Kopf. Das war immer Jays Aufgabe.

Sie wäre begeistert von seinem neuen Domizil gewesen, hätte den ganzen Tag in der Küche gestanden, die Köchin um den Finger gewickelt und in Unterhaltungen über Bio-Gemüseanbau verstrickt. Wahrscheinlich hätte sie sich sogar an der Olivenernte beteiligt, wäre auf die Bäume mit den silbrigen Blättern geklettert oder hätte Netze um die Stämme ausgebreitet … sofern sie überhaupt jemals aus dem Wasser gekommen wäre, das sich glitzernd in den geschützten Buchten kräuselte, als hätte jemand vom Abendhimmel herab Goldmünzen hineingeworfen.

Nie schien Jay seinen leeren Armen ferner gewesen zu sein.

Er vermisste sie auf alle Arten, wie man jemanden vermissen konnte.

Nutze den Tag.

Es war schön, mit Roísín in Kontakt zu stehen und ihre Antworten zu erfahren. Denn *sie* wusste definitiv, wie lockerer Umgang mit anderen funktionierte.

Hi Rasmus,

ich weiß, dass deine kreative Arbeit es nur selten zulässt, dir die Zeit mit sozialen Medien zu vertreiben, aber hast du mitbekommen, dass eine Ratte ausgezeichnet wurde, weil sie Landminen erschnüffelt hat? Das hat mich sehr gefreut, allerdings habe ich mich gefragt, wie sie ihr die Medaille wohl anstecken, es sei denn, sie bekommt ein eigenes Jäckchen für den Anlass geschneidert, was mir

die liebste Lösung wäre, schließlich will ihr ja keiner vor den Augen der Queen durchs Fell in die Haut piksen. An der Obstfront gibt es ebenfalls Neues: Inzwischen haben wir das Ananas- und Cantaloupe-Melonen-Stadium hinter uns und sind bei einer Honigmelone angelangt. Toll, was? Ist eine Honigmelone größer als eine Cantaloupe, was meinst du? Gestern Abend habe ich es gegoogelt und erfahren, dass sie derselben Familie angehören – sie könnten so etwas wie Cousinen sein – und die Honigmelone die grüne, süßere mit etwas mehr Kalorien ist, wohingegen die Cataloupe eine orange Farbe und mehr Vitamine hat. Über die Größe ließ sich nichts herausfinden. Jedenfalls sind ihnen jetzt die Früchte ausgegangen, deshalb sind sie auf Salat umgestiegen. Letzte Woche hatte das Baby die Größe eines Romanasalats, wobei mir hier die Kompaktheit Sorgen macht. Mein kleiner Schatz ist ja ein Wesen aus Fleisch und Blut, und ein Romanasalat mit all den Blättern? Gerade wird mir bewusst, dass ich mit dir herumblödele wie sonst mit Nico. Ich hoffe, es stört dich nicht. Ich weiß natürlich, dass du nicht sein Daddy bist. Aber es hilft ein bisschen …
xx Roísín
Großer Gott, jetzt habe ich auch noch Küsschen zum Abschied geschrieben. Ist das zu aufdringlich? Oder können wir so was machen? Auf dem Papier, meine ich. Ach, verdammt noch mal, du weißt, wie ich es meine. Tut mir leid. Chaos.

Liebe Roísín,
es macht mir gar nichts aus. Weder die Blödeleien noch die Küsse. Mir blutet bloß das Herz – deine Schwangerschaft, deine Späße und deine gute Laune, dein Kummer. Dein Mut. Es ist, als würde man in all der Dunkelheit eine Blume erblühen sehen.
Rasmus.
Ach ja. X. So schreibt man das? Xx?

Lieber Rasmus,
danke. Ich bin eine Blüte. Es ist alles Mist, aber ich bin eine Blüte. Nein, Moment, bestimmt bin ich doch ein Baum, oder nicht? Einer, der bald Früchte trägt … Wie ist es in La Ficelle? Wie geht es mit der Arbeit voran? Was ich über das Stück, das du mir letzte Woche geschickt hast, gesagt habe, ist wahr: Ich spiele es rauf und runter, weil es das Kleine in meinem Bauch zum Einschlafen bringt, wenn es heftig strampelt, deshalb: Danke. Ich werde versuchen, es nach der Geburt als Schlaflied zu nutzen. Ich kann nicht nachvollziehen, weshalb es nicht perfekt sein sollte.
Bist du einer dieser Perfektionisten, die nie etwas erledigt bekommen, weil sie ständig noch mal überarbeiten müssen? Das kann ich mir nicht vorstellen. Aber was weiß ich schon? Ich muss jetzt Schluss machen. Pinkeln.*
xx Roísín

* Ununterbrochen. Die Frage ist eher, wann ich mal nicht auf der Toilette sitze.

Liebe Roísín,
wie sieht es mit Atmen aus? Ist überhaupt genug Luft da, damit deine Lunge sich entfalten und füllen kann?
Rasmus.
PS: Ehrliche Frage.
PPS: xx

Lieber Rasmus,
ich hoffe, es geht dir gut, und deine Zeit im Studio erweist sich als produktiv.
Ich schreibe dir, um zu bestätigen, was du hoffentlich bereits weißt: Die Plattenfirma wünscht sich mehr Material über dich, darunter auch welches, das dich bei der Arbeit mit den anderen Musikern im Studio zeigt. Das Ganze sollte möglichst rasch über die Bühne gehen, da ich ab Ende des Monats im Mutterschutz bin, und natürlich würden wir zu dir kommen. Das Team würde nur aus mir allein bestehen, und ich würde mich natürlich bemühen, dich so wenig wie möglich bei der Arbeit zu stören.
Ich warte auf die offizielle Bestätigung, wollte es dir aber direkt mitteilen.
Mit besten Grüßen
Roísín Kennedy

Lieber Rasmus,
ich wollte dir nur sagen – obwohl ich das mit meinem professionellen Hut auf dem Kopf natürlich nicht tun sollte –, dass du dich zu nichts verpflichtet fühlen sollst. Nach all den Jahren der Zurückgezogenheit nimmst du

nun wieder ein Album auf und zeigst dich dem Rest der Welt, und so großartig Studiomaterial auch wäre, noch dazu in Verbindung mit tollen Stimmungsbildern aus Südfrankreich, ist es nicht zwingend notwendig. Solltest du dich lieber auf deine Musik konzentrieren oder unter einem Baum sitzen wollen, sag einfach Nein. Die Leute vergessen, dass Trauer ein Vollzeitjob zusätzlich zu allem ist, was sonst noch in unserem Kopf, unserer Welt, unserem Leben so los ist. Aber ich weiß es, deshalb sage ich dir, dass du das nicht vergessen sollst.
X Roísín

Liebe Roísín,
ich sitze mit einer Tasse Kaffee und hochgelegten Füßen am Fenster und genieße die Herbstsonne. Die Luft draußen riecht herrlich.
Es wäre toll, dich hier zu haben, aber du und der Salatkopf, seid ihr überhaupt reisefähig? Ist die Schwangerschaft nicht schon zu weit fortgeschritten? Noch ist es sonnig, es gibt genug Platz, und überall sind nette junge Leute, die kochen und so. Du könntest eine Weile bleiben. Allzu oft stehe ich nicht zur Verfügung, aber wenn du nicht mit den Filmaufnahmen beschäftigt bist, könntest du das Meer genießen. Die haben hier uralte, mit Monogramm bestickte Leinenbettwäsche – es ist ein bisschen wie Schlafen auf Säcken, nur eben luxuriös. Ich werde arrangieren, dass jemand dich abholen kommt. Hier muss ständig jemand zum Flughafen und Bahnhof fahren. Wenn sie es für meine ukraini-

sche Lieblingsthereminspielerin können, dann für dich sicher auch.

xx Rasmus.

PS: Hier habe ich noch Herbie Hancock für dich: Cantaloupe Island.

Roísín, die die Mail zu Hause las, lachte auf.

»Was gibt's?«, fragte Nell, die auf dem Sofa saß und Söckchen strickte. (Sie waren hinreißend, hellgelb als Protest gegen das Hellblau-rosa-Mandat des Patriarchats.) Roísín war restlos begeistert und hoffte insgeheim, dass Nell noch ein passendes Jäckchen dazu strickte – was sie sicherlich tun würde. Sie brachte Roísín auch gerade Stricken bei. »Das ist eine tolle Alternative zum Wein«, erklärte Roísín. »Es hält die Hände beschäftigt.«

»Eine reizende Einladung«, antwortete Roísín. »Von, äh, Rasmus. Ich habe dir doch von Rasmus erzählt, oder?«

»Nein, hast du nicht«, erwiderte Nell, die in Reihe dreizehn ihres »Zwei rechts, zwei links«-Musters war, und senkte wieder den Kopf.

»Er ist Musiker. Ich habe ihn beim Filmen kennengelernt, und wir sind, na ja, so was wie Witwen-Brieffreunde geworden.«

»Oh«, sagte Nell bedeutungsschwer. »Mr Sofa. Und?«

»Er ist gerade zu Aufnahmen in Frankreich, und ich fahre hin, um noch mehr Material zu filmen«, sagte Roísín. »Es passt perfekt. Nur eine Woche oder so, bevor es zeitlich zu knapp wird …«

»Süß«, bemerkte Nell.

»Du hast keine Einwände?«, fragte Roísín.

»Vögelst du ihn?«, kreischte Nell.

»Nein, das tue ich nicht. Was für eine Vorstellung! Nico ist noch nicht mal kalt in seinem … Grab im Meer …« Was er zweifellos war. Tränen und Gelächter mischten sich.

Nico, der im Türrahmen der Küche stand, schloss die Augen. Schmerz und Wut überkamen ihn, ohne eine Möglichkeit, ihnen Ausdruck zu verleihen. Er glitt an der Wand hinunter auf den Boden und legte die Arme um die Knie.

Roísín hob den Kopf. »Was war das?«

»Was war was?«, fragte Nell.

»Nichts … wahrscheinlich nichts«, meinte Roísín nach einem Moment. Nell musterte sie fragend, und Roísín wechselte das Thema. Manchmal hatte sie nur so ein seltsames Gefühl. Ein kurzes Ziehen in der Magengegend.

»Ich sollte wohl etwas Geld zur Seite legen«, sagte sie. »Ich werde versuchen, seine Pension für das Baby zu sparen, aber ehrlich gesagt finde ich es genauso wichtig für ein kleines Kind, viel Zeit mit der Mutter verbringen zu können, wie ein Studium. Mit Geld kann man sich tatsächlich ein wenig Glück erkaufen, zumindest in mancherlei Hinsicht.«

»Man kann sich Seelenfrieden und Zeit erkaufen, so viel steht fest«, bestätigte Nell. »Wann fährst du?«

»Je früher, desto besser. In puncto Schwangerschaft.«

32

September, London

Später an dem Abend musste Roísín sich übergeben.

Nico saß auf dem Badewannenrand, während sie würgte und spuckte und sich sinnloserweise zum Waschbecken umdrehte, um sich den Mund auszuspülen. Nico konnte ihr noch nicht mal ein Glas Wasser reichen. Der Winkel war ungünstig, und der Hahn klemmte, deshalb bekam er ihn nicht auf. Sie drehte sich wieder zur Kloschüssel zurück und würgte, dann wieder hinüber zur Badewanne, um sich ein weiteres Mal den Mund auszuspülen.

»Glaubst du, ich rege sie auf?«, fragte Nico ohne Umschweife.

»Es scheint Zeiten zu geben, in denen das der Fall ist« antwortete Jay, die im Türrahmen stand. »Wenn wir ihnen recht nahe sind und sie uns fast wahrnehmen können. Leben und Tod. Als wäre der Schleier zwischen uns für einen Moment dünner.«

»Eine Schwangerschaft kann so was auch bewirken?«, fragte er.

»Ich denke schon.« Jay trat zur Seite, um Roísín vorbeizulassen.

»Ich will nicht, dass ihr wegen mir schlecht ist«, sagte er.

»Natürlich nicht«, erwiderte Jay. »Ist doch klar. Wahrscheinlich ist es so was wie Morgenübelkeit. Kommt auch im fünften, sechsten Monat vor.« Die Freundlichkeit in ihrer Stimme trieb ihm die Tränen in die Augen. Das und alles andere, dachte er. Roísíns Zahnbürste neben dem Waschbecken. Der Ausdruck auf ihrem Gesicht, wenn sie abends die Tür hinter sich zumachte und zuließ, dass ihre Ängste die Oberhand gewannen.

»Aber sonst können wir doch nirgendwohin, oder?«, fragte Jay.

Darüber wollte er nicht nachdenken.

»Wie läuft es denn zwischen ihr und Rasmus?«, erkundigte sich Nico. Er hatte die Mails nicht gelesen. Er war zu stolz dafür. Er könnte es tun … wollte es sogar. Pause. »Mailen sie sich immer noch?«

»Ja«, antwortete Jay. »Ich lese sie aber nicht. Ich habe ihn beobachtet, als er sie gelesen hat. Sie verstehen sich gut. Es ist süß, das zu beobachten.«

Er war heilfroh, dass sie nicht näher darauf einging. Und dass sie die beiden nicht bespitzelte.

Roísín ging ins Schlafzimmer und legte sich hin. Sie wirkte erschöpft und versuchte, eine bequeme Position im Bett zu finden, um einzuschlafen.

»Ich kann hier nicht bleiben«, sagte er.

Er würde sich Rasmus noch mal genau ansehen.

»Kommst du mit?«, fragte er.

»Oh Gott, ich weiß doch auch nicht«, antwortete Jay.

33

September

Lieber Rasmus,
bist du sicher, dass es dich nicht stört, mich mit meinem Schwangerschaftsbauch und der Kamera um dich zu haben? Natürlich würde ich nicht das ganze Haus mit Beschlag belegen, sondern wäre außerordentlich diszipliniert, brav und respektvoll im Hinblick auf deine Arbeit. Wobei ich davon ausgehe, dass du das auch wärst. Aber ich bin auch unbestreitbar hochschwanger.
Rotkohl, übrigens. Auch wenn es noch so absurd ist – der schwerste jemals gewogene Rotkohlkopf wog 27 Kilo! Und so dick mein Bauch mittlerweile auch sein mag, kann ich mir nicht vorstellen, dass ein 27 Kilo schweres Baby darin wohnt. Unterdessen sind seine Geschmacksnerven vollständig entwickelt. Und es kann auch hören. Ich spiele ihm die Insect-Musicians-CD von Graeme Revell vor, die du mir geschickt hast. Danke übrigens noch dafür! Es ist ziemlich durchgeknallt und zugleich sehr beruhigend. Und so schön historisch. Ja, ich besitze noch einen CD-Player, der zwar verstaubt war, aber wieder hübsch gemacht ist.
Roísín

Liebe Roísín,
solange du still dasitzt und nichts umwirfst, ist alles bestens. Ich habe denen gesagt, dass du drei Tage für die Aufnahmen bekommst, aber Profihut mal beiseite – du darfst natürlich so lange bleiben, wie du möchtest. Das wird nett. Zumindest für mich. Für dich wird es wohl eher langweilig, obwohl das Meer noch warm ist und die Sonne scheint. Sag Bescheid, wann du kommst.
x Rasmus.

Lieber Rasmus,
das wird eher früher als später der Fall sein. Ich lasse es dich wissen.
Roísín

Lieber Rasmus,
wegen des Filmens – mein Auftrag lautet offiziell bloß, dich zu filmen, damit wir später genug Material haben, um daran zu heilen (oh Gott, jetzt hat die Autokorrektur »heilen« statt »feilen« eingesetzt. Keine Angst, ich gehöre nicht länger zu denen, die rumlaufen und versuchen, andere Leute zu heilen). Trotzdem geht mir gerade etwas durch den Kopf, und bremse mich, wenn ich zu aufdringlich bin. Ich will nicht beruflich ausnutzen, dass wir uns gut verstehen. Aber. Meine bisherige Karriere, wenn man es so bezeichnen möchte, hat sich weitgehend darauf beschränkt, Dinge zu organisieren und zu arrangieren, andere in ihrer Kreativität zu unterstützen, wozu auch gehörte, ihnen Kaffee zu holen und Unterla-

gen vorzubereiten. Ab und zu darf ich auch mal selbst filmen (sprich, Regie führen), wobei das Material dann an andere, wichtigere Leute geht, die ihre Wunder daran vollbringen, das grandiose Werk vollenden und dafür am Ende die Lorbeeren in Form ihres Namens im Vor- oder Abspann ernten können. Daran will ich eigentlich schon lange etwas ändern, habe es aber nie getan. Aber: Was ich bisher von dir habe, ist wirklich gut. Das Interview ist gut. Deine Integrität springt einem förmlich entgegen, und die Momente, in denen es ein wenig hakelig zwischen uns war …

Roísín hatte sich das Material mehrfach angesehen.

Tatsächlich war die Stimmung zwischen ihr und Rasmus so aufgeladen, dass sie nicht sicher war, ob es für eine gewöhnliche Dokumentation geeignet war. Das machte ihr zu schaffen.

… sind im Grunde das Salz in der Suppe. Wenn ich dich in La Ficelle filmen darf, kriegen wir noch mehr guten Stoff zusammen. Aber um auch wirklich etwas damit anfangen zu können, brauche ich ein durchgängiges Motto, eine Art roten Faden, den ich noch nicht habe. All das ergibt sich erst bei der weiteren Bearbeitung … allerdings ist dieses Material ja nicht für mich gedacht, sondern für jemand anderen – keine Ahnung, für wen, sie haben sich noch nicht entschieden. Bisher ist es nur Rohmaterial, eine Serie aus Bildern, wenn du so willst. Ich würde … okay, scheiß drauf, ich will bei diesem ganzen Film selbst

Regie führen. Ich will ein großes, schönes, aussagekräftiges Feature machen, über … all das. Und ich wünsche mir, dass du es mir erlaubst. Ich weiß, das ist eine große Bitte und viel verlangt in einer Zeit, in der du a) trauerst und b) dabei bist, deine Trauer in etwas Schönes zu verwandeln. Ich will einerseits nicht aufdringlich sein, andererseits aber doch. Für mich bist du ein unglaublich talentierter Künstler, diese Zeit gerade ist so außergewöhnlich, und ich wünsche mir so sehr, auch meine Trauer in etwas Schönes zu verwandeln, etwas jenseits dieses Babys in meinem Bauch. Und diese Dokumentation könnte dieses Etwas sein. Sie könnte nicht nur von der Musik handeln, sondern von der Liebe, die sie befeuert, vom Kummer und der verdammten Lücke, die geschlossen werden muss, von der Vergangenheit und der Zukunft; von dir und Jay handelt, von der Liebe, dem Tod und der schöpferischen Kraft. Ich habe noch keinem von der Idee erzählt, weil sie albern ist, wegen … nun ja, des Babys und so. Es würde Jahre dauern, und du fändest es wahrscheinlich grauenvoll und würdest nie wieder mit mir reden wollen, aber inzwischen habe ich aufgehört, meine Träume einfach zu verdrängen. Wenn ich nichts tue, wird sich auch nichts ändern. Es gäbe keine Träume.

Roísín schickte die Mail nicht ab.

Manchmal will man zwei Dinge auf einmal, dachte sie, und weiß es noch nicht mal. Manchmal schließen sich diese Dinge gegenseitig aus, aber man findet nie heraus, ob es auch so ist, weil man das Gefühl hat, sich so weit vorgewagt zu haben, dass man sich nicht noch ein Stück aus dem Fenster lehnen will.

Manchmal wäre es aber gut, genau das zu tun.

34

Oktober, Südfrankreich

Wenn Rasmus die Veranda und die gepflegten, mit Klee durchsetzten Grasflächen von La Ficelle überquerte, vorbei an den Orangen- und Zitronenbäumen in Terrakottatöpfen und dem Parkplatz mit den Range Rovern und Lexus seiner Kollegen, konnte er die staubige, von Zypressen gesäumte Einfahrt entlanggehen, links zur Bushaltestelle abbiegen und mit dem rumpeligen blauen Nahverkehrsbus, der all die Putzfrauen und Gärtner mit Baseballkappen von der Arbeit in den prachtvollen Villen an der Côte d'Azur nach Hause brachte, nach Marseille fahren. Dort kannte ihn keiner, niemand wollte etwas von ihm, deshalb konnte er sich frei bewegen und in Ruhe durchatmen. Keinen interessierte es, ob er Witwer oder ein verlorener Rockstar war. Er schlenderte durch den Jardin du Pharao, wo die Blätter schlaff und erschöpft nach dem langen, heißen Sommer an den Ästen hingen, schaute zum Alten Hafen hinüber, betrachtete lächelnd die Nachbildung von Michelangelos David-Statue und sah den betrunkenen Matrosen auf Landgang zu, die in den Altstadt-Bars von Le Paniers herumlungerten. Eines Abends fiel ihm eine Gruppe Motorradfahrer auf, junge Männer und Frauen, die sich auf einem malerischen Platz mit Olivenbäumen und Restaurants, die ihre Bouillabaisse und den Salade niçoise anpriesen, um ein großes Motorrad mit Soundsystem versammelt hatten und tanzten. Weshalb man ein Motorrad mit Soundsystem fahren sollte, konnte er sich beim besten Willen nicht vorstellen – wie sollte man über das Röhren des Motors etwas hören? –, doch jetzt sah er den Grund: eine mobile Disco. Tanzen, wo auch immer man wollte. Sie hüpften zu etwas, das sich nach marokkanischem Hip-Hop anhörte. Franzosen waren sie nicht, vielleicht Norweger oder Niederländer. Kaltblüter aus dem Norden, die eine Ausrede brauchten, um sich gegenseitig zu berühren. Kurz fragte er sich, ob er wohl genauso war.

Rasmus ging weiter. Ein Hauch Kühle hing in der abendlichen Luft, trotzdem war der Geist des Sommers noch zu spüren – Rosmarin, Zigaretten und Benzin. Er wusste nicht, worauf er hoffte. Er hätte Jay mehr geben müssen. Oder nicht zulassen dürfen, dass sie ihm so viel gab. Er hatte ihre Welt so klein gemacht. Und jetzt kann sie Südfrankreich nicht erleben, dachte er. Keine Professur, keine Forschung, die Leben rettet. Kein Baby.

Er beschleunigte seine Schritte. Reue ist sinnlos, dachte er. Gleichzeitig kann man so etwas nur für sich selbst entscheiden. Nicht für andere.

Vor einem Tattoostudio saß ein Mann in einem grauen Anzug und einem engen T-Shirt. Er fiel Rasmus nur auf, weil er zwielichtig und zugleich traurig wirkte – eine seltene Kombination. Rasmus ertappte sich dabei, wie er den Mann mit einem typisch männlichen Nicken bedachte, was eigentlich gar nicht zu ihm passte, aber noch war er nicht sicher, wie er sich in dieser großen weiten Welt voller Mitmenschen verhalten wollte. So viele Jahre war er für sich geblieben. Und er hatte alles gehabt, was er brauchte.

Jetzt nicht mehr. Schluss damit. Du musst mehr wollen, etwas anderes, sagte er sich. Los. Mach schon. Wünsch dir andere Dinge. Etwas völlig Neues. Nutze diese Tage. Diese Tage, die du hast, Jay aber nicht.

Liebe und Liebe. Auf den Fingerknöcheln. Er dachte an das, was Roísín ihm erzählt hatte, und lächelte.

Er schlenderte an dem zwielichtig-traurigen Mann vorbei und betrat eine mit Fischernetzen und hübschen gläsernen Schwimmern geschmückte Bar, dachte an das Meer im Norden, wo er eines Tages Jays Asche verstreuen würde. Aber jetzt noch nicht. Die Spezialität des Hauses schien heißer gewürzter Rum zu sein. Tja, der Sommer ging, es wurde kühler und dunkler. Er bestellte einen. Das Getränk wurde in einer weiß emaillierten Blechtasse mit blauem Rand serviert und schmeckte köstlich. Er trank vier Stück. Ha! Das Zeug war heftig. Er hatte so etwas noch nie probiert und stellte nach einer Weile fest, dass er ziemlich betrunken war.

Die Straße wirkte völlig verändert, die Gestalten wie verwandelt – jeder Matrose war auf einmal Gene Kelly, jedes Mädchen Minnehaha.

Wieso ausgerechnet diese Indianerin? Er hatte keine Ahnung.

Plötzlich stand er vor dem Tattoostudio und betrachtete die Fotos der Tattoos in der Vitrine.

35

Oktober, Marseille

Nico war Rasmus gefolgt.

Lieber Himmel, er ist *stockbetrunken*, dachte er.

Und jetzt lehnte sich Rasmus schwankend an den Tresen dieser drittklassigen Tattooklitsche und löcherte den Typ mit Fragen.

Nicos Finger zuckten, während der boshafte Teil in ihm lachte. Was wäre das für eine erstklassige Gelegenheit, verdammte Scheiße! Die Chance, es diesem Kerl heimzuzahlen, der drauf und dran ist, sich bei meiner Frau und meinem Kind einzunisten und all die Freuden des Lebens zu genießen, die mir für immer verwehrt bleiben.

Er sah den Schriftzug schon vor sich:

Nico hat dich mehr geliebt, als es dieser Schwachkopf jemals tun wird oder *Roísín, Schatz, vergiss niemals* oder *Nico wird dich immer lieben* oder ein hübscher Totenkopf mit schwarzen Rosen in den leeren Augenhöhlen … wie in diesem irischen Song, *Roísín Dubh*. Schwarze Rose.

Was für eine Spitzengelegenheit!

Nico hielt inne.

Nur gut, dass du nicht dazu imstande bist, was?, sagte er sich. Weil du ein Geist bist.

Rasmus fragte den Tätowierer, ob er Englisch spreche. Tat er. Dem Akzent nach war er Neuseeländer.

»Ich will etwas auf dem Rücken«, erklärte Rasmus. »Ich habe da eine Narbe und möchte sie nutzen … etwas Schönes daraus entstehen lassen.« Er sprach leise und in höflichem Tonfall.

Nico lächelte.

»Gute Idee!«, meinte der Tätowierer. »Null Problemo. Wie lange liegt die Operation schon zurück?«

Bitte ihn bloß nicht, das Hemd auszuziehen. Ich will mir nicht auch noch seine Hühnerbrust ansehen müssen, die sich bald gegen Roísíns herrlich weiche Brüste pressen wird, ging es Nico durch den Kopf. Wenn es nicht schon passiert ist. Was nicht der Fall ist, weil sie in London und er hier ist. Außerdem ist sie ein anständiges Mädchen, wie sie ja selbst betont hat, und würde keinen anderen Mann vögeln, solange sie von mir schwanger ist. Oh Gott.

»Ja, ja, das ist lange genug«, hörte er den Tätowierer sagen. »Ich bin übrigens Matt. Also, woran hast du gedacht? Eine inspirierende Message, dass man allen Widrigkeiten zum Trotz immer weiterkämpfen muss? Oder eine Zeile aus deinem Lieblingssong? Eine aufgebäumte Kobra wie Kurt Russell in *Die Klapperschlange*? Reißverschlüsse sind gerade total angesagt … Klammern … Knochenstrukturen …«

Nein, nein, nein, murmelte Nico.

»Eine Art Kletterpflanze«, erwiderte Rasmus freundlich, beinahe entschuldigend. »Oder bloß ein Vogel, der auf der Narbe sitzt? Und sie in den Klauen hält, als wäre sie ein Zweig oder so? Was denkst du?« Er streifte sein Hemd ab. Ein ganz hübsches Leinenhemd, wie Nico bemerkte. *Bestimmt hat er es nicht selbst gekauft,* weil er nicht gerade modebewusst wirkt … haben er und Roísín etwa schon das Hemdenkauf-Stadium erreicht? Er blickte auf Rasmus' nackten Rücken: wächsern weiße Haut, schmale, sehnige Muskeln, zarte, verwundbar wirkende Schulterblätter wie die Ansätze von Engelsflügeln. Die lange, saubere Narbe über der gesamten Wirbelsäule, die wie die Versteppung eines antiken Buches aussah, Abdrücke von Vogelklauen im Schnee. Pergamentartige Haut. Die Verwundbarkeit des menschlichen Körpers. Eines lebenden.

»An was für einen Vogel hast du gedacht?«, fragte Matt und deutete auf eine Auswahl Schwalben im Stil der 1950er, Weißkopfadler und mystische Eulen in verschmierten Bilderrahmen überall im Laden, während er ein Blatt Papier herauszog.

»Eine Nachtigall«, antwortete Rasmus. »Optisch nichts Besonderes, aber mit hoher Symbolkraft.«

Matt skizzierte einen schlichten kleinen Vogel auf einem halb transparenten Blatt Papier, hielt es über Rasmus' Narbe, sodass es etwa ein Drittel seiner Wirbelsäule bedeckte, und griff nach einem Spiegel. Nico und Rasmus sahen hinein und runzelten die Stirn. »Ich muss erst mal nachschlagen, wie eine Nachtigall aussieht«, meinte Matt. »Es geht darum, die Maße einzuschätzen. Und eine erste Vorstellung zu bekommen.«

Der Vogel sah aus, als hätte er sich in einem Wirbelsturm auf einen Ast gerettet, an dem er sich jetzt aus Leibeskräften festklammerte, während der Wind immer noch um ihn herum toste. Gegen die Zeichnung an sich gab es jedoch nichts einzuwenden.

Vorschlag, sagte Nico. Wie wär's mit einer Kletterpflanze, die sich um die Narbe rankt, als wäre sie dreidimensional? Sozusagen eine Stange.

Rasmus betrachtete den Vogel. »Könntest du eine Kletterpflanze machen, die sich um die Narbe rankt? Als wäre sie dreidimensional? Mit der Narbe als Stange, an der sie sich emporwindet?«

»Klar«, meinte Matt. »Soll es eine Weinrebe sein? Oder eher etwas mit Blüten? Ackerwinden sind gerade angesagt. Oder Lilien. Und natürlich Rosen …«

Nico musterte Rasmus aufmerksam. Wahrscheinlich weiß er gar nicht, dass Roísín Rose bedeutet … dieses Gespräch steht noch aus. Vielleicht aber auch nicht.

»Könntest du mir ein paar Beispiele zeigen?«, bat Rasmus.

Er ist total blau, dachte Nico.

Matt konnte. »Hier«, sagte er und deutete auf weitere verstaubte Rahmen an den Wänden. »Hier hätten wir etwas im Goth-Stil. Allerdings mache ich diese Motive nicht selbst, sondern habe einen Experten für diesen Stil, der immer mittwochs kommt. Das hier ist vielleicht ein bisschen zu feminin …« Das Motiv sah aus, als stamme es aus dem Badezimmer eines von einer *My-Little-Pony*-Fanatikerin betriebenen Billigpuffs. Kaugummirosa und mauve.

Behutsam legte Nico die Hand auf den schweren alten Designkatalog im Regal hinter dem Tresen und sah Rasmus an. »Was ist das?«, fragte Rasmus prompt.

»Botanikmotive aus dem 19. Jahrhundert«, antwortete Matt. »Die sind ein bisschen exklusiver.«

Nico lächelte, als Rasmus die Zeichnungen durchging – Farne und Pilze, Engelwurz und Tannenbäume, Schattierungen, Kreuzschraffuren, winzige hauchzarte Wurzeln. Und eine hübsche Weinrebe.

»Ah. So in die Richtung?«, fragte Matt. »Ich kann es so machen, dass es sich rankt …« Er erstellte eine weitere Skizze. Nico berührte Rasmus' Hand, so leicht, dass er es nicht spürte.

Rasmus lächelte.

»Und wie groß?«

Rasmus machte eine ausholende Armbewegung, die bis über seinen Kopf reichte.

»Okaaaay«, meinte Matt gedehnt.

»Aber musikalisch«, erklärte Rasmus. »Nicht so ein grober Klecks, sondern es muss fließen, wie Ebbe und Flut. Als stünde sie im Wind. Und schlicht. Kein … Gestrüpp.«

»Ich denke, das kriege ich hin«, sagte Matt. »Willst du gleich durch ins Studio kommen?«

»Ja.« Rasmus folgte ihm und setzte sich hin.

Matt schnappte sich einen Filzstift und skizzierte das Motiv mit knappen Zügen auf Papier. Nico stand neben ihm und sah zu. Hier und da griff er ein und führte Matts Hand.

»Es ist immer noch ein bisschen zu vertikal, als dass ein Vogel darauf sitzen könnte«, meinte Matt schließlich.

»Ich experimentiere gerade mit neuen Erfahrungen.« Rasmus lächelte vergnügt.

»Willst du lieber morgen noch mal herkommen?«

»Nein«, sagte Rasmus und streckte seinen langen hellhäutigen Körper auf der Liege aus.

»Ich muss es erst zeichnen«, meinte Matt. »Du willst sicher nicht, dass ich frei Hand …«

»Freihand«, wiederholte Rasmus verträumt. »Das klingt schön. Fang an. Lass es wachsen.«

»Du bist betrunken«, sagte Matt. »Dafür gibt es spezielle Vorschriften.«

»So betrunken nicht«, wandte Rasmus ein. »Bitte.« Er blickte auf die Skizze. »Wunderschön. Als wäre meine Haut der Himmel.«

Matt sah ebenfalls auf das Blatt. Das Motiv sah wohl irgendwie anders aus als seine sonstigen Arbeiten. »Äh.«

Kein Problem, sagte Nico und berührte zuerst Matts Hand, dann den grünen Stift und führte: den grünen Stängel der Ranke, die sich um die Narbe wand, von dem knotig aufgeworfenen Areal im unteren Rücken bis hinauf zu Rasmus' Schultern, wo sie sich mit einzelnen Blättern und Trieben im Wind zu verlieren schien.

Matt ergab sich Nicos Hand.

Weintrauben?, fragte Nico. Oder nur Blätter und Ranken?

»Weintrauben, Blätter und Ranken«, sagte Rasmus in

das gepolsterte Kopfteil hinein. »Die runterhängen. Haben Weinreben eigentlich Blüten?«

Ja, kleine weiße mit Dornen, dachte Nico und dachte an den steinigen Weinberg seines Großvaters auf Ithaka. Aber du bekommst, was du haben willst. Nico wusste bereits, was das sein würde – zwischen den spitz zulaufenden Weinblättern und den kleinen glänzenden Trauben würde Rasmus eine blühende rote Rose tragen, genauso wie die auf Nicos Handgelenk. Dunkelrot. Auf Höhe des Herzens. Und eine zweite, etwas hellere gleich daneben. Vielleicht als Knospe. Ein paar Striche.

Kümmere dich um Roísín, befahl er Rasmus, sonst komme ich zurück und erschrecke dich zu Tode und verpasse dir ein Tattoo mit riesigen Geisterspinnen … mitten ins Gesicht … Wenn du ihr auch nur ein Härchen krümmst oder unserem Kind eine Träne ins Gesicht treibst … Rasmus würde es erst merken, wenn es zu spät wäre. Und wen würde es schon kümmern, von Rasmus selbst einmal abgesehen?

Und Roísín. Sie würde es wissen. Die Leute wissen es immer. Wenn ein Song angespielt wird, eine Stufe knarzt, ein Schmetterling auf einem Sarg oder einer Tasse landet, wenn ein Rotkehlchen einen ansieht, eine Feder herunterfällt oder ein Reiher müde die Flügel ausbreitet und davonfliegt.

Der Vogel könnte auch angeflogen kommen und zur Landung ansetzen. Die Füße nach vorn ausgestreckt, die Flügel ausgebreitet. Wie wäre es damit?

»Der Vogel soll abheben und ein Blatt herunterfallen«,

sagte Rasmus und begann leise zu singen. »*When I rise, let me rise like a bird, joyfully. When I fall, let me fall like a leaf, gracefully …*«

Matt beschrieb ein zu Boden trudelndes Blatt. Vorsichtig, beinahe geistesabwesend, griff er nach der Tatoopistole, kalibrierte, mischte dunkles Grün mit Karminrot. Vorsichtig säuberte und desinfizierte er die Haut, trug Vaseline auf und begann, grüne Ranken um die Narbe herum zu tätowieren. Er gab der Pflanze genau das Maß an Unregelmäßigkeit, die die Natur brauchte, um harmonisch zu wirken. Keine künstliche Perfektion. Er wischte das Blut ab, tupfte vorsichtig die wunden Stellen trocken, zeichnete, nahm Farbe auf, beschrieb Linien und Formen. Vorsichtig bearbeitete er die Haut rings um die empfindlichen Wölbungen der Wirbel. Nico ging mit großer Vorsicht vor.

Setz dich auf, Rasmus, sagte er. Sieh es dir an. Er sagte weder: Ich mache es besonders schön, damit meine Frau es später bewundern kann, noch weinte er. Hielt den Spiegel hoch. Ich bin nicht blind.

Immer wieder machte Matt ein Foto, warnte Rasmus, dass die Haut gerötet und geschwollen sein würde, und schwärmte, wie gut es am Ende aussehen würde.

Aber Rasmus wollte es sich nicht ansehen.

Nico und Matt arbeiteten weiter, kontinuierlich, wunderschön. Unter ihren Händen wuchs und gedieh die Rebe mit all ihren Linien und Schattierungen, alles lief so glatt, dass selbst die heikleren Stellen keine Mühe bereiteten. Sie arbeiteten den ganzen Abend, immer mit dem exakt richtigen Maß an Tiefe und Bewegung.

»Du musst noch mal wiederkommen«, sagte Matt. »Es ist zu viel für eine Sitzung. Aber es wird dir gefallen.«

»Ich mag den Schmerz«, sagte Rasmus. »Es ist eine Abwechslung zu dem, wie ich ihn sonst empfinde.«

Okay, sagte Nico.

»Meine Frau ist gestorben«, setzte Rasmus hinzu.

Ich bin auch tot, sagte Nico.

Lange Zeit herrschte Schweigen.

»Und man muss irgendetwas tun«, fuhr Rasmus fort.

»Tut mir leid, das zu hören, Mann«, meinte Matt. »Echt übel.«

Nico zeichnete still eine Ranke in Form eines großen, geschwungenen J. Eigentlich war es nicht beabsichtigt gewesen, doch das fallende Blatt hatte es geradezu heraufbeschworen.

Ja, sagte er.

Etwas Seltsames war passiert. Inzwischen mochte er Rasmus. Den Körper unter seinen Händen. Wenigstens etwas Menschliches.

Auf einem dieser Äste könnte ohne Weiteres eine Nachtigall sitzen, sagte er. Da ist jede Menge Platz. Ich suche eine hübsche für dich aus, vielleicht von John Gould oder Audubon. Komm morgen Abend noch mal her.

»Ich hätte wirklich gern eine Nachtigall«, sagte Rasmus zu Matt. »Ich komme morgen wieder.«

Später an dem Abend blickte Nico zum Mond hinauf und fragte sich, wie wohl der Ausblick von dort oben sein mochte.

Verwirrt blickte Matt auf das Tattoo, als Rasmus am nächsten Abend wiederkam. Die Nachtigall war bereits auf seinem Rücken skizziert. Offenbar hatte er gestern eine Art Migräneanfall, denn er konnte sich beim besten Willen nicht erinnern, sie vorgezeichnet zu haben. Vielleicht vertrug sich das Schmerzmittel nicht mit – obwohl, er hatte am Vortag keinen Alkohol angerührt. Aber egal, jedenfalls sollte er es nicht übertreiben. Dieses Projekt, erklärte er Rasmus, sei einzigartig – wild, aber auf eine gute Art und Weise.

Die Arbeit an der Nachtigall lief gut. Wieder bewegten sich seine Hände mit einer Freiheit, wie er sie noch nie zuvor erlebt hatte.

Danach gingen Rasmus, Matt und Nico in eine Bar, wo sie bei Muscheln und Pastis ihr Gespräch darüber fortsetzten, was Musik in Wahrheit bedeutete. Matt meinte, dies sei eines der besten Tattoos, das er je gestochen habe. Die Unterhaltung war eigentümlich zusammenhangslos, trotzdem fühlte Rasmus sich wie auf Wolken.

Er genoss Matts Gesellschaft und kam fortan alle paar Tage in die Stadt auf einen Kaffee oder einen Drink, häufig, um den Kopf freizubekommen, wenn sich die Arbeit am Album zu intensiv gestaltete. Es war großartig, dass dieser Typ keine Ahnung hatte, wer Rasmus war.

36

Oktober, unterwegs

Roísín würde pünktlich ankommen, nachdem ihr allerlei Mitreisende, sowohl männliche als auch weibliche, während der Fahrt höflich geholfen hatten. Sie sah atemberaubend aus: Ihre Haut schimmerte in einem sanften, natürlichen Magnolienton, ihre Locken wuchsen in dichter, wilder Seidigkeit wieder nach. Während der gesamten Reise brauchte sie ihren Koffer kaum zehn Meter weit selbst zu ziehen, was sehr angenehm war, weil ihre Finger inzwischen dick angeschwollen waren und sich Nicos Ring unangenehm in die Haut grub, wenn sie die Hand um den Koffergriff legte. Daran, den Ring abzunehmen, war nicht zu denken, selbst wenn sie es gewollt hätte. Was sie beinahe tat.

Im Zug hatte ihr ein reizendes kleines Mädchen gegenübergesessen, von dem Roísín kaum den Blick hatte lösen können. Sie war vielleicht sechs, Zopf, Jogginganzug mit Ringelsocken dazu. Habe ich tatsächlich auch bald so ein Wesen um mich?, fragte sie sich. Schüchtern lächelte sie Roísín an, als sie merkte, dass sie beobachtet wurde. Diese Freude, die die Kleine an allem hatte. Voller Begeisterung hauchte sie die Scheibe an und malte ein Grinsegesicht darauf, dann führte sie ihrer Mutter vor, wie kalt ihre Wange wurde, wenn sie sie gegen die Scheibe presste – »Fühl doch mal, Mami! Ganz kalt!« –, dann ging sie ganz allein durch den vollen Waggon zur Toilette und wieder zurück, kratzte ihrer Mutter den Kopf und schnitt Grimassen, während sie sich in gespieltem Ekel gemeinsam durch ihre Süßigkeitenvorräte futterten: »Die schmecken dir gar nicht, stimmt's, Mami?«, »Stimmt, sie schmecken ganz abscheulich«, »Genau, und die hasse ich auch. Kriege ich noch eins?« Ihre Wangen waren rund und rot wie polierte Äpfel, ihre Mum stämmig und solariumgebräunt mit schwarz gefärbtem Haar, türkisfarben lackierten Nägeln und Augenbrauen wie Krähenflügel. »Ich bin noch nie mit dem Zug gefahren!«, verkündete die Kleine aufgeregt. »Aber es ist ganz toll. Schau mal, Mami, da sind vier Häuser, die alle genau gleich aussehen!«

»Das sind Hochhäuser«, sagte ihre Mutter. »Da wohnen Menschen drin.«

Roísín hoffte inständig, dass sie und ihr Kind so gut miteinander auskämen wie diese beiden. Sie dachte an ihre eigene Mutter. Diese langen, langen Gespräche mit uns allen zusammen, während sie das Essen kochte, den Abwasch erledigte, ein Baby beruhigte oder einen von uns ermahnte, dieses oder jenes nicht zu tun. Meine wunderbare Familie – vor der ich gerade die Flucht ergreife, weil einem manchmal alles zu viel wird.

»Sieh mal da, das große Haus! Und das. Da ist ein Fenster offen! Da ist ein Mensch, Mami! Zwei sogar! Und ein

Menschhund.« Das Mädchen wusste ganz genau, dass es witzig war, und sah Roísín neugierig an, ob sie lachte.

Mein Kind wird zur Hälfte Nico sein, dachte Roísín. Mein Kind, das wachsen wird, und ich werde mich um es kümmern, ihm zu essen geben und mich über es amüsieren. Ich werde seine Söckchen waschen, Essen kochen und für sein seelisches Wohlbefinden sorgen. Mein Junge oder mein Mädchen. Nicht nur ein Baby. Ein ganzes Leben.

Die Frau sah sie an. »Wann ist es denn so weit?«, fragte sie, während ihre Tochter auf Roísíns Bauch starrte, als könne sie durch die Haut direkt hinein auf das Baby blicken.

Roísíns Tränen waren da, direkt unter der Oberfläche, wie winzige Edelsteine. Hätte sie sich zu schnell bewegt, wären sie bestimmt geflossen.

Nell und alle anderen hielten ihren Entschluss, nach Frankreich zu reisen, für schlicht verrückt. Sie solle lieber anfangen, ihr Nest zu bauen. »Du solltest Wände und Regale anstreichen und uns anschnauzen, wir sollen endlich nach London kommen und helfen.«

»Aber ich *baue* doch mein Nest«, hatte Roísín erwidert. »Nur eben anders. Wäre Nico noch hier, würde es ganz anders ablaufen …«

»Tja«, bemerkte Nell trocken.

Wer ist dieser Rasmus überhaupt, wollten sie alle wissen, nachdem Nell die Bombe hatte platzen lassen. Wer ist dieser Mann, zu dem du unbedingt reisen musst? In deinem Zustand?

Er ist nur ein Freund. Die Reise ist geschäftlich. Wieso, was denkt ihr denn?

Mehrere Tanten in der Heimat wussten nicht recht, was sie davon halten sollten, und setzten alles daran, dies auch weitläufig kundzutun. Ihre Mum und Nell lösten das Problem mit einer Reihe klarer Ansagen innerhalb der Familien-WhatsApp-Gruppen. Sie ist erwachsen. Es ist ja nur Frankreich. Das Baby kommt erst in einem guten Monat, und, nein, natürlich nimmt sie nicht das Flugzeug, sondern fährt mit dem Zug. Es ist etwas Geschäftliches!

Roísín machte sich keine Sorgen. Sie war ruhelos, hatte Hummeln im Hintern, und wenn sie schon nicht still sitzen konnte, könnte sie dabei wenigstens etwas Spannendes und Interessantes tun, das auch noch Spaß machte. Sie war heilfroh, nicht zu Hause herumhocken zu müssen, weil die Erinnerungen und Gedanken an Nico sie dort förmlich erdrückten. Nein, sie freute sich auf ein neues Bett in einem honiggoldenen französischen Herrenhaus inmitten von Lavendelfeldern und Olivenhainen (sie hatte sich die Studio-Webseite angesehen … Oh mein Gott!). Sie würde mit Rasmus plaudern, wenn er gerade nicht arbeitete, sich bekochen lassen, und keiner würde um sie herumtanzen und ihr ständig sagen, was sie zu tun hatte, und dass sie diesen Käse nicht essen durfte. Sie würde filmen, Rohmaterial sammeln. Es war nur eine Woche, dann würde sie nach Hause fahren und für den Rest ihres Lebens Mutter sein.

Ich bin die Jungfrau Maria, dachte sie. Heilige Mutter Gottes, jetzt verstehe ich, wie du dich gefühlt hast. Ich bin so was von bereit für meinen Stall. Ich, meine geschwollenen Füße und Hände und mein völlig überhitzter Körper.

Sie trat aus dem Bahnhof in die warme Oktobersonne, roch den Duft des Meeres, den sie tief einsog.

Welches dieser hübschen Autos ist wohl mein Esel?

Er entpuppte sich als tief liegender Citroën mit Ledersitzen sowie einem Halter mit Zeitschriften und einer Flasche Perrier auf der Rückbank. Der Fahrer war ein junger, tiefenentspannter, langhaariger Chinese von etwa zwanzig Jahren in Jeans und Iggy-Pop-Shirt, der grauenhaftes Englisch mit starkem französischem Akzent sprach. Eric. Die Luft roch nach verbranntem Holz und Lavendel, das Wageninnere nach Politur, Klimaanlage und Geld. Nach einer kurzen Fahrt glitt der Wagen durch ein breites automatisches Tor zwischen zwei goldbraunen Sandsteinpfeilern auf ein idyllisches Grundstück mit bildschönen Bäumen und weitläufigen Rasenflächen. Das Haus selbst lag vor ihnen, entspannt und zufrieden wie eine faule Katze in der Nachmittagssonne. Als Eric den Motor ausschaltete, konnte sie das Meer hören. Du lieber Himmel, ist das schön hier!, dachte Roísín.

Ihr Blick schweifte über die Arkade aus Fenstern, die Zitronenbäume in den riesigen Tontöpfen, die moosbedeckten rötlichen Fliesen, die letzten Herbstrosen, hingegossen wie Filmsternchen auf den zarten Ästen. Wie offen hier alles war. Die Stille. Die Wärme. In England scheint sich jeder Anflug von Wärme förmlich in die Brust zu werfen, nach dem Motto: *Sieh nur, ich bin hier, ich bin etwas ganz Besonderes, also genieße mich gefälligst!* Die Wärme hier dagegen schien sich einen feuchten Dreck darum zu scheren. Sie war einfach da. Roísíns Schultern sackten herab, und ein Schauder überlief sie, während die Strapazen der Reise und der letzten Monate mit all den Sorgen allmählich von ihr abfielen. Sie hatte nicht einmal gemerkt, wie angespannt sie gewesen war. Natürlich warst du angespannt, Idiotin.

Sie blinzelte in die Sonne und dachte, ich habe doch Zeit. »Ich würde gern eine Runde schwimmen gehen, wenn das okay ist?«, sagte sie. »Weißt du zufällig, ob Rasmus arbeitet?« Eric vermutete es. Er brachte sie in ihr Zimmer, erklärte ihr, wie sie zum Strand kam – einfach durch die Tore am Ende des Grundstücks – und dass es um halb neun Abendessen gäbe. Roísín überlegte, ob sie gestorben und auf direktem Weg in den Himmel gekommen war. Diese Gedanken begleiteten sie, als sie sich in ihren Schwangerschaftstankini mit den Einsätzen am Bauch zwängte, ihren Kimono, so gut es ging, um sich schlang und barfuß über den dunklen Holzfußboden, die ausgetretenen Stufen, die kühlen Steinfliesen, das kurze Gras und den rauen Sand tappte, bis hinunter zum Strand und den Felsen, die sich in der untergehenden Sonne vor ihr erstreckten, die Bucht, der Horizont so einladend und köstlich wie eine Umarmung.

Oh mein Gott, oh mein Gott, oh mein Gott. Vorsichtig watete sie in die sanften abendlichen Wellen, die kühl, aber nicht zu kalt waren, zuerst die Knöchel, dann die Knie und *oooh* über die Schenkel hinauf bis zur Taille, was ihr wie gewohnt ein Kichern entlockte, ehe sie ihr Körpergewicht dem Meer übergab. Roísín bekam eine Gänsehaut, hob die Beine an und schwamm los, ließ den Kopf nach hinten fallen, streckte Arme und Beine von sich, spürte das Prickeln auf der Kopfhaut, als das Wasser durch ihr staubiges, erhitztes, von der Reise schlaffes Haar drang. Oh mein Gott, oh mein Gott, oh mein Gott. Ihr Bauch ragte vor ihr empor wie eine einsame Insel auf einer Kinderzeichnung. Fehlt nur noch die Palme, die mir aus dem Nabel wächst. Sie schloss die Augen. Das Wasser hielt sie.

Es dauerte gute zehn Sekunden, ehe sie an Nico dachte. Wäre sie eine wirklich gute Schwimmerin oder ein Wal, könnte sie jetzt nach Süden schwimmen, weiter um Italien herum, auf der anderen Seite des Stiefels ein Stück nach oben, quer durch das Ionische Meer bis nach Ithaka, und vielleicht wäre er ja dort, vor den Felsen in der Bucht von Frikes, und schwamm wie ein Delfin im dunkelgrünen Meer herum.

Roísín stieg aus dem Wasser und setzte sich in den letzten Sonnenstrahlen auf einen schwarzen Felsen, eingehüllt in mehrere Schichten aus Kimono und Tüchern. Sie versuchte gerade vergeblich, ihre Zehen zu erreichen, um sie abzutrocknen, als Rasmus auftauchte.

*

Rasmus spazierte über den Strand und erblickte sie, diese neugierige Meerjungfrau, soeben erst in dieser außergewöhnlichen Umgebung angekommen, in die sie sich so mühelos und angenehm einfügte. Plötzlich kam ihm eine Erinnerung in den Sinn: Einmal hatte er Jay aus der Station in den hässlichen zubetonierten Innenhof gebracht, den das Personal für seine Raucherpausen nutzte. Sie hatte in ihrem Rollstuhl gesessen, den Blick über einen dürren Baum und die Betonmauern zum grauen Tupperwarehimmel schweifen lassen und gesagt: »Im Freien! Sieh dir das nur an! Wie wunderbar! Vergiss es nie, Rasmus.«

Roísín sah auf und winkte. Es war mehrere Monate her, seit sie sich zuletzt gesehen hatten. Sie hatte wieder Haare! Zerknautscht und im Begriff, sich zu locken, nur reichte die Länge noch nicht dafür, salzverkrustet, sodass sie ihr wild vom Kopf abstanden. Und ihr Umfang war gewaltig. Sie war wie dick geschlagene Sahne, die aus einem Krug zu quellen drohte.

»Hey, du!«, rief sie und lächelte strahlend. Nicht dass die Trauer plötzlich verschwunden gewesen wäre, dachte Rasmus, vielmehr hatte sich das Glück nur ein winziges Stückchen Platz geschaffen.

*

Später saßen Rasmus und Roísín an einer langen Tafel in dem langen Esszimmer. Draußen hingen die letzten Rosen von den Balustraden, Zypressen hoben sich groß und schlank gegen den Abendhimmel ab. Sie spürte das Meer, das unter ihnen glitzerte. Auf dem dunklen Holztisch standen die Reste eines opulenten Essens – eine Platte mit Brathühnchen, weiße Leinenservietten, grüner Salat und grüne Schlangenbohnen, leere Teller und Gläser, die die anderen zurückgelassen hatten. Messingkerzenständer. Roísín stippte mit einem Stück Brot die Reste der Bratensoße und des leuchtend grünen Olivenöls auf (erst am Vortag frisch gepresst, da die Ernte gerade in vollem Gange war, wie Rasmus ihr erklärte). Er gestikulierte mit einem Hähnchenschenkel und fragte sie über die Kindheit ihrer Mutter aus. Eine Flasche Weißwein stand zwischen dicken Duralexgläsern; Rosen von den Sträuchern waren in einem derben blauen Krug arrangiert. In der Luft hing der Geruch nach Feuerholz und Bienenwachs.

»Sie ist eine sehr nette Frau«, sagte Roísín. »Das war sie schon, als wir noch klein waren. Aber sie hat nun mal eine Menge Kinder.«

»Meine …« sagte Rasmus und hielt inne.

Unvermittelt musste Roísín an das Frühstück mit Nico im Garten des Pubs im Februar denken. Gerade einmal acht Monate war das her. Acht endlose, gewaltige Monate. Eine Ewigkeit und doch auch wieder nicht. Und jetzt bin ich hier, ertrinke in materieller Perfektion, in all den wunderschönen Dingen, die den Lebenden geschenkt werden.

Eric servierte einen Teller frische Himbeeren und einen Krug Schlagsahne dazu und räumte leise den Tisch ab.

»Pernille wartet im Mill Room auf dich«, sagte er.

»In Ordnung«, erwiderte Rasmus und wandte sich Roísín zu. »Entschuldige mich bitte. Ich werde nicht jeden Abend arbeiten müssen. Aber es gibt alles, was du brauchst. Eine Bibliothek, einen Pool, ein kleines Kino. Eine Jukebox. Nur die Mellotrons brauche ich selbst. Du kannst überall reingehen, nur nicht, wenn das rote Licht über der Tür brennt. Morgen können wir die Filmaufnahmen besprechen. Kommst du klar?«

Roísíns Zimmer ging nach Westen hinaus und hatte ein Himmelbett und eine frei stehende Badewanne mit Klauenfüßen. Auf dem Nachttisch lagen zwölf Bücher, der Kamin war zum Anzünden vorbereitet. Mit Francine, der Köchin, hatte sie sich bereits angefreundet. Sie käme klar.

Sie betrachtete die Badewanne, aber die Vorstellung, sich hineinzulegen, machte sie nervös, auch wenn es durchaus verführerisch war. Was, wenn sie nicht mehr herauskam? Sie sah das komische, hochnotpeinliche Szenario bereits vor sich – die französische Feuerwehr, die gerufen werden musste, um sie herauszuwuchten, eine kugelrunde Hochschwangere in einem Hebegestell mitten in der Luft … Nein danke.

Stattdessen gönnte sie sich eine herrliche Dusche im angrenzenden Badezimmer – nun ja, eigentlich war es eher eine Nasszelle, zumindest ging sie davon aus, weil sie noch nie eine in natura gesehen hatte. Jedenfalls brauchte man nicht aufzupassen, dass man nicht alles nass spritzte, sondern konnte sich ungeniert unter den Strahl stellen, der mit der Kraft eines Wasserfalls auf Schultern und Rücken prasselte. Jemand hatte ihren Bademantel auf den beheizbaren Handtuchhalter gelegt, damit er schön warm war, wenn sie heraustrat. Wie ein matronenhafter Filmstar schritt sie den Korridor entlang zurück in ihr Zimmer und trocknete sich ab, zumindest alle Teile, die sie noch erreichte, ehe sie zwischen die luxuriösen Leinenlaken glitt. Sieh sich das einer an, sogar den Kamin hat jemand angezündet.

Sie zog die Kissen und Polster heran, um sich seitlich aufzustützen – eigentlich hatte sie noch ein paar Kapitel lesen wollen, doch kaum lag sie, schlief sie auch schon ein.

37

Oktober, Südfrankreich

Rasmus wachte mit dem Gedanken an die Basslinie von *83 Miles the Wrong Side of Birmingham* auf. Das Ganze musste düsterer klingen, härter, völlig egal, was Pernille sagte. Es musste wie tiefschwarzer Teer klingen. Er hatte sogar ein paar Muster, wie heißer Teer auf eine Straße aufgebracht wurde, allerdings klang es nicht so, wie er es sich vorstellte.

Roísín wachte von dem Bedürfnis, zu pinkeln, auf. Wieder mal. Sie dachte an den Film, den sie in Wirklichkeit machen wollte, und an den, weswegen sie hier war, an die Diskrepanz zwischen beiden, und wie froh sie war, dass sie diese Mail nicht abgeschickt hatte.

Rasmus begab sich ins Studio und machte sich ohne Umschweife an die Arbeit.

Roísín ging zu ihrem Gepäck, nahm die PXW-FS7 II 4K heraus, die Ayesha ihr netterweise mitzunehmen erlaubt hatte, obwohl dieser Camcorder schlappe elftausend Mäuse kostete. Sie würde viele schnelle, spontane Aufnahmen machen, *run and gun*, wie es die Macho-Kameramänner bezeichneten. Ein bisschen à la Dogma 95, »das filmische Reinheitsgebot«, ohne Requisiten und Schnickschnack, außerdem würde sie sich im Hintergrund halten. Vielleicht könnte sie ja eines Tages den Film machen, von dem sie träumte, und dies war die Gelegenheit, das Material dafür zu sammeln. Aber würde sie damit nicht Rasmus' Freundschaft ausnutzen? *Ihn* benutzen? Weil er berühmt war?

Sie wollte nicht beschwören, dass das, was sie vorhatte, nicht unglaublich mies war. Dass Rasmus enttäuscht und wütend oder tief gekränkt wäre, wenn er es erfahren würde.

Aber es kümmert ihn ja nicht, was ich tue, redete sie sich ein. Weshalb also sollte es ihn interessieren?

Weil ihr Freunde geworden seid, sagte ihre innere Stimme.

Aber ich tue doch nichts Falsches.

Du hast Angst, ehrlich zu sein, weil du ihn magst.

Stimmt.

Und wohin führt das?

Zu Ausflüchten. Manipulation. Vertrauensmangel.

Vertraust du ihm nicht?

Bislang schon, aber …

Also lass dir Zeit …

Aber wenn du ehrlich zu Leuten bist, Vertrauen zu ihnen aufbaust und anfängst, sie zu mögen, dann …

Dann?

Sterben sie.

Roísín ging nach unten ins Esszimmer und verputzte ein Croissant mit dicker gelber Butter und selbst gemachter Marmelade, dazu trank sie einen großen Café au Lait. Obwohl in ihrem Innern kaum noch Platz für Essen war, steckte sie zwei Müsliriegel ein, weil sie wusste, dass sie in einer Stunde wieder der Hunger packen würde.

Francine kochte gerade Tomaten ein und füllte sie in Flaschen. »Frag einfach«, sagte sie. »Egal, was du essen willst, frag mich.«

Sie führten die übliche Unterhaltung: Ist es das Erste, wann ist der Geburtstermin? Francine hatte vier Kinder. Sie wusste nicht, dass Nico tot oder weshalb Roísín in diesem späten Stadium ihrer Schwangerschaft ohne den Kindsvater hergekommen war, und fragte auch nicht danach.

»Die Küche ist offen, und da drüben stehen immer ein paar Snacks«, sagte sie nur. Sie deutete auf einen Tisch am anderen Ende des langen Raums. »Eric kann immer helfen.«

Am liebsten wäre Roísín in Tränen ausgebrochen. Es war so schön, Hilfe angeboten zu bekommen. Man konnte tatsächlich für ein, zwei Momente Stolz und Unabhängigkeit aufgeben. Eine Tasse Tee darf man auch mal annehmen. Genauso wie eine Woche in einem Haus mit Personal.

Sie ging hinaus, schlenderte ziellos herum, setzte sich, betrachtete die Schönheit. Schirmpinien, silbern schimmernde Olivenblätter, Leute, die einander zuriefen, während sie auf den Bäumen herumkletterten und die Oliven in die Netze schüttelten. Stimmen wehten herüber. Die Luft war erfüllt vom Duft nach Herbst und Holzkohle. Sie stellte die Kamera auf. Lokalkolorit. Minutenlange Stillaufnahmen. Sie hatte die Ersatzbatterie mitgebracht.

An diesem Nachmittag und am darauffolgenden Morgen filmte sie Rasmus und Pernille im Studio – einem riesigen Raum, der wie ein Herrenclub ausgestattet war, mit glänzend poliertem Holz, breiten Sofas und Bücherregalen. Selbst das Mischpult, das unübersehbar aus dem 21. Jahrhundert stammte, war in einem Rahmen aus Mahagoni und Leder mit dem typisch antiken Schimmer eingelassen. Nur gut, dass es genug Platz gab. Ihre Leibesfülle zwang sie, sich ganz langsam zu bewegen. Rasmus, Pernille und die anderen Musiker nahmen keine Notiz von ihr, bis auf das eine oder andere Lächeln. Sie fühlte sich wie eine Figur aus einem japanischen Animationsfilm, das riesige, langsame, aber gutmütige Monster, das still herumglitt und alles beobachtete.

Die Ausgeglichenheit gefiel ihr. Dass sie beide arbeiteten, unabhängig voneinander, dann wieder zusammen. Sie musste sich zwingen, nicht nur ihn zu filmen. Ein- oder zweimal sah er auf und blickte direkt in die Kamera. Es war, als hätte er sie ertappt.

Er bot ihr eine Leitung am Mischpult für den Ton an. Manchmal setzte er ihr auch die Kopfhörer auf. »Hier«, sagte er dann und streifte ihr die gewaltigen Dinger über die Ohren. Sehr angenehm. Er fragte sie weder, was sie davon hielt, noch erklärte er, was es war. Sie schloss die Augen und lauschte körperlosen Versatzstücken, Rahmen und Füllelementen, isolierten Textzeilen, Gesang und Soli, aus dem Kontext gelösten Bestandteilen. Es war, als betrachte man ein Gemälde in seinen unterschiedlichen Farbschichten, wahllose Bilder im Zeitraffer-Modus. An diesem Nachmittag traf die Thereminspielerin ein, die

Roísín ebenfalls filmte, wie sie auf dem Instrument mit den Händen Laute ohne Berührung erzeugte. Als Nächstes tauchte ein schottischer Ghanaer mit einem ganzen Transporter voll afrikanischer Trommeln auf, rollte die Schultern nach hinten und wandte das Gesicht der Sonne zu.

Es war ermüdend, sich so lange konzentrieren zu müssen. Kaum legte Roísín sich hin, schossen die Bilder in wilder Folge hinter ihren geschlossenen Lidern vorbei.

Sie sehnte sich danach, auf dem Rücken liegen zu können, allerdings war sie überzeugt, zu ersticken und zudem das Kind zu erdrücken. Inzwischen las sie nicht länger nach, wie groß es mittlerweile war. Sie wusste es – so groß wie ein Baby.

Am liebsten hätte sie den ganzen Tag an den Aufnahmen gearbeitet, doch ihr Körper würde nicht mitspielen, deshalb hatte sie Angst, unprofessionell zu wirken. Schwanger zu sein ist unprofessionell … das willst du also damit sagen, ja?

Schwanger zu sein ist anstrengend. Mein Körper leistet hier gerade einen Vollzeitjob, indem er dieses Wunder eines neuen Lebens erschafft.

»Hey, ich bin hier! Ich existiere!«, sagte ihr jeder Tritt des Babys.

Abends aßen alle gemeinsam an dem großen Tisch, die Gespräche ein wilder Mix aus Englisch, Französisch, Dänisch. Zu Roísíns Überraschung sprach Rasmus mit Pernille Dänisch. Aber wieso auch nicht? Seine Mutter kam aus Dänemark. Die Sprache ließ ihn völlig anders wirken. Eigentlich kenne ich ihn kaum, dachte sie.

38

Oktober, Südfrankreich

Jay passte auf Roísín auf. Die Intensität ihrer Gefühle erstaunte sie. Sie stellte sich vor, ein schützendes Samtcape läge um ihre Schultern, ein Heiligenschein aus blauem und goldfarbenem Licht. Bei ihrer Ankunft in Frankreich hatte sie Roísíns Wohlbefinden in Erics, Francines und Rasmus' Hände gelegt. Sie schwamm mit ihr im Meer, umkreiste sie auf der Wasseroberfläche und darunter, wie ein Delfin, sorgsam darauf bedacht, dass ihr nichts passierte. Sie saß vor der Tür der Nasszelle und lauschte auf drohende Gefahren, glitt direkt hinter ihr die Treppe hinauf und vor ihr her, wenn sie sie hinunterging. Ein unsichtbarer Kokon. Nachts lag sie auf dem Sessel neben dem Bett, es sei denn, Nico kam vorbei – dann zog sie sich zurück.

Es amüsierte sie, wie sehr das Studio Nico verzauberte. Er hatte noch nie ein Theremin gesehen, ganz zu schweigen von Ashanti-Sprechtrommeln. Ständig stand er hinter den Musikern und spähte ihnen über die Schulter.

»Das war dein Leben?«, fragte er. »Mein lieber Schwan …«

»Ein Stück weit«, antwortete Jay. »Aber das ist lange

her.« Sie war dankbar, die Wahl gehabt zu haben, und bereute keine der Entscheidungen, die sie getroffen hatte.

39

Oktober, Südfrankreich

Jeden Abend fiel Roísín in einen tiefen, festen Schlaf, sobald ihr Kopf das Kissen berührte. Wie ein Stein, dachte Nico. Den Ausdruck hatte er von ihr, genauer gesagt von ihrer Großmutter.

In die Dusche folgte er ihr nicht. Das wäre gruselig. Aber wieso? Früher haben wir doch auch häufig gemeinsam geduscht. Trotzdem. Weil sie es nicht wüsste. Er sah ihr auch nicht beim Ausziehen zu, obwohl er dieses Privileg jahrelang genossen hatte. Es war irgendwie anders hier, an diesem neuen Ort, der ihr gehörte, aber nicht ihm.

Ich gehöre nicht hierher, gestand er sich ein.

Jetzt saß er auf der Bettkante und lauschte ihren Atemzügen. Am liebsten wollte er sie immer nur ansehen. Dornröschen, dachte er nicht zum ersten Mal.

Könnte ich mit ihr reden, ohne ihr den Schock ihres Lebens zu verpassen, würde ich Folgendes zu ihr sagen:

Roísín, meine Liebste.

Ich freue mich für dich, so sehr.

Du kannst jederzeit mit mir reden. Ich bin hier. Heute Abend bin ich nicht mit dir unter die Dusche gegangen. Ich will respektieren, dass du jetzt ein Leben hast, das du führen darfst, ich aber nicht. Ich denke über alles nach und weiß nicht, was als Nächstes passieren wird.

Ich fühle mich … unvollkommen.

Dürfte ich mir etwas wünschen …

Puh.

Sie zu küssen erschien ihm sicher. Davon würde sie nicht aufwachen. Schließlich waren sie hier nicht im Märchen. Er war nicht da, deshalb konnte er …

Sie drehte sich um und gab einen leisen Laut von sich.

Er küsste sie, auf die Wange, nicht auf den Mund.

Ich könnte mich auch neben sie legen, dachte er. Aufwachen würde sie bestimmt nicht. Sie hatte immer schon einen tiefen Schlaf. Ich könnte mich einfach neben sie legen.

Er schob seine Hand auf ihren Bauch. Ein Schauder lief durch seinen Arm bis zur Schulter.

Er schmiegte sich an ihren Rücken, legte den Arm locker über ihren ausladenden Leib. Spürte das Leben darin.

Löste sich. Hör auf damit!

*

Jay glitt durch die Bucht und zurück, tauchte unter Wasser, nur um lautlos die Oberfläche zu durchbrechen, als Nico kam.

»Sieh dir bloß diese schönen Olivenhaine an«, rief sie und drehte sich auf den silbrigen Wellen im tiefen Schwarz des Ozeans. »Im Nachthimmel sehen die Bäume wie Gehirne aus. Und diese Netze um die Stämme. Es ist magisch.«

Er war bleich und ernst.

»Ich kann mich nicht überwinden, weit rauszuschwimmen«, fuhr sie fort. »Keine Ahnung, wieso, schließlich kann ich wohl kaum ertrinken.«

»Ich habe sie geküsst«, rief er durch die Dunkelheit.

»Was meinst du damit?«

»Während sie geschlafen hat. Ich habe sie geküsst.«

Mit kräftigen Zügen schwamm Jay ins seichte Wasser und richtete sich auf. Das Wasser troff durch sie hindurch. »Nico.« Sie kam heraus.

»Während sie geschlafen hat«, sagte er noch einmal.

»Ach Nico ...«

»Ich kann nicht ...«, sagte er hilflos. »Ich weiß, dass ich ... und ich will ja auch ... aber ich kann einfach nicht. Es ist zu viel. Ich habe ihr die Hand auf den Bauch gelegt, und sie ist beinahe wach geworden, und ich ... Es ist wie ein Traum, ein Wunder. Oder ein Albtraum. Nicht mal das kann ich genau sagen.«

Jay wollte etwas erwidern, aber er brachte sie mit einem leisen Laut zum Schweigen. Vorsichtig, respektvoll.

»Ich würde dich ja in den Arm nehmen«, flüsterte sie.

Er schloss die Augen. »Und ich meinen Kopf an deinen lehnen«, erwiderte er nach einer Weile.

Sie setzte sich neben ihn auf den Felsen, auf dem Roísín zuvor gesessen hatte, und hob den Arm, als wolle sie ihn ihm um die Schultern legen.

»Ich würde dir das Haar streicheln«, sagte sie.

»Danke«, murmelte er.

Doch bis auf die Wellen, die in stetem Raunen ans Ufer schlugen, war alles reglos und still.

40

Oktober, Südfrankreich

Es wurde eine wilde, ruhelose Nacht. Träume und Stürme bauschten sich auf, ein zerklüfteter Mond setzte die Segel, der Wind frischte auf, trieb den versprochenen Regen heran und verebbte wieder. Während Roísín träumte, wie Nico sie in den Armen hielt, sie küsste und sich neben sie legte, träumte Rasmus, er sei wach, und fand sich in diesem seltsamen, angenehmen und zugleich leicht bedrückenden Zustand wieder, in dem man weiß, dass man nicht bei Bewusstsein ist und dennoch alles klar und lebendig wirkt. Gegen Morgen war Jay bei ihm.

Sie saß mit angezogenen Knien auf dem Bett. So real. Halb wach. Hypnagogisch. Nein, das andere.

»Ist das ein Traum?«, fragte er.

»Mehr oder weniger«, antwortete sie.

Hypnopompe Halluzination?

»Ist es genauso wie letztes Mal?«, fragte er, woraufhin sie ihn leise lachend umarmte. »Weil du doch gesagt hast …«

»Vergiss, was ich gesagt habe«, murmelte sie. »Wenn wir eines lernen, dann ist das, dass sich Dinge verändern.«

Nicht aufwachen, sagte er sich. Sei nicht zu wach, sondern bleib einfach so.

Nach einer Weile stand er auf, schnappte seine Gitarre und sang ihr die neuen Songs vor.

»Begleitgesang?«, fragte er. Sie schloss die Augen und lächelte, stimmte die Harmonien an. Sie machte ein paar Anmerkungen zu den Texten, die ihn lächeln ließen, so strahlend und breit wie der mediterrane Himmel. Der Wind brachte die Fensterscheiben zum Klirren und bauschte die Vorhänge.

»Wie geht es dir?«, fragte sie.

»I can live on alcohol and marzipan«, sang er leise mit zwei Akkorden, die sie James und Sebastian nannten, und zupfte an den Saiten. *»Can live on week-old vindaloo-ooo …«*

»Ja, aber mach das bloß nicht noch einmal«, sagte sie, denn er hatte tatsächlich einmal von dem indischen Currygericht gegessen, das Nachbarn ihm Tage zuvor in Schottland vor die Haustür gestellt hatten. Rasmus prustete. *»… I can live on promises, you bet I can«*, improvisierte er mit einer kleinen Septime.

»Oh, wie schön. Das reimt sich auf Marzipan. Chapeau.«

»But … I can't live … without you …«

Ihre Augen begegneten sich.

»Jetzt du«, sagte er, während er weiterspielte.

»Strophe zwei«, sagte Jay und zählte an. »Also gut … *I can live on hopes and dreams … and Mama's prayers … I can live on Jee-sus too, I can live on – haha – coffee and gummy bears, but I … can't live … without you …«*

»Die Bridge!«, rief er und pfiff die Melodie, ehe er sie

auf der Nelson spielte. Sie stimmte ein: »*You're my … vitamins, my venal sins … my poetry, my prose. My happiness that's deep within, my … butterfly? …* Nein … *my daffodil, my rose …* Tief in meiner Osterglocke. Klingt das irgendwie anzüglich?«

»Wieso, du bist doch tief in meiner Osterglocke«, witzelte er.

»*You're my everything. I can't live without you, you're my everything.*«

Nachdenklich zupfte er an den Saiten, dann:

»*I can live on oxygen and three-chord songs*«, sang er. »*I can live on grace out of the blue … I can live on nothing for however long it takes, but …*«

Sie stimmte ein.

»*I … can't live without you …*«[3] Er unterbrach sich.

»Du kannst es«, sagte sie.

»Wirklich?«, fragte er.

---

3 Ich kann von Alkohol und Marzipan leben, von wochenaltem Vindalho. Ich kann von Versprechen leben, das verspreche ich dir. Aber ich kann nicht ohne dich leben.
Ich kann von Hoffnung und Träumen leben und von Mamas Gebeten. Ich kann auch von Jesus leben, von Kaffee und Gummibären. Aber ich kann nicht ohne dich leben.
Du bist meine Vitamine, meine kleinen Sünden, meine Poesie, meine Prosa. Das Glück tief in mir drin, meine Osterglocke, meine Rose. Du bist alles für mich. Ich kann nicht ohne dich leben. Du bist alles für mich.
Ich kann von Sauerstoff und Songs mit drei Akkorden leben. Ich kann von plötzlicher Anmut leben. Ich kann von nichts leben, wie lange es auch dauert. Aber ich kann nicht ohne dich leben.

»Ja, du tust es bereits.«

Tränen standen in seinen Augen, liefen ihm über die Wangen. Mach die Augen nicht auf, wach nicht auf.

Er hielt sich fest, an ihr, am Gedanken an sie. Geh nicht.

»Ich glaube kein Wort von dem, was du da sagst«, meinte er. »Du sagtest, du würdest nicht zurückkommen.«

»Ich konnte nicht anders, Baby«, murmelte Jay.

»*Couldn't keep away, baby*«, summte er und schlug den nächsten Akkord an. »Nein, das ist ein bisschen klischeehaft.«

»Das war bestimmt nicht das erste Mal, dass *I can't live without you* oder *You're my everything* verwendet wurde.«

»Aber wir bringen unsere ganz eigene Magie hinein, stimmt's, Babe?«

»*We bring our o-o-own special magic, yeah, don't we, babe*«, sang sie im Motown-Stil.

»Klingt sehr nach Sonny & Cher«, bemerkte er.

»Ich liebe dich«, sagte sie.

»Ich vermisse dich«, erwiderte er. Es war zu viel.

Er sprang auf. »Sieh nur!«, sagte er, riss sein T-Shirt hoch und zeigte ihr sein nagelneues Hammer-Tattoo, das noch immer rot verschwollen schimmerte und verkrustet war.

»Wow«, sagte Jay und fuhr mit dem Finger die gewundenen Ranken nach. »Das wird wunderschön. Oh, sieh nur!«

»Was denn?«

»Ich bin auch da!«, sagte sie.

»Wo?« Er drehte sich hin und her, strauchelte, bis sie die Hände nach ihm ausstreckte, um ihn aufzufangen. Er hatte völlig vergessen, dass es ein Traum war. Ein tiefer Traum.

»Hinter deinem Herzen ist ein J.«

»Ehrlich?« Wieder versuchte er, einen Blick auf seinen Rücken zu erhaschen, doch es gelang ihm nicht. »Das wusste ich gar nicht.«

»Der Tätowierer hat es gestochen, ohne es dir zu sagen«, meinte sie.

»Sieht ganz so aus. Dieser freche Kerl, aber woher …«

»Heißt er zufällig Nico und hat eine Rose am Handgelenk?«

Rasmus lächelte. »Komm her«, sagte er.

Seine Gedanken waren von Blättern, Rosen und Nachtigallen erfüllt.

Es ist doch kein Traum …

Mit hämmerndem Herzen wachte er auf. Er hatte sie wieder losgelassen, sie ein weiteres Mal verloren. Sie war ihm im Schlaf entglitten …

Aber sie kam nur zurück, wenn er schlief.

Die Bilder verflüchtigten sich.

Zurück blieb eine unerträgliche Leere.

Er dachte an das Tattoo, an ihre Begeisterung, schloss wieder die Augen und versuchte, sich ins Gedächtnis zu rufen, wie es aussah, nachdem er es im Spiegel gesehen hatte. Aber natürlich hatte er es gar nicht wirklich gesehen und würde es auch niemals tun, sondern nur die Spiegelbilder davon.

Ein neuer Song kam ihm in den Sinn. *There goes the past again, you think it's yours but it's gone.*

Er setzte sich auf. D-Moll-Septakkord?

There goes the past again
You think it's there but it's gone
It slipped away while you weren't looking
You didn't turn away for long[4]

»Jay«, sagte er. »Ich mag diese Frau. Aber ich brauche Zeit für mich und sie auch, außerdem hat sie bald ein Baby und ihren eigenen toten Geliebten, und du bist die Königin meines Herzens.«

Keine Antwort.

---

4 Da war die Vergangenheit wieder. Du denkst, sie wäre hier, aber sie ist fort. Davongeschlüpft, als du nicht hingeschaut hast, du hattest dich nicht lange abgewandt.

41

Oktober, Südfrankreich

»Rasmus«, sagte Roísín ein paar Tage später beim Frühstück. »Ein kurzer Profihut-Moment.«

Er sah auf.

»Die wollen immer noch, dass ich den unbeantworteten Fragen aus dem Interview auf den Grund gehe.«

Lange Stille. Sie machte keine Anstalten, sie zu unterbrechen, und er sah keine Notwendigkeit, sich zu entschuldigen, weil er sich mit seiner Antwort Zeit ließ. »Schadet es dir, wenn ich Nein sage?«

Inzwischen hatte sie sich seine Angewohnheit zu eigen gemacht, ebenfalls nachzudenken, ehe sie antwortete. »Es würde mir helfen, wenn du Ja sagst.«

»Profimäßig?«, hakte er nach. »Bekämst du eine neue Feder für deinen Hut, weil du einen Erfolg verbuchen konntest?«

»Mehr oder weniger.«

Er dachte wieder nach. Ignorierte seinen Kaffee, seinen Toast, den Pfirsich auf seinem Teller. Er aß Pfirsiche bevorzugt auf Toast.

»Ich will nicht«, erklärte er dann. »Nein.«

»Oh«, sagt sie. »Okay. Ähm. Ja klar.« Sie fühlte sich, als hätte er ihr eine schallende Ohrfeige verpasst.

»Es ist nichts Persönliches«, sagte er. »Es ist nur immer mehr geworden. Von ›keine Presse‹ zur Einwilligung, dass der Auftritt gefilmt wird, zum Interview, zu deinem Besuch hier …«

»Aber du hast mich *eingeladen.*«

»Ja, das stimmt, und ich wollte dich auch gern hier haben. Und will es immer noch. Aber ich will nicht, dass du mich noch weiter interviewst.«

Das war erst recht eine Ohrfeige.

Sie wusste nicht, was sie darauf erwidern sollte.

Sie hatte es vergeigt. Aber wie genau? Nur durch einen einzelnen Punkt oder durch alle zusammen? Unprofessionell. Mit dem Kopf nicht bei der Sache. Habe ihn als selbstverständlich betrachtet. Konnte mich nicht beherrschen. War verunsichert. Habe ihn hintergangen. Habe mich selbst hintergangen, habe geträumt und mir aufdringliche Projekte ausgedacht, ohne mit ihm darüber zu reden. Ich habe meine Grenzen überschritten. Habe mich von Ideen beeinflussen lassen, die weit über meine Kompetenz hinausgingen. Im Weg. Dumme Schwangere. Zu dick. Hirnlos. Nicht vertrauenswürdig. Seines Respekts nicht würdig.

»Oh.«

»Es ist nichts Persönliches«, wiederholte er. »Na ja, eigentlich schon. Hast du denn nicht schon genug Material, mit dem du arbeiten kannst? Sag denen einfach, ich hätte Zicken gemacht. Es ist nicht deine Schuld.«

»Okay«, sagte sie zutiefst beschämt.

Pernille streckte ihren schmalen kleinen Kopf zur Tür herein. »*Vi er klar*«, sagte sie, und Rasmus stand auf.

»Es tut mir leid, wenn …«, stotterte Roísín. »Ich … wenn meine Schwangerschaft in die Quere gekommen ist oder es beeinflusst hat.«

»Weshalb nicht? Genau das sollte sie. Sie ist doch real und wichtig.«

»Stimmt.«

»Aber eigentlich war es nicht so«, fügte er hinzu. »Lass uns das später besprechen.«

»Da gibt es nichts zu besprechen«, erwiderte sie gespielt munter und griff nach ihrem Croissant. »Wenn du nicht interviewt werden willst, rücke ich dir nicht auf die Pelle. Schon gut, ich sage ihnen einfach, du hättest dich wie der letzte Mistkerl benommen.«

»Braves Mädchen«, sagte er nickend und verschwand.

Roísín legte ihr Croissant wieder hin und schleppte sich die Treppe hinauf in ihr Zimmer. *Fuck, fuck, fuck.*

Weiter in diesem Haus zu bleiben wäre demütigend, dachte sie. Als wäre sie zum Spaß hier. Wegen der Leinenbettwäsche und der beschissenen späten Pfirsiche.

Wann immer mit ihrer Familie oder auch mit Nico früher etwas schiefgelaufen war, hatte sie das Problem einfach ausgesessen. Sich jegliche Reaktion verkniffen. Das war ihre Taktik, nach dem Motto: Irgendwann vergeht es von ganz allein, deshalb braucht man die Dinge gar nicht erst anzusprechen. Verschwende nicht den Sauerstoff deiner Aufmerksamkeit an sie, hatte einmal jemand gesagt. Doch für sie hatte es viel mit Angst zu tun. In Großfamilien wie ihrer war Streit sinnlos, weil es immer jemanden gab, der lauter schrie oder sich noch mehr ins Zeug legte, deshalb zog sie sich eher zurück, las ein Buch und wartete, bis sich der Sturm legte. Leugnen, lautete die Devise. Vielleicht die Wunden lecken. Und unter keinen Umständen zugeben, dass es einem an die Nieren ging.

Fahr nach Hause, sichte das Material, sagte sie sich, – sie hatte jede Menge Aufnahmen der Arbeiten im Studio –, geh in Mutterschaftsurlaub und konzentrier dich auf das Baby. Ist ja nicht so schlimm.

Sie sah auf die Uhr. Viertel nach zehn. Sie zog ihre Fahrkarte heraus. Rückfahrt offen. Sie schrieb Eric eine Nachricht aufs Handy und fragte, ob jemand sie zum Bahnhof bringen könnte, damit sie den Zweiuhrzug bekam. Es gab keinen Anlass, noch länger zu bleiben.

Immerhin blieb noch Zeit für ein Bad im Meer.

Ehe sie zum Strand hinunterging, wo es kein Netz gab, schrieb sie ihrem Freund Ciarán in Paris. Oh mein Gott, antwortete er, er würde sich ja so freuen, Roísín zu sehen und sie gern am Bahnhof abholen, aber, du liebe Zeit, stand die Geburt denn nicht unmittelbar bevor? Wann würde es denn genau so weit sein?

Erst in zwei Wochen, schrieb Roísín zurück. Alles kein Problem.

*

»Was war das denn?«, fragte Nico. »Das ist nicht gut.«

»Er kann manchmal sehr direkt sein«, erwiderte Jay.

Sie glitten hinter Roísín die Treppe hinauf.

»Das sehe ich«, bemerkte Nico.

»Er spricht aus, was er denkt. Und manchmal überlegt er nicht, wie es bei anderen ankommt, welche unterschwelligen Aussagen sie aus seinen Worten heraushören.«

»Oje«, stöhnte Nico.

»Dass sie jetzt glaubt, er lehne nicht das Interview ab, sondern sie als Mensch.«

»Genau«, sagte er.

»Er muss diese Dinge klar ausdrücken, damit es keine Missverständnisse gibt.«

»Glaubst du, dass sie es missversteht?«

Sie saßen auf Roísíns Bett.

»Ja, aber sie ist schwanger. Es ist seine Schuld. Er weiß es besser, hat aber vergessen, darauf zu achten. Weil er so von seiner Arbeit absorbiert ist«, sagte sie.

»Deshalb will er nicht, dass sie ihn ein zweites Mal interviewt? Weil es ihn in seiner Arbeit behindert? Diesen Eindruck hatte ich nämlich nicht.«

Jay lächelte. »Nein, er will sie nicht als eine Art menschliches Fenster um sich haben, durch das die Leute ihn anstarren, sondern will sich bei ihr sicher fühlen können. Er muss ständig in Habachtstellung sein, denn obwohl er ihr vertraut oder es gern tun will, ist ihm auch bewusst, dass alles auf Film ist, deshalb kann er sich nicht so ohne Weiteres öffnen.«

»Aber das hätte er ihr doch sagen können.«

»In gewisser Weise hat er das.«

»Manche Dinge muss man eben häufiger sagen.«

»Ich glaube, das hat er auch vor.«

»Könnte bloß sein, dass es zu spät dafür ist«, bemerkte

Nico und sah zu, wie Roísín ihren Koffer herausholte und ihre Sachen zusammensuchte.

»Dann kriegst du ja, was du wolltest«, erwiderte Jay.

»Ich will es aber nicht mehr«, sagte er. »Ich will, dass sie sich mögen und ihr eigenes beschissenes Lebensding machen. So, wie sie es wollen.«

42

Oktober, Südfrankreich

Roísín stand bis zur Taille im lauen Wasser, stützte mit ihren in Neoprenhandschuhen steckenden Händen ihren Bauch und weinte. Bitte, liebes Meer, trage mich auf deinen Wellen und schenk mir Trost, flüsterte sie. Sie fühlte sich wie die traurige Maid in einem Folksong, verdammt noch mal. Verlassen. Allein.

Hier geht es eindeutig nicht um Rasmus. Er ist mir nichts schuldig. Schließlich habe ich keinerlei … er ist nur ein Mensch, der vorübergehend Teil meines Lebens war. Ich weiß noch nicht mal, was ich hier überhaupt mache, verdammte Scheiße, wieso haben die mich dann kommen lassen?

Nein, hier geht es um Nico.

Der weg ist.

Weil du nicht gut genug bist, als dass sie bei dir bleiben würden.

HERRGOTT NOCH MAL, ROÍSÍN. Als hätte Nico einen Herzinfarkt erlitten, nur weil du nicht gut genug bist! Hör sofort auf mit diesem Unsinn. Du weißt genau, dass sich nicht immer alles um dich dreht.

Trotzdem konnte sie nicht aufhören zu weinen. Stattdessen ließ sie die Tränen einfach laufen, und warum auch nicht. Schließlich war alles verdammt traurig. Dies hätte die schönste, glücklichste Zeit seines und auch meines Lebens sein sollen, dachte sie. Aber es gibt keine Garantien. Ich bin ganz allein mit der Situation. Ich bin allein. Und trage die Verantwortung. Ich allein trage die Verantwortung.

Sie ging weiter hinaus, durch die sanften Wellen, wobei sie die Fingerspitzen über die Oberfläche gleiten ließ, ehe sie eintauchte. Genau deshalb liebte sie es so. Weil Wasser einem im wahrsten Sinne des Wortes das Gewicht von den Schultern nimmt, einen stützt und beruhigt, einen hält, wenn man die Last nicht länger tragen kann. Die Anspannung fiel von ihr ab. Es war, als laufe ein Schauder von den Schultern an ihrem Rücken hinab, hinein ins Wasser, wo sie sich in konzentrischen Kreisen rings um sie herum ausbreitete, während ihr Rücken die einzige aktuell erträgliche Position gefunden hatte. Ihr ganzes Ich fühlte sich wie ein endloses, wohliges *AAAAAAHHHH* an. Sie rollte herum und tauchte unter, wenn auch nicht wie gewohnt, indem sie die Beine zuerst anzog und dann wieder wie ein Klappmesser streckte, sondern mit purer Beinkraft. Die kräftigen paddelnden Bewegungen ihrer Füße ließen das glatte Wasser sprudeln, als sie in die Tiefe glitt. Sie drehte sich wieder auf den Rücken wie ein Seehund, völlig frei in diesem Element, ohne das Gewicht und die schiere Körpermasse. Sie öffnete die Augen, spürte das salzige Wasser und sah sich selbst auf der Unterseite der Wasseroberfläche gespiegelt, als befände sie sich in einer anderen Welt, in einer stockfleckigen Vergangenheit oder einer Zukunft jenseits des Vorstellungsvermögens. Ihr Herzschlag rauschte in ihren Ohren, der Himmel und die Sonne waren scheinbar endlos weit weg. In diesem Moment war sie glücklich. Stark. Geschmeidig. Wie ein Wal. Ein Meeressäuger.

Sie schnellte wieder nach oben und durchbrach die Oberfläche, wobei sie wünschte, sie könnte eine gewaltige Fontäne ausstoßen. Stell dir nur mal vor, wie es wäre, die Nase oben am Kopf zu haben …, schoss es ihr durch den Kopf. Die Bewegung in ihrem Oberkörper hörte nicht auf, stattdessen spürte sie, wie sich etwas drehte, wälzte, in ihr schwamm. Eine Art Gurgeln.

Oh.

Dann ein Tritt – keine winzige Babyferse, sondern ein verdammter Esel, der mit voller Wucht gegen ihre Bauchdecke ausschlug.

Ach du Scheiße. Heilige Maria Mutter Gottes.

Schwimm zurück.

Schwimm zurück.

Einen Moment lang dachte sie an die Geburt der Venus, an Wale, die so etwas seit Anbeginn der Zeit getan hatten. Ich bin nur ein Tier … Seesterne. Eins mit der Natur.

Dann: Sand. Bakterien. 37. Woche. Plazenta. Tang. Kalt. Atmen. Winzige Lunge. Nicht steril. Notaufnahme.

Quallen.

Die Quallen gaben den Ausschlag. Alles andere konnte man notfalls noch unter »Wale tun das seit Anbeginn der Zeit« abtun.

Ist es so weit?

Bei der Untersuchung vor ihrer Abreise letzte Woche hatte das Baby mit dem Kopf nach unten gelegen. »Wegen uns kann's losgehen!«, hatten sie in der Arztpraxis fröhlich verkündet, aber keiner hatte »Nicht verreisen« gesagt.

Na ja, vielleicht doch, nur erinnerte sie sich nicht mehr daran. Außerdem hätte sie ohnehin nicht darauf gehört. Wahrscheinlich.

Roísíns Füße fanden Halt, und sie hielt einen Moment inne. Es war niemand am Strand. Ihr Handy lag eingerollt in ihrem Kimono.

Wo und wen sollte sie denn anrufen?

Zu Hause?

Im Krankenhaus?

Kein Empfang!

Kommt da ein Auto …

Francine!

Das Wasser lief an ihr hinunter, als sie an Land trat. An ihr herunter? Oder aus ihr heraus? Oder beides?

Sie hatte ihren Kimono auf einem erhöhten Felsen liegen lassen, damit sie sich nicht danach zu bücken brauchte. Sie zog das Tankinioberteil aus. Zu kalt, zu nass. Die Hose behielt sie an. Fühlte sich sicherer an. Dann schlang sie sich das Handtuch um den Oberkörper und schlüpfte in den Kimono. Beyoncé fiel ihr wieder ein, hochschwanger in einem Kimono, ein wunderschönes Foto. Sie blickte wieder aufs Meer.

Roísín trocknete ihre salzigen Finger ab und zog das Handy heraus, während sie sich vorsichtig gegen den Felsen lehnte.

Sie tippte Nico eine Nachricht. »Es passiert, Schatz. Es geht los.«

*

Nico spähte ihr über die Schulter und las mit. Legte ihr die Hand auf den Kopf, ganz behutsam, setzte sich neben sie, berührte ihren kühlen Nacken.

»Die Fruchtblase ist geplatzt«, sagte Jay. »Wir müssen sie ins Haus schaffen. Sie könnte eine Infektion bekommen.«

»Weiß ich«, sagte er.

»Klar«, meinte Jay freundlich. »Also, wen würde sie bei sich haben wollen? Eine Frau? Soll ich die nette Köchin holen gehen?«

Nico sah auf und nickte.

Jay fand Francine im Küchengarten, wo sie die letzten Tomaten erntete, die leuchtend rot und grün im Korb auf dem Boden neben ihr lagen. Jay baute sich vor ihr auf und sagte ROÍSÍN, ROÍSÍN, ROÍSÍN, ROÍSÍN, ROÍSÍN, ROÍSÍN, ROÍSÍN, ROÍSÍN, ROÍSÍN so laut, klar und kräftig, wie sie nur konnte. Bei Dougie hatte es funktioniert, also musste es auch ein zweites Mal klappen. Doch Francine schien nicht besonders sensibel zu sein, zumindest nicht in puncto Geister.

Während die Köchin ganz nach hinten zwischen die langbeinigen Stängel der Tomatenpflanze griff, legte Jay beide Hände um die größte, reifste und glänzendste Frucht in dem Körbchen und konzentrierte sich mit aller Macht auf die Festigkeit unter ihren Fingern. Es ist etwas Lebendiges, es kann klappen. Ich kann helfen, los, komm schon …

Der Schleier ist wieder hauchdünn, dachte sie, und sie hatte recht. Sie spürte eine leise Bewegung unter ihren Fingern und grinste, als sie die Tomate aus dem Körbchen auf den staubigen Weg schubste, der durch die Stechpalmen hinunter zum Strand führte.

Francine sah die Tomate wegkullern, das leuchtende Rot vor dem hellen Beige des Staubs, und schnaubte. Sie machte ein paar Schritte den Weg entlang und bückte sich, um die Frucht aufzuheben, als ihr Blick zum Strand schweifte und sie sie sah: Roísín, die leicht schwankend auf dem Felsen kauerte, mit vor Schmerz durchgebogenem Rücken und dem Kopf im Nacken, als wollte sie den Mond anheulen.

Francine war auf einem Bauernhof groß geworden und wusste offenbar genau, was das zu bedeuten hatte. Schafe bogen genauso den Rücken durch. Sie rannte los.

*

Roísín fühlte sich, als wären ihr die Beine abgeschraubt worden, als sie sich von Francine den Weg hinauf zum Haus führen ließ. Sie setzte sich auf die Bank neben der Tür, hingepflanzt wie eine plumpe Gliederpuppe, unfähig, ihre Körpermitte zu bewegen, während ihre molligen Knöchel in den Weg ragten. Wie sehr sie sich ihre Beine zurückwünschte, ihre schlanken, wohlgeformten Fesseln, so zart und so hübsch, die nun in einem Pudding aus

Fleisch verborgen waren, nein, eigentlich zwei, so prall und geschwollen, dass es fast wehtat. Schwanger bis zum Anschlag, so sieht's aus. Und drauf und dran zu platzen.

Francine telefonierte unterdessen mit dem Krankenhaus. Eric trat aus dem Haus und sagte allen Ernstes *»Oh, là, là«*, worauf Roísín in einen hysterischen Lachanfall ausbrach.

»Bring ihr Wasser«, sagte Francine zu ihm.

»Lass mich nicht allein«, sagte Roísín. Francine versprach, bei ihr zu bleiben.

»Ist es so weit?«, fragte sie.

»Ja«, antwortete Francine.

Jay legte Roísín die Hand auf die Stirn.

Nico stand daneben. »Ich bin noch nutzloser als Väter sonst in dieser Situation.«

»Hier geht es aber nicht um dich, Schatz«, erwiderte Jay lächelnd. »Außerdem hast du dich zuvor ja bemerkbar gemacht. Tu einfach das.«

»Ich habe keine Ahnung, wie wir das angestellt haben«, sagte er.

»Ich auch nicht«, erwiderte sie. »Tu's einfach.«

Nico glitt hinter Roísín und schlang sich wie eine Decke um sie.

*

Rasmus erschien. Er war kreidebleich. »Hey«, sagte er lächelnd. »Geht es dir gut? Was brauchst du?«

»Einen Arzt«, presste Roísín kurzatmig hervor. »Sie

kommen mich gleich holen …« Sie lächelte und schrie auf. Ein scharfes Heulen, das sie eilig zu unterdrücken versuchte. »Tut mir leid«, stöhnte sie überrascht.

»Du brauchst dich nicht zu entschuldigen«, sagte er. »Schrei einfach. Tu, was du tun musst, völlig egal.« Er setzte sich neben sie. »Soll ich mitkommen?«

Wieder lachte sie auf. »Dann denken die, du wärst der Vater.«

»Soll ich jemanden für dich anrufen?«

»Schreib Ciarán eine Nachricht.« Sie drückte ihm ihr Telefon in die Hand. »Ciarán mit C. Schreib ihm, ich schaffe es nicht, heute noch nach Paris zu kommen.«

Rasmus nahm das Telefon und hielt es ihr hin, damit sie es mit ihrem Fingerabdruck entsperrte.

»Du wolltest nach Paris?«

»Egal«, wiegelte sie ab. »Und Nell. Gib Nell Bescheid.«

Der Krankenwagen hatte Verspätung.

»Komm rein und mach es dir bequem«, sagte Francine. Sie halfen ihr in die Diele, wo sie sich auf eine Bank setzen wollte, doch sie fand keine Ruhe, deshalb hievte sie sich wieder hoch und begann, im Kreis zu gehen, wieder und wieder und wieder. Francine schürzte die Lippen.

Rasmus öffnete die Nachrichtenapp und fand prompt die letzte, die sie geschrieben hatte: »Es passiert, Schatz. Es geht los.«

Ein tiefer Seufzer drang über seine Lippen.

Er fand Ciarán, sah die Nachrichten, die sie einander geschrieben hatten, und fühlte sich wie der letzte Arsch. »Ciarán, hier ist Rasmus, Roísíns Freund. Die Wehen haben frühzeitig eingesetzt, deshalb kann sie nicht nach Paris kommen. Ruf mich gern an, wenn du möchtest.« Er tippte seine Nummer ein.

*

Jay lächelte. Perfekte Interpunktion, wie gewohnt. Inzwischen schrieb er Nell und teilte auch ihr seine Nummer mit.

»Das Baby kommt bald«, sagte Jay.

*

Du brauchst ein Zimmer mit einem Bett, Roísín, sagte Nico.

»Ich glaube, ich brauche ein Bett«, sagte Roísín. »Ich gehe nach oben. Ich will mich ausziehen.«

»Wir können dich auch in den Wagen verfrachten und einfach hinfahren«, schlug Rasmus vor. »Was ist dir lieber?«

»Wale tun es im Meer«, sagte sie. »Schafe auf der Weide. Bring mich zu meinem Bett. Wenn sich die Nabelschnur um den Hals wickelt, löse sie und ziehe sie herunter. Klemme sie auf beiden Seiten ab und schneid sie ab, wenn du sie nicht runterbekommst.« Sie hielt inne und schöpfte Atem. »Ansonsten nicht. Und auf keinen Fall dran ziehen. Wasch dir die Hände«, rief sie über die Schulter, während sie ganz langsam und vorsichtig die Treppe hinaufging.

Francine ging mit ihr. Nico und Jay ebenfalls.

»Ich? Oder Francine?«, rief Rasmus ihr hinterher.

»Francine natürlich!«, schrie Roísín. »Setz du dich hin und schreib einen Song oder was weiß ich.«

Nachdenklich stand er in der Diele, dann löste er sich und machte sich auf die Suche nach dem Schrank mit den frischen Handtüchern. Schließlich fand er ihn, nahm einen Stapel heraus und trug ihn nach oben. Kurz blieb er vor ihrer Zimmertür stehen, ehe er mit abgewandtem Blick eintrat und die Handtücher auf den Sessel legte. »Viel Glück!«, rief er und hastete wieder hinaus, wobei er sie aus dem Augenwinkel erblickte, wie sie in ihrem Kimono auf der Matratze kniete, die Arme weit ausgebreitet, beide Hände um den Bettpfosten hinter ihr gelegt, den Rücken durchgedrückt – wie eine Galionsfigur in einem tosenden Sturm.

Sie lachte. »Hau ab, du Affe«, keuchte sie.

Francine nahm unterdessen Anweisungen am Telefon entgegen.

»Solltest du mich dabeihaben wollen, weißt du ja, wo du mich findest«, rief er. Das Herz schlug ihm bis zum Hals. Er lachte, kam sich wie ein Idiot dabei vor und ging hinunter ins Studio, um irgendetwas zu schreiben.

*

Nico stand vor ihr am Bett und sah sie an, ganz nahe, direkt vor ihrer Nase. »Ich bin hier«, sagte er. »Gleich hier.« Nico hatte schon viele Babys zur Welt gebracht, allerdings noch nie in einem Schlafzimmer, sondern hauptsächlich am Straßenrand oder auf Parkplätzen. Einmal auch im Zug.

»Scheiße!«, brüllte Roísín.

Jay stand neben Nico und behielt die Abstände zwischen den Wehen im Auge. Ab und zu trat sie hinter das Bett, legte die Hände um Roísíns Gesicht und küsste ihre feuchte Stirn. Du machst das ganz wunderbar, sagte sie. Sehr gut machst du das. Du bist eine verdammte Heldin. Zwischen den Wehen nicht pressen.

Roísín stöhnte laut.

»Du machst das sehr gut«, lobte Francine. »Zwischen den Wehen nicht pressen. Nur atmen und zählen. Bald sind sie da.«

Nicht schnell genug, sagte Nico.

»Nicht schnell genug«, stöhnte Roísín erregt, schnaufend, verängstigt.

Dann hörte es auf.

Und fing wieder von vorn an. Oh mein Gott!

Wie ein stolzer Krieger stand Nico am Kopfende des Bettes. Ein Mädchen. Eine Tochter. Seine Familie würde also doch weiterexistieren.

Aus einem Instinkt heraus kniete er sich hin, beugte sich vor und sprach auf Griechisch mit ihr. Kleine Schönheit, sagte er. Ein Wunder. Sie schlug die Augen auf und sah ihm direkt ins Gesicht. *Κόρη μου. Σε αγαπώ.* Ich liebe dich. Meine Tochter.

Sie konnte ihn hören. Er sah es genau. Sie blinzelte ihn an. Ihre Seelen, beide im Transit. Die ihre kam, während die seine ging.

Knirschende Reifen auf Kies. Bremsen. Stimmen. Rasmus. »Sie ist oben.«

Francine, die aus dem Fenster rief: »*C'est arrivée.* Sie sind zu spät dran.«

Rasmus kam den Korridor entlanggelaufen, noch während die Schritte auf den Stufen polterten. Roísín lachte. Ihr Haar war noch nass vom Schwimmen. Sie lag ausgestreckt auf dem gelben und goldfarbenen Brokatbett, ringsum lagen Kissen im Raum verstreut, ihr Körper mitgenommen, blutend, hielt das winzige Geschöpf in ihren Armen, wachsig, warm und feucht, so unfassbar, so natürlich, so verrückt, so perfekt, während die Nabelschnur zwischen ihnen noch pulsierte.

»Sieh nur, Rasmus, was ich getan habe!«, rief sie.

Die Kavallerie stürmte herein, und nach einem kurzen Blick auf die Szenerie wurde beschlossen, sie mitzunehmen.

»Ist das wirklich nötig? Es ist so schön hier«, fragte sie im Plauderton, während jemand vorsichtig die Nabelschnur abklemmte.

»*Voulez-vous le couper, papa?*«, fragte die Sanitäterin.

Roísín lachte und lachte. »Ich hab dir gesagt, dass sie dich für den Vater halten werden!«, rief sie. »Los, mach schon. Schneid die Nabelschnur durch. Willst du?«

»Willst du, dass ich es tue?«, fragte er mit einem Anflug von Entsetzen.

»Jemand muss es doch tun«, antwortete sie, also tat er es. Das quietschende Knirschen jagte ihm einen Schauder über den Rücken.

»Ich suche deine Sachen zusammen«, erklärte er.

»Félicitations, papa«, sagten die Sanitäter, als sie eine Decke um Roísín hüllten, Mutter und Baby in einen Rollstuhl setzten und die Treppe hinunter und in den Krankenwagen bugsierten.

Rasmus schlug mit den Händen gegen die Tür.

»Es ist alles in Ordnung«, rief Roísín. »Verschwinde, ich habe kein Höschen an.«

»Entschuldige«, sagte er. »Aber dein Handy …« Er reichte es ihr.

»*Tout va bien.* Machen Sie sich keine Sorgen«, rief die Sanitäterin vergnügt.

Schließlich fuhr der Krankenwagen davon, und zurück blieb Rasmus in der Einfahrt. Mit einem Mal wurde ihm übel, sehr, sehr übel.

Jay stand neben ihm, hatte sich halb gegen ihn gelehnt, als wollte sie ihn in sich aufsaugen. Sie wusste, dass er nie hatte wieder mitansehen wollen, wie eine Frau in einem Krankenwagen fortgebracht wurde, nicht einmal dann, wenn die Gründe erfreulich waren.

»Tja, den Transfer zum Bahnhof um zwei Uhr braucht sie dann wohl nicht«, bemerkte Eric.

Rasmus biss sich auf die Lippe. »Hol den Wagen trotzdem. Komm, Francine. Was muss in ihre Tasche?«

Francine reichte Eric ihre Schürze und setzte ihre Sonnenbrille auf.

43

Oktober, Marseille

Umgeben von Einkaufstüten, saß Rasmus im Familienzimmer des Krankenhauses und tippte etwas auf seinem Handy. Francine war in die Stadt gegangen, um Kindersachen zu kaufen, und dann nach Hause zurückgefahren. Das war vor zwei Stunden gewesen. Er hatte keine Ahnung, wie es jetzt weiterging.

»Monsieur?« Eine Schwester trat auf ihn zu. »Sie ist so weit«, sagte sie und bedeutete ihm, mit ihr zu kommen.

Rasmus steckte das Handy ein und stand auf, um ihr zu folgen, doch vor der Zimmertür blieb er stehen. »Ich bin nicht Nico«, sagte er.

Die Schwester sah ihn verwirrt an. »Okay«, sagte sie und ging wieder hinein.

Rasmus wandte sich ab und ließ sich an der Wand hinuntergleiten. Schwestern, Rolltragen, das Piepsen der lebenserhaltenden Apparate. Stimmen auf den Korridoren. Schwingtüren.

Alles ist gut, sagte er sich. Es ist gut gegangen. Nicht jeder, der ins Krankenhaus kommt, stirbt.

Jay saß neben ihm. Ihre Hand lag auf seinem schwarzen

Jeanshosenbein, ihr Kopf ruhte an seiner Schulter. Tränen liefen ihr übers Gesicht.

*

»*Votre mari, madame*«, sagte die Schwester.

»Wer?«, fragte Roísín, ohne aufzusehen.

»*Votre* … Mann? *L'homme aux yeux d'argent.*«

»Der Mann mit den Silberaugen ist hier?«, fragte sie.

Die Schwester nickte.

Roísín schloss die Augen. Das zarte Gewicht des Kindes auf ihr war schockierend fremd und zugleich doch vertraut. Man hatte ihr etwas gegen die Schmerzen gegeben, allerdings wusste sie nicht, was. Diese hysterische Energie von vorhin war verschwunden, versickert wie in einem Stück ausgedörrter Erde.

Die Schwester wusch etwas im Waschbecken am Fenster aus. »Ja?«, fragte sie. »Nein?«

»Will er denn reinkommen?«, fragte Roísín.

»Ich glaube schon«, antwortete die Schwester.

Roísín nickte. »Ja, dann soll er das tun.«

Die Schwester zog die Laken zurecht und wischte Roísín das Gesicht ab. »Was für ein hübsches Wesen«, sagte sie und tätschelte ihr lächelnd das Haar.

Augenblicke später streckte Rasmus den Kopf zur Tür herein. »Hallo.« In einem Arm hielt er einen Strauß gelbe Rosen, die beinahe so lang waren wie er selbst, in der anderen mehrere weiße Einkaufstüten. »Wie um alles in der Welt geht es dir?«

»Ein bisschen ramponiert«, antwortete sie. »Danke, aber ich habe das Gefühl, als wäre es das wert gewesen.«

»Lass mich mal genau sehen.« Er stellte die Sachen ab. Seine Stimme war sanft. Ihm fiel wieder ein, was sie darüber gesagt hatte, wie all die Substanzen sich auf das Gehirn des Fötus auswirkten, das Adrenalin und das Serotonin. Die ganze Schreierei.

»Geboren zu werden muss ziemlich traumatisch sein«, sagte er.

»Das arme kleine Ding hat ja keine Ahnung, was mit ihr passiert ist«, meinte Roísín.

»Mit ihr?«, fragte er und sah sie lächelnd an.

»Genau«, antwortete Roísín. »Meine Tochter.«

Er war völlig verdattert. »Darf ich?«, fragte er. Eigentlich hatte er nur einen Blick auf sie werfen wollen, aber Roísín, die die Frage falsch verstand, zog das Krankenhaustuch enger um den Säugling und drückte ihn Rasmus in den Arm.

Er nahm das Bündel entgegen. Blinzelnd blickte sie ihn aus ihren hinreißenden, noch unfokussierten Alien-Augen an und machte ein winziges Fischmäulchen. So zart und neu. Sie war ganz dünn und beinahe durchscheinend. Tatsächlich wie einem Alien aus einem Comic nachempfunden. Oder umgekehrt.

Jedenfalls sah sie ihn an, und dann ergriff sie mit ihrer winzigen, weichen Hand seinen Finger.

»Hallo, Kleine«, sagte er. Ich hatte doch schon Babys auf dem Arm, dachte er, allerdings konnte er sich nicht erinnern, wann das gewesen war. Ich kann ein Baby halten.

Und er konnte es tatsächlich. Er atmete bewusst vorsichtig für den Fall, dass tiefe Erwachsenenatemzüge zu brutal und zu viel für so ein winziges Wesen waren. Seine Hand wirkte so riesig, so alt, so weltlich neben ihr.

»3.260 Gramm«, sagte Roísín.

»Das ist ziemlich viel für ein Baby, das ein bisschen zu früh geboren wurde, oder?«

»Wie man sieht, kam sie gar nicht zu früh, sondern der errechnete Geburtstermin stimmte nicht.«

»Oh, gut.« Er setzte sich, konnte den Blick nicht von ihr wenden. »Also war sie in Wahrheit längst eine Aubergine, als wir dachten, sie sei noch ein Zucchino …«

»Und ihre Granatapfeltage lagen längst hinter ihr …«

»Und jetzt ist sie hier, ein voll ausgewachsener Kürbis …«

»Ein recht seltsam aussehender Kürbis«, meinte Roísín. »Sie sieht eher wie ein …«

Schwarzes Haar, dunkelbraune Augen, gerötete Haut. Streichholzbeine. Unfassbar sauber und neu. »Wie ein neugeborener kleiner Mensch«, sagte er, woraufhin sie lachte. Sie lachte ziemlich viel, fiel ihm auf.

»Bist du auf Drogen?«, fragte er.

»Ja! Endlich.«

»Ich hatte noch ein bisschen übriges Morphium von Jay zu Hause. Ist wahrscheinlich besser, dass ich es vergessen habe.«

»Zum Glück hast du es mir nicht angeboten«, sagte sie. »Ich hätte es mir wahrscheinlich schneller unter den Nagel gerissen, als du bis drei zählen kannst.«

»Oh, apropos Drogen.« Er lächelte. »Schokolade. Weintrauben.« Das Baby immer noch auf dem Arm, reichte er ihr mit der freien Hand ein paar Schachteln.

»Du gehst ganz mühelos mit ihr um«, bemerkte Roísín, ein wenig überrascht.

»Ja, seltsam, nicht? Das hätte ich gar nicht gedacht. Aber sieh nur, wie süß sie ist!«

Sie lachten beide, als die Kleine fiepte, ganz leise wie eine winzige Maus ganz hinten im Schrank, wobei sie ihr Mündchen bewegte.

Eine tiefe Ruhe legt sich über einen, sobald man staunend ein Neugeborenes betrachtet, durchaus vergleichbar mit der Stille, wenn an einem Tisch voll hungriger Leute endlich das Essen serviert wird. Ah, endlich Stille, das ist genau das, was wir jetzt gebraucht haben.

Rasmus durchbrach sie.

»Fahr nicht sofort nach London zurück«, sagte er. »Du bist zu hundert Prozent im Studio willkommen. Es wäre sogar nett, außerdem solltest du gerade wohl noch nicht reisen. Wenn du bleibst, wirst du bekocht und versorgt, die Wäsche wird gemacht, du hast Gesellschaft. Immer saubere Laken. Francine ist völlig aus dem Häuschen, genauso wie Eric, der vier Geschwister hat, wie ich inzwischen erfahren habe. Er will unbedingt babysitten. Sieh es als Genesungsurlaub an. Es besteht keine Eile. Ach ja, und …« Er reichte ihr die Einkaufstüten. »Francine hat ein paar Sachen besorgt. Viele winzige Hemdchen und irgendwas … ein fellbesetzter Pilotenanzug, allerdings kann es sein, dass ich da etwas falsch verstanden habe. Für so etwas reicht mein Französisch nicht aus.«

Sie zogen besagten Anzug heraus, bei dem es sich um einen klassischen Babystrampler mit Kapuze und seitlichem Verschluss handelte.

»Fehlt ja nur noch ein kleines Flugzeug für sie«, meinte er.

»Es stehen noch ein paar Untersuchungsergebnisse aus«, sagte Roísín. »Die Ärzte wollen sichergehen, dass sie auch vollständig ausgereift ist, aber morgen sollten wir entlassen werden können.«

Das Fiepen wurde lauter. Roísín streckte die Arme nach ihr aus. Es war Zeit, ihr Töchterchen zu stillen.

Rasmus wusste, dass Mütter das Stillen erst lernen mussten. Und wer will schon etwas lernen, während einem jemand dabei zusieht? Noch dazu jemand, der nichts davon versteht. Er gab sie ihr zurück.

»Schreib mir eine Nachricht, dann komme ich dich abholen. Und solltest du irgendetwas brauchen oder wollen, dass ich jemandem Bescheid sage oder so …«

Roísín lächelte. Kurz.

Sie ist jetzt beschäftigt, dachte Rasmus. Und das wird noch eine Weile so bleiben.

»Au revoir, mademoiselle la capitaine«, sagte er grinsend und ging.

Ich könnte einfach die Arme ausbreiten, dachte er, als er den Korridor entlangging.

Und was?

Ich könnte.

Ich muss mich um meine Musik kümmern, um das Album, die Tour …

Ich bin ein erwachsener Mann, kein Junge mehr. Ich könnte es tun.

Jetzt ist nicht die richtige Zeit.

Aber wann ist sie je richtig?

Jay stand vor ihm.

Ein Schauder überlief ihn, als er durch sie hindurchging.

44

Oktober, Marseille

Nico stand auf dem Krankenhausparkplatz und blickte zu einer Schirmpinie, die sich in so majestätischer Perfektion erhob, dass man gar nicht anders konnte, als ihr einen tieferen Sinn beizumessen. Ein Windstoß fuhr durch die Äste und ließ mehrere Zapfen auf den Asphalt regnen.

»Pinienkerne«, sagte er. »Meine Mutter würde mich jetzt sofort losschicken, damit ich sie aufsammele. *Koukounaria*. Köstlich.«

»Hmm, Pesto«, schwärmte Jay. Sie hatte eine italienische Freundin in London gehabt, die es ganz frisch aus Basilikum, Pinienkernen, Knoblauch und Parmesan zubereitete. Es gehörte zu den Lebensmitteln, die im Glas gekauft in keinem Vergleich zum frischen standen.

»So ähnlich«, sagte er. »Ohne Käse. Dafür mit Zitronensaft. Basilikum kommt auch nicht unbedingt rein.«

»Ich denke nicht mehr übers Essen nach«, bemerkte sie. »Es ist, als hätte ich es völlig vergessen.«

»Ich auch.« Er nickte. »Worüber denkst du denn noch nach?«

»Schwierige Frage«, sagte sie. »Du?«

Er schlug die Beine übereinander und stützte seinen körperlosen Kopf in die körperlosen Hände.

»Manchmal sind Geister einfach bloß neidisch«, meinte er. »Auf die Lebenden. Sie können nicht loslassen.«

»Trifft das auf uns auch zu?«

Nur wenige Meter neben ihnen öffnete Rasmus die Wagentür, stieg ein und ließ den Motor an. Nico und Jay sahen ihm zu.

»Ja, verdammt«, sagte Nico bitter und löste den Blick von ihm. »Oder?«

Bin ich neidisch?, fragte sie sich und schaute weiter auf den Wagen und den Mann hinterm Steuer. Nein, weil ich ein pragmatischer Mensch bin und meine Zeit nicht damit vertue, Dingen nachzutrauern, die ich nicht haben kann.

Stimmt das? Hat es gestimmt, als ich noch gelebt habe?

Heute, rückblickend betrachtet, habe ich sehr schnell aufgegeben. Aber ich will nicht das Gefühl haben, etwas verschwendet zu haben, will den Schmerz, den Kummer, die Reue umgehen, mir sagen zu müssen: Du hast es falsch gemacht und hättest es anders angehen müssen.

Aber urteilt denn jemand über uns? Stellt sich irgendeiner hin und sagt, ich hätte es anders machen müssen?

»Ich glaube nicht, dass wir die Lebenden beneiden«, sagte sie, als der Wagen vom Parkplatz fuhr. »Ich glaube, ich war bereit zu gehen.«

Nico starrte sie einen Moment an. »Ich wollte es nie«, sagte er. »Meine Liebe wird nicht sterben.«

»Aber das ist doch krank und gruselig«, sagte sie. »Du kennst die Lieder.«

Tat er nicht. Na ja, einige schon, aber er wusste nicht, welche sie genau meinte. Er dachte daran, wie Roísín Rasmus *Fhir a' Bhàta* vorgesungen hatte.

»*Sweet William's Ghost*«, sagte sie. »Sweet William ist tot und begraben, aber Lady Margaret will ihn immer noch heiraten. Oder William heiratet eine andere, Margaret stirbt vor Kummer und steht am Fußende seines Bettes. Sie küssen sich, obwohl sie es nicht tun sollten. Es gibt mehrere Varianten der Ballade, in einigen ist von einem Traum die Rede. In den Gemächern sei ein rotes Schwein. Oder Wein und das Brautbett voll Blut.«

»Ah.«

»Soll dich dir eine Version vorsingen?«

»Wir haben ja sonst nichts zu tun«, sagte er.

Also stimmte Jay mitten auf dem Parkplatz aus voller Kehle mit Gospelstimme das Volkslied *Sweet William's Ghost* an.

There came a ghost to Margaret's door
With many a grievous groan
And aye he's tirled long at the pin
But answer she gave none.

»'tis time, 'tis time, my dear Margaret
That I was gone away.«

No more the ghost to Margaret came
With many a grievous groan
He's vanished out into the mist

And left her there alone
»Oh stay, my only true love, stay
My heart do you divide«
Pale grew her cheeks, she closed her eyes
Stretched out her limbs and cried …[5]

Sie hielt inne.

»Also, was sagst du?«, fragte Nico.

»Du weißt genau, was ich sage«, antwortete sie. »Ich sage – wenn es einen Geist gibt, dann stimmt etwas nicht. Und ich höre, wie es ruft. Manchmal sind die Lebenden lauter, so wie jetzt, heute, mit dem Baby … dann fühle ich mich wieder stark und kann mit Rasmus zusammen sein, so wie in den letzten Tagen … aber dann ebbt es wieder ab, die Welt der Lebenden verblasst, und ich verblasse ebenfalls – kennst du dieses Gefühl?«

Er kannte es.

Jay streckte die Arme aus, drehte den Kopf hin und her, obwohl ihr Nacken nicht steif war. Es gibt Zeiten, dachte sie, in denen man erkennen muss, dass Verlangen und

---

5 Es kam ein Geist zu Margarets Tür unter vielen kummervollen Seufzern. Und ach, er rüttelte an der Klinke, aber sie öffnete nicht.
»Es ist Zeit, es ist Zeit, liebste Margaret, dass ich fortgehe.«
Nie mehr kam der Geist zu Margaret. Unter vielen kummervollen Seufzern verschwand er im Nebel und ließ sie allein zurück.
»Oh, bleib, meine einzige große Liebe, du zerreißt mir das Herz.«
Ihre Wangen wurden bleich, sie schloss die Augen, streckte ihre Glieder aus und weinte.

Wahrheit sich nicht miteinander vereinbaren lassen. Es geht einfach nicht.

»Was hast du aus den Liedern gelernt?«, fragte er nach einer Weile. »Sofern sie deine zentrale Informationsquelle sind.«

»Dass ein Geist, der auf der Erde wandelt, ein unnatürlicher und nicht wünschenswerter Zustand ist und wir uns nicht so durchmogeln können.«

»Aber das tun wir doch schon die ganze Zeit.«

»Nico«, sagte sie. »Die Menschen, die wir am meisten auf der Welt lieben, hätten Angst vor uns, wenn sie uns sehen könnten. Wir können nur heimlich in ihrer Nähe sein. Fänden sie es nicht schrecklich, wenn wir das im echten Leben tun würden? Und würden wir das selbst nicht auch so empfinden?«

»Wir sind aber nicht im echten Leben.«

»Genau«, sagte sie. »Das sind wir nicht. Trotzdem sind wir hier. Wir sind am falschen Ort.«

Er schwieg.

»Glaubst du, wir haben uns von ihnen ernährt?«, fragte sie. Diese Angst hatte sie in letzter Zeit immer wieder beschlichen. Allein bei der Vorstellung wurde ihr ganz anders. »So wie deine griechischen Vampire?«

»Nein!«, widersprach er.

»Denk doch mal nach.«

»Das wüssten wir, oder?«

»Tatsächlich? Wir wissen rein gar nichts! Woher bekommen wir unsere Energie, hier zu sein? Wovon ernähren wir uns dann, wenn nicht von ihnen?«

»So ist es nicht«, sagte er.

»Tja.«

»Stecken wir in einer Art Kreislauf fest?«

»Genau«, entgegnete sie. »Ist es das?«

»Sieh uns bloß an«, sagte er. »Zwei Geister streiten sich auf einem Krankenhausparkplatz über die Natur des Seins. Dafür müsste ein eigenes Wort erfunden werden.«

Die Sonne ging unter, Wolken zogen heran und türmten sich auf, der Wind ließ die Bäume erbeben. Jay begann wieder zu singen, mit tiefer, klarer Stimme:

Cold blows the wind to my true love,
And coldly drops the rain
I've never had but one true love,
In the green wood he lies slain.
I'll do as much for my true love
As any young girl may
I'll sit and mourn all on his grave
For twelve months and a day.

When twelve months and a day were gone,
The ghost arose to speak
»Why weep you now at my graveside
And will not let me sleep?«
»Tis just one kiss of your lily-white lips,
One kiss is all I crave,
One kiss, one kiss, from your lily-white lips,
Then return back to your grave.«

»My lips are cold as clay my love,
My breath is earthy strong
And if you kiss my cold clay lips
Your days they won't be long.«[6]

Ein Pärchen ging an ihnen vorbei. Beide zogen ihre Jacken enger um sich. Das Wetter schlug um.

»Du sagst also, ich hätte sie nicht küssen dürfen, und jetzt muss sie sterben?«, fragte Nico.

»Ich sage, wir dürfen sie nicht weiterhin küssen«, erwiderte Jay. »Und ich frage mich, was wir, sollten wir tatsächlich irrende Seelen sein, noch erledigen müssen, bevor wir frei sind.«

»Ich würde mich gern bei Roísín entschuldigen, weil ich mich manchmal ziemlich mies benommen habe«, sagte er.

»Dann tu das. Und ich … aber …« Sie hielt inne. »Vielleicht wurden wir ja von den Lebenden erschaffen. Wir

---

6 Kalt bläst der Wind über meinen Liebsten, und kalt fällt der Regen. Ich hatte immer nur einen Liebsten, im grünen Wald liegt er erschlagen. Wie jedes junge Mädchen es täte, sitze ich trauernd an seinem Grab, zwölf Monate und einen Tag.
Als zwölf Monate und ein Tag vergangen waren, erhob sich der Geist und sprach: »Warum weinst du noch immer an meinem Grab und lässt mich nicht schlafen?«
»Ein Kuss deiner lilienweißen Lippen, ein Kuss ist alles, wonach ich mich sehne. Ein Kuss, ein Kuss deiner lilienweißen Lippen, dann kehr zurück in dein Grab.«
»Meine Lippen sind kalt wie Ton, meine Liebste. Mein Atem schmeckt nach Erde. Und wenn du meine kalten tönernen Lippen küsst, wirst du nicht mehr lange leben.«

könnten ein rein psychologisches Phänomen sein. Halluzinationen oder Träume oder Illusionen.«

»Und?«

»Sind wir vielleicht ein Produkt ihrer Trauer?«, schlug sie vor. »Sind sie es, die uns hier festhalten?«

»Hmm.«

»Vielleicht sind sie ja diejenigen, die uns loslassen müssen.«

Was für ein unerträglicher Gedanke.

»Ah«, sagte er.

Ein Wagen fuhr durch sie hindurch, ganz langsam. Wasser spritzte von den Reifen hoch. Jay blickte zu Boden, dann sah sie ihn an und schnaubte leise.

»Bist du denn bereit, jetzt zu gehen?«, fragte er.

»Ja«, antwortete sie. »Wir sind nur noch ein Schatten unserer selbst, Nico. Wir gehören nicht hierher.« Sie hielt inne. »Mitanzusehen, wie sie in den Wehen lag … es ist derselbe Rhythmus. Pressen und dann wieder aufhören. Durch den Schmerz hindurchatmen. Wissen, dass es passieren muss.«

Er lachte. »Die Antigeburt.«

»Nur nicht so blutig«, konterte sie.

»Und ohne Belohnung am Ende.«

»Das wissen wir ja nicht.«

»Rechnest du denn mit einer Belohnung?«, fragte er.

Sie winkte ab. »Vielleicht als Kind, aber … nein. Ich habe nie etwas erwartet und habe … all das hier bekommen.«

»Ein Parkplatz vor einem Krankenhaus, mit meiner Tochter, die mich niemals kennenlernen wird«, sagte er.

»Ach Nico.«

Sie setzten sich in Bewegung, glitten in Richtung von La Ficelle, während die Dunkelheit hereinbrach.

»Ich sage dir, was ich denke«, meinte sie. »Ich denke, wir müssen mit ihnen brechen. Und sie mit uns. Wir müssen uns gegenseitig von unseren Versprechen befreien. Unsere Ringe zurückgeben.«

»Oh«, sagte er.

»Ich denke, wir sollten … mit ihnen reden«, fuhr sie fort. »Wenn ich das nächste Mal verblasse, will ich mich umdrehen und in die Richtung sehen, mich in die Flut stürzen.«

»Aber wir wissen nicht, was uns dort erwartet«, wandte er ein.

»Das wussten wir von Anfang an nicht. Keiner wird es jemals wissen.«

Er nickte.

»Kommst du?«

Wieder senkte er den Kopf. »Die Liebe will ihren Weg gehen. Und das tut sie auch«, sagte er. »Ich kann nicht hier rumstehen und zusehen.«

45

Oktober, Marseille

In der Nacht kam ein stürmischer Wind auf, und am nächsten Morgen herrschte feuchtes, trübes Wetter. Am späten Vormittag hastete Roísín mit ihrem Baby unter ihrem Mantel wie eine verlorene Maid im windumtosten Moor über den regengepeitschten Krankenhausparkplatz zu dem wartenden Citroën mit Eric am Steuer, während Rasmus mit dem Schirm kämpfte, den der Sturm pausenlos umstülpte.

»Das ist ja der reinste Tornado!«, rief sie, als sie mit dem Hintern zuerst auf den Sitz rutschte, wobei das Baby an ihrer Brust zusammengedrückt wurde, und hektisch versuchte, sich zu sortieren und zu ordnen. Eric hatte einen Babysitz organisiert, doch Roísín bestand darauf, die Kleine bei sich zu behalten. Nicht loslassen, dachte sie. Du musst sie festhalten. So wird es ab jetzt wohl immer sein – keine Sekunde aus den Augen lassen, immer voller Angst, es könnte etwas passieren. Für immer und ewig. Der Wind knallte Türen zu, Mülltonnen kullerten durch die Gegend, klatschnasses Haar klebte an klatschnassen Gesichtern. Die Schirmpinie warf sich hin und her wie ein Heavy-Metal-Star aus den Siebzigern, und Roísín fühlte sich nicht ganz unähnlich. In La Ficelle angekommen, ging sie auf direktem Weg nach oben, um zu duschen. Francine hielt solange das Baby im Arm, während Roísín alle dreißig Sekunden »Geht es ihr gut?« rief.

Sie stand unter der Dusche, ließ das Wasser auf sich niederprasseln, endlos lange, und sah an sich hinab. Sie war noch da. Mit Müh' und Not. Sie trocknete sich ab, verschmierte prompt die Handtücher mit Blut, was ihr peinlich war, gleichzeitig fühlte sie sich absolut großartig. Sie nahm sich einen Moment, um auf den Sturm über dem Meer hinauszublicken. Gerade bin ich noch darin geschwommen, dachte sie. Schaumige Gischt spritzte am Strand hoch. Baby, dachte sie. Und Essen. Und Baby. Baby, Baby, Baby.

Jemand hatte eine Wiege neben ihr Bett gestellt. Vielleicht bringen ja Rockstars ihre Kinder mit, wenn sie zu Besuch hier sind, dachte sie. Was für ein toller Service.

Francine brachte ihr vier große Kohlblätter. »Für die Brüste«, erklärte sie vergnügt. »Wenn sie heiß und rot sind.«

Alles war jetzt ganz anders.

Roísín und das Baby ruhten sich in dem breiten Himmelbett mit Blick auf das aufgewühlte Meer aus, sicher in der Geborgenheit der dicken Mauern und des flackernden Kaminfeuers. Eingehüllt in den Laken und dem goldfarbenen Brokat der Überdecke, erfüllte sie ein tiefes Gefühl des Friedens: Sie lagen da, warm und ruhig, jede auf ihre Weise über das Geheimnis des Lebens sinnierend. Als Francine ihr Suppe, Steak mit Spinat, Röstkartoffeln und Sauce béarnaise, Wasserkresse und eine Crème brûlée in einem

Kupferpfännchen servierte, verputzte Roísín die ganze Portion, gemeinsam mit einem Glas Malbec.

Dann döste sie ein.

Das Baby wachte auf. Es dämmerte. Die Vorhänge waren zugezogen, jemand war hereingekommen und hatte die Kleine in die Wiege gelegt. Vorsichtig rollte Roísín herum, sorgsam darauf bedacht, ihre prallen Brüste nicht platt zu drücken, und sah sie an. Und wie willst du denn nun heißen, Captain Aphrodite Anto Kürbis? Sie hob sie hoch und legte sie neben sich ins Bett. Küsste sie, atmete tief ihren Duft ein. Schlief wieder ein. Wachte auf. Wechselte ihr die Windel. Ihre Brüste waren von dicken blauen Venen durchzogen und liefen über, überall tropfte die Milch. Aphrodite schlief noch. Roísín machte ein Foto von ihr und schickte es ihrer Mutter. Und Nell. Und Nico.

Du willst das bestimmt sehen, dachte sie, dann: Das ist keine gute Idee.

Sie wünschte sich sehnsüchtig, zu Hause in England zu sein, bei ihrer Mutter und ihrer Schwester.

Andererseits auch nicht. Sie wollte lieber die Distanz von der Realität, vom Alltag. Der, wie du schon bald feststellen wirst, aus Bushaltestellen, Trostlosigkeit und alleiniger Verantwortung bestehen wird, dachte sie. Weil du genau weißt, dass das alles blanker Irrsinn ist. Märchenland. Ich meine, wie komme ich hierher, in dieses Haus, in dieses Land, mit diesen Leuten, diesem Baby? Wo ist mein Leben? Wo ist Nico?

Roísín setzte sich auf, hockte da, während ihr die Milch aus den Brüsten floss, blutend, weinend.

Sie drückte ihr Kind an sich. Die Tränen tropften auf das Baby.

Oh nein, nicht das. Nicht das.

Aphrodite machte wieder ihr Fischmäulchen. Sie heißt nicht Aphrodite. Vorsichtig versuchte Roísín ein weiteres Mal, sie zu stillen. Seit der Geburt hatte die Kleine an Gewicht verloren. Was normal ist. Und normal ist auch, nicht zu glauben, dass es normal ist. Roísín stützte sich auf, legte ein Kissen auf ihren Schoß und platzierte das Baby so darauf, wie man es ihr gezeigt hatte. Ein winziger rosa Frosch. Sie holte ihre Brust heraus und legte sie an. Winziger, gieriger Mund. Großer Gott, für so ein kleines Wesen bist du ganz schön entschlossen.

Holla! Die Kleine zog an.

Fuck.

Schmerzen.

Das ist, als würde einem jemand Stahltaue durch die Venen ziehen …

Und dann … plötzlich nicht mehr.

Sieben Minuten auf der einen Seite, sechs auf der zweiten. Verdammt großartig! Mit einem Mal war das Bäuchlein voll wie ein Sack. Die Haut ist so zart, dass man die Milch förmlich sehen kann. Und Roísíns Brüste angenehm erleichtert. Sie nahm die Kohlblätter und legte eine in jeden BH-Cup.

Wie herrlich. So schön kühl.

Es ist alles total krass, und ich liege hier mit Kohlblättern im BH.

Als sie sich zurücklegte, piepste ihr Handy. Offenbar

hatte es in der geheimnisvollen Welt der fliegenden Botschaften einen Ruck gegeben, denn plötzlich kamen alle Nachrichten auf einmal durch. Mum, Nell, Ayesha. Ach ihr Lieben. Alle zusammen.

Sie checkte ihre Mails. Und lächelte, als sie eine von Rasmus entdeckte. Wann hat er die denn geschrieben?

Oh. Die war aber lang geworden.

Liebe Roísín,
bestimmt dauert es noch eine Weile, bis du das hier lesen wirst, deshalb lass dir Zeit. Du bist vier Türen weiter und bringst gerade ein Baby zur Welt, während ich hier sitze und mich nutzlos fühle. Aber vielleicht gibt es einmal einen Moment, mitten in der Nacht, wenn das Baby schläft, du aber nicht, wenn deine Gedanken Karussell fahren und du möglicherweise dankbar für ein wenig Ablenkung bist. Wenn nicht, lies die Mail einfach irgendwann später. In ein paar Wochen, Monaten, Jahren. Aus meiner Sicht spielt es keine Rolle.

Roísín sah auf das Baby, dessen Lider sanft flatterten, ansonsten war es ruhig.

Es tut mir so leid, dass du abreisen wolltest. Offenbar war ich sehr gedankenlos in meiner Art, mein Nein zu weiteren Interviewfragen zum Ausdruck zu bringen. Dabei geht es nicht um dich als Filmemacherin, keineswegs. Du bist bestimmt eine gute Filmemacherin und könntest sehr erfolgreich sein – in puncto Kreativität, meine ich. Ich verstehe nichts von diesem Metier, deshalb steht mir kein Urteil zu, aber die wenigen Ausschnitte, die ich von dir gesehen habe, waren sehr schöne Aufnahmen mit viel Humor und Klarheit. Wie du dich bewegst, deine Sicht auf die Dinge, die Fragen, die du stellst, und deine Perspektiven zeugen von einer sehr kreativen, originellen und neugierigen Art – allesamt wünschenswerte und notwendige Qualitäten für eine Regisseurin. Und auch für eine Freundin.

Mein Problem ist die Überschneidung. Ich wollte, dass deine Augen mich sehen, nicht deine Kamera. Dass deine Ohren mich hören, nicht dein Mikrofon. Ich wollte mit dir reden, und zwar jetzt gleich, nicht mit dem Rest der Welt irgendwann später durch dich. Ich wollte, dass deine Fragen und meine Antworten darauf und meine Fragen und deine Antworten darauf zwischen uns bleiben. Und ich wollte, dass unsere Unterhaltung zu einem echten Dialog wird, bei dem natürlich ich auch dich frage, deine Antworten höre und dich ansehe. Das hat es für mich so schwierig gemacht.

Ich wollte dir einiges erzählen. Dinge, die ich unmöglich der Kamera preisgeben könnte. Deshalb tue ich es jetzt, als Entschuldigung und als Zeichen meines Vertrauens.

Als mich ein Taxi erwischte, ich mit zahlreichen gebrochenen Knochen mitten auf der Atlantic Avenue lag und der Krankenwagen kam, wollte man von mir wissen, wer für die Behandlungskosten aufkäme. Ich war bewusstlos, aber man hatte mit der Plattenfirma telefoniert, die offensichtlich, noch während ich in der Notaufnahme eines

Brooklyner Krankenhauses lag, bereits versuchte, sich aus der Verantwortung zu stehlen. Das Argument lautete, dass ich nicht mehr bei der Band gewesen war, als der Unfall geschah. Dabei wäre ich ohne die Band gar nicht erst in New York gewesen. So weit, so abscheulich, so bedrohlich und beängstigend. Natürlich wusste ich von alldem nichts. Unterdessen hatte Jay ihren Onkel, einen Anwalt, kontaktiert, der einen Freund anrief, der ebenfalls Anwalt war und in den Sechzigern und Siebzigern Erfahrungen gesammelt hatte, als er in Detroit Musiker im Kampf gegen miese Plattenfirmen vertrat. Diese beiden nahmen sich meines Falls an. Das Ganze zog sich zwar hin und war hässlich und gleichzeitig langweilig, aber am Ende haben sie mich rausgehauen.
Die Tour der Capos musste natürlich fortgesetzt werden. Die Band und die Plattenfirma zauberten einen neuen Gitarristen aus dem Hut, modelten alles ein bisschen um und machten dann ohne mich weiter. Was einerseits ja völlig logisch und nachvollziehbar war. Auf der anderen Seite war ich mit den Jungs von der Band seit unserer Jugend zusammen, deshalb konnte man mich nicht einfach ersetzen. Aber auch davon bekam ich anfangs nichts mit, weil Jay mir ein halbes Jahr lang nur die angenehmen Dinge erzählte, aber George war dreimal bei ihr und hat versucht, sie zu überreden, weiter mit den Capos zu touren. Es passte ihm nicht, dass sie und ich ein Paar waren, das wusste ich. Auch dass er Jay in erster Linie für die Tour gebucht hatte, weil er selbst scharf auf sie war. Aber das habe ich ihr nicht erzählt, weil eine Frau gern glauben

möchte, dass Männer nicht so mies sind, außerdem sprachen ihr Talent und ihre Professionalität klar dafür, dass sie diesen Platz innerhalb der Band verdiente. Sein Interesse an ihr beschmutzte das. Ich weiß nicht, ob sie Bescheid wusste … ob er je versucht hat, bei ihr zu landen. In all den Jahren unserer Beziehung habe ich sie das nie gefragt, und sie hat es nie angesprochen.

Für George war sie nie ein vollwertiges Bandmitglied, sondern bloß ein Anhängsel, eine bezahlte Hilfskraft – die traditionelle Einstellung im Rock 'n' Roll. Die großen Revoluzzer spielen, aber seltsamerweise die einzige Frau und einzige Schwarze im Vertrag nicht als Bandmitglied zu nennen. Als ich vorgeschlagen habe, sie aufzunehmen, erklärten sie mich für verrückt.

Bestimmt fragst du dich, wieso ich dir all das jetzt erzähle. Damit du mich verstehst.

Ja, das Timing ist nicht so toll, das ist mir klar. Gerade geht es nicht um mich und meine Vergangenheit und wird es die nächsten Jahre auch nicht. Aber ich habe dich gekränkt, und das tut mir leid.

Also. George wollte, dass Jay weiter bei der Band bleibt, sich für ihre Karriere entscheidet, die Musik, ihre großartige Zukunft und für das doppelte Gehalt, das er bei unserem Manager für sie herausgeschlagen hatte. Mit ihm zu gehen und nicht bei mir zu bleiben. Doch genau das tat sie.

Ich übertreibe wohl nicht, wenn ich sage, dass ich mir das nie ganz verziehen habe. Etwas in meinem Kopf oder in meinem Herzen glaubt immer noch, ich hätte sie daran hindern sollen zu bleiben. Ich hätte etwas Ritterliches tun müssen, wobei – ich hätte niemals so tun könnte, als ob ich sie nicht liebte. Aber es vergingen ganze zwei Jahre, bis ich überhaupt irgendetwas tun konnte. Sie hat alles in die Hand genommen, hat gearbeitet, sehr schwer sogar, bis die Arbeit ihres Onkels Früchte trug und die Versicherung endlich die Schulden übernahm, die wir machen mussten. Und bis die Tantiemen für die Songs endlich flossen. Ohne sie wäre ich verloren gewesen. Buchstäblich. Keine Eltern, keine Familie und auch nicht viele Freunde, wenn ich ehrlich sein soll. Die Bandmitglieder waren meine Freunde gewesen. Aber dann konnte ich Jay endlich ihr Medizinstudium bezahlen.

Wir hatten beide so viel verloren, haben beide den Kürzeren gezogen. Oder anders ausgedrückt – wir haben beide nicht die Preise gewonnen, die wir direkt vor der Nase hatten. Wir haben nicht gewonnen.

Aber wenn ich George heute ansehe, bin ich ziemlich sicher, dass ich trotz allem, falls damals Konkurrenz zwischen uns herrschte (und es in seinem Kopf bis heute so ist), gewonnen habe.

Jay dagegen hat nicht gewonnen. Sie hätte gern weiter gesungen, wollte unterwegs sein, die Welt sehen, wollte ein Baby. Sie hätte noch viele andere Kaninchen aus dem Hut zaubern können, hätten nicht zuerst meine Verletzungen und später ihre eigene Krankheit unser Leben so drastisch eingeschränkt.

Von dem einen Kaninchen will ich dir erzählen. Ihrem Hauptkaninchen. Jay hat immer kritisiert, dass die westliche Gesellschaft und auch die westliche Medizin die Schwarzen im Stich lässt, indem sie Weiße als Standardreferenz nutzen. Sie wollte unbedingt mit Schwarzen und für Schwarze arbeiten – vor allem für schwarze Frauen, weil auch nur Männer als andere Standardreferenz genutzt werden. Und in der Medizin zeigen sich sehr schnell die Unterschiede und die Überschneidungen und alles dazwischen. Diesem Thema galt ihr Interesse, aber sie konnte ihre Arbeit in diese Richtung nicht fortsetzen, weil ich zu abhängig, zu krank und zu deprimiert war, deshalb hat sie beschlossen, mich in den hintersten Winkel der Erde zu begleiten und sich um mich zu kümmern. Und dann wurde sie selbst krank, was in Wellen passierte und dazu führte, dass wir kein Kind bekommen haben. Und dann hat die Krankheit sie umgebracht.

Deshalb erzähle ich dir all das.

Die Antwort auf die Frage, warum er das tat, musste warten. Jetzt war erst einmal ein Windelwechsel fällig, und das bedeutete auch, das Baby zu waschen und hmm, Wundschutzcreme. Dann hatte es wieder Hunger. Diesmal waren die Stahlseile nicht ganz so straff gespannt, und Roísín stellte fest, dass sie die Kleine auf einem Kissen balancieren, den Ellbogen auf ein zweites stützen und in einem Winkel halten konnte, der es ihr erlaubte, währenddessen auf ihrem Handy zu lesen. Gleichzeitig fühlte es sich ein wenig dekadent an. Sieh dir das an. Multitasking. In meinem Himmelbett.

Sie las weiter.

Ich habe darüber nachgedacht, was du über deine Arbeit gesagt hast, über die Frustration in deinen E-Mails, und dabei hatte ich eine Idee. Bitte lach jetzt nicht, und natürlich ist auch hier das Timing völlig absurd. Aber: Hast du mal daran gedacht, auf die Filmhochschule zu gehen? Wenn du mich fragst, bekämst du dort die Unterstützung, die Ausbildung und die Zeit, um die Filme zu machen, die anders sind als die bisherigen Projekte, die dich nicht zufriedengestellt haben. Deine Berufserfahrung käme dir sicher zugute. Auf den ersten Blick findest du die Idee bestimmt völlig verrückt und nicht umsetzbar, da ein Wesen in dein Leben getreten ist, das voll und ganz von dir abhängig ist. Aber alles ist erst einmal nicht umsetzbar, bis man herausgefunden hat, wie es sich verwirklichen lässt. Wenn dir die Idee gefällt – ja klar, später –, helfe ich dir gern.
Ich war mein ganzes Leben von Frauen umgeben, deren Leben von Männern oder durch sie erschwert oder behindert wurde oder weil Männer sich gedankenlos davonmachen. Mein Vater hat meine Mutter verlassen, eine depressive Frau, die zu viele Tabletten schluckte und allein mit einem schwierigen Baby dastand. Ich habe es mit Jay getan. Ja, das habe ich. Obwohl ich sie geliebt und nicht die Absicht hatte, sie einzuschränken oder ihr in irgendeiner Weise wehzutun, habe ich so ziemlich das Gegenteil davon getan. Ein Stück weit habe ich es wiedergutgemacht, aber nicht ganz. Ich bin wütend und traurig wegen all der Dinge, die sie nicht haben konnte, weil sie sie so sehr verdient hätte.

Also … wann immer es für dich der richtige Zeitpunkt ist.

Was das aktuelle Projekt betrifft:

An die Zuständigen – die Plattenfirma und Ayesha: Ich stehe für alles zur Verfügung, was notwendig ist, um den gewünschten Film umzusetzen.

Wenn du diese Dokumentation als Referenz für die Filmhochschule nutzen willst, bin ich gern einverstanden. Solltest du die Ausbildung nicht bezahlen können, was kein Wunder wäre, können wir auch darüber reden. Ich bin reich, verdammt noch mal, und würde gern das Beste daraus machen. Großzügig zu sein ist dabei, soviel ich weiß, ein wichtiger Teil. Also hilfst du mir sogar, wenn du mein Angebot annimmst.

Es ist nicht zeitgebunden. Sondern nur etwas, worüber du nachdenken kannst, wenn du bereit bist. Ab sofort sind Tage, Monate, Jahre kein Maßstab mehr für uns und unsere Leben, sondern wir denken in größeren Dimensionen.

Hör zu: Jay und Nico sind gestorben, und wir müssen weiterleben. Wir müssen losziehen, das Leben und die Welt lieben, Abenteuer erleben. Das ist einfach eine Tatsache. Ich habe mich viel zu lange eingeschlossen, du wurdest von einem Extrem ins andere geworfen. Ich mache dieses Album und gehe auf Tour, du hast dein Baby und ein ganz neues Leben, das es zu organisieren gilt. Das größte Abenteuer überhaupt.

Nun ja, du hast jetzt ein Baby, aber ich weiß nicht genau, was ihr da so macht. Magst du es mir erzählen? Natürlich steht Korrespondenz aktuell für dich nicht an erster

Stelle. Wann darf ich kommen? Ich will nicht einfach hereinplatzen, das traue ich mich nicht.

Aber ich werde auftauchen.

Rasmus.

PS: Es ist ein paar Stunden später, und ich sitze im Familienzimmer im Krankenhaus, während alle beschäftigt sind. Es wäre alles in Ordnung, haben sie gesagt.

PPS: Ich erwarte wirklich nicht von dir, dass du das hier liest, nachdem du gerade erst die Wehen hinter dir hast.

PPPS: Ein ganz neuer Mensch. Es ist unglaublich. Es ist absolut unangemessen, dir jetzt so was zu schreiben. Es tut mir leid. Die Nerven! Aber eigentlich spielt es keine Rolle, wie ich mich fühle. Nur fürs Protokoll: Ich bin total beeindruckt von dir. Ich finde dich wunderbar.

Ich glaube, das muss ich später noch mal lesen, dachte Roísín. Und dann wahrscheinlich noch ein drittes Mal.

Denn trotz aller Details und allen Feingefühls wusste sie nicht recht, was er eigentlich sagen wollte.

Steht er auf mich?

46

Oktober, Südfrankreich

Es war nicht mitten in der Nacht, sondern gegen sechs Uhr abends, als Rasmus den Kopf zur Tür hereinstreckte, bewaffnet mit zwei Gläsern und einem Eiskübel mit einer Flasche Ruinart. Sein Haar stand ihm auf einer Seite vom Kopf ab.

»Lust auf ein Glas Champagner?«, fragte er. »Ich habe nachgelesen, dass du im Schnitt acht Mal pro Tag stillst, sprich alle drei Stunden. Wenn du also jetzt ein Glas trinkst, ist der Alkohol in zwei bis drei Stunden abgebaut, wenn die Kleine das nächste Mal trinken muss. Das heißt, sofern sie ihren Stundenplan kennt und sich daran hält. Was vielleicht nicht der Fall ist.«

»Ich hätte gern ein Gläschen Champagner, danke«, sagte Roísín. »Sehr sogar. Könntest du sie mal nehmen? Ich muss dringend auf die Toilette.«

Rasmus streckte die Arme aus und musterte das Baby. »Lass dir ruhig Zeit«, sagte er und platzierte sie in seiner Armbeuge. »Oh, ich glaube, sie fühlt sich ganz wohl bei mir«, sagte er, als sie zurückkam, also schlüpfte Roísín mit wunden, prallen Brüsten, aus denen die Milch tropfte, einfach wieder ins Bett.

»Ihr beide seht hübsch aus«, bemerkte sie.

»Wir sind ja auch schon alte Kumpels«, erwiderte er. »Etwa zehn Prozent ihrer Zeit auf der Welt hat sie in meinem Arm verbracht. Ist dir kalt? Ich könnte den Kamin anzünden.«

»Das wäre schön«, sagte sie und sah leicht zitternd zu, wie er zum Kamin trat, nach den Streichhölzern kramte und Scheite aufstapelte. Alles immer noch mit dem Baby auf dem Arm. Auf dich kommt das auch noch zu, dachte sie. Dass du alles mit dem Baby auf dem Arm erledigen musst. Genau das ist jetzt dein Leben.

»Wahrscheinlich brauchst du … einen Arzt, oder so?«, fragte er und trat mit dem Baby auf dem Arm wieder neben sie. Hinter ihnen begannen die Flammen im Kamin zu züngeln. »Kommen die Sanitäter noch mal wieder?«

Die Kleine streckte sich, gähnte und gab einen leisen Laut von sich. Sie sah kerngesund aus.

»Wahrscheinlich«, antwortete Roísín hingerissen. Rasmus stand so dicht neben ihr, dass sie die Hand nach ihrem Kind ausstrecken und die faltigen Fingerchen zählen konnte. Mehrmals hintereinander.

»Ich habe deine Mail gelesen.« Sie streichelte einen winzigen Zeigefinger. »Sie ist erst vorhin gesendet worden.«

»Ich hatte schon Angst, sie könnte verschwunden sein, nachdem du sie nicht erwähnt hast, aber ich weiß ja … du hattest Wichtigeres zu tun.«

»Es ist wirklich eine Menge«, erwiderte sie. »Dazu völlig ungewohnt.«

»Hm.« In diesem Moment klopfte es an der Tür. Francine wollte mit Roísín über das Abendessen sprechen, dann kamen Pernille, Eric, die Thereminspielerin und der Trommler, einzeln oder in Zweiergrüppchen, klopften leise an die Tür, lächelten und staunten und gratulierten. Rasmus saß am Fußende des Bettes mit dem Rücken an einen Bettpfosten gelehnt und orderte via Handy allerlei im Internet: Babykleidung, weitere Windeln, eine Trageschale und einen Kinderwagen. Das Feuer brannte knisternd und duftend.

»Wie heißt sie eigentlich?«, fragten alle, aber Roísín wusste es noch nicht. Eric hatte bereits ein astrologisches Profil von ihr erstellt. Nach dem Essen kamen die Leute mit ihren Instrumenten zurück und spielten die Schlaf- und Liebeslieder aus ihrer Jugend. Es gab ein weiteres Mal Champagner, und der Kopf des Babys wurde benetzt. Roísín war unterdessen fast eingeschlafen, und Rasmus schickte sie alle wieder hinaus.

»Du bleibst aber«, sagte sie halb dösend, den Kopf im Kissen vergraben.

»Bist du sicher, dass du dich nicht ausruhen willst?«, fragte er.

»Tu ich doch«, murmelte sie.

Später an diesem Abend standen die Essenstabletts auf dem Boden, das Baby lag wieder in den Armen seiner Mutter, während Rasmus und Roísín gegenüber voneinander mit Kissen im Rücken gegen das Kopf- beziehungsweise Fußende des Bettes gelehnt saßen. Er öffnete die Fensterläden. Der Sturm war vorübergezogen, und Roísín wollte gern das Meer sehen.

»Ich würde dich als jemanden einschätzen, der anderen nicht vertraut«, sagte sie.

»Nein, nein, gar nicht«, widersprach er. »Der Gedanke liegt nahe, aber so ist es nicht. Von Jay habe ich eine Menge über Vertrauen gelernt, sie war ein echtes Vorbild, was das betrifft. Ich tue mich nur schwer mit dem Berühmtsein, weil sich plötzlich wildfremde Leute für einen interessieren. Das macht mich nervös. Diese Aufmerksamkeit ist so flüchtig und unbeständig, dass ich ihr keinen Wert beimessen will. Und die einfachste Methode war, ihr vollständig den Rücken zu kehren.«

»*War?*«

»Ist es immer noch. Aber man muss differenzieren. Es kommt darauf an, wer es ist und worum es geht.«

»Stimmt«, sagte sie. Eine Weile lauschten sie schweigend dem Knistern und Knacken des Feuers.

»Nach Nicos Tod dachte ich, dass ich für immer traurig sein werde«, sagte Roísín schließlich. »Niemand würde jemals so sein wie er oder seinen Platz einnehmen können … wie könnte ich also auch nur daran denken, mich einem anderen Mann nahe zu fühlen, und wer würde mich mit dieser Einstellung überhaupt wollen? Und selbst wenn doch, wie könnte ich mich auf ihn einlassen, wenn alles nur eine Lüge ist?«

»Das ist ein wichtiger Punkt, stimmt's? Andererseits wissen wir beide, was eine gute Ehe, eine gute Partnerschaft bedeuten. Wir wissen, was wir wollen und was wir brauchen. Wir wissen, wie man liebt. Es ist kein Wettbewerb. Sondern einfach etwas anderes.«

Roísín hätte das Gespräch gern fortgesetzt, aber sie schlummerte ein.

Rasmus ebenfalls.

47

Oktober, Südfrankreich

Liebe Roísín,
es war nur ein Traum, aber ein schockierend realistischer. Jay war hier, genau vor meiner Nase. Sie wollte das Baby sehen, also habe ich es ihr gezeigt. Sie streichelte der Kleinen die Wange und hatte Tränen in den Augen. Sie meinte, ich solle dir ihre Glückwünsche ausrichten. Was hiermit geschieht. Und sie meinte, ich solle ihre Asche verstreuen. Sie hätte genug. Ich habe ihr gesagt, ich hätte es schon einmal versucht, aber die Asche sei zurückgeweht, und ich hätte es nicht gekonnt. Daraufhin erwiderte sie, das wisse sie, aber hier und jetzt sei es gut. Ich hatte das Gefühl, sie wäre die ganze Zeit bei mir gewesen. Dann sagte sie, sie müsse jetzt gehen. Ich fragte sie, ob ich ihre Asche nach Hause nach Luskentyre bringen solle. Da lachte sie und antwortete, der Ozean sei allumfassend. »Es gibt kein Wasser zwischen uns.« Und Nico werde auch gehen, sagte sie. Es sei an der Zeit. Es war ziemlich beunruhigend. Ich hatte das Gefühl, als hätte sie nur darauf gewartet, bis sie sicher sein konnte, dass mit dem Baby alles in Ordnung war. Das ist natürlich meine Projektion. »Etwas ist anders«, sagen die Leute ja

oft, aber in diesem Fall ist es ja wirklich so. Etwas ist direkt aus deinem Bauch gekommen.
Du schläfst am anderen Ende des Bettes, während ich das hier schreibe. Ich kann deine Füße sehen. Es ist sehr spät. Oder sehr früh. Eigentlich hatte ich nicht vor, in deinem Bett einzuschlafen, aber es ist nun mal passiert.
Der Sturm hat sich endgültig verzogen, und am Himmel steht ein dicker, zerklüfteter Mond, der direkt auf dich herabscheint. Du siehst wunderschön aus.
Und unruhig. Vielleicht träumst du ja auch.
Ich gehe jetzt und tue, was Jay sagt. Von den Felsen im fahlen Mondschein, nach Westen. Es erscheint mir richtig.
Das Timing wird nicht besser, oder? Wahrscheinlich die nächsten Jahre nicht. Ich weiß, dass du jetzt erst einmal in dein kleines Mädchen verliebt sein musst. Aber ich bin hier, gehe nicht weg.
Rasmus.

Er glitt vom Bett und verließ das Zimmer. Erst auf dem Korridor drückte er auf »Senden«.

Erledigt.

Oh Gott.

Liebe Roísín,
PS: Natürlich meinte ich, dass ich jetzt an den Strand gehe. Und morgen früh zurück ins Studio. Und im neuen Jahr auf Tour. Willst du mitkommen? Du könntest filmen. Und Eric könnte dich als Kindermädchen begleiten.
Rasmus.

Roísíns Schlaf war unruhig, ihr Körper erschlafft, wo er bislang straff gewesen war, schmerzend, verwirrend und prall gefüllt mit Milch. Ein anderer Umfang, eine andere Form, eine andere Beschaffenheit. Ein neuer, älterer Körper. Nico hielt sie fest, lag ganz dicht bei ihr, berührte sie jedoch kaum, sondern ganz vorsichtig, seine Wange an ihren Kopf geschmiegt. Es ist Zeit. Es ist Zeit, Liebes …

Was meinst du? Wofür ist es Zeit?

Gib mich frei, sagte er. Gib meinen Ring zurück und lass mich gehen.

Nico?

Dann werde ich dich freigeben, sagte er.

Oh …

Sie spürte, wie er die Hand von ihrer Schulter nahm, und schreckte aus dem Schlaf. Der Mond war vor das Fenster gewandert und erhellte das ganze Zimmer.

Er ist tot. Er ist wirklich tot.

Es war, als hätte sie es bis zu diesem Moment gar nicht gewusst. Ihr Mann war tot.

Tja, das war's dann.

Ihr Telefon piepste. Blinzelnd sah sie zum Nachttisch hinüber, wo es inmitten von Taschentüchern, einem Windeltuch und einem Champagnerglas wie ein Leuchtturm auf einem Felsen hoch über der Brandung blinkte. Und einer Rose, aus irgendeinem Grund. Die nass vom Regen war.

Plötzlich hatte sie eine Songzeile im Kopf. *Give back my ring to me and I will set you free, go with him …*

Sie griff nach dem Handy.

Wieder Rasmus.

Schlaftrunken las sie die Nachricht und riss die Augen auf.

Lieber Rasmus,
bist du wach?
Roísín

Liebe Roísín,
ja.
Rasmus.

Lieber Rasmus,
willst du, dass ich mitgehe?
Roísín

Liebe Roísín,
nein.
Rasmus.

Lieber Rasmus,
komm danach zu mir rüber, ja?
Roísín

Sie stand auf, trat ans Fenster und blickte in die Nacht hinaus.

Ich würde so gern zwei Gestalten sehen, die ihm im Mondschein folgen, dachte sie. Die uns sagen, dass es gut so ist, wie es ist.

Vielleicht haben sie das ja längst getan.

Das Baby quengelte. Sie wandte sich ab und trat, ihrem Mutterinstinkt folgend, an die Wiege. »Hey, mein kleiner Schatz«, murmelte sie und hob ihr Töchterchen hoch. Sie gähnten beide, als sie sich in die Kissen sinken ließ, ihren Morgenrock zurückschlug und ihre Brust anhob. Schon jetzt fühlte es sich so normal an. Dabei war sie gerade mal anderthalb Tage alt. Hier war sie – die Mutter.

Au!

Der Totenkopfring an ihrem Finger schimmerte im Mondlicht. Sie spreizte die Hand, um ihn zu betrachten.

»Der gehört dir, Liebling«, sagte sie leise und zog ihn von ihrem Finger ab – was mühelos ging, da ihre geschwollenen Fußknöchel und Finger über Nacht zu ihrem gewohnten Umfang zurückgekehrt waren und nun wieder ganz allein ihr gehörten. Im Gegensatz zu allem anderen, das auf unabsehbare Zeit einzig und allein dir gewidmet ist, mein Baby. Sie hob den Ring hoch. »Der hat deinem Vater gehört, den ich immer lieben werde«, sagte sie und legte ihn neben das Händchen ihrer kleinen Tochter auf ihrer Brust. »Er gehört jetzt dir, und ich werde ihn in einer Schatulle aufbewahren, bis du etwas größer bist.« Die braunen Augen öffneten sich für einen Moment und blickten sie an, sogen sich förmlich an ihr fest. Entschlossenheit spiegelte sich auf dem winzigen Gesicht.

»Genau«, sagte Roísín. »Alles deins. Alles deins.«

Sie blickte zum Fenster, genoss das köstlich warme, süße Gewicht auf ihrem Schoß.

»Größtenteils.«

Als Roísín das nächste Mal aufwachte – zu irgendeiner unchristlich frühen Morgenstunde –, lag Rasmus am anderen Ende des Bettes, lang ausgestreckt wie eine Giraffe, und schlief.

Sie sah ihm eine Weile zu, dann beugte sie sich vor und flüsterte ihm ins Ohr: »Zwischen den Zeilen lesen kann ich nicht gut, aber sollte das bedeuten, dass du auf mich stehst?«

Er lachte, noch bevor er die Augen aufgeschlagen hatte. Also küsste sie ihn. Kein tiefer, leidenschaftlicher Kuss, aber innig genug.

»Wach nicht auf«, raunte Roísín in die Kuhle an seinem Hals.

»Nicht mal im Traum«, flüsterte er.

»Noch nicht«, sagte sie leise.

»Aye, aye, Capt'n«, murmelte er und drehte sich auf die Seite.

48

November, unterwegs

»Ich bestehe darauf«, sagte Rasmus.

»Ich kann aber nicht!«

»Ich bestehe darauf.«

»Ja, aber ich kann trotzdem nicht.«

»Wieso nicht?«

»Das ist zu großzügig«, sagte Roísín.

Er musterte sie neugierig. »Das muss selbst in deinen Ohren absurd klingen«, bemerkte er.

»Tut es auch, aber ich kann nichts dagegen machen.«

Er stützte den Ellbogen auf den Frühstückstisch und verfiel in sein typisch nachdenkliches diagonales Fußbodenstarren.

»Kann ich irgendetwas tun? Beispielsweise, dich überzeugen, dass du mir einen Gefallen tust, indem du das Angebot annimmst?«

»Viele Leute machen das so, ja«, antwortete sie.

»Okay, okay. Also gut, wie wär's damit. Eines der Mellotrons muss zurückgebracht werden, aber ich traue Eric nicht, dass er es nicht vielleicht doch klaut … könntet du und die Kleine also mit dem Instrument zurückreisen? Du würdest mir damit einen Riesengefallen tun, ehrlich!«

Seine Augen wurden groß, und ein aufrichtiger Ausdruck spiegelte sich darin.

Sie lachte. »Ich fasse es immer noch nicht, dass du mit zwei Mellotrons hier angereist bist«, sagte sie. »Obwohl schon eines hier war.«

»Man kann nie genug Mellotrons haben«, erwiderte er. »Also, wie wär's, wenn du mir den Gefallen tust?«

»Es ist zu viel …«, begann sie.

Er stand auf und ging um den Tisch herum. »Nein, ist es nicht«, widersprach er. »Es ist das Mindeste, was jemand tun würde. Auch du. Du würdest genau dasselbe tun. Also nimm die verdammte Hilfe schon an.«

Sie hatten sich nicht wieder geküsst, aber gütiger Gott – diese Blicke …

*

Die Heimreise war herrlich. Entspannt. Und luxuriös auf dem Rücksitz des behaglichen Citroën. Alle paar Stunden hielt Eric an. Sie speisten wie die Könige und übernachteten in Tours. Das Baby (wie heißt du denn nun?, dachte sie) döste, wachte auf, wurde gestillt. Frankreich erstreckte sich vor ihnen, groß und schön.

Auf der Fähre nach England stand Roísín an Deck und ließ ihr Haar in der salzigen Brise wehen. Sie hatte die Route selbst ausgesucht, von Cherbourg nach Portsmouth, weil sie nach Westen blicken und ein wenig nachdenken wollte, mit ihrer Tochter im Arm. Ihr erster Besuch seines Grabes. Ihr toter Daddy. Es galt, eine Beziehung aufzubauen, deshalb musste sie es richtig machen, das war wichtig.

Eric brachte ihr einen Whiskey. Sie nippte daran, ehe sie das Glas über Bord schleuderte, als die Fähre backbord an der Südspitze vorbei in Richtung Solent-Meerenge fuhr.

»Oh mein Gott«, sagte Nell. »Du hast ihn geküsst. Vor den Augen des Babys!«

»Meine Muschi ist noch nicht mal verheilt, weil ich gerade erst das Kind eines anderen Mannes zur Welt gebracht habe«, erwiderte Roísín.

»Du elende kleine Dirne.«

»Allerdings.«

»Darf ich seine Mail mal lesen?«

»Darfst du nicht.«

»Oh, dann ist es also was Ernstes?«

»Herrgott noch mal, natürlich ist es was verdammt Ernstes.«

»Hat er Tattoos?«

»Weiß ich doch nicht.«

»Ah. Ihr habt also nicht …«

»Großer Gott, Nell, natürlich haben wir nicht … du bist so was von widerlich.«

49

November

Liebe Roisin,
du fehlst mir.
Rasmus.

Lieber Rasmus,
du hast die Akzente auf meinem Namen vergessen. Das gab es ja noch nie. Geht es dir gut?
Roísín

Liebe Roísín,
ich bin zutiefst beschämt. Verzeih mir.
Rasmus.

Lieber Rasmus
Okay.
Roísín

Liebe Roísín,
danke.
Fakten-Update … (Ist dafür eine andere Schrift notwendig? Die geschwungene vielleicht? Ich würde ja darüber

nachdenken, aber gerade jagt ein Ereignis das andere, daher das Update.)

Re die Band für die Tour: Ich glaube, ich habe es geschafft. Markus Ofori, der Trommler, den du kennengelernt hast. Katie, eine schottische Bratschistin, die du wohl noch nicht kennst. Sharon, die Violinistin (die, die den längsten Bogenstrich vollführen soll). Sie kennst du definitiv noch nicht. Am Bass wird Nigel Morris sein, den ich seit zwanzig Jahren kenne. Ich habe auch Dany, meinen Berliner Tech-Freund, überredet, die Keyboards und den Synthie zu übernehmen, was mich unglaublich freut. Und einen jungen argentinischen Akkordeonspieler, der leidenschaftlicher Dave-Brubeck-Fan ist. Sie alle kommen nächste Woche zur Probe, damit wir unsere Auftritte üben können, bevor es Anfang Februar losgeht. Paris, Barcelona, Madrid, Mailand, Rom, Athen, Belgrad, Budapest, Wien, Salzburg, Prag, Berlin, Brüssel, Amsterdam, Utrecht. Fünfzehn kleine Bühnen, fünfzehn Hotels, elf Flüge, ein paar Transporter, ein paar Fahrten mit dem Wagen, dreißig Gigs, vierzig Tage. Du, ich, das Baby, das Reisebettchen, Eric, deine PXW-FS7 II 4K und meine beiden Mellotrons. Du kannst dich ausklinken, wann immer du magst. Was sagst du?

Alles Liebe

Rasmus.

Lieber Rasmus,

das ist doch lächerlich.

Alles Liebe

Roísín

Liebe Roísín,

ja, weiß ich. Aber es ist auch wichtig.

Alles Liebe

Rasmus.

Liebe Roísín,

hier in Südfrankreich blüht es gerade. Francine sagt, es seien die Mandeln. Die Sonne scheint. Bitte, denk darüber nach. Du könntest Filme drehen.

Alles Liebe

Rasmus.

Lieber Rasmus,

ich glaube nicht, dass ich kommen kann. Auch wenn ich es gern würde. Aber ich kann nur an Windeln und Schlaf denken. Sollen wir mit einer Spur aus vollgeschissenen Windeln quer durch Europa reisen? Was ist mit der ganzen Wäsche? Ich muss die Kleine vier oder fünf Mal am Tag umziehen. Was ist mit den Musikern, die keine Lust auf Babygeschrei im Tourbus haben? Was ist damit, dass sie und ich die ganze Zeit entweder im Bett oder in der Badewanne herumliegen und blubbern?

Alles Liebe

Roísín

Liebe Roísín,

dann komm wenigstens für ein paar Tage. Dagegen hat keiner etwas einzuwenden.

Alles Liebe Rasmus.

Lieber Rasmus,

WICHTIGE MELDUNG. ICH HABE EINEN NAMEN.

Sie heißt Aoife. Es war schwierig, mit den Nachnamen und den Kombinationen und den vielen verschiedenen Meinungen, aber ein griechisch-irisches Mädchen braucht nun mal einen griechischen und einen irischen Namen, wie soll sie denn sonst wissen, wer sie ist? Ich war tatsächlich und ernsthaft versucht, bei Anto zu bleiben – so ein schönes, schlichtes Wort und so bedeutungsschwer. Aber am Ende wollte ich dem armen Kind kein Schild der Trauer um den Hals hängen, das es sein ganzes Leben lang tragen muss. Sie wird ihre ganz eigene Beziehung zu dieser Trauer finden, deshalb möchte ich ihr nichts aufs Auge drücken. Oder ins Gesicht. Oder sonst wohin. Jedenfalls …

Tataaa:

AOIFE MARINA TRIANDAFILIDES KENNEDY

Was natürlich sofort in Evaki mou umgewandelt wurde, sowie ihre Großmutter um die Ecke kam. Übrigens hat sie bereits ihr erstes Nazar-Amulett um den kleinen Hals. Re Einwände: Ayesha könnte etwas dagegen haben. Ich fange im Februar wieder mit der Arbeit an, obwohl ich gerade noch nicht einmal daran denken kann. Nicht dass ich nicht wollte, das weißt du. Ich würde sogar liebend gern kommen. Aktuell habe ich zwei Projekte im Kopf – eigentlich sogar drei (oder gar vier, wenn man es genau nimmt), allerdings habe ich bis jetzt für keines einen Finger gerührt. Ernsthaft. Ich schaffe es kaum, mich anzuziehen – was sowieso überflüssig ist, weil Minuten später schon wieder Milch, Scheiße, Sabber und Gott weiß, was noch alles an meinen Sachen klebt. Stattdessen laufe ich mit einem Babytragetuch aus Baumwolle herum. Aber während man stillt, kann man ja Pläne schmieden, und genau das tue ich. Ich filme, wann immer Aoife es mir erlaubt: Das muss ich auch, weil die Babyzeit eines dieser Dinge ist, die ich im Kopf habe. Natürlich ist Zeit wichtig, sowohl dafür als auch für den Film über dich. Du hast recht: Wenn ich jetzt Rohmaterial sammle, bin ich für später gut aufgestellt.

Ich habe mich übrigens nach Filmhochschulen umgesehen. Natürlich gibt es etliche Halsabschneider, die es auf reiche Studenten aus dem Ausland abgesehen haben, aber es fanden sich auch ein paar durchaus anständige, die infrage kämen. Nächsten September ist zu früh für mich, aber im Jahr darauf könnte es klappen. Wir werden sehen. Es gibt ja Kindertagesstätten und die Verwandtschaft. Die beiden Großmütter können kaum die Finger von ihrer Enkelin lassen. Dann wäre sie fast zwei.

Alles Liebe

Roísín

PS: Es wird »Eefe« ausgesprochen.

Liebe Roísín,

das ist ein sehr schöner Name für sie.

Ich habe geträumt: Ich war am Flughafen, habe nach oben gesehen, und da warst du, mit dem Baby und dem Babytragetuch und dem Gepäcktrolley zwischen uns.

Und ich sagte: »Könnte es noch symbolhafter sein?«, und wollte mich darüber hinwegbeugen, um dich zu küssen, aber ich konnte dich nicht erreichen. Und du sagtest: »Nein.« Also, im Sinne von: Nein, es könnte nicht noch symbolträchtiger sein. Glaube ich zumindest.

Die Leute von der Plattenfirma und ich diskutieren heftig über den Titel für das Album. Ihre Vorschläge gefallen mir nicht, und meine gefallen ihnen nicht. Ich bin froh, dass du einen guten für dein Projekt gefunden hast.

Alles Liebe

Rasmus.

Lieber Rasmus,

ich fühle mich ein bisschen wie ein Teenager. Ich weiß ja nicht, wie du deine Unschuld verloren hast. Meine hätte ich an den Jungen verlieren sollen, mit dem ich zusammen war, seit ich vierzehn war – sprich, viel zu jung –, und wir haben ewig herumdiskutiert, wann der richtige Zeitpunkt wäre. Weil sich die Leute rings um uns herum kennenlernten und verliebten und »es« machten. Aber wir hatten schon seit Jahren herumgeknutscht, deshalb herrschte Daueranspannung, weil ich eigentlich nicht wollte, aber irgendwie doch, und er eigentlich wollte, aber irgendwie auch wieder nicht. Deshalb beschlossen wir – na ja, eigentlich nur ich – am Ende, uns an die gesetzlichen Vorschriften zu halten und zu warten (Die Leute sagen »warten«, aber für mich klingt das, als würden sie dasitzen und Zeitung lesen und auf ihr Handy starren, aber logischerweise haben wir unsere Zeit nicht so verbracht), bis ich siebzehn war. Allerdings muss ich zugeben, dass ich ihn satthatte, als es so weit war, und mir bereits überlegte, wie ich mit ihm Schluss machen sollte, wohingegen er einen rührenden, absurd romantischen Abend an meinem Geburtstag vorbereitete, den ich schon peinlich gefunden hätte, wäre ich noch verliebt in ihn gewesen – mit einem Essen in einem schicken Lokal am Meer mit lila gemusterten Metallictapeten an den Wänden und silbernen Spiegeln und ihm im gebügelten Karohemd und Sakko. Was ich natürlich nicht wusste. Und ich hatte echt Panik, er könnte mir einen Antrag machen – WAS ER AUCH TAT. Plötzlich kam so eine altmodisch-irische, solide Ehrbarkeit aus ihm heraus, von der ich nicht gewusst hatte, dass sie in ihm schlummert, und ich hatte dieses Bild vor Augen – von mir mit dreißig, mit ihm verheiratet und fünf Kindern, weil er gegen Verhütung ist, und jeden Sonntag schön in die Kirche und bloß nichts tun, was irgendwie seltsam oder neu oder anders ist, deshalb habe ich noch an dem Abend mit ihm Schluss gemacht, was echt fies war. Er rannte heulend davon, und ich habe mich volllaufen lassen und bin stattdessen mit dem Bruder meiner Freundin in der Kiste gelandet, was ein totales Fiasko war. Danach konnte ich mich kaum noch auf die Straße trauen, weil kein Mensch mehr mit mir geredet hat. Also bin ich nach London gezogen, aufs College gegangen und die geworden, die ich heute bin. Was ich sagen will: Ich erwarte nicht, dass du mit einem protzigen Abendessen um die Ecke kommst, und habe auch nicht vor, mit dir Schluss zu machen, be-

vor es überhaupt zwischen uns angefangen hat, trotzdem bin ich … nervös. Ich weiß, dass ich dich geküsst habe, während du geschlafen hast, aber ich glaube, das waren noch die Hormone, die nach der Geburt verrücktgespielt haben oder so. Aber …
Oh Gott, ich weiß doch auch nicht.
Alles Liebe
Roísín

Liebe Roísín,
doch, du weißt.
Alles Liebe
Rasmus.

Lieber Rasmus,
haha, sehr witzig.
Alles Liebe
Roísín

Liebe Roísín,
danke, dass du mir all das erzählt hast.
Okay, mein Plan sieht folgendermaßen aus: Eines Tages werde ich dich ansehen, und du wirst mich ansehen, oder vielleicht wirst du mich ansehen, und ich werde dich ansehen, und wir werden beide wissen, dass deine Phase der körperlichen und emotionalen Hypersensibilität nach der Geburt vorüber ist und dass unsere Trauer um die Menschen, die wir geliebt haben (und die wir auch weiter lieben, nur eben in einer Art, wie man Tote liebt

und nicht die Lebenden) ganz leise und wundersamerweise eine unsichtbare Grenze überschritten hat, auf ein Territorium, auf dem wir einander lieben dürfen. Wir werden nicht einmal darüber reden müssen. Obwohl ich zu behaupten wage, dass wir es tun werden.
Alles Liebe
Rasmus.

Lieber Rasmus,
das klingt einleuchtend.
Alles Liebe
Roísín

Liebe Roísín,
es gibt einige Traditionen, mit denen ich nicht so ganz vertraut bin – zum Beispiel Weihnachten. Offenbar haben all die Musiker hier den Wunsch, nach Hause zu fahren. Dürfte ich über die Feiertage zu dir kommen?
Alles Liebe
Rasmus.

Lieber Rasmus,
das kommt darauf an. Bist du einem vollen schwiegermütterlichen Ansturm gewachsen? Griechisch-irische Extremverhandlungen, wer Aoife am ersten Weihnachtstag bekommen soll, wurden bereits aufgenommen, und aktuell ist der Stand der Dinge, dass wir, Marina, meine Mutter und praktisch alle anderen zu Nell nach Hastings fahren. Es wird also ziemlich turbulent werden, nehme

ich an. Alkohol in rauen Mengen, die Gesellschaft durchwachsen, das Essen hervorragend – unter anderem Kleftiko, allerdings glücklicherweise nicht das Schmortopf-Rezept, bei dem man zuerst noch das Lamm ausnehmen muss, plus das ganze Truthahn-Programm (die beiden Mütter machen quasi einen kulturellen Wettbewerb daraus, nach dem Motto: Wer ist die konsequenteste, großzügigste und offenkundigste Verkörperung nationalidentischer essensbasierter Bemutterung?). Ich verziehe mich gegen fünf Uhr nachmittags wieder, bevor es endgültig aus dem Ruder läuft. Du bist herzlich willkommen, aber sei dir darüber im Klaren, dass eine Inquisition auf dich zukommt, womöglich auch Missbilligung und definitiv Tränenausbrüche.
Alles Liebe
Roísín

Liebe Roísín,
dann vielleicht lieber erst nächstes Jahr. Mich dir aufzudrängen ist das eine, aber Marina & Co. eine ganz andere. Wenn die Zeit reif ist, möchte ich, dass sie auch mich liebt.
Alles Liebe
Rasmus.

Lieber Rasmus,
du bist so was von rührselig!
Roísín

Liebe Roísín,
ertappt!
Natürlich will ich geliebt werden (alle, die in einer Band spielen, wollen das. Das ist das erste Symptom, das sich bei Menschen mit Hang zum Star-Dasein zeigt), aber was noch viel wichtiger ist: Ich wünsche mir, dass deine Familie mich akzeptiert. Mit einer Familie, die mich nicht mag oder sogar ablehnt, komme ich nicht klar. Also kein Weihnachten – zu sehr emotional aufgeladen. Vor allem dieses Jahr, dem ersten Fest mit Aoife und ohne Nico.
Alles Liebe
Rasmus.

Lieber Rasmus,
dann lass uns ein anderes Datum finden, wenn es besser passt.
Alles Liebe
Roísín

Liebe Roísín,
leider kann ich nicht weg. Die Band findet sich gerade zusammen, und ich bin der Klebstoff, der Gärtner, die Mutter. Über die Weihnachtsfeiertage fliege ich zu Jays Bruder nach Ghana, und ab dem 29. sind dann alle wieder zurück.
Alles Liebe
Rasmus.

Lieber Rasmus,
das klingt gut und richtig. Es ist ja nur ein Datum im Kalender, aber es kann trotzdem alles Mögliche hochkommen, nicht?
Dann im neuen Jahr. Wann genau fängt die Tour denn an? Und hast du nun einen Bandnamen und einen für das Album? Mir kommt es ein bisschen spät vor …
Roísín

Liebe Roísín,
der erste Gig findet am 14. Februar in Paris statt. Am Valentinstag! Vielleicht gibt es in Paris ja einen Pub mit lila Metallictapete und silbernen Spiegeln. Komm wenigstens für den einen Tag. Wir könnten auf der Île Saint-Louis Eis essen gehen.
Oh, ich habe gerade mal die Verbindungen überprüft. Der letzte Zug geht schon gegen acht Uhr abends. Aber der erste geht morgens um 5.40 Uhr – du könntest gegen acht Uhr wieder bei ihr sein?
Alles Liebe
Rasmus.
PS: Fast. Die Band braucht eigentlich keinen Namen. Wir belassen es bei Rasmus Sartorius. Ras wollte ich nicht. Ist *For Her* ein guter Titel für ein Album? *Songs for Her?* Oder denkt man da eine einzelne langstielige rote Rose auf einem glänzenden Klavierdeckel und Julio Iglesias? Kurz habe ich überlegt, es *The Boatman* zu nennen – Tod, aber doch nicht Tod – aber dann fiel mir *The Boatman's Call* ein, und das wäre zu ähnlich gewesen.

Lieber Rasmus,
Gebongt – Nell kommt und passt auf.
Alles Liebe
Roísín

Lieber Rasmus,
aber weißt du was? Wir können uns nicht an dem Abend treffen, an dem deine Tour mit den Songs über sie beginnt. Und noch dazu am Valentinstag. Das geht einfach nicht. Außerdem: Jahrestage. Keine Ahnung, wie sie uns treffen, aber sie werden es tun. Ich denke eben – diese Tour ist für Jay, das wird mir gerade klar. Es ist gewissermaßen deine Abschiedstour für sie. Deshalb sollten wir uns erst am Ende treffen, finde ich. Nicht am letzten Abend, denn auch das wäre zu bedeutsam, sondern einfach nur – danach.
Alles Liebe
Roísín
PS: Darf ich Carola um die Liste mit den Daten und Hotels bitten? Ich möchte gern wissen, wo du bist.

Liebe Roísín,
du hast recht. Danke.
Wie wär's mit *Unquiet*? Oder klingt das nach Horrorfilm?
Rasmus.
PS: Natürlich.

Lieber Rasmus,
wie wär's mit *Jay*? Oder einfach nur *J*?
Roísín

50

Februar

Liebe Roísín,
es gibt ein Gehölz namens Mimose. Kennst du es? All diese winzigen zitronenfarbenen, flaumigen Pompons, die beim leisesten Windhauch hüpfen und beben, und schmale grüngraue Blätter, die sich wie Affenhändchen in der Sonne öffnen. Und Mimosen duften auch schön.
Ich mag sie.
Rasmus.

Lieber Rasmus,
ich habe den Jahrestag von Nicos Tod mit Nell in Hastings verbracht. Wir haben Fish and Chips gegessen, aufs Meer hinausgesehen und in einem Secondhandladen gestöbert. Ich habe mindestens fünf Minuten lang nicht daran gedacht, dass die Leute, denen die Sachen früher gehört haben, wahrscheinlich tot sind. Ich hatte ein langes Gespräch mit Aoife am Strand, was wirklich schön war, danach haben wir uns es bei Nell gemütlich gemacht und uns den Film *Singin' in the Rain* angesehen, den Nico so gemocht hat. Und siehe da, Aoife hat er auch gefallen. Sie ist musikalisch, lacht und wedelt mit ihren kleinen Händ-

chen herum. Aber auch Traurigkeit kennt sie inzwischen. Wir haben zum Gedenken eine Kerze für Nico angezündet, und sie hat ganz lange in die Flamme gestarrt. Völlig fasziniert. Ich habe ihn irgendwie auch gespürt, auf eine Weise, wie ich es schon länger nicht mehr getan habe. Es war sehr kalt und stürmisch da draußen. Ich weiß, Babys starren automatisch ins Licht. Ich erzähle ihr jetzt schon alles, damit sie Bescheid weiß und nie das Gefühl haben muss, dass es eine Zeit gab, in der das nicht so war. Nell lässt Grüße ausrichten.

Gerät das, was zwischen uns passiert, aus dem Gleichgewicht, indem wir uns immer nur schreiben, Rasmus? Ist das so? Denn ich vermisse ihn bei Gott, aber ich vermisse auch dich, und du lebst, und wir sind noch ganz am Anfang.

Alles Liebe

Roísín

Liebe Roísín,

es überrascht mich, dass mir auch Aoife fehlt. Ich hatte immer die Theorie, dass man einen Menschen nur vermisst, wenn sich die Lebensumstände normalerweise überschneiden, und logischerweise ist Aoife nicht direkt Teil meines Lebens, mit Ausnahme dieser unvergesslichen Tage in La Ficelle – und Berlin im Februar ist nicht La Ficelle im Oktober. Vielleicht sind die Gedanken an sie ja so intensiv, weil sie allmählich anfängt, irgendwo hinzuzugehören.

Danke für das lustige altmodische Foto von euch. Wo

habt ihr denn diesen Fotoautomaten gefunden? Heißt das so? Fotobox? Ich habe es in meine Brieftasche gesteckt, auch ganz altmodisch.
Alles Liebe
Rasmus.

Lieber Rasmus,
es war ausgerechnet bei einer Taufe! Ayesha hat uns mitgeschleppt, weil sie unbedingt wollte, dass ich andere frischgebackene Mütter kennenlerne. Die Party war geradezu lächerlich luxuriös. Sie hatten so einen Fotoautomaten aufgestellt, und wenn man ein Foto von seinem Baby allein haben wollte, war eigens jemand da, der unbemerkt dafür sorgte, dass das Baby aufrecht sitzen blieb. Aber da Aoife in ihrem bisherigen Leben keine Sekunde allein war, kam mir das absurd vor, daher das Foto von uns beiden. Ich habe nichts dagegen einzuwenden, in deiner Brieftasche zu sein, zieh uns nur bitte nicht in einer Bar heraus und fang an zu heulen wie in diesen Countrysongs. Wie Aoife das findet, kann ich dir leider nicht sagen. Ihr Denken kreist hauptsächlich um Milch und so ein kleines wollenes Schnuffeltuch, das Mum ihr gestrickt hat und das sie sich immer vor die Nase hält. Deshalb dürfte es okay sein.
Alles Liebe
Roísín
PS: MOLESWORTH! Ich fasse es nicht, dass du Fan von Mary Louisa Molesworth bist.

Liebe Roísín,
Jays Todestag ist inzwischen auch vorüber. Es ist kurz nach Mitternacht.
Ich bin aufgestanden. Habe Kaffee getrunken. Und daran gedacht. Ich habe aus dem Fenster meines Prager Hotels gesehen. Es ist in der Nähe des Veitsdoms, wo es wunderbare alte Glocken gibt, die sogar Namen haben – die größte und älteste heißt Sigismundglocke. Ich habe an Jay gedacht, mich ihr aber nicht nahe gefühlt, sondern wieder diesen Schlag ins Gesicht, den Tsunami. Ich wusste ja, was es ist. Es ging vorbei, und am Ende des Tages warst du diejenige, an die ich gedacht habe.
Die ganze Woche hatte ich diesen Song über die zwölf Monate und den einen Tag im Kopf.
Der Auftritt heute fand in einem kleinen Theater mit viel Gold und Samt statt, das aussieht, als wäre es eigens für Operetten und leichte Opern erbaut worden. Prag ist wunderschön, und die Leute, die sich um uns kümmern, sind unglaublich freundlich. Das Publikum besteht aus dem üblichen Mix aus alten Capos-Fans, Albumkäufern und vereinzelten Neugierigen. Ich habe ihnen erzählt, dass heute Jays Todestag sei, woraufhin noch mehr Leute geweint haben als sonst. Nach dem Konzert kam eine Frau auf mich zu, als wir das Theater verließen (so was gibt es auch, aber nicht sehr oft. Ich halte mich vom Merchandisingstand fern und signiere auch nichts – die anderen auch nicht mehr, seit ein paar geradezu besessene Capos-Anhänger an mehreren aufeinanderfolgenden Abenden in Deutschland auftauchten). Sie war

Amerikanerin und hatte die Capos damals auf der allerersten Tour erlebt. Sie erinnerte sich an Jay und wollte über sie reden. Sie hätte so toll gesungen. Auch andere haben mich darauf angesprochen, und es ist in Ordnung. Oder sie haben mir erzählt, wie sehr ihnen ihr Tod an die Nieren gegangen sei. Inzwischen habe ich so einige Geschichten über Liebe und Verlust am Bühneneingang zu hören bekommen. Jedenfalls wusste die Frau, dass es Jays Todestag war, und hatte ein Foto von ihr dabei, ein schwarz-weißes Autogrammfoto, das ich für sie signieren sollte. Und sie wollte ein Selfie, von ihr und mir.
Mir ist bewusst, dass die Songs solche Reaktionen heraufbeschwören, aber eigentlich mag ich es nicht. Gar nicht.
Nicht verzagen. Es ist alles gut zwischen uns. Lange dauert es nicht mehr.
Die Sigismundglocke läutet immer noch laut. Es ist schön. Ich trinke jetzt einen kleinen Whisky, dann gehe ich zu Bett.
Rasmus.

Lieber Rasmus,
du liebe Zeit, daran habe ich gar nicht gedacht. Indem du deine Trauer in einen kreativen Prozess umgesetzt hast, wird sie für andere sichtbar, was wiederum die Aufmerksamkeit deines Publikums auf dich lenkt. Wie gehst du damit um? Ich wüsste nicht, wie ich das machen würde.
Roísín

Liebe Roísín,
ich habe mich entzogen und mich dann mit der Frage gequält, was ich Jay schuldig bin und was nicht, ob ich vielleicht zu große Vertraulichkeit herausgefordert habe und inwiefern ich Verantwortung trage, ehe ich zu dem Schluss gelangt bin, dass ich ihr rein gar nichts schuldig bin. Meine Songs sind ein Geschenk, das ich gerne zu meinen eigenen Bedingungen mache, so wie die Leute mir ihre Aufmerksamkeit zu ihren Bedingungen schenken. Ich absolviere einen Auftritt, aber mich selbst gebe ich dabei nicht her. Das habe ich schon mit sechzehn gelernt, als die Mädchen anfingen, am Ausgang auf uns zu warten und uns anzuhimmeln. Selbst damals konnte ich schon differenzieren und wusste, wie ich damit umgehen muss. Daran hat sich nichts geändert, nur weil wir alle erwachsen sind, mit all unseren erwachsenen Sorgen, Kümmernissen und Erfahrungen.
Alles Liebe
Rasmus.

Liebe Roísín,
UPDATE.
Weil alles so gut läuft, die Ticketverkäufe erfreulich sind, die Kritiken passen und das Album insgesamt positiv aufgenommen wird und jetzt auch noch die Nominierung kam, ist die Plattenfirma wild entschlossen, die Tour zu verlängern. Sie meinen, wir sollten Japan dranhängen, wo alle anscheinend gerade ganz wild auf uns sind. Wir müssten das Eisen schmieden, solange es heiß ist, so das

Argument. Und danach vielleicht auch noch Australien und Neuseeland, wenn wir schon drüben sind. Die USA sind ab September dran, es sei denn, wir wollen bis zur South by Southwest Trade Show nächstes Jahr warten. Aktuell ist ein freier Monat am Ende der Europa-Etappe, wie sie es nennen, vorgesehen, bevor es dann ans andere Ende der Welt geht.

Ich sage Nein, und ich kann dir auch erklären, warum: Es fällt mir zunehmend schwer, die Songs zu singen, und wenn die Leute genau diese Songs hören sollen, bekommen sie sie nicht mehr sehr lange. Das hat sehr viel mit dem zu tun, was ich an Jays Todestag erlebt habe, als ich dem Publikum die Bedeutung dieses Datums näherbringen wollte und ihre Reaktion gesehen habe. Tief im Innern habe ich es als Manipulation oder Ausbeutung empfunden. Zumindest kam es mir so vor. Es mag nicht bewusst gewesen sein, aber trotzdem.

Ich wollte ja von Anfang an nicht, dass die Songs einen Feinschliff bekommen, das hatte ich dir ja bereits erklärt. Und auch die Auftritte sollten nicht perfektioniert werden. Aber genau das passiert gerade, was bedeutet, das Publikum bekommt eine Version mit einer zurechtgefeilten Integrität, die dadurch nicht mehr aufrichtig ist. Und so kann ich sie nicht mehr singen. Auf der einen Seite mag es unprofessionell von mir sein, andererseits liegt meine Stärke darin, dass mir meine Songs viel bedeuten, aber jetzt bedeuten sie etwas anderes als zu Beginn. Wenn die Tour also vor allem dazu dient, das Album zu unterstützen, was ja so ist, wird das zum Problem.

Und diese Frau hat mich sehr irritiert. Ich will nicht, dass die Tour zur Jay-und-Ras-Tragic-Roadshow verkommt. Zu lange mit dieser Trauer zu spielen kann ganz schnell in Nekrophilie umschlagen. Außerdem geht mir etwas im Kopf herum, das du zu mir gesagt hast: die Lebewohl-Tour. Bei früheren Auftritten wie in Bush Hall oder der Albert Hall hatte ich das Gefühl, als würde ich für Jay singen. Als wäre sie wirklich da. Aber jetzt nicht mehr. Sie ist fort. Das Lebewohl ist ausgesprochen, Tabula rasa. Mein Tisch ist leer.

Wir arbeiten an einer Lösung. Meine Idealvorstellung wäre, den Schwerpunkt der Show zu verändern, neue Songs zu spielen – ich habe noch einige in petto, und es würde nicht allzu lange dauern, sie mit der Band zu proben, damit wir sie auf die Bühne bringen können. Ich könnte auch einige meiner alten Capos-Songs spielen. Unter diesen Voraussetzungen hätte ich auch nichts dagegen, ein paar Songs vom Album zu performen. Probleme bereitet es mir nur, wenn der Auftritt ausschließlich aus Stücken von dem Album besteht. Wenn sie das akzeptieren können – was sie sollten –, kann es wegen mir Ende April gerne weitergehen.

In zwei Wochen finden die beiden letzten Auftritte statt, Amsterdam und Utrecht, beides sehr schöne Städte. Nicht so weit weg. Näher als so manche britische Stadt. Und eine bequeme Direktverbindung mit dem Zug. Bitte komm. Bitte komm. Es ist viel zu lange her.

Alles Liebe,

Rasmus.

PS: Ich hoffe, unser Hot Date gilt für das Ende dieser Etappe, unabhängig davon, wie es mit der Tour weitergeht.

Lieber Rasmus,
früher habe ich mich gefragt, ob du und ich auch andere Themen haben, wenn die Trauer erst einmal verblasst, aber diese Angst habe ich nicht mehr. Allerdings habe ich Zweifel, was ich für dich sein kann. Bitte sieh es mir nach, aber neben dir fühle ich mich so klein. Ich kann nicht singen, kriege keine perfekten Songtexte hin, kann keine Leben retten, ich kann dich nicht auf der Tour begleiten, kann im Moment nicht mal filmen, ich habe keine Posthum-Fans – vielmehr bin ich bloß ein Klotz am Bein, der einem anderen Menschen nachhängt. Ich kann abends nicht ausgehen, bisher konnte ich dich noch nicht mal besuchen.
Es tut mir leid.
Roísín

Roísín,
hey!
Ich kann nicht Auto fahren, kann nicht segeln, kann keine Oktopusse fangen. Ich spreche weder Griechisch, noch kann ich Tattoos stechen. Ich kann keine Herzen wieder zum Schlagen bringen oder Mund-zu-Mund-Beatmung geben.
Ich will gar nicht, dass du Jay bist. Sondern dass du du bist.
Rasmus.

Lieber Rasmus,

ich will auch, dass du du bist.

Allerdings stimme ich deiner Behauptung, du könntest keine Herzen wieder zum Schlagen bringen, nicht zu.

Roísín

51

Februar, Hastings

Jay und Nico standen am Meer. Der Wind pfiff durch sie hindurch. Inzwischen waren sie blasser denn je.

»Sieh nur.« Jay hob ihren durchscheinenden Arm und deutete auf die Gestalten am Strand, die in der Kälte schlotterten, während sie den mit dicken Decken bepackten Kinderwagen vor sich her schoben. Der Wölbung nach zu urteilen, trug Roísín Aoife unter ihrem Mantel, wie eine in Wattierung und Schals gehüllte zweite Schwangerschaft. Roísíns in Handschuhen steckende Hände ruhten auf dem kleinen Körper, und sie hatte den Kopf gesenkt, als wären die beiden in eine Unterhaltung vertieft.

Der Wind erfasste Nells Schal, die Gischt sprühte in hohen Fontänen über den Kiesstrand. Sie wandte sich um, sah in Richtung Altstadt und sagte etwas, aber weder Jay noch Nico konnten es über das Tosen und Rauschen hinweg verstehen. Roísíns Arme schlossen sich fester um das Baby, und nach einem Blick über den Ärmelkanal, die milchig graue See und den trüben Himmel machte sie sich mit vorsichtigen Schritten auf den Weg den Strand hinauf. Wenig später setzte Schneefall ein. Weiche, zarte Flocken wirbelten umher wie in einer gerade geschüttelten Schneekugel. Die Leute begrüßten den Schnee mit Kreischen und Kichern, einige zogen sich in die Häuser zurück, andere kamen heraus und hüpften lachend herum. Frühe Krokusse reckten ungläubig ihre Köpfe empor, während sich der Schnee um sie legte. Wie durch ein Wunder verwandelte sich hässlicher Matsch in makelloses Weiß, Pfützen froren zu. Roísín ging zwischen den Schuppen und Hütten hindurch und schlug den Heimweg ein.

Jay und Nico sahen zu, wie Nell mit der Tüte Fish and Chips, die sie triumphierend hochhielt, aus dem Mermaid-Restaurant trat. Nico folgte ihnen, während Jay zurückblieb. Bevor sie die Vorhänge an diesem winterlichen Abend zuzogen, sah Nico noch den flackernden Fernseher, hörte Hollywoodmusik und das typische Geplänkel, wenn eine Familie von draußen hereinkommt und es sich im Warmen gemütlich macht. Später erhaschte er einen Blick durch den Spalt in den Vorhängen, die Nase gegen die Fensterscheibe gepresst, durch die er nicht länger hindurchgleiten konnte, sah er das Baby, das wie gebannt auf das Licht einer flackernden Kerze schaute.

Er saß auf dem Fensterbrett und sah ihnen eine Zeit lang zu, ehe er sich abwandte und die Beine baumeln ließ, während die Flocken wild um ihn tanzten.

Etwa um vier Uhr morgens, als alle schliefen und der Schneefall schwer und dicht geworden war, brannte die Kerze vollends herunter und erlosch knisternd. Nico senkte den Kopf und streckte die Hand nach Jay aus. Wortlos schmiegte sie sich über ihn. Sie hatten kein Wort mehr gewechselt. Er versuchte, sein Inneres zu betrachten, doch da war nichts mehr. Selbst wenn jemand in dieser verschneiten Nacht unterwegs gewesen wäre und hochgesehen hätte, wäre nichts als ein weicher Flockenschleier, ein Hauch von Frost an der Fensterscheibe, ein schläfriger Schwan zu erkennen gewesen.

*

Als die Sonne aufging und die weiße Welt in goldenes Licht tauchte, war er fort. Jay glitt durchs Haus und rollte sich den Morgen über am Fußende von Aoifes Wiege zusammen.

Sechs Wochen später saß Jay allein in einem Samtsessel in einem Hotelzimmer mit hohen Decken in Prag. Die reich verzierten grauen Fensterläden waren geschlossen. Sie war beim Auftritt gewesen, hatte die Frau mit dem Foto gesehen, die ihn angesprochen hatte, war gemeinsam mit Rasmus ins Hotel zurückgekehrt und beobachtete ihn nun, wie er in Hose und T-Shirt mit einem Whisky aus der Minibar am Fenster stand. Die Glocken des Veitsdoms läuteten zur Mitternacht. Er hatte das Fenster weit geöffnet, um es mit seinem kleinen Rekorder aufzunehmen, und lächelte, als das herrliche Glockenspiel um ihn herum wogte und bebte.

Er ließ den Whisky auf dem Fensterbrett stehen, holte den Hotelnotizblock und begann zu kritzeln: *B, kleines F, dann (40 Sekunden?) Ton, der wie Schiffshörner klingt, Dampfer im Turnaround Sound, einsames Nebelhorn, das blind durch den dichten Nebel in der San Francisco Bay ruft. Dann ein Es! Unerwartet.*

Er nahm seine Gitarre, strich über die Saiten, begann zu spielen. B, kleines F, Es. »*By the end of the day*«, summte er, »*it was you I was thinking about.*« Er beugte sich vor, schrieb eine Note auf. »*By the end of the day I was thinking of you.* Ja, das ist vielleicht besser.«

Er trat zu seinem Laptop, klappte ihn auf, las ein paar E-Mails und begann zu schreiben.

Noch nie hatte Jay sich ihm so fern gefühlt. Aber es fühlte sich auch richtig an.

Sie hob die Hand. Das Fenster ging auf. Er sah auf, doch Jay sah nicht zurück.

Sie stand auf dem Fensterbrett und blickte hinaus auf den Platz, die kühle Nacht. Von Nico war nichts zu sehen, aber er war hier, winkte ihr. Er hatte auf sie gewartet. Sie brauchte nichts zu sagen.

Die Türen des Universums schwangen weit auf, vom Kopfsteinpflaster auf dem Platz unter ihr und dem endlosen kalten Himmel über ihr, von den kahlen Bäumen und den fahlen Wolken, vom trägen Fluss und den Glocken des alten Doms. Es lag alles direkt vor ihnen: die Endlosigkeit der Ewigkeit, leuchtend, vibrierend, mit all ihren schimmernden Atomen, der strahlenden Dunkelheit, den funkelnden Sternen, den Quanten und den Planeten, die sprangen und sich bewegten. Hinter ihnen, plötzlich ganz weit weg, drehte sich die wunderschöne, kleine türkisblaue Erde, dick und rund wie eine Blaumeise in einem Vogelbad.

Sie waren nicht am Leben. Konnten nicht nach Luft schnappen. Ihre Herzen konnten vor Freude nicht schneller schlagen. Die Glocken verstummten, und dann waren sie fort.

52

April, London

Sein letzter Flug hatte Verspätung. Die Züge vom Flughafen hatten Verspätung. Die U-Bahn war rappelvoll. Die Aufzüge überfüllt. Rasmus nahm ein Taxi vom Bahnhof. Alle Ampeln waren rot. Beim Bezahlen fiel ihm seine Kreditkarte aus der Hand.

Roísíns Wohnungstür war verschlossen, von drinnen drangen Schreie und Kreischen. Für einen Moment ließ er den Kopf gegen das Holz sinken, ehe er die Klingel drückte.

Eine Fremde öffnete und musterte ihn ungläubig von Kopf bis Fuß. Er trat an ihr vorbei, müde und erschöpft vom Jetlag und der Reise, ließ seine Tasche im Flur auf den Boden fallen und fand sich bis zu den Knöcheln in einem Meer aus Kindern und Luftballons wieder. Babyschlafanzüge. Lätzchen. Latzhosen. Schokoladenverschmierte Gesichter. Ein paar der Kleinen krabbelten auf dem Boden herum. Aoife kann keines von denen sein, dachte er, sie kann noch nicht krabbeln.

Die letzte Hürde. Tief durchatmen.

Roísín stand auf der anderen Seite des Ozeans aus Kindern. Sie hob den Kopf, und ihr Lächeln war wie die Vormittagssonne, die den morgendlichen Nebel vertrieb. Er winkte ihr zu, konnte den Blick nicht von ihr lösen. Die Anziehungskraft war enorm – aber ich muss aufpassen, damit ich nicht auf ein Baby trete …

Hallo, formte er lautlos mit den Lippen und machte eine verzweifelte Geste, woraufhin Roísín sich durch den Raum kämpfte. »Ein Geburtstag scheint ein großer Tag für Mutter und Kind zu sein«, bemerkte er und schwenkte ein Geschenk. »Ich habe, äh, es ist ein Riesenplastiksushi. Mögen Babys Riesenplastiksushis? Ich hoffe, es hält auch etwas aus. Wo ist sie denn?« Bitte, mach, dass ich sie wiedererkenne.

»Da drüben, bei meinem Bruder Sean«, sagte Roísín. Er erkannte sie auf Anhieb. Ihr schwarzes Haar, bei der Geburt noch ganz platt, stand in wilden Löckchen ab. Ansonsten war sie Roísín wie aus dem Gesicht geschnitten. Sie saß auf dem Schoß eines Mannes. Der Anblick versetzte Rasmus einen Stich.

Roísín war stehen geblieben und sah ihn an. »Sie kann einen Moment lang bei ihm bleiben«, sagte sie, nahm seinen Arm und zog ihn mit sich auf den Flur, wo sie ihm tief in die Augen sah. Dann legte sie ihren Kopf an seine Brust und stieß einen Seufzer aus, als hätte sie seit Monaten den Atem angehalten.

Eine raue Stimme mit griechischem Akzent drang aus dem Wohnzimmer. »Wer ist dieser Mann? Clare? Nell? Wer ist das?«

Roísín richtete sich auf, sah ihn an und atmete noch einmal tief durch. »Bereit?«, fragte sie und führte ihn wieder hinein.

»Mum, Marina«, sagte sie, »das ist Rasmus.«

Eine Sekunde lang herrschte stumme Fassungslosigkeit. Mutteraugen blitzten.

»Er hat seine Frau zur selben Zeit verloren wie wir Nico«, fuhr sie fort.

Zwei Sekunden. Muttergehirne arbeiteten. Dann sagte Marina: »Ich nehme Evaki heute Nacht mit zu mir. Geht ihr beide aus und amüsiert euch, mein Schatz. Vielleicht wollt ihr ja im Hotel übernachten. Sie kümmern sich um Roísín, Sie Rasmus, sonst bringen wir Sie um!«

*

Neue Körper. Neue Territorien. Schmalere Schultern, ein flacherer Bauch. Trockenere Haut. Eine haarlose Brust. Alte Freuden in neuer Form. Verlegenheit. Hunger. Späße. Überraschung. Tränen. Ein wachsendes Gefühl, dass alles richtig war. Große Erleichterung.

»Hast du das Gefühl, ihm untreu zu sein?«, fragte Rasmus und schmiegte das Gesicht im Dunkel an Roísíns Halsbeuge.

»Natürlich«, murmelte sie. »Du nicht?«

»Nein. Sie hat gesagt, ich soll es tun.«

»Was für eine nüchterne Ansage … Aber er hat mir dasselbe gesagt.«

»Wirklich? Wie denn?«

»In La Ficelle. In der Nacht nach der Geburt. Er wollte seinen Ring zurück und meinte, ich sei frei. Beim Aufwachen habe ich diesen Song gesummt, *Go To Him*. Das klingt zwar auch ziemlich durchgeknallt, aber ich glaube, er hat mir eine Rose dagelassen.«

»Hmmm«, machte Rasmus. »Da behaupte noch einer, es gäbe keine Romantik mehr.«

»Wir sollten nicht über ihn reden, wenn wir im Bett liegen«, murmelte sie und rollte zu ihm herum.

»Und … äh, das mit der Rose war ich«, gestand er.

»Ich glaube, das ist ein J«, sagte Roísín am nächsten Morgen in einem Gewirr aus Laken, Kissen und Polstern und berührte das Tattoo vorsichtig. »Erkennst du es, wenn ich es mit dem Finger nachfahre?«

Tat er.

»Vielleicht ist es auch ein Teil der Pflanze. Ein Schnörkel. Keine Ahnung. Könnte beides sein.«

»Es ist ein J.«

»Und da ist eine Rose«, erklärte Roísín. »Und eine kleine Knospe daneben.«

Das Frühlingslicht, reflektiert von der Themse und den Spiegeln, tanzte im Raum umher, glitt über die Zimmerdecke, über die Ranken und Verschnörkelungen auf Rasmus' Rücken.

»Seltsam«, bemerkte er. »Es ist fast, als stünde es hier geschrieben …«

»Sehr eigenartig«, bestätigte sie.

Roísín hatte es sich mit ihrem Frühstück in einem Sessel in einer sonnigen Ecke des Hotelzimmers bequem gemacht, als er sagte: »Jay hat dir einen Brief geschrieben.«

»Tatsächlich? Mir?«

»An die Frau, die sich als du herausstellt«, fuhr er fort. »Willst du ihn lesen?«

Roísín dachte darüber nach. Sie trank einen Schluck Kaffee und blickte auf die sich kräuselnde Themse hinunter. Die Flut hatte gerade eingesetzt.

»Ich weiß nicht recht«, antwortete sie nach einer Pause, die beinahe so lang war wie eine von seinen. »Würde es dir etwas ausmachen, wenn ich Nein sage?«

»Würde es nicht.«

»Ich will nicht respektlos sein, aber ich glaube, wir sind hier für uns.«

»Das stimmt«, erwiderte er, gerade als es an der Tür klopfte. Sie lachte. Er verdrehte die Augen.

»Du meine Güte, gib schon her«, sagte sie. »Ich meine … würdest du ihn ewig ungelesen rumliegen lassen? Oder selbst lesen, mir aber nicht verraten, was drinsteht? Wir lesen ihn beide, lächeln wehmütig, und dann …«

Es war ein Kellner, der das Frühstücksgeschirr abräumen wollte. Schweigend warteten sie, bis er verschwunden war. »Nein, behalt ihn. Vielleicht ein andermal«, sagte sie dann.

»Nächstes Jahr?«, fragte er. »Zu unserem Jahrestag?«

»Du bist dir ja deiner Sache ziemlich sicher«, bemerkte sie leicht kess.

»Bin ich«, gab er zurück. Sie strahlte ihn an.

»Wenn ich ehrlich bin, hätte ich auch unseren Jahrestag gern für uns.«

Er nickte, griff in seine Tasche und zog einen Umschlag heraus.

»Dann nimm ihn und lies ihn, wenn du es für richtig hältst«, sagte er. »Deine Entscheidung. Oder auch nicht.«

»Oh«, sagte sie und blickte auf den Umschlag, dem die Magie des Ungelesenseins förmlich zu entströmen schien. »Du hast ihn die ganze Zeit mit dir herumgetragen?«

»Nein«, antwortete er. »Also lieber nicht?«

»Es passiert gerade viel zu viel«, rief sie und fühlte sich plötzlich schrecklich hilflos … und dann auf einmal wunderbar entschlossen. »Ach, es passiert doch immer viel zu viel«, rief sie. »Gib schon her. Ich wünschte nur, ich hätte Jay kennenlernen dürfen. Nur dann …«

»Gleichfalls.«

»Sehr seltsam.«

»Ausgeglichen.«

»Stimmt.«

»Oh«, sagte er.

»Was denn?«

»Und ich habe einen Song für dich geschrieben.«

Sie lächelte. »Dann lass mal hören.« Sie legte den Brief beiseite, und er schnappte seine Gitarre.

»Aber ich will währenddessen auf deinem Schoß sitzen«, sagte sie.

»Das ist ein bisschen unpraktisch«, erwiderte er.

Sie krabbelte auf dem Bett hinter ihn, Rücken an Rücken, die Beine ausgestreckt. Er lehnte den Kopf nach hinten, sodass ihre Nase beinahe sein Haar berührte. »Geht es so?«, fragte sie.

»Hmhm«, murmelte er, ließ die Finger über die Saiten gleiten, begann zu spielen und schließlich zu singen.

Anmerkung zu den Songs

Fhir a' Bhàta (*The Boatman*) ist ein schottisch-gälischer Song aus dem ausgehenden 18. Jahrhundert von Síne NicFhionnlaigh (Jean Finlayson) aus Tong und handelt von ihrem Verlobten Dòmhnall MacRath, einem jungen Fischer aus Uig. Roísín kennt ihn auf Irisch, wie in der Version von Niamh Parsons.

Sweet William's Ghost ist seit 1740 bekannt und existiert in zahlreichen unterschiedlichen Varianten. Ich mag Kate Rusbys am liebsten.

The Unquiet Grave stammt aus der Zeit um 1400 und wird auf dieselbe Melodie wie *The Star of the Country Down* gesungen, wenn auch nicht ganz so fröhlich. Ich empfehle die sehr unterschiedlichen Versionen von Karliene und The Morrigan.

The Parting Glass, ein traditionelles Lied bei irischen Begräbnissen, ist in Wahrheit schottischen Ursprungs. Die Dubliners machen das ganz gut, aber Declan Hunt mit seiner tollen Stimme klingt eher wie der Folkrockmusiker Hozier. Das Stück stammt mindestens aus dem Jahr 1605.

Der Song über das Rosenwasser heißt *Se Phtise Rodostamo* und ist von Mikis Theodorakis. Maria Farantouri singt es ganz wunderbar.

Tuwe Tuwe ist ein traditionelles ghanaisches Lied, das sich ändert, je nachdem, wer es singt. Die niedlichste Version auf Youtube ist unter *Tuwe Tuwe dance performance* zu finden.

Rasmus' Songs *Love Ain't Listening, One Goodbye Too Many, Just Because You're Strong, Blackbird, There Goes The Past Again und Everything* sind von mir selbst, Louisa Young. Einige tauchen auf dem Album *You Left Early* von den Birds of Britain auf und sind auf iTunes, Soundcloud und Youtube etc. zu finden. Leider wurden sie nicht von den Capos gespielt. Ich konnte mich nicht überwinden, sie einer fiktionalen Band zu überlassen, sondern musste sie selbst spielen, gemeinsam mit Alex Mackenzie. Man hörte sie auch auf dem Original-Audiobook, gesungen von Isabel Adomakoh Young, die das Buch liest.

Bei den Gedichten handelt es sich um *Ithaka* von Constantine Cavafy und *Crossing the Bar* (Der letzte Schritt) von Alfred Lord Tennyson.

Dank

Ich danke meinen Agentinnen, Ariella Feiner und Yasmin McDonald bei United Agents; meiner Lektorin Suzie Dooré, Ann Bissell (obwohl sie mich verlässt) und dem Team bei Borough Press; Alex Mackenzie für die Musik; Boris Romanos für die griechischen Musiktipps; Susie Boyt für all die Gespräche darüber; Dr. Ciarán Rua für das Irische; Paul Green für den Kameraplan der Royal Albert Hall; Charlotte Horton; Louis Yaw Adomakoh; Isabel Adomakoh Young für die Erlaubnis, den Song zu verwenden, den ich für sie geschrieben habe, für ihre Unterstützung und für ihren weiterhin ungebrochenen Rekord als wunderbarstes Kind, das man sich als Autorin nur wünschen kann. Robert Lockhart und Eva Youren. Und meinem lieben und immer wieder unerwarteten Michel.